KOSCHKA LINKERHAND

EIN NEUER, EIN GANZ ANDERER ORT

ROMAN

QUERVERLAG

Alle Charaktere und Handlungen in diesem Roman sind frei erfunden. Ähnlichkeiten mit lebenden und toten Personen mögen daher vorkommen, sind aber unbeabsichtigt.

© Querverlag GmbH, Berlin 2021

Erste Auflage: September 2021

Lektorat: Katja Schurter

Umschlag und grafische Realisierung von Sergio Vitale unter Verwendung einer Fotografie von mauritius images / age fotostock

Druck und Weiterverarbeitung: Finidr
ISBN 978-3-89656-300-2
Printed in the Czech Republic

Bitte fordern Sie unser Gesamtverzeichnis an:
Querverlag GmbH
Akazienstraße 25, 10823 Berlin
www.querverlag.de

Für Conny

„Denn das war mein ganzes Wunder mit ihr – dass sie außer mir war und nicht in meinem Innern, dass sie nicht eine Projektion meines Traumes oder meiner Sehnsucht war, sondern ein selbständiges Wesen, außerhalb meiner Phantasie, außerhalb meiner Einbildung, dass ich sie nicht erträumt, nicht erdichtet hatte, dass sie nicht in meinem Herzen, sondern – in meinem Zimmer war."

Marina Zwetajewa,
Erzählung von Sonjetschka

PROLOG

EIN KIND SCHREIT

Das Kind fängt an zu schreien, keine Stunde, nachdem ich eingeschlafen bin. Sein Wimmern dringt in meinen Traum, in verschwommene Bilder von Sonnenlicht, einer bewegten Fläche, die so heftig gleißt, dass ich die Augen zusammenkneife; dazu ein Gefühl starken Schaukelns, wie man es von Schiffen kennt oder vom Schnaps. Dort will ich bleiben, wenigstens noch für einen Augenblick; aber das Wimmern wird lauter. Alles beginnt zu wimmern, Sonne, Meer und Schiff, sogar das Segel und die Planken wimmern, dann schreien sie gellend, und diesem Schreien habe ich nichts mehr entgegenzusetzen und meine Augen gehen auf.

Es ist völlig dunkel. Am Himmel müssen Wolken sein, die Mond und Sterne verschlucken; ich sehe kaum meine Geliebte, die sich neben mir aufrichtet, um das Kind zu versorgen. Es liegt zwischen uns, hier draußen hat niemand ein Bett. Durch die Bewegung dringt kalte Luft an meine Seiten. Es ist nicht sonderlich klug, im April in die Wälder zu gehen, weit fort von allem, und auf der feuchten Erde ein Nachtlager aufzuschlagen, noch dazu mit einem Säugling.

Ich bleibe still liegen, ich habe nicht viel mit diesem Kind zu tun. Seine Mutter wiegt es in ihren Armen, während ich meinen Umhang zurechtrücke. Sie singt zu ihm in einer Sprache, die ich nicht verstehe, und ich werde ein wenig traurig; vielleicht liegt es auch an der Kälte, die mir in alle Glieder gekrochen ist. Dazu sind Brot, Käse und Wasser fast aufgezehrt. Was wir morgen essen, ob wir den richtigen Weg finden werden, ist ungewiss.

Es bleibt zu hoffen, dass das zweite Kind nicht aufwacht. Noch schläft es fest und wärmt mir die Füße. Das Kleine aber hört nicht auf zu wimmern.

Er muss Ruhe geben, sage ich, – was, wenn uns jemand hört?

Wer sollte uns hören?, fragt sie zurück. – Wir sind zwei Tagesreisen von der Mission entfernt. Warum sollten sie in der Nacht nach uns suchen, wenn man die Hand vor Augen nicht sieht? Und Wölfe und Bären nähern sich keinem Kind, das von Gewehren bewacht wird. Kümmere dich also lieber darum, dass das Gewehr parat ist, wenn wir es brauchen.

Sie zieht an ihrem Kleid, das zum Teil unter meinen Schenkeln klemmt, und ich wende mich vorsichtig, um den Schlaf des größeren Kindes nicht zu stören.

Nimm ihn, sagt sie, – meine Haut ist zu kalt, ich kann ihn nicht mehr wärmen.

Ich nehme den fest gewickelten Säugling in Empfang, und für einen Augenblick hört er auf zu schreien. Ich kann sein Gesichtchen nicht sehen, aber er riecht nach Milch und nach seiner Mutter; ich drücke ihn an mich, dass nur der Kopf aus meinem Umhang hervorschaut.

Wir gehen auf eine lange Reise, flüstere ich dem Kind zu. – Wenn du schnell schläfst, ist es gleich Morgen, die Sonne geht auf und wir reiten raus aus diesem Wald und kommen aufs flache Land und dann ans Meer. Ich werde dir das Meer zeigen, es ist weit und glasklar und manchmal geht der Wind sehr stark. Aber ich werde dich gut festhalten …

Und wahrhaftig, das Kind beruhigt sich. Gleich wird es eingeschlafen sein.

Meine Geliebte legt sich wieder neben mich, ich spüre ihre warme Hüfte an meiner.

Was weißt du vom Meer?, murmelt sie. – Als Kind habe ich Geschichten davon gehört, aber ich kenne niemanden, der selbst dort war. Es soll sehr weit weg sein.

Eines Tages kommen wir sicherlich dort an. Ich kenne mich aus, ich reise nicht zum ersten Mal. Glaubst du mir das?

Jedes Wort, sagt sie. Ihr Kopf wird schwer und schwerer auf meiner Schulter, und sie fängt schon an, tief zu atmen.

Ich bleibe wach und sehe in die Schwärze hinauf und sehe uns zu viert auf dieser Lichtung liegen, meine Geliebte, die

Kinder und mich, mannhaft in der Mitte – als könnte ich mehr ausrichten als einer der drei Anderen. Wenn ich meinen Wächter Julian Snaterbek noch hätte: Er würde mich auslachen. Aber hier draußen gibt es keine Wächter, wir sind mutterseelenallein auf unserer Reise, und über diese Reise wird nichts geschrieben stehen in meiner Chronik.

ERSTER TEIL

DIE CHRONIK DER ANNE BURLEIGH

1

Das erste Mal, dass nachts ein Kind schrie und meine Träume störte, liegt über neun Jahre zurück. Damals gab es ein anderes Wir, dem mein Mann vorstand, der gute Pfarrer Joseph Burleigh, Hirte einer puritanischen Gemeinde in den bitterkalten Bergen Appalachiens.

Damals war es Burleigh, der sich abwandte und zur Wand drehte, wenn Josie, unser Erstgeborener, nachts schrie. Josie schrie und schrie, auch wenn er längst satt und trocken war, und wenn ich verzweifelte über sein Schreien und den Säugling auf ein Brett binden und an der Wand aufhängen wollte, mahnte Burleigh mich zur Geduld: Die Mutterpflicht sei der heiligste Gottesdienst der Frauen. Ich hätte keinen Grund, mir die Sonne auf den Pelz brennen zu lassen. Ich versuchte, auf ihn zu hören und mich meinem Kind als Dienende zu nähern und klaglos, fraglos alles zu tun, damit es dick und rosig würde und Gott und den Menschen ein Wohlgefallen. Ich schmierte seine Bäckchen mit Ziegentalg ein, damit sie noch weicher würden, und kämmte ihm sein bisschen blondes Haar zur Locke, die vorn aus dem Häubchen herausschaute. Ich schlug mich nicht schlecht, mein Kind lebte und gedieh, und die anderen Frauen in der Mission sagten, es lasse sich gut an mit meiner Mutterschaft, vermutlich liege es daran, dass ich mit meinen zweiundzwanzig Jahren nicht die Allerjüngste sei. Ihr Lob ging mir tief ein wie die Reden meines Mannes. Andere Menschen gab es nicht mehr.

Ich stand an der Wiege meines Kindes, dessen Schreien und nie enden wollende Unzufriedenheit – Tag und Nacht und Nacht und Tag – alle Kraft aus mir zog. Dann wandte ich mich von ihm ab, um die Stube auszufegen, Essen zu kochen, die Tiere und das Herdfeuer zu füttern und im grünen Licht der Hütte Kinderkleider zu nähen, die Mrs. Eden, die Nachbarin, mir vorschnitt. Dabei wartete ich, dass Burleigh nach Hause käme; dann würde ich wieder Essen kochen und hernach die Schüsseln auswaschen und spätabends die Stube ausfegen – immer im Kreis herum. Ich verließ die Hütte nur, um nach den Hühnern und der Ziege zu sehen und wenn mich ein Bedürfnis überkam. Dann ging ich weiter als nötig, bis zum Waldrand, und hockte mich ins feuchte Gras; und malte mir aus, einen Umhang und feste Stiefel anzuziehen und ins Tal hinabzusteigen, um nie mehr zurückzukehren.

Drei Dinge habe ich vor vielen Jahren mit heraufgebracht, während der wochenlangen Reise von der atlantischen Küste in die Berge: das Kind in meinem Bauch; mein grünes Fenster; und die Räuberbande im Innern.

Aber ich will der Reihe nach erzählen, wie es sich gehört – auch wenn ich nur mir selbst erzähle.

***

Das Fenster hatte ich mir als Hochzeitsgeschenk erbeten: ein Fenster aus der Alten Welt, ein großes Viereck aus mehreren Reihen grünlicher, in Blei gefasster Glasscheiben, die Bullaugen ähnelten. Auf der beschwerlichen Fahrt hatte ich mich immerzu um das Fenster gesorgt, das dann in die südliche Wand unseres neuen Hauses eingesetzt wurde und den Blick aufs Tal, zuvörderst aber auf das Haus der Nachbarin freigab. In den Bullaugen meines Fensters verformte sich das Nachbarhaus etwas, gerade Linien schlängelten und rundeten sich; ich durfte nicht zu lange auf einen bestimmten Kreis starren, ohne dass mir seltsam wurde im Kopf. Dennoch hätte ich um nichts in der Welt auf mein Fenster verzichtet, das von allen bewundert wurde. Abgesehen vom Gemeindehaus hatten die anderen Häuser hier nur winzige Fenster mit hölzernen Läden, ohne Glas, sodass der Wind und die Blicke der Anderen hineingingen, wie es ihnen gefiel.

Burleigh lobt sehr, dass die Gemeindemitglieder durch wachsame Blicke füreinander Sorge tragen. Schwach sei der Mensch und Irrwege gebe es viele, genauso wie einfache Missgeschicke. Eines Sonntags hob er Mrs. Eden hervor, die durchs Fenster beobachtet hatte, wie die Haube der alten Mrs. Moore, die am Herdfeuer eingenickt war, Feuer fing. Nur dank Mrs. Edens Zetermordio konnte sie aufgeweckt und mit einem Krug Wasser übergossen werden. Mrs. Burleigh hätte sich auf diese Weise nicht retten lassen, scherzte Mrs. Eden nach der Predigt, nur einen grünlichen Schein hätte man von draußen gesehen, während ich drinnen lichterloh verbrannt wäre. Ich lächelte zurück und dachte, das wäre kein zu hoher Preis dafür, wenigstens ab und zu, wenn Burleigh nicht zu Hause war, ohne die Blicke der Anderen zu sein.

So lebe ich seit vielen Jahren in Demut und in Fruchtbarkeit – während im Innern der Räuber Snaterbek spottet und mir im rechten Augenblick den Mund zuhält. Mrs. Joseph Burleigh, Mutter von sechsen, nein fünfen, erwidert Mrs. Edens Lächeln und tut ihre Pflichten stumm wie ein Fisch. Auch den Tod ihres jüngsten Kindes Mary hat sie standhaft hingenommen. Wie Burleigh sagt: Wenn ein Kind stirbt, fließen Tränen, aber die junge Seele steigt jubelnd hinauf zu Gott.

***

Schon das erste Burleigh-Mädchen hatte ich Mary nennen wollen, damals vor sechs Jahren, aber Burleigh bestand darauf, sie guter Sitte gemäß Anne zu taufen, nach ihrer Mutter. Ob mein Name ein guter Tausch ist gegen den der Mutter Gottes, sei dahingestellt. Ich habe etwas Angst vor dieser Tochter: vor ihrem kichernden Lachen und ihrer Weinerlichkeit, ihrem runden Bauch und ihren mausfarbenen Zöpfen. Das Kind ist mir fremd, und sie weiß es so gut wie ich.

Ansonsten haben wir vier Jungen, darunter ein Zwillingspaar: bewegliche Dinger, gegen die nichts zu sagen ist. Die Größeren haben eine gute Lehrerin, Miss Jelena Cleave, eine gottesfürchtige Frau. Auch von ihr träume ich manchmal, denn sie ist nicht nur gottesfürchtig, sondern auch schön mit ihrer verhangenen Stimme und ihren Fingern, die am Sonntag behutsam durchs Gesangbuch blättern.

Einmal war ich sehr glücklich: als ich am Schulhaus vorbeikam, an jeder Hand einen Zwilling, und Miss Cleave mich zurückhielt, um mir von den Unarten Georgies zu berichten, des Zweitältesten. Georgie ist eine Plage, aber als ich an diesem Tag nach Hause kam, habe ich ihn geküsst und geherzt für seine Unartigkeit. Kommen Sie doch einmal zum Tee, Miss Cleave, hätte ich fast gesagt, mit meiner Räuberstimme; und sie, recht schüchtern, wenn es nicht um ungezogene Kinder geht, hätte den Blick gesenkt und bejaht. Wie gerne ich mit Miss Cleave gesprochen hätte und vielleicht noch anderes getan. Aber ich habe sie nicht zum Tee eingeladen. Die Vorstellung von Miss Cleave an unserem Tisch, dem Burleigh vorsteht, mit seinen ewig gefalteten Händen, flankiert von den Jungen und von Anne, die auf ihren Zöpfen herumbeißt; Burleigh, der sich nach dem Betragen der Kinder erkundigt und nach der Gesundheit der alten Moores und mittendrin ich mit der Suppenkelle: Nein.

Darum lade ich niemanden ein. Hier glauben sie, dass ich melancholisch bin; doch ich bin nur still, und manchmal schließe ich die Augen und sehe in mein anderes Leben zur See. Ich sehe meine Geliebte Mary, lieblicher denn je, und Klein Mary, meine Erstgeborene, die mir näher ist als alle Burleigh-Kinder zusammen. Sie ist ein Seeräuberkind, gezeugt und geboren am Wasser. Ich sehe sie in weiten roten Hosen am Ufer stehen und den Horizont absuchen mit ihren schwarzen Augen, an der Seite vielleicht einen größeren Jungen, der ihr das Fischen und das Jagen beibringt. Dieser Junge ist der Einzige, den ich mir an Marys Seite vorstellen mag. Klein Mary hat keinen Vater zu fürchten und keine Mutter und keinen Gott. Sie ist allein und stark, wie ich es einmal gewesen bin. Die harte Schönheit dieses Kindes strahlt in meinem Kopf.

An meine Geliebte denke ich, die, da sie nun einmal tot ist, im Himmel sitzen und über Klein Mary wachen müsste, die ihren Namen trägt.

***

Mary Burleigh, mein Jüngstes, hätte mir Klein Mary wiedergeben sollen. Ich hatte nicht mehr mit einem neuen Kind gerechnet. Burleigh ist weit in den Sechzigern, und es ist nicht, dass ich an unseren fünfen nicht genug hätte. Die Geburten und der ewige Maisbrei haben meinen Körper schwerer und träger gemacht, und jedes Mal, wenn ich ein Kind von der Brust nahm, hoffte ich, es möge das letzte gewesen sein. Aber dann, zweieinhalb Jahre nach den Zwillingen, kam dies neue Töchterchen, und ich nannte es Mary und begann aufs Neue zu träumen. Ich würde ihr einen Hund schenken und ihr rote Hosen nähen und das Meer zeigen, egal wie viele Wälder wir dazu durchfahren müssten. Anne wäre dann alt genug, um sich um das Haus und ihre Brüder und ihren alten Vater zu kümmern.

Doch Mary war zart und bekam das Fieber, ehe sie vier Monate alt wurde, und eines Morgens, als ich mit der Wäsche am Bach kniete, vor Kälte so eilig schrubbend wie nur möglich, kam Burleigh und sagte, dass die kleine Mary tot sei. Ich lief zum Haus, in die Stube, zur Wiege, und wirklich: Marys Gesicht war wächsern, ihr Körper schon kühl nach der Hitze der letzten Tage. Burleigh kam mir nach, legte mir seine schweren Hände auf die Schultern und tat seinen Sonntagsrock an.

Er weiß nichts von Marys Aufgabe, den alten Geschichten neue Kraft und neue Farbe zu verleihen.

Es ist Februar; morgens verschluckt der Nebel, der überm Tal hängt, jeden Laut, er löst jede Sicht, jede Spur auf in weißliche Schleier, die sich an die Kleider und an die Gedanken hängen. Es ist ein langsames Verschwinden in den Tod. Die Geschichten von den beiden Marys, von Kapitän Calico, meinem Freund Julian Snaterbek und von der *Queen Anne's Revenge*, unserem Schiff, haben die Reise herauf in die Berge nicht gut überstanden. In diesem Leben, in dieser Hütte voller Kinder sind sie durcheinandergeraten und verblasst. Zuweilen, wenn ich an meine alten Freunde denke, erschrecken mich ihre blutarmen Züge.

Hier in der Missionsgemeinde, wo in allen Winkeln der Teufel sitzt, habe ich meine eigenen Geister. Burleigh und die anderen Missionare wissen nicht, dass in mir eine Bande Seeräuber krakeelt und alles beurteilt, was geschieht. Ich kann mir nicht helfen. Manchmal sitze ich in Burleighs Sonntagspredigt und Julian Snaterbek schneidet Gesichter zu seinen schönen, tief gefühlten Worten.

Einst hast du mit nackten Gliedern auf dem Oberdeck gesessen, Anne Burleigh, raunt er in mein Ohr, – trankst Bier, aßest gestohlene Krapfen und spieltest Karten, und es war dir ganz einerlei, ob Sonntag war.

Wie gut, dass er nach außen hin unsichtbar ist. Unter Puritanern ist der rechtschaffene Gott allgegenwärtig, und auch ich führe Seinen Namen im Mund und schaue nach rechts und links, dass man mich für ausreichend fromm befindet.

In Burleighs Hütte, ja in der gesamten Mission gibt es keine Kammern, keine Innenwände, hinter denen ich mich verbergen könnte. Alles ist belegt von Vorräten und von Kindern, und draußen herrscht Frost. Was ich von früher besitze, ist wenig: die silberne Uhr meines Vaters; ein kleines Gemälde der Jungfer Maria aus meinem Elternhaus, das Burleigh über die Wäschetruhe gehängt hat; und einen Seefahrerblick nach Nord und Süd und hinaus ins Weite. Manchmal, wenn ich kaum mehr etwas erkenne im grünen Dämmerlicht der Hütte, stelle ich mich an den Abhang am Tscherokesenpfad und blicke über die steinernen Wellen der Berge, ob mich nicht ein Schiff abholt und in ein neues Land bringt, an einen anderen Ort als diesen.

2

In einer Missionsgemeinde mitten im Tscherokesengebiet wird mit dem Tod eines Säuglings nicht viel Federlesens gemacht. Mary Burleigh ist das erste Kind, das mir wegstarb; aber in der gesamten Mission, die nur ein paar Familien umfasst, ist es das dritte in diesem Winter. Auch den Waterhouses war ein kleines Mädchen gestorben, und bei den Moores hatte der vierjährige Patience tagelang Schleim und Blut gehustet und war nicht mehr aufgestanden.

Es heißt, die Tscherokesen trauern im Voraus, wenn ihnen im Winter ein Kind geboren wird: Die Feuchte und die Kälte hier oben sind keine gedeihliche Gegend für kleine Kinder. Sicherlich, es geschieht zum Lobpreis Gottes, dass wir hier wohnen und die Heiden bekehren, aber für meinen Geschmack sind wir viel zu weit hinaufgegangen. Burleigh jedoch ist überzeugt, dass wir am Platze sind.

Das Wir umstand das frische Grab, ich mit dem Spaten und Burleigh mit seiner Bibel und seiner Gicht in den Füßen; von der übrigen Gemeinde war nur unser Nachbar Mr. Waterhouse gekommen, zusammen mit seiner Frau Rebecca, die von den Tscherokesen stammt. Der Trauergottesdienst würde erst am Sonntag sein. Trotzdem fand Burleigh viele milde Worte, während die Jungen, blau vor Kälte, schon unruhig wurden und Anne, die vernarrt in den Säugling gewesen war, nicht aufhörte zu schluchzen. Ich hielt ihr einen Zipfel meines Umschlagtuchs unter die Nase, selber arm und ungetröstet.

Wie soll ich es hinnehmen, dass auch diese Mary mich verlassen hat?

Und Burleigh sprach ein letztes Gebet und mahnte die Kinder zum Gesang, und sie sangen mit ihren dünnen Stimmen *Jesus, Heiland meiner Seele*, wie er sie's gelehrt hat; und plötzlich löste sich eine Gestalt von der weißen Nebelwand über uns und näherte sich lautlos wie ein kleiner Geist. Das Wir sah ihr erstaunt entgegen.

Miss Cleave!, schrie Georgie, und wir blickten den Abhang hinauf, der den Friedhof von den Häusern und den Gärten trennt, und sahen Jelena Cleave durch die dichten Schleier zu uns hinuntersteigen. Sie ging vorsichtig, etwas unbeholfen, und ihr wollener Umhang hing schwer an ihr.

Annie hat mir von Ihrem Verlust erzählt, sagte sie bescheiden, und Anne sah aus ihrem verrotzten Gesicht zu ihr auf. Miss Cleave gab ihr ein winziges Bündel in die Arme: ein locker verknotetes Schnupftuch, in dem es sich regte. Ein Schnäuzchen witterte nach links und rechts.

Ich wollte dir etwas anderes Hübsches bringen, nun, da ihr kein Kleines mehr habt.

Ein Hörnchen!, schrie Georgie, und die Kinder umdrängten das Bündel, aus dem zwei kleine graue Hände wuchsen, die sich in Annes Ärmel verkrallten. Anne heulte auf und sah doch entzückt auf das kleine Ding mit dem buschigen Schwanz, während die Jungen lange Hälse machten. Josie und Georgie bestürmten ihre Schwester, ihnen das Tier zu überlassen; die Zwillinge hüpften kreischend auf und ab, um einen Blick zu erhaschen. Geschrei kam auf, als es sich aus seinem Tuch und aus Annes Armen befreite und in eiligen, aber recht kraftlosen Sprüngen davonlief – verfolgt von seiner neuen Herrin und ihren Brüdern. Burleigh runzelte die Stirn und rief den Kindern Drohendes hinterher; dann klappte er das Buch zu und setzte sich in Bewegung. Ich blieb zurück, an meiner Seite Miss Cleave, die sich sogleich verabschiedete und mit den Waterhouses fortging; sie hätten noch zu buttern.

Das war das Ende von Mary Burleighs Beerdigung.

* * *

Am Sonntag erzählte Miss Cleave, sie habe das Hörnchen im Spätherbst gefunden und mit nach Hause genommen, wo ihre Katze es säugte wie ein eigenes Junges. Als der Winter kam, sei es noch zu schwach gewesen, um in die Wälder zurückzukehren, und so habe sie es bei der Katze gelassen. Jetzt aber sei es zu wild, bei aller ihm verbliebenen Zartheit, und die Katze beiße es weg; es brauche, sagte Miss Cleave, eine gute Seele, die sich kümmere und es wärme und behüte bis zum Sommer.

Anne nickte und nahm sich des Hörnchens an. Als Burleigh sie fragte, welchen Namen sie ihm geben wolle, war sie unschlüssig wie immer, wenn sie etwas entscheiden soll; aber da es das einzige zahme Hörnchen in der Mission ist, liegt darin kein Schaden. Sie trägt es im Ärmel und im Kragen mit sich herum, irgendwo schaut stets der kleine graue Busch hervor; und das Hörnchen hat schnell begriffen, dass Anne seine Herrin ist, und lässt fast nur im Haus von ihr ab.

Wir besitzen zwei Ziegen, einige Hühner und einen Kaninchenstall, für den die älteren Kinder zuständig sind. Das Hörnchen, dies federleichte Ding, ist zerbrechlicher und zerzauster als alle unsere Haustiere. Ich habe es gern; ich ignoriere seine Zerstörungen im Haus, die die der Kinder nicht übertreffen, und gebe ihm Maiskörner und Rübenstücke in die Händchen; und während es eifrig kaut, liebkose ich mit zwei Fingern den grauen, silbrig schimmernden Pelz, der es vor dem Wind beschützt. Nachts erlaube ich ihm, eingerollt auf Annes Bett zu liegen. Das ist nur gerecht, denn Anne hat als Einzige im Haus keinen Bettgenossen.

Josie und Georgie teilen sich ein Bett, ebenso die Zwillinge; und natürlich Burleigh und ich. Dabei ist es Anne, die – obwohl groß und dick für ihr Alter – mehr Angst hat als alle Anderen. Sie hat Angst vor ihren großen Brüdern, vor der Dunkelheit, vor Bären, Wölfen und Salamandern und sogar vor Hunden. Auch Miss Cleaves Tadel fürchtet sie – Miss Cleave, die sicherlich das sanftmütigste Geschöpf ist, das dieses Mädchen je zu Gesicht bekommen wird!

Zu einem Teil ist Burleigh schuld an Annes Angst; er redet den Kindern zu viel vom Teufel ein. Der Verführer, sagt er, lauere überall, um die Kinder zu verderben: im Müßiggang, im Ungehorsam, im Fluchen und in der Unsauberkeit. Meine Tochter, die um Längen gehorsamer und sauberer ist als ihr Bruder Georgie, hat eine Neigung, vor Teufelsangst den Kopf zu verlieren. Nachts ist sie zwei-, dreimal an unser Bett getreten und sprach mit zitternder Stimme, ihr sei der Teufel erschienen, mit Bocksbeinen und rauchenden Nasenlöchern. Sie könne nicht mehr liegen. Burleigh erhob sich dann ächzend auf die Ellbogen, was ein Weilchen dauerte, und sagte sehr ruhig: Gib ihm keine Macht über dich, Kind, und geh wieder schlafen.

Während sich Anne über den klammen Bretterboden in ihr Bett zurücktastete, tat sie mir ein wenig leid. Als Josie klein war, habe ich ihn manchmal, in besonders kalten Nächten, mit zu uns genommen. Damals hat mich sein weiches Körperchen getröstet, und ich liebte den Geruch seines flaumigen Nackens. Aber fünf Kinder später lasse ich mich nicht mehr darauf ein. Burleigh als ständiger Beischläfer ist mir anstrengend genug. Wenn Klein Mary bei mir wäre: Vielleicht dürfte sie mit in mein Bett. Aber ich glaube nicht, dass Klein Mary nachts Angst haben würde.

Annes unterdrücktes Weinen nur fünf Fuß von uns entfernt hat mich einige Male vom Einschlafen abgehalten. Es ist gut, dass sie jetzt das Hörnchen hat.

$$***$$

Die Wahrheit ist: Als ich die Wiege zu den Waterhouses zurückgebracht hatte, war ich erleichtert, den schmalen Gang im hinteren Teil der Hütte, wo die Wäschetruhen stehen, wieder leer zu sehen. Nein, wir haben keinen Platz für weitere Kinder. Das Wir ist groß genug und das Haus zu klein. Schon die Zwillinge mussten wir so dicht neben uns betten, dass ihre nackten Füßchen uns fast ins Gesicht hängen. Burleigh ist zu alt, um die Hütte zu vergrößern, und ich darf diese Männerarbeit nicht tun. Wenn Josie und Georgie etwas älter und geschickter sind, sollen sie es richten.

Die übergroße Nähe der Kinder hat den angenehmen Effekt, Burleigh von seinen ehelichen Betätigungen abzuhalten. Es ist nicht, dass er es ganz und gar unterließe; er vertritt den Standpunkt, dass Eheleute einander auch körperlich erfreuen sollten. Leider versteht er es nicht sehr gut, mich zu erfreuen. Immer habe ich an Mary Reed gedacht, wenn es so weit war, und in mir die Bilder gesucht, die über die Jahre fad geworden sind. Ich habe sie wohl zu sehr ausgekostet: besonders die Erinnerung an unsere Wollust. Mit diesem blassen Mary-Schmerz in Burleighs Armen zu liegen, verzehnfacht das Gewicht seines Körpers auf mir.

Überhaupt habe ich es hier oben sehr mit der Schwere zu tun. Sie sitzt in der nassen Wäsche, die ich alle paar Tage vom Bach nach Hause trage, und in den klebrigen Händen der Kinder; und besonders in Burleighs und meinem Ehebett, wenn es ihm einfällt, mich zu erfreuen. Als Mann Gottes ist Burleigh sehr daran gelegen, Andere zu erfreuen. Wenn mich unter seinen Händen doch einmal die Lust überrascht, nehme ich es ihm übel: Es ist nichts, was in dieses Bett, in dieses Leben gehört.

Und so kommt mir zupass, dass Burleigh sich, seit die Zwillinge neben uns schlafen, seltener über mich begibt. Wenn er es doch tut, stößt er mit großer Wahrscheinlichkeit ans Schienbein von Frankie oder an Bradfords kleines, meist zerschundenes Knie. Bradford ist, wie die größeren Jungen, ein guter Schläfer; aber sein Zwilling jammert viel. Ein paar Mal ist es vorgekommen, dass Frankie, von Burleigh aufgestört, zu heulen begann, sogleich unterstützt von Bradford; worauf Burleigh sich wie ein gichtiger alter Kater in seine Betthälfte zurückfallen ließ, erbost über mein gereiztes Lachen. Ich stand auf und tröstete die Zwillinge, während die Vergnügtheit langsam verflog und ich zu frieren begann.

***

In der Woche nach Mary Burleighs Beerdigung überließ ich mich meinen Träumereien. An den Trauergottesdienst kann ich mich kaum erinnern. Am Montagabend klopfte Mrs. Eden mit Gewürzkuchen und allerlei anderen Leckereien, um zu sehen, wie ich mich hielt. Sie brachte den bitteren Schnaps, den sie in der Abgeschiedenheit ihrer Hütte aus Rüben und Äpfeln verfertigt, und erklärte, die Trauer um ein kleines Kind sei eine Frauenangelegenheit und rechtfertige ein Gläschen zu zweien. Ich nahm es gern und ließ Mrs. Eden eine Dreiviertelstunde lang reden, bis Burleigh kam, worauf sie geschäftig aufstand. Am Dienstag schickte Mrs. Waterhouse ihre Tochter mit kaltem Braten herüber, den ihr die Jungen schon vor der Haustür abjagten. Burleigh wies dem Mädchen mit guten Worten den Heimweg und verprügelte anschließend Georgie, der schrie, der Braten wäre von der Botin schon halb aufgegessen gewesen. Es half ihm nicht viel; abends behandelte ich seinen Hintern mit Salbe, während die Zwillinge, die keinen Braten abbekommen hatten, mit großen Augen danebenstanden.

Am Mittwoch schlug das Wetter um, es stürmte zum Gotterbarmen, und wir mussten drinnen bleiben – alle sieben. Der Hagel, der gegen mein grünes Fenster trommelte, und der Höllenlärm der Kinder, die nicht zur Schule gehen konnten, übertönten die Totenstille in mir, und wie so oft hätte ich die Kinder erschlagen mögen und war gleichzeitig froh über ihr Geplapper, ihre ewigen Fragen und die warme Haut der Zwillinge, als ich sie mit einem nassen Lappen abrieb. Das Wir rettete mich vor der Mary-Pein in meinem Innern; wie es auch umgekehrt manchmal der Fall ist.

Nachmittags zerbiss das Hörnchen zwei Gesangbücher und Burleigh drohte, ihm den Hals umzudrehen. Mit erhobenen Fäusten jagte er es durch die Stube, und die Kinder schrien und lachten wie irr, als das Hörnchen auf einem Dachbalken Platz nahm und, einen dort versteckten Brotkanten hervorziehend, hinabäugte. Ich warnte sie mit Blicken und mit Worten; sie wussten zu gut, dass ihr Übermut in Schlägen enden würde. Bei Josie und Anne verfingen meine Worte, und sie beruhigten sich. Aber Bradford und Frankie sind noch zu klein, um zu bedenken, dass sie sich – anders als das Hörnchen – vor Burleighs Rute nicht ins Gebälk retten können; und auch Georgie ist in solchen Momenten unrettbar, die geborene Unvernunft. In ihm gibt es eine Kraft und einen Trotz, denen nur mit Befehlen begegnet werden kann. Als Burleigh entkräftet mitten in der Stube stehen blieb, den Blick noch immer auf das Hörnchen geheftet, vielleicht auch auf die heimgegangene Seele unseres toten Kindes, nahm ich die Dinge in die Hand.

Georgie, zieh Vaters Mantel an und hol ein Huhn fürs Abendbrot.

Nein!, rief Georgie, der das Schlachten verabscheut, obwohl er mit seinen sieben Jahren kräftig genug dafür ist. Klein Mary, dachte ich, würde ohne ein Wort hinausgehen, um ihrer Mutter ein Huhn zu schlachten.

Ich packte Georgie und warf ihn aus der Hütte, und als er wenig später mit dem blutigen Huhn zurückkam, aufgelöst in Regen und Tränen, aber endlich still, hatte ich mit Anne angefangen, das Abendbrot zuzubereiten, und es war Friede in Burleighs Haus. Frankie und Bradford, glänzend vor Sauberkeit, kugelten sich träge auf unserem Bett und schliefen schon fast. Ich spürte, wie der Würgegriff sich lockerte.

Am Donnerstag besserte sich das Wetter und die Kinder rannten hinaus in die Schule und in die Wälder. Mrs. Eden wiederholte ihren Besuch, ihre Gaben und ihr Geschwätz. Abends, nach dem Melken der Ziegen, trat ich vor die Stalltür und hielt meine Nase in die nächtliche Dunkelheit. Wider alle Klugheit versuchte ich, den Tulpenbaum zu riechen, der den Frühling ankündigt, ohne Erfolg.

***

Am Freitag kam endlich Miss Cleave. Auch sie brachte Gewürzkuchen, den ich längst nicht mehr sehen konnte, und herzliche Grüße von den alten Moores; sie erkundigte sich nach dem Hörnchen. Ich rief Anne herbei und schickte sie dann so schnell wie möglich zu den Kaninchen zurück, wo sie genügend zu tun hatte. Das Hörnchen blieb bei uns und sprang wieder hinauf ins Gebälk. Josie und Georgie hielten sich vor ihrer Lehrerin verborgen; nur die Zwillinge kamen herbeigelaufen und staunten die Frau an, die noch nicht oft in unserer Hütte gewesen war. Ich war froh, am Tisch zu sitzen, die Hände im Schoß wie eine melancholische Dame, statt mit der Suppenkelle zu hantieren; überdies schüchterte es Miss Cleave etwas ein.

Sie nahm auf einem der fünf Stühle Platz und erkundigte sich nach meinem Befinden. Ich schloss die Augen: Wie sollte es mir schon gehen?

Dann dachte ich, dass ich nicht schwierig und merkwürdig erscheinen wollte vor Miss Cleave. Ich öffnete die Augen und sah sie im grünen Dämmerlicht der Hütte sitzen, mit einem breiten, sehr hellen Gesicht wie der Erzengel Gabriel bei der Verkündigung. Der Eindruck wurde stärker, als sie sich zu Frankie hinabbeugte, der verlangte, auf den Schoß genommen zu werden. Miss Cleave sah den weißblonden Pummel an wie einen überzarten Säugling: als hätte sie noch nie ein kleines Kind auf dem Schoß gehabt. Sie hob Frankie empor, nahm ihn vorsichtig auf die Knie und hielt ihn fest zwischen ihren Händen; sie fürchtete wohl, er würde sich kopfüber zu Boden stürzen. Frankie, dem das bald zu langweilig wurde, zappelte kräftig und ließ sich zwischen Miss Cleaves Beinen hinuntergleiten. Dort ergriff ihn Bradford und verkroch sich mit ihm in eine andere Ecke.

Ich lachte, als Miss Cleave ihnen getroffen hinterherblickte. Sie stimmte ein und sagte: So lange sie nicht ordentlich gehen und sprechen können, sind sie mir immer etwas unheimlich. Mir scheint, alle kleinen Kinder sind Heiden, nicht nur die indianischen.

Ja, das sind sie wohl.

Wir schwiegen. Ich aß ein Stück von ihrem Kuchen, er schmeckte erstaunlich gut und lieblich nach Sommer – trotz der frühen Jahreszeit war er mit Honig gesüßt. Miss Cleave sagte, sie habe in Mrs. Moores Vorräten noch ein Gläschen gefunden. Ich schnitt mir ein zweites und ein drittes Stück ab, ich hatte wenig gegessen in den letzten Tagen, und auch Miss Cleave griff mehrmals zu. Der Kuchen war noch warm und ich hatte lange nichts so Gutes zu mir genommen; ich musste mir Zwang antun, einen Teil für Burleigh und die Kinder übrig zu lassen.

Ich trug den Kuchen zur Anrichte, setzte mich wieder und nahm allen Mut zusammen: Möchten Sie mir etwas vorlesen, Miss Cleave?

Aus der Heiligen Schrift, meinen Sie?

Nein, sagte ich hastig, – lieber etwas anderes. Ich möchte gern eine Geschichte hören …

Überrascht sah sie mich an: Können Sie nicht lesen?

Nein.

Scham stieg in mir auf. Fast alle in unserer Gemeinde können lesen – vielleicht bin ich die Einzige, die es nicht kann. Aber da ich die Kirchenlieder auswendig weiß und Burleigh fast täglich aus der Bibel vorliest, habe ich keinen Gebrauch für diese Kunst.

Mr. Burleigh hat am Anfang versucht, mich die Buchstaben zu lehren, sagte ich. – Aber dann kam der Auszug, die Kinder …

Und Sie sind selber nicht zur Schule gegangen?, fragte Miss Cleave.

Ich wurde ärgerlich. Dieses Puritanerfrauchen konnte sich wohl nicht vorstellen, dass nicht überall in der Welt so eifrig gelernt wurde wie in den Missionsgemeinden! Was wusste Jelena Cleave, die ihr Leben in Studierstuben zugebracht hatte, von der Zeit, bevor ich Burleighs Frau wurde? Im Unterschied zu ihr, die wohl kaum über eine Pfütze hüpfen konnte, ohne sich nass zu machen, war ich zur See gefahren!

Ich hatte Besseres zu tun, sagte ich etwas grob. Gleich darauf tat es mir leid, denn Miss Cleave rückte ein Stückchen von mir ab; jedoch ließ sie sich nichts weiter anmerken und sah sich um. Doch wir haben kaum Bücher im Haus, die keine Bibeln oder Gesangbücher wären; abgesehen von den paar Bänden meines Vaters, die in ein Regal hoch über unseren Köpfen gezwängt stehen. Schließlich nahm sie Josies Schreibtafel, die noch auf dem Tisch lag.

Ich habe ihm und Godwill heute ein Gedicht diktiert, sagte Miss Cleave. – Es hat einmal in der Zeitung gestanden, ich glaube, es ist ein indianisches Gebet. Es preist auf sehr schöne Weise die Unterwerfung unter den göttlichen Willen.

Der Pfad der Tränen

So viel zu tragen, all der Schmerz
Ließ uns schier verzweifeln.
Den Glauben verloren
Mussten wir lernen:
Es gibt keinen Pfad zurück
Wir können nirgendhin zurück.

Erst rannen die Verse durch mich hindurch wie Wasser, wie Burleighs endlose Bibelverse. Dann geschah etwas Seltsames, das mir lange nicht mehr passiert war: Ich bemerkte, dass es schöne Worte waren. Ich sah sie Miss Cleaves Mund entsteigen wie Blumen, rote und weiße und gelbe, die nach Frühjahr und Hoffnung dufteten; und jedes einzelne gab dieser Hütte ein wenig mehr Licht. Die Worte versammelten sich um Miss Cleaves Kopf und bildeten um ihn eine goldene Krone aus Blumen und Federn, und das Wörtchen *nirgendhin* war das schönste Kleinod darin.

Miss Cleave las und las. Es waren eine Menge Verse, die der arme Josie hatte aufschreiben müssen; doch ich habe nur diese behalten:
Nirgendhin.
Wir können nirgendhin zurück.
Ich sagte: Vielen Dank, Miss Cleave.

Als sie wenig später ging, sah ich ihr lange nach. Jetzt ist es also geschehen, dachte ich und musste lachen: Der Erzengel hat mich in meiner Stube besucht. Miss Cleave hat an meinem Tisch gesessen, mit ihrem hellen Gesicht und ihrer verhangenen Stimme, grünlich beschienen. Oh, diese hellen Gesichter, wie hatte ich sie vergessen können? Meine Geliebte Mary hatte eines gehabt – und Nathan Korinth, mein Lehrer. Er war mir lange nicht mehr in den Sinn gekommen.

Ich sitze am Tisch in Burleighs enger Hütte. Auf dem Stuhl, auf dem Miss Cleave gesessen hat, ist noch etwas Feuchtigkeit von ihrem Umhang, die ich mit furchtsamer Hand berühre. Auf dem Tisch liegt Josies Tafel. Ich würde das Gedicht mit den Lippen berühren, es einatmen, ja ablecken – wenn es nicht gar zu unsinnig wäre.

Ich sitze am Tisch und meine Augen kosen Annes Hörnchen, das im Gebälk rumort, denn es ist ein Teilchen von Miss Cleave, das bei mir geblieben ist. Wie sie den Abhang zum Friedhof hinunterkam: Schon in diesem Augenblick hätte ich die Helligkeit sehen müssen. Aus einer fernen Gegend muss sie zu mir gekommen sein, einer klaren und sonnigen Gegend mit Palmen und salziger Luft, die die Lippen rissig macht wie der Winter hier oben … Ich kann nicht an Miss Cleaves Mund denken, der Verse spricht, ohne vor Scham und vor Hoffnung zu vergehen. Alle Tage, an denen ich sie gesehen habe, steigen in mir auf: wenn sie über Georgie geschimpft hat oder Burleigh grüßen ließ; und auch ihr Schimpfen und ihr Gruß sind Blumen geworden, die an ihr und mir emporranken und ihre leuchtend roten Kelche in den Himmel recken.

Oh, dieses Leuchten wieder in mir zu haben!

3

Es ist nicht leicht, der Reihe nach zu erzählen; aber die Dinge brauchen ihre Ordnung. Meine Geschichte darf nicht durcheinandergeraten, ich darf sie nicht vergessen, sonst wäre ich denen hier oben ganz und gar ausgeliefert. Es gibt drei Marys in meiner Geschichte und eine Menge Annes, und jetzt gibt es Miss Cleave.

An vieles erinnere ich mich nicht sehr genau – vor allem erinnere ich mich, dass am Ende alle tot waren und ich alleine weiterleben musste.

Woran ich mich entlanghangeln kann, hübsch der Reihe nach, sind meine Namen: Anne Burleigh, geborene Brennan, legitimierte Cormac, zum Ersten verheiratete Bonnie, zum Zweiten verheiratete Burleigh. Ich bin in Irland geboren und als Kind nach Amerika gefahren und auf den Baumwollpflanzungen von Charles Town groß geworden. Mit siebzehn habe ich den Säufer James Bonnie geheiratet und mit achtzehn angeheuert beim Piratenkapitän John Reckham, genannt Calico, und unter seiner Führung geraubt, getötet und geprasst. Ich habe Calico ein Kind geboren, Klein Mary, und auf der Insel Kuba zurückgelassen. Ich war die Geliebte der Mary Reed, einfacher Seemann wie ich selbst, geboren zu Devon in England und verreckt im Kerker zu Port Royal, kurz nachdem alle unsere Gefährten gehenkt worden waren. In einer langen Reihe wurden sie aufgehängt, während Mary und ich im Karren knieten und zusahen, wie das Urteil es befahl. Etwas von ihren Seelen muss dabei – während des jubelnden Aufstiegs zu Gott – in mich gefahren sein. Seither trage ich sie mit mir herum: die Seele und die Stimme meines Freundes Snaterbek vor allem. Er gibt acht, dass sie mich nicht am Ende doch noch hängen. Zusichern kann er's mir nicht.

Von Port Royal bin ich nach Charles Town zurückgefahren und habe den Pfarrer Burleigh geheiratet und bin ihm in den Westen, in die kalten Berge Appalachiens gefolgt. Was hätte ich sonst tun sollen, überreich an Seelen und Stimmen, aber allein in Charles Town, South Carolina? Alle waren sie tot.

***

In Wirklichkeit weiß ich nicht, ob Miss Cleave ihr Leben tatsächlich in Studierstuben verbracht hat. Es ist unter Missionaren nicht üblich, nach der Zeit im Leben zu fragen, bevor der Ruf zur Mission erging. Ich habe einmal sagen hören, Miss Cleaves Familie stamme aus Böhmen in der Alten Welt, wo es gebirgig sei wie hier.

Sie ist vor einiger Zeit in die Gemeinde gekommen; sie kam alleine und sie blieb es auch, das scheint ihr natürlicher Zustand zu sein. Miss Cleave wohnt in einer winzigen Hütte, einem Anbau an das Haus der alten Moores, das auf der uns entgegengesetzten Seite ans Land der Waterhouses grenzt. Moores Hütte war eins der ersten Häuser hier oben und ist, mit seinen zahlreichen Anbauten, bis heute das zweitgrößte: ein wunderliches Riesentier in verschiedenen Grautönen der Verwitterung. Nur das Gemeindehaus, das ans Grundstück der Moores grenzt, ist noch größer.

Jeremiah Moore war der Weggefährte von Vater Isaac Eden, der die Mission vor einer Unzahl von Jahren gegründet hat. Nach Vater Edens Tod hat Burleigh zugesagt, sein Amt zu übernehmen, und ist mit mir und unseren Truhen und Josie in meinem Bauch von Charles Town aufgebrochen, Richtung Nordwesten in die fast unbesiedelten Berge. Als wir eintrafen, stand die verwitwete Mrs. Eden am Wegrand und schloss mich fest in ihre Arme; und ich wusste, so schnell käme ich hier nicht wieder weg.

Jetzt ist es einige Jahre her, dass sich Mr. und Mrs. Moore in einen ihrer Anbauten zurückgezogen haben und der Gemeinde die große Stube als Schulhaus zur Verfügung stellen. Die Moores sind sehr fromm, vielleicht frommer noch als Pfarrer Burleigh, und das Studium der Heiligen Schrift ist dem Herrn wohlgefällig.

Die Missionsgemeinde, dies größere Wir, nahm Miss Cleave während eines herbstlichen Sturms in Empfang. Als der Sturm zu Ende war, trat Miss Cleave aus dem Gemeindehaus, betrachtet von zwei Dutzend gierigen Augen, wrang ihre Reisehaube aus und fragte sehr höflich, ob sie bleiben könne. Sie sei ohne Verwandte, puritanischer Gesinnung selbstverständlich, und auf der Suche nach einem Auskommen. Ihre Bescheidenheit fiel angenehm auf, ebenso ihre Bibelkunde und schöne Handschrift, außerdem mangelt es in der Gemeinde an heiratsfähigen Frauen; und so kam es, dass Burleigh, bis dahin Pfarrer und Schullehrer in einer Person, Miss Cleave in den Lehrdienst nahm. Wenig später war sie die alleinige Lehrerin unserer Kinder, der puritanischen wie der heidnischen, und allgemein beliebt. Aus irgendeinem Grund scheint es niemanden zu stören, dass sie sich nicht verheiratet hat; ich weiß nicht, ob die Anderen mir darin zustimmen würden, dass die Vorstellung, Jelena Cleave habe einen Ehemann, unrecht ist.

Ich kann nicht sagen, ob es an ihrer Gelehrsamkeit liegt oder daran, dass sie so gedankenverloren umhergeht, stets ein Stückchen über den Dingen. Sie ist größer als ich und die meisten Frauen, die ich kenne, und auch ein wenig ungeschickter. Wer würde eine so große, so gelehrte Frau heiraten? Als sie die nasse Haube abnahm, die auf ihrem Kopf gelegen hatte wie ein Putzlumpen, dachte ich: Kann es sein, dass sie rothaarig ist?

Die alten Moores erboten sich, die junge Frau aufzunehmen, und ihr Sohn Ronnie zimmerte mit Samuel, seinem Ältesten, den Anbau, den sie unter Dankesbezeigungen in Besitz nahm. Weil sie sich seither um die beiden Alten kümmert, um Mrs. Moores Kochtöpfe ebenso wie um die Ziegen Praise und Pretty, kommt Miss Cleave nicht ins Gerede: eigene Hütte hin oder her.

Es bereitet mir einige Mühe auszurechnen, wann Miss Cleave zu uns stieß. Als wir hier angekommen sind, habe ich aufgehört, die Jahre zu zählen. Ich war kein Abenteurer mehr, sondern Mrs. Joseph Burleigh, die ein Kind nach dem anderen bekam und eine Mahlzeit nach der anderen bereitete; wozu also die Jahre zählen? Mary Reed ist für alle Zeiten tot; und das Gotteswerk, das die Mission verrichtet, ist so zeit- wie hoffnungslos. Burleigh hat viele Male gepredigt, dass wir nicht Taten anhäufen sollen auf Erden, sondern demütig, in emsiger Arbeit, dahinleben müssen, bis Er uns erlöst oder nicht. In unserem demütigen Leben wechseln Sommer und Winter, die Kinder wachsen heran wie der Mais und die Kaninchen draußen im Stall, die ich am Sonntag zubereite – jeden Sonntag, jeden Sonntag –, und ich schrubbe meine Wäsche und schrubbe die Planken in meiner Stube und bin darüber dreißig Jahre alt geworden, fast ohne es zu bemerken. Wozu in aller Welt die Jahre zählen?

Sie haben uns nicht gehängt, Mary und mich, weil wir beide ein Kind erwarteten, jede für sich; meines war erfunden. Im Kerker schwor ich, künftig jedes Kind und jedes Frauenkleid anzunehmen, wenn sie mich dieses eine Mal nicht hängen würden. Ich wurde erhört; ich ließ die tote Haut des Seemanns Bonnie zurück und stieg als Anne hinauf zu den Menschen. Ich habe meinen Schwur gehalten. Anne Burleigh ist ein folgsames Weib. Aber was, wenn sie mich doch noch kriegen?

Alle Anderen haben sie gekriegt.

***

Es muss im Herbst 1729 gewesen sein, als Miss Cleave zu uns kam, denn Frankie und Bradford waren winzig und ich hatte mich noch nicht von dem Schrecken erholt, dass ich diesmal zwei Kinder zu säugen und zu säubern hatte, *zwei*. Zur selben Zeit hatten die übrigen Kinder die Masern, woran glücklicherweise keines starb; während von den Tscherokesen nicht nur eine Handvoll Kinder, sondern auch die Erwachsenen dahinsiechten. Es war das Jahr, als Anne und Georgie ihre kleine Tscherokesenfreundin verloren, an deren Namen ich mich nicht mehr erinnere, und als Simplicity Moore, Ronnie Moores vierzehnjährige Tochter, in den Wald ging, um Pilze zu sammeln, und nie wieder nach Hause kam. Der Herbststurm, der uns Miss Cleave bescherte, kam während des Trauergottesdienstes für Simplicity, kurz nachdem Anne, gerade vierjährig, mich angesehen und gesagt hatte: Mädchen sterben schneller, Mutter, nicht wahr?

Damals, als die Tür zum Gemeindehaus aufgestoßen wurde und Miss Cleave hereintappte, nass und erschöpft wie ein Zugvogel, der sich übernommen hat, war ich weit davon entfernt zu bemerken, dass ihre Wimpern aus reinem Gold sind und ihre Züge die des Erzengels Gabriel.

***

Die paar hundert Fuß Tscherokesenpfad, die das Schulhaus von Burleighs Hütte entfernt steht, führen in eine andere Welt – eine Welt, mit der ich, gebunden an Herd, Garten und Kinder, nichts zu tun habe. Miss Cleave sehe ich fast nur sonntags. Ich kenne sie aus Burleighs Erzählungen und aus Josies, der von Anfang an ihr bester Schüler war. Beide, Burleigh und Josie, berichteten von den Bibelversen in Miss Cleaves Unterricht und dass sie die Kinder nur sehr sanft schlug. Es kümmerte mich nicht sehr, was Miss Cleave mit den Schulkindern machte; Hauptsache, sie waren für ein paar Stunden außer Haus und gut beschäftigt. In Miss Cleaves erzieherischen Ansichten, von deren Fortschritten mir Burleigh berichtete, hörte ich nur Burleigh, ihren Lehrmeister, und sah nieder in meinen Topf oder auf meine Näherei.

Doch seit Mary Burleighs Tod – seit Miss Cleave an meinem Tisch gesessen hat, hellgesichtig und bescheiden – versetzt mich jede Erwähnung ihrer Person in große Aufregung. Ich erwarte die Kinder, wenn sie aus der Schule kommen, mit der Frage: Wie war es heute?, und hoffe, dass sie die zitternde Gespanntheit in meiner Stimme nicht hören. Meist sagen sie nicht viel, und wenn Josie schließlich ansetzt: Nun ja, Mutter …, könnte ich in sein gutmütiges Jungengesicht springen und schreien: Quäle mich nicht!

Manchmal wird er etwas gesprächiger, und Anne ist ohnehin ein geschwätziges Kind; und sie erzählen, was sie bei Miss Cleave gelernt haben, und zeigen mir ihre Tafeln, etwas verwundert, dass ich sie sehen will. Dabei wissen sie nicht einmal, dass ihre Mutter nicht lesen kann, was sie am Vormittag darauf geschrieben haben.

Aber das macht nichts – es macht gar nichts. Ich sehe rote und gelbe Blumen in jedem Wort, das sie sagen, und wenn Josie erwähnt, Miss Cleave habe sie Sätze aus der Bergpredigt auswendig lernen lassen, und Georgie ergänzt: Sätze über Brot und Fisch!, und dass er selber großen Hunger habe, dann erfüllt mich strahlende Wärme, und ich zause den Jungen das Haar.

Während ich den Kindern zu essen gebe, wiederhole ich bei mir alles, was sie berichtet haben. Im Gedächtnis notiere ich die Bergpredigt und die Psalmen, die sie nennen; und der Wunsch, dies alles in Burleighs Bibel nachlesen zu können, ist groß. Ich könnte dieselben Wörter sehen, meine Augen könnten dieselben Buchstaben liebkosen, die Miss Cleave heute Morgen mit den Kindern gelesen hat!

So aber muss ich die Psalmen und Lehrsätze Josies und Annes Erzählungen abjagen und sie in meinem Gedächtnis verstauen wie in einer geheimen Truhe, von der niemand etwas wissen darf. Ich stelle mir eine hübsche kleine Truhe aus frisch geschlagenem Holz vor, die neben einer älteren und größeren Truhe steht. Diese ältere Truhe ist der Zeit mit Mary Reed gewidmet, sie ist grau vor Staub, und ich habe sie so häufig geöffnet, dass längst alles Leben aus ihr entwichen ist. Die neue Truhe öffne ich mit Behutsamkeit. Dort steht etwa verzeichnet:

Miss Cleave lässt die Kinder die Psalmen aufsagen, nicht singen. Sie tut gut daran; denn sonntags im Gemeindehaus hat sich oft gezeigt, dass sie in einem Grad unmusikalisch ist, der an Lästerung grenzt. Ihre nebelhafte Stimme, die mir so angenehm ist, taugt nicht, die einfachste Melodie zu halten. Zum Glück nimmt sie sich, ihrem Wesen entsprechend, beim Singen zurück. Seit ich Miss Cleave beim Gottesdienst näher betrachte, winde ich mich vor Zärtlichkeit und unterdrücktem Lachen, wenn ich sie so gerade sitzen sehe und ihrem merkwürdig hölzernen Gesichtsausdruck nicht entnehmen kann, ob sie ihre schiefen Töne als solche erkennt oder nicht. Er erinnert mich an eine papistische Ikone: dieser Gesichtsausdruck in seinem Ebenmaß, und in ihrem Haar die helle Morgensonne, die durch die schmalen Glasfenster scheint.

Als ich noch zu einem anderen Wir gehörte, einer Bande Seeräuber, fiel uns einmal eine Reihe solcher Ikonen in die Hände. Wir stellten sie an Deck auf und prosteten ihnen mit Schnaps zu; ein Seemann hatte sich eine genommen und war mit ihr um den Hauptmast gewalzt; bis Kapitän Calico uns Einhalt gebot und die Bilder ordentlich lagern ließ, damit wir sie in der nächsten Hafenstadt verkaufen könnten. Es war auf einem dieser Bilder, dass ich den Erzengel Gabriel zum ersten Mal sah, mit rötlich gescheiteltem Haar über die sitzende Maria gebeugt. Manchmal, wenn der Gottesdienst allzu lange dauert und mein Auge nichts Schönes hat, worauf es ruhen kann, habe ich an diese goldumrandete Gestalt gedacht – das heißt, bevor Miss Cleaves Anblick sie ersetzte.

Ich kann mir das Lächeln über Miss Cleaves mangelhafte Sangeskunst leisten, denn in unserer Gemeinde bin ich die Vorsängerin. Es ist Burleigh, der als Erster gesagt hat, dass ich zum Singen tauge. Deine Stimme ist eine Gabe, Kind, hat er gleich am Anfang festgestellt und mich, sobald wir hier oben angekommen waren, den sonntäglichen Lobgesang anstimmen lassen. Ich nahm die puritanischen Lieder auf wie ein Schwamm. Sie versöhnen mich mit dem Wir, wenn sie es in Töne auflösen und zu einem neuen Ganzen zusammensetzen: einem Gebilde aus Frömmigkeit und Wohlklang, dem sich die anderen Gemeindemitglieder anschließen – jeder Einzelne mehr oder minder zum Wohlklang beitragend. Wenn ich beim Gottesdienst inbrünstig gegen die Versuchung ansinge, muss es die Gemeinde Burleigh nachsehen, dass er sein Weib, die Besitzerin des Prachtfensters, allsonntäglich ausstellt wie einen zahmen Singvogel.

Noch einen zweiten Singvogel hat die Gemeinde: Godwill Moore, einen der zahlreichen Moore-Enkel. Ein Streber wie die meisten seiner Verwandten, kennt er alle Psalmen auswendig und bildet sonntags mit seinen Schwestern Ashes und Devotion ein singendes klingendes Vogelnest. Seine Mutter, die jüngere Mrs. Moore, wirft dann überlegene Blicke zu Miss Cleave hinüber, für die ich ihr etwas antun möchte.

Godwill, Ashes, Devotion und der verstorbene Patience: Ronnie Moore hat die ehrwürdige puritanische Sitte der Demutsnamen zu neuer Blüte geführt. Ihren Höhepunkt erreicht sie im vorläufigen Nesthäkchen, dem kleinen Killsin. Wenn Killsin die Milchzähne hinter sich gelassen hat, wird er den Moores und der ganzen Mission sicherlich viel Ehre machen.

***

Wenig später öffnete ich die Truhe aufs Neue und setzte meine Betrachtung fort:

Besonders Georgie schätzt es, wenn Miss Cleave die Kinder fromme Geschichten nachstellen lässt. Burleigh gefällt das nur halb, er nennt es einen eitlen Zeitvertreib. Aber solange es Bibelgeschichten sind, die mit einer Lehre schließen, und solange sie nicht die Sonntagsruhe stören, nimmt er es stirnrunzelnd hin, wenn Georgie zu Hause seinen Kopf mit einem Lappen umwickelt und kundtut, er sei Bathseba im Bade. Ein andermal wies Georgie Jamie Waterhouse, der zur Apfelernte herübergekommen war, an, mit gekrümmtem Rücken die Witwe Noemi darzustellen; er selber sei Ruth und willens, seiner Schwiegermutter zu folgen bis in den Tod. Ich lachte ihn aus, als er hinter dem gebückt gehenden Jamie an mir vorüberzog.

Auch über den Tod spricht Miss Cleave mit den Kindern. Josie erzählte, sie habe auf die Frage, was mit den Verstorbenen in der Erde geschehe, geantwortet, ihre Leiber würden zu Staub und Würmerfraß. Den Schaden trugen Burleigh und ich, als Anne nachts heulend vor unserem Bett stand: Sie hätte solche Angst vorm Tod. Nachdem tatsächlich ihr Schwesterchen gestorben war, stieg ihre Angst ins Unermessliche.

Stimmt es, was Miss Cleave gesagt hat? Wird Mary jetzt zu Würmerfraß?

Burleigh seufzte: Ihr Leib, Kind. Aber ihre Seele wartet im Himmel auf uns.

Bis wir auch gestorben sind?

Ja. Bis wir alle heimgehen und uns im Himmel wiedersehen.

Ich möchte zuerst sterben, damit ich nicht dabei sein muss, wenn ihr zu Würmerfraß werdet.

Das zu entscheiden, ist allein Gottes Sache.

Ich sagte in meiner Not: Geh und hüte dein Hörnchen, damit es nicht friert.

Und Anne trollte sich.

***

Eine weitere Betrachtung, die ich etwa zwei Wochen nach dem Begräbnis in meiner Truhe ablegte:

Man könnte Miss Cleave mit all ihrem Psalmenwissen, das sie täglich in die Kinder hineinstopft, für überheblich halten, wenn sie nicht so sonderbar schüchtern wäre und wenn nicht in ihrem Blick ersichtlich wäre, dass es ihr nicht an Demut und an Liebe fehlt. Auch ihre Hände, mit denen sie das Hörnchen in Annes Arme gegeben hat, legen davon Zeugnis ab. Wie groß und sorgsam Miss Cleaves Hände sind! Sie sind rau vom Waschwasser und von der Mistgabel wie meine eigenen; aber wenn sie sonntags mit dem Gesangbuch hantieren, sehe ich wohl, dass sie aus einem anderen Stoff gemacht sind als meine Hände.

Miss Cleave müsste genau hinsehen und den Seemannsdreck unter meinen Nägeln erkennen: ganz gleich, ob er vom Kapern und Morden oder vom Rübenputzen stammt. Sie müsste ihn sehen und ich würde vergehen vor Scham und vor Hoffnung; und dann müsste sie zum Tee zu mir kommen, zu einer Stunde ohne Burleigh und ohne Kinder, und nie wieder gehen.

Aber Jelena Cleave ist sternenweit entfernt von dem Umstand, dass ich einmal Mary Reeds Liebhaberin war, auf einem gestohlenen Kaufmannsschiff in der Karibischen See. Und auch ich bin sternenweit davon entfernt. Ich betrachte mein Spiegelbild im Fenster – das freilich ein verzerrtes, gerundetes, grünliches ist – und erkenne mich nicht wieder. Es kann nicht nur am Maisbrei liegen.

Burleigh ist bekümmert über den Mais, von dem wir uns nähren: Christlicher Weizen, sagt er, stünde einer Missionsgemeinde besser an als das indianische Gewächs. Aber was hilft es, wenn der Weizen hier oben schlecht gedeiht? Und so begeht er das Abendmahl mit Maisbrot, das ich ihm aus besonders fein gemahlenem Mehl backe; während ich den Kindern kräftigen Brei aus Mais und Ziegenmilch vorsetze und alle Reste verschlinge und doch nie satt bin.

Es liegt an Josie und Georgie und Anne und Frankie und Bradford und an meinem Ehemann und an mir selbst, dass Miss Cleave nicht einfach zu mir kommen kann. Was sollte ich in diesen verfluchten Bergen, vollgestopft mit Maisbrei und zu niedergedrückt für jede Art von Leidenschaft, mit *dieser Frau* anfangen?

***

Aber Josie, Georgie und Anne sind nicht nur Hindernisse, sondern auch Verbindungsstücke zu Miss Cleave: Anderes weiß und erfährt sie nicht von mir.

Ich muss mich meiner Kinder nicht schämen. Josie ist klug und bescheiden und längst zum Prediger bestimmt. Weil er Anlass zu dieser schönen Hoffnung gibt, ist er neben Godwill Moore der Einzige, der in der Schule nicht nur lesen, sondern auch schreiben lernt.

Josie schafft es, zugleich Burleighs Sohn und meiner zu sein; ich hänge an ihm als an meinem Erstgeborenen, und obwohl dieser Stand nicht ganz wahrhaftig ist, tut er doch seine Wirkung. Josie trägt mir das Wasser und das Feuerholz ins Haus und ermahnt seine Geschwister zum Gehorsam; dennoch ist er mit ihnen gut Freund, bis hin zu den kleinen Zwillingen, die ihn zärtlich lieben. Auch in der Schule ist er tüchtig – Burleigh hat erwähnt, dass Miss Cleave ihn häufig lobt. Ich habe ihm dafür ein schmuckes neues Hemd genäht, ungeachtet Georgies Maulen, Josie bekäme schon wieder neue Kleider und er selber nur Josies alte, die ihm diesmal auch noch zu groß seien.

Den schimmernden Baumwollstoff für das Hemd hatte mir Mrs. Eden zugeteilt: Sehen Sie nur, feinster Calico aus Charles Town, das ist etwas Aparteres als Leinen. Daraus können Sie Mr. Burleigh ein prächtiges Sonntagshemd nähen.

Ich feixte mit Snaterbek über den schönen Stoff und seinen schönen Namen und machte das Hemd für Josie daraus. Nachdem ich es fertig zugeschnitten hatte, waren noch ein paar Ellen übrig, und so bekam Anne eine neue Sonntagsschürze aus Calico, die ich hellrot einfärbte, damit sie dem Kind etwas Farbe verlieh. Mit dieser Schürze würde sie am Sonntag die Gemeinde erfreuen – wenn schon nicht mit ihrem Verstand.

Mit den beiden Jüngeren sieht es überhaupt weniger hoffnungsvoll aus. Georgie hat ein Gedächtnis wie ein Sieb, und Anne hat gar keins. Georgie in seiner trotzigen Vierschrötigkeit und mit dem dunklen Wust von Haaren ist ein Cormac durch und durch, in dessen Dickschädel phantastische Geschichten passen, aber kein Psalm und keine Grammatik. Und Anne, genauso schwergliedrig wie ihr Bruder, verwechselt alle Buchstaben, obwohl sie fast ein Jahr in der Schule ist, und träumt vor sich hin und tuschelt mit ihrer Freundin Ashes Moore, die halb so breit, aber viel gelehriger ist. Burleigh lässt Anne des Öfteren das ABC aufsagen oder eine kurze Bibelstelle lesen und bestraft ihre mangelnden Fortschritte mit der Rute, sodass sie heulend aus dem Haus läuft: Unser Leben währt siebzig Jahr, Kind, und sein Stolz ist Mühe und Arbeit. Du hast keinerlei Grund, dir die Sonne auf den Pelz brennen zu lassen.

Mein Gott, was dieses Kind heulen kann.

Den stärksten Einfluss habe ich auf die äußere Erscheinung der Kinder. Josies und Georgies Schmutzschicht, die besonders in Georgies Fall solide ist, wird am Samstagabend weggeschrubbt; häufiger lohnt es sich nicht. Aber Anne, mein einziges Mädchen, kann ich nicht wie ein staubgebadetes Ferkel zu Miss Cleave schicken. Und so halte ich sie an, ihre Hände und ihren Hals, wo man den Dreck am schönsten sieht, täglich zu waschen. Und ich setze allen meinen Stolz darein, dass Annes Haar in ordentlichen Zöpfen liegt.

Unsere puritanische Mode erfordert noch straffere Zöpfe als die irische Zucht, die meine Mutter mir einst angedeihen ließ. Die Hauben von Mrs. Eden und der alten Mrs. Moore umrahmen einen ausgedünnten Haaransatz, weil ihr Haar von Kindesbeinen an äußerst straff gebunden war. Das sieht nicht sehr hübsch aus – aber was hilft es mir und was hilft es Anne? Hier in den Bergen North Carolinas tragen nur heidnische Frauen ihr Haar offen; und die strenge schwarze Ordnung über Rebecca Waterhouse' Stirn ist das deutlichste Zeichen, dass sie ein Christenmensch geworden ist. Meine Tochter, ihrerseits ein Christenmensch, soll, Miss Cleave zum Gefallen, die straffsten Zöpfe der Schule haben.

Und so rupfe und reiße ich jeden Morgen an Annes feinem Haar, das keine richtige Farbe hat und sich nachts in unverständlich viele Knoten legt, bis es in zwei dünnen Zöpfen über ihre Schultern fällt; ihr Scheitel ist akkurat wie die vorgezogenen Linien auf Josies Tafel. Ich trage ihr Grüße an die Lehrerin auf, während ihre Lippen noch von Schmerzenslauten gekrümmt sind; und wenn ich die Tür hinter den dreien geschlossen habe, lassen mich Neid und Sehnsucht in die Knie gehen.

Deine Geschwister gehen zur Schule, flüstere ich Frankie zu, der mich stumm betrachtet, einen Finger im Mund, – und wir müssen zu Hause bleiben …

Die Stille, nachdem die Kinder gegangen sind, lässt mich in tausend Teile zerspringen; sie verwandelt jeden Handgriff, den ich dem Haushalt und den Zwillingen zuliebe tue, in eine leere Geste ohne Sinn und Zusammenhang, nur angetan, dieses Leben zu verlängern und zu wiederholen. Meine Hände und Füße werden so schwer, dass ich nichts tun kann, als am Tisch zu sitzen, die Hände im Schoß, und von Miss Cleave zu phantasieren. Einst ein Gesetzesbrecher mit einer zauberhaften Geliebten, die mir fast täglich zu Willen war, sitze ich nun in meiner Stube und verzehre mich nach der Lehrerin meiner Kinder.

Julian Snaterbek sieht mir zu, an die Reling gelehnt, und verschränkt die Arme: Davon, deine Kinder herauszuputzen, wirst du doch nicht satt. Geh selber zu ihr hin!

Er hatte recht: Ich würde zu Miss Cleave gehen, so beschloss ich es in den letzten Zügen dieses Winters, drei Wochen nach Mary Burleighs Begräbnis.

4

Ich grübelte, wie ich es anstellen sollte – ohne Erfolg. Ich versuchte, mir mit schamlosen Phantasien und den dazugehörigen Taten abzuhelfen. Doch mir wurden die Hände taub, wenn ich nachts im Bett lag, den ruhig schlafenden Burleigh neben mir. Es war ein Unsinn und ein Sakrileg, auf diese Weise an Miss Cleave zu denken. Vielleicht war ich schamhafter geworden über die Jahre. Und eine bessere Weise, an sie zu denken, fand ich nicht.

Aber eines Mittags, als die Kinder gerade nach Hause gekommen waren, ließ ich alle fünf stehen, befahl Anne, die Suppe aufzutun, ich käme gleich wieder, und lief ohne Plan und ohne genaue Vorstellung hinüber zu Moores Hütte, wo ich Miss Cleave gerade noch antraf. Sie war schon auf dem Weg in den Stall, hatte eine grobe Schürze vorgebunden und sah alltäglicher aus als in meiner Erinnerung. Im hellgrauen Mittagslicht war wenig vom Erzengel Gabriel zu bemerken.

Ich hatte daran gedacht, sie einleitend zu fragen: Wer wohl diese Bathseba wäre, von der Georgie immerzu sprach? Bathseba, ihr gelöstes Haar, ihr Badezuber und der König auf dem Dach; was für eine schillernde Geschichte, sie hätte dem Gespräch mit Miss Cleave einen schönen Rahmen gegeben. Aber warum sollte ich mit dieser Frage zu Miss Cleave gehen anstatt zu Burleigh, meinem Gatten? Es ergab keinen Sinn. Sollte ich lieber von den neuesten Zerstörungen des Hörnchens sprechen – damit sie sich am Ende dafür entschuldigte? Auch das schien mir nicht geeignet zu sein, um Miss Cleaves Gunst zu erringen.

Oh nein, dachte ich noch, während Miss Cleave die weiße Ziege Pretty zu sich rief, – nur nicht von Bathseba sprechen, die wohl kaum einen Faden am Leib gehabt hatte.

Miss Cleave, guten Tag. Ich komme zu Ihnen – ich möchte zu Ihnen kommen und lesen lernen, Sie haben ja recht, ich muss zumindest die Heilige Schrift lesen können.

Die Worte kamen aus der Not, sie entströmten meinem Mund ohne Zutun; und sie klangen vernünftig. Ich war zufrieden mit meiner Anrede. Ja, ich wollte lesen lernen – wenn das bedeutete, dass ich jeden Tag zu Miss Cleave gehen konnte!

Sie sah mich an, während Prettys Lippen nach dem Heu tasteten, das sie an ihre Brust gedrückt trug, und ich glaube, sie wunderte sich. Dann sagte sie: Ich denke, das ist eine sehr gute Eingebung.

Sie sagte, ich wüsste sicherlich, dass auch Mrs. Waterhouse erst als junge Frau die Schrift kennengelernt hätte, unter der Anleitung des geschätzten Mr. Burleigh. Den Erwachsenen werde es saurer als den Kindern, deren Geist noch gelehrig und formbar sei; aber wem es als Kind nicht vergönnt gewesen sei zu lernen, der dürfe es später nicht versäumen.

Sie lächelte, und ich strahlte zurück und nickte zu allem. Dann wurden wir beide etwas verlegen – Pfarrersfrau und Lehrerin –, es war nicht recht deutlich, wer die Bedingungen für meinen Schulbesuch festzulegen hätte. Ich schlug vor, dass ich morgens zusammen mit den Kindern kommen würde, um dann etwas früher heimzugehen und das Mittagessen vorzubereiten. Sie nickte und wir gaben einander die Hand.

Ich lief zurück nach Hause, zu meiner Suppe und meinen Kindern, und erzählte ihnen, dass es ihrer Mutter als Kind nicht vergönnt gewesen sei, das ABC zu lernen, dass sie das nun nachholen werde und ab morgen mit ihnen in die Schule komme. Georgie kicherte und empfing dafür eine Maulschelle, dann verteilte Anne die Schüsseln mit der halbkalten Suppe.

***

Burleigh, nachdem er seine Suppe ausgelöffelt hatte, erklärte sich einverstanden. Ich glaube, er hatte mein Widerstreben gegen die Beschulungsversuche, die er mir in den frühen Tagen unserer Ehe hatte angedeihen lassen, noch gut in

Erinnerung und war froh, dass nun jemand Anderes diese Aufgabe übernahm. Ich solle nur zusehen, sagte er, dass die Zwillinge nicht verwahrlosten.

Gleich nach dem Essen ging ich hinunter zu Mrs. Eden und bat sie um die Hilfe ihrer Tochter Agnes. Agnes war ungefähr sechzehn und, so hoffte ich, recht unbeschäftigt; seit der Verheiratung ihrer Schwester Marian saß sie allein bei ihrer alten Mutter und deren Pflegekindern, die vormittags in der Schule waren. Auf lange Sicht würde ihr nichts anderes übrigbleiben, als die Frau von Fearnot Moore zu werden, mit dem sie schon verschwägert war.

Mrs. Eden empfing mich und mein Päckchen Ziegenkäse mit Freuden. Ich bedankte mich für ihre Trauerbesuche und sagte, ich käme erneut um Beistand: Ich bräuchte ihre Tochter Agnes vormittags als Kinderpflegerin, denn ich ginge ab morgen zu Miss Cleaves Unterricht.

Mrs. Edens Gesicht verlängerte sich etwa aufs Doppelte: Ab morgen, und jeden Tag? Was mein Mann dazu sage?

Ich sagte, es ginge mir darum, tiefer in die Heilige Schrift einzudringen. Leider sei es mir als Kind nicht vergönnt gewesen, die Schule zu besuchen.

Aber was sagt Ihr guter Mann dazu?

Die Kinder dürfen nicht verwahrlosen, hat er gesagt. Aber die sind vormittags in der Schule. Und um die kleinen Zwillinge gut zu versorgen, brauche ich die Hilfe Ihrer Tochter, liebe Mrs. Eden. Würden Sie sie mir zur Verfügung stellen?

Sie nickte: Agnes ist ein liebes, aber unerfahrenes Ding, es ist an der Zeit, dass sie sich um rechtgläubige Kinder kümmert. Die drei kleinen Tscherokesen, die wir beherbergen, sind doch recht wilde Dinger. Päppeln Sie meine Agnes ein bisschen, Mrs. Burleigh. Wenn sie nicht so schrecklich dürr wäre, hätte Fearnot Moore längst um ihre Hand angehalten. Wen will er sonst heiraten, die Lehrerin vielleicht?

Ich brauche sie von morgens früh bis zum Mittag, liebe Mrs. Eden.

Nehmen Sie sie mit. Nebenbei kann ich im Herbst ein, zwei Fässchen Mais extra gebrauchen.

Mrs. Eden hatte gelogen, das stellte sich bald heraus – Agnes war alles andere als ein liebes Ding. Sie war ungeschickt, tat keinen Handschlag, sobald ich das Haus verlassen hatte, und zerbrach gleich am ersten Tag Bradfords Napf. Die Zwillinge hatten Angst und versteckten sich vor ihr. Agnes schien eine Wut in sich zu tragen, die mich an Georgie erinnerte und die – Burleigh gemahnte es häufig – teuflischen und triebhaften Ursprungs war und beizeiten hätte ausgetrieben werden müssen. Aber dafür war es bei Agnes Eden längst zu spät. Nur weil es unstatthaft gewesen wäre, mich an einem so großen Mädchen zu vergreifen, prügelte ich sie nicht. Es gab auch niemand Anderen, der mir mit den Kindern hätte helfen können. Also verschloss ich die Augen vor Agnes' Ungebärdigkeit, löste Frankies und Bradfords Händchen von meinem Rock und machte mich mit den älteren Kindern auf zu Moores Hütte. Sie taten mir ja leid, die beiden Kleinen. Aber Agnes Eden würde schon darauf achten, dass sie zu essen hätten und nicht im Herdfeuer landeten, das war die Hauptsache.

***

Drei Schritte vom Haus entfernt waren das Eden-Mädchen und die Zwillinge aus meinem Kopf verschwunden, und er füllte sich mit lauter Goldglanz und Erwartung.

Die Kinder liefen vor mir her, Anne, mit dem Hörnchen im Kragen, ein paar Schritte hinter ihren Brüdern. Vielleicht fürchteten sie den Spott der anderen Kinder, dass ihre alte Mutter sie zur Schule begleitete – ach, es war mir einerlei.

An meiner Seite trage ich die Horntafel, auf der sich die Buchstaben sowie das Vaterunser befinden und die alle drei Burleigh-Kinder durch ihre erste Schulzeit begleitet hat. Ich übernehme die Buchstabentafel von meiner sechsjährigen Tochter; sie hängt an meinem Gürtel, wie sie eben noch an

Annes Gürtel gehangen hat. Die Tafel ist mein Demutszeichen, sichtbar für jedermann. Ich komme in die Schule wie ein Kind, mit offenem Herzen und wissbegierigem Kopf. Muss Miss Cleave mich dafür nicht lieben?

Obwohl Jeremiah Moores Hütte sehr groß war, wurde in der Schulstunde der Raum knapp. Bevor ich dazukam, hatte Miss Cleave elf Schüler: meine drei Älteren, Jamie Waterhouse und seine Schwester Rachel sowie Godwill Moore und dessen Schwestern Ashes und Devotion; dazu drei tscherokesische Kinder, deren Eltern Burleigh vom Schulbesuch überzeugt hat. Ihr Dorf liegt einige Tagesreisen entfernt, daher hat Mrs. Eden sie zur Pflege. Sie drängen sich an einer Wand zusammen und sehen kurz auf, als Miss Cleave ihre Namen nennt: Inalijunaluskaawinita, die Laute schlängeln sich an mir vorbei wie ein fremdes knochenloses Tier. Der letzte Name klingt ein wenig nach Anita, dem Namen der alten Mrs. Moore.

Ich staune, dass in der Klasse ebenso viele Burleigh- wie Moore-Kinder sitzen: Aber ja, Killsin ist noch zu klein, Fearnot geht seit letztem Jahr seinem Vater zur Hand, und Simplicity – nun ja, Simplicity ist in die Pilze gegangen und nicht mehr nach Hause gekommen. Und ich, die vierte Burleigh, nehme auf einem Stuhl in der hinteren Reihe Platz, gleich neben den kleinen Tscherokesen.

Miss Cleave steht vorn an der Tafel und sieht schön aus. Sie beginnt den Unterricht mit einem kurzen Gebet und einer Danksagung dafür, dass wir ohne Hunger und Not beisammen sein und lernen dürften.

Dann möchte sie, dass alle Schüler den Psalm, der noch von gestern an der Tafel steht, still lesen. Sie kommt zu mir und fragt leise: Können Sie ein paar der Buchstaben erkennen?

Ich betrachte die Buchstaben in Miss Cleaves Handschrift. Eben standen sie noch sehr gerade, jetzt fangen sie an, sich zu bewegen, sich tänzerisch nach links und rechts zu neigen. Ich erkenne nichts, und als ich in Miss Cleaves ruhiges

Gesicht neben mir blicke, überrollt mich Mutlosigkeit. Ich möchte sofort nach Hause gehen.

Ich erkenne nichts.

Gut, dann schauen Sie mit Annie zusammen auf die Buchstabentafel. Annie, wie heißt das erste Wort vorne?

Anne sieht abwechselnd auf Miss Cleave und auf mich und wird tiefrot vom Kinn bis zum Scheitel. Neben ihr räuspert sich Ashes Moore und flüstert ihr überlaut zu: Der Herr.

Der Herr, sagt Anne.

Danke, Ashes, sagt Miss Cleave.

Godwill Moore zeigt auf und liest: Psalm 23. Der Herr ist mein Hirte, mir wird nichts mangeln. Er weidet mich auf einer grünen Aue …

An den Rest erinnere ich mich nicht mehr. Mein Wunsch, sofort nach Hause zu gehen, wurde immer dringlicher und tauchte meine erste Schulstunde in Nebel. Die Buchstaben tanzten, sie sprachen nicht zu mir. Ich kann nicht lesen, dachte ich. Wie soll ich die Buchstaben zum Stillstehen und zum Sprechen zwingen? Meine Tochter kann wenig und ich kann gar nichts; und vor mir steht Miss Cleave und sieht all das mit ihren hellen Augen. Ich werde niemals wieder herkommen.

***

Ich ging doch wieder hin – vielleicht, weil ich rasch einsah, dass Miss Cleave mich nicht verabscheute, sondern mit Ruhe und Geduld und vielleicht ein wenig Mitleid behandelte; und lieber wollte ich Ruhe und Geduld und sogar Mitleid von ihr haben als gar nichts. Ich verbiss mich in meine Demutshaltung. Ich ging zur Schule und starrte auf die Tafel und verstand sehr wenig. Die Tafel war eine große Nebelfläche; nur Miss Cleave, die daneben stand, durchbrach den Nebel stellenweise, indem sie mit einem kurzen Stock auf einzelne Wörter zeigte und sie laut und deutlich aussprach. Ich starrte diese erleuchteten Wörter an: *Herr, nichts, mangeln, grün,*

Aue, und sofort begannen sie sich spöttisch in den Hüften zu wiegen, dass mir die Augen wehtaten. Ich stützte meinen Kopf in die Hände und zwang mich, *auf einer grünen Aue* mitzusprechen und für mich zu wiederholen, bis ich der festen Meinung war, dass ich sie mir unauslöschlich eingeprägt hatte. Doch kurz darauf ging Miss Cleave zum nächsten Vers über und ich war wieder völlig verloren.

Danach fragte sie die Kinder, was der Psalm für das Leben eines Kindes zu bedeuten hätte, zumal eines Kindes, das in der Neuen Welt aufwachsen dürfe, die der Herr uns geschenkt habe, auf dass wir sie besser verwalteten als die Alte. Ich stand auf und ging nach Hause, weil ich doch kein Kind mehr war und zu dieser Frage nichts beizutragen hatte. Aber ich ging schweren Herzens, weil es viele Stunden dauern würde, bis ich am nächsten Morgen wiederkommen dürfte.

Am dritten Abend verlangte ich von Josie, mir den 23. Psalm auf seine Schreibtafel zu schreiben und Wort für Wort mit mir durchzugehen. Später, als die Kinder schliefen und auch Burleigh endlich im Bett verschwunden war, nahm ich Josies Tafel und las die Wörter noch einmal. Da ich den Psalm so gut kannte, dass ich ihn im tiefsten Traum hätte aufsagen können, glückte es mir, die einzelnen Wörter festzuhalten, auch die grüne Au fand ich wieder. Ich begrenzte sie rechts und links mit meinen Daumen und hinderte sie auf diese Weise daran zu tanzen. Das Wort zitterte und zuckte noch ein wenig, dann stand es still. Dann kehrte ich zum Anfang zurück.

Der Herr, las ich.

Ich versuchte, die Buchstaben auseinanderzuhalten. Mein Name, Anne, hatte vier Buchstaben, das wusste ich noch von früher her – ebenso viele wie der Herr. Ich wollte diese vier Buchstaben festhalten.

Ich nahm Josies Griffel, den ich ihm mit einem Band am unteren Rahmen der Tafel festgemacht hatte, und begann zu schreiben.

DER HERR, schrieb ich, und: IST – MEIN – HIRTE.

Der Griffel lag fremd in meiner Hand, ein seltsam langes glattes Ding, und ich beherrschte nicht alle Buchstaben. Auch blieben die Buchstaben nicht in einer langen Reihe wie bei Josie, sondern sie stiegen unaufhaltsam bergab; als ich das merkte und den Fehler auszubessern suchte, stiegen sie bergan und sahen dabei sehr hässlich aus. Dennoch schrieb ich den ganzen Vers und hätte zu gerne Miss Cleave gefragt, ob er gut und leserlich war, und einen Händedruck oder sogar einen Kuss von ihr empfangen.

Sehen Sie, Miss Cleave, ich lerne schreiben.

Merkwürdige Erinnerungen stiegen in mir auf. So hatte ich schon einmal angefangen zu schreiben, unter Nathan Korinth, mit demselben Krampfgefühl in den Fingern und demselben Bedürfnis, jemandem zu gefallen, den ich liebte. Aber Nathan hatte mich verlassen, als ich zwölf Jahre alt war, und nun musste ich mich als über Dreißigjährige erneut hinsetzen und lernen, mit fünf Kindern in der Hütte und einem Mann, der sich sogar im Schlaf streng räusperte. Es war ein Wunder, dass ich mich überhaupt an einzelne Buchstaben erinnerte.

Ich schrieb den Vers noch einmal und noch einmal, während mir fast die Augen zufielen; und am Morgen, kaum dass Burleigh das Haus verlassen hatte, zeigte ich Josie das Ergebnis meiner nächtlichen Mühen.

Er sah mich vorwurfsvoll an.

Was tust du?, fragte er, als wäre ich eine andere Schülerin, nicht seine Mutter.

Ich habe den Psalm geübt, sagte ich.

Nicht so, sagte Josie, – du sollst nicht schreiben, du sollst bloß lesen. Nur Godwill Moore und ich lernen schreiben. Das hat Vater gesagt. Alle Anderen dürfen bloß lesen.

Ich hab es doch nur probiert, Kind, sagte ich schroff.

Aber du *darfst* nicht, Mutter, sagte mein neunjähriger Sohn und schüttelte seinen klugen Kopf. Die puritanische Sitte, dass zwar jede Christenseele die Bibel lesen sollte, das Schreiben aber vernünftigerweise den Predigern, Kaufleuten und Lehrern vorbehalten blieb, war Josie längst bekannt.

Ich wischte meine Krakel aus, sehr gründlich tat ich das, und übergab Josie seine blank geputzte Tafel. Was für ein Unsinn es war mit der Schreiberei. Ich hatte meinen halben Nachtschlaf geopfert, um einen blöden Psalm abzuschreiben, den jeder im Traum hersagen konnte, mein eigener Sohn hatte mich dafür ausgeschimpft, und Miss Cleave hatte es nicht gesehen.

***

Josie nahm mir den Schreibversuch lange übel. Er sprach nicht mehr darüber, erzählte auch seinem Vater nichts davon, dass ich heimlich in der Nacht, als alle schliefen, eine Grenze überschritten hatte, die zu überschreiten nur sehr wenigen Frauen zukommt. Widerwillig dankte ich ihm für sein Schweigen: Wenn es Kuchen oder Pudding gab, vergrößerte ich seine Portion – nur um ein Weniges, damit es seinen gefräßigen Geschwistern nicht auffiel. Aber Josie hielt sich von mir fern.

Zwar verteidigte er meinen Schulbesuch vor den anderen Kindern. Eines Nachmittags kam er mit roten Striemen in den Handflächen nach Hause, und Anne berichtete, er habe sich mit den Moore-Kindern geprügelt und dafür von Miss Cleave Schläge bekommen. Devotion Moore, die für ihre Lästerzunge bekannt ist, habe angemerkt, keine Mutter gehöre in die Schule, daran müsse es liegen, dass Georgies Kleider so viele ungestopfte Löcher hätten. Josie habe ihr grimmig geraten, nach ihren eigenen löchrigen Kleidern zu schauen, und sie grob zur Seite gestoßen, worauf Godwill, unterstützt von seinen schreienden Schwestern, eilig Miss Cleave hinzugeholt habe.

Ich war stolz auf meinen Sohn, obwohl er sich als Mädchenschläger hervorgetan hatte, und griff nach seinen Händen, um mir die Striemen anzusehen und sie mit Salbe zu behandeln. Aber Josie trat einen Schritt zur Seite, als hätte ich lediglich an ihm vorübergehen wollen. In seiner Ritterlichkeit lag eine Kälte, die ich an ihm nicht kannte.

Überhaupt änderte sich in diesem Frühjahr etwas bei Josie, das ich nicht ganz begriff: Mein Ältester wurde garstig.

Mein allererstes Kind, das Seeräuberkind, war mir kurz nach der Geburt entrissen worden; Josie hatte ich behalten dürfen. Es war ein wechselhaftes Glück. In der ersten Zeit, als er nicht aufhörte zu schreien, dachte ich viel an Klein Mary auf Kuba: Ob sie so viel geschrien hatte? War sie so unzufrieden mit ihrem kleinen Leben, wie es Joseph Burleigh der Jüngere war? Was hätte ich alles getan, damit es meiner wahren Erstgeborenen gut erginge!

Aber Julian Snaterbek verbesserte mich kameradschaftlich: Du hast mit Mary Reed im Schiffsbauch gelegen und ihretwillen das Kind verlassen.

Ja, so war es gewesen: Klein Mary war mir nicht entrissen worden, ich hatte sie zurückgelassen, um wieder Seeräuber und Liebhaberin zu sein. Ich war ihr eine schlechte Mutter gewesen, und für Josie musste ich nun eine gute sein.

Ich dachte an meinen Schwur und gab mir alle Mühe.

Als er einmal aus dem Schreialter heraus war, wurde Josie das vorbildliche Kind, an das ich mich in den letzten neun Jahren gewöhnt habe. Gott allein weiß, was neuerdings in dem Jungen vorgeht. Seit er mit Rachel Waterhouse herumstolziert ist wie ein liebeskranker Reiher, verdächtige ich ihn sogar, dass er Bescheid weiß über meine Schwäche für Miss Cleave.

Rachel Waterhouse ist das bedauernswerte Kind, das uns nach der Beerdigung den Braten bringen sollte. Sie musste dabei Eindruck auf Josie gemacht haben, denn seither waren die beiden ständig zusammen. Rachel ist ein verschlossenes Ding, etwa elfjährig, groß und mager; ganz verstehe ich es nicht, warum Josies Gesicht aufstrahlt, wenn die Rede auf Rachel kommt, warum er Georgie den Mund verbietet und auch jedem anderen Kind, das es wagt, ihn mit dem Mädchen aufzuziehen.

Um Rachel zu gefallen, ging er mit Burleighs Flinte in die Wälder und schoss ein Böckchen und schleifte es im Triumph zur Hütte von Mr. Waterhouse, der das mit einer schallenden Ohrfeige quittierte. Als Mr. Waterhouse uns davon erzählte, lachte er mächtig und sagte, aus dem Jungen würde noch ein richtig feiner Kerl. Er habe ihn immer für zu still und zu verschmust gehalten; aber als er mit dem Bock ankam ... Wir sollten aufhören, ihn Josie zu rufen wie ein Mädchen.

Burleigh nahm es sich zu Herzen und nannte seinen Ältesten von nun an Joseph; und Josie ging umher, als wäre er über Nacht zwei Handbreit gewachsen. Er eignete sich einen würdigeren Gang an, und wenn er Rachel abholte, tobten sie nicht mehr von Stein zu Stein, sondern er führte sie an der Hand und erklärte ihr alles, was er wusste, und einiges mehr; und Rachel hörte zu, den dünnen Hals geduldig zu ihrem Verehrer geneigt.

Im Haus trug er mir nicht mehr das Wasser heran, sondern überließ das seiner Schwester Anne; er legte seinen Kopf nicht mehr an meine Schulter, wenn er aus der Schule kam, sondern nickte mir zu; kurz, er verhält sich wie ein zweiter Hausherr. Als ich sonntags von ihm verlangte, die Zwillinge mit in die Kirche zu nehmen, während ich noch Annes Haare flocht und Burleighs Mantel ausklopfte, sagte er, das zieme sich nicht, er sei keine Magd und kein Mädchen; er wolle mit seinem Vater vorangehen und dessen Bücher tragen, schließlich sei er der Sohn des Pfarrers.

Ich sagte: Noch bist du gar nichts, Josie, also nimm die Kleinen an die Hand und verschwinde.

Er wurde blass und sprach mit kalter Stimme: Nach meiner Hochzeit werde ich weit fortgehen.

Und Josie verließ das Haus ohne Bradford und Frankie, die ich folglich Georgie anvertrauen musste, was nur in Gezeter enden konnte. In meinem vorigen Leben hätte ich diesem Milchpups und Vatersöhnchen ein paar gesalzene Schimpfwörter hinterhergerufen, aber die Jahre unter Puritanern haben mir das abgewöhnt. Nur im Stillen wütete ich gegen Josies Unverschämtheit und fragte mich, warum Rachel Waterhouse sich nicht gleich für Burleigh interessierte statt für sein kindliches Abbild, das überdies einen Kopf kleiner ist als sie.

Ein paar Tage später hatte ich einen Weg gefunden, um mich zu rächen. Ich ging zu Burleigh und klagte, Josies Umgang mit der kleinen Waterhouse sei nicht schicklich: Rachel sei fast ein erwachsenes Mädchen und dazu halbe Indianerin. Niemand beaufsichtige die beiden Halberwachsenen, wenn sie zusammen umhergingen. Außerdem vernachlässige Josie über der Freundschaft mit ihr seine häuslichen Pflichten.

Burleigh stimmte mir zu und verbot Josie, zu Rachel hinüberzugehen; kam sie zu uns, schickte er sie weg wie damals, als sie mit dem Beileidsbraten gekommen war. Rachel runzelte die Stirn und sagte: Wie Sie wünschen, Vater Burleigh.

Josie fügte sich – natürlich hat er sich gefügt. Wenn er fortfährt, Rachel zu sehen, macht er das so geschickt, dass Burleigh und ich nichts davon merken. Er ist viel im Stall und auf den Feldern und arbeitet hart; Burleigh ist zu Hause so stolz auf ihn wie Miss Cleave in der Schule.

Und ich habe noch die Jüngeren, an denen ich meine Mutterpflicht verrichten kann. Außerdem ist jedes Kind, das mir nicht mehr am Schürzenzipfel hängt, ein Hindernis weniger auf meinem täglichen Gang zu Miss Cleave.

5

Einmal war ich sehr glücklich: als ich in der Pause Miss Cleave fragte, ob wir zusammen in die Wälder gehen wollten,
und sie ja sagte, *ja.*

Es war etwa vier Wochen, nachdem ich angefangen hatte, die Schule zu besuchen. Ich hatte nicht aufgehört, lesen
zu üben, aber die langsamen Erfolge verstimmten mich,
und ich hielt mich an Josies Verbot und schrieb nicht wieder. Lieber himmelte ich Miss Cleave an, die das Schreiben
so gut beherrschte, dass sie nicht nur Psalmen aufschreiben
konnte, sondern auch die Namen aller Leute in der Gemeinde und überhaupt alles, was sie wollte. Wenn ich sie in der
Schulstunde schreiben sah, den Arm energisch über die Tafel
führend, brannten meine Blicke kleine Löcher in ihr Umschlagtuch und in ihr Haar, das die Farbe – und vielleicht
den Geruch – von sonnengebleichtem Gras hatte. Als Unver-
heiratete ging sie ohne Haube, das trug nicht dazu bei, mein
Mütchen zu kühlen. Meine Blicke folgten ihrem Scheitel, der
dieses schöne Haar exakt in der Mitte der Stirn teilte, wie es
sich gehörte, und bis zum Hinterkopf ging, wo die Flechten
zusammengebunden und aufgesteckt waren – so straff, dass
ich, schon halb außer Atem, darunter ihren bloßen Nacken
in Augenschein nehmen konnte. Ich fand es durchaus unan-
ständig, dass Miss Cleave ohne Haube ging und mir zumute-
te, Buchstaben zu lernen, während sie Haar und Hinterkopf
meinen Blicken darbot.

Eines Tages, als ich sie ansah, drehte sie sich um und sagte,
sie werde am nächsten Morgen für alle gehorsamen Kinder
ein Töpfchen Honig mitbringen. Sie gehe selbigen Tags in die
Wälder, um den ersten Honig des Jahres zu suchen, und werde mit Gottes Hilfe sicherlich fündig werden, ohne ihrerseits
von Bären oder Wölfen gefunden zu werden.

Ich geriet in Aufruhr. Die Vorstellung, Miss Cleave in die
Wälder zu begleiten, stieg ihn mir auf, knurrend und reißend
wie die Wölfe, von denen sie eben gesprochen hatte. Kaum

hatte sie die Pause angesagt, ging ich zu ihr, während mir der Schweiß die Achseln hinabrann, und sagte: Das trifft sich gut, Miss Cleave, ich will heute Nachmittag auch Honig suchen. Wollen Sie mit mir zusammen gehen?

Miss Cleave zögerte und sagte dann ja.

Ich hole Sie nach der Schule ab.

Ihr Ja verwandelte die ganze Welt in Gold. Ich lief nach Hause, auf den Lippen das Osterlied, das Burleigh am Sonntag zuvor angestimmt hatte, und dachte vergnügt an die Auferstehung des Leibes, von der er dazu gern predigte.

Sobald ich endlich allein mit ihr wäre, würden die Dinge sich fügen. Fernab von der Missionsgemeinde würde ich Miss Cleave von meiner Liebe erzählen, und sie würde sich mir hingeben und dann keine andere Möglichkeit haben, als mit mir auf und davon zu gehen. Ganz natürlich würde es sich fügen; ich würde Brot und eine warme Decke mitnehmen, damit wir nicht frieren müssten auf unserer Reise. Wir würden bis zur nächsten Siedlung laufen und zur übernächsten und irgendwann in einer Stadt ankommen – hoffentlich im Flachland. Dort könnte Miss Cleave unter verändertem Namen als Lehrerin anfangen, und ich, ihre – sagen wir – verwitwete Cousine, würde ihr den Haushalt führen. Ohne Kinder wäre das nicht mehr schlimm: Wir hätten nur ein winziges Zimmer und ein geteiltes Bett … Abends könnten wir auf einem Bänkchen vorm Haus sitzen und sie würde mir vorlesen; und irgendwann würde ich ihr Geschichten von der See erzählen. Ich schauderte vor Wonne bei dem Gedanken, wie sie mich ansehen würde, endlich die *ganze* Anne vor Augen; und auch sie würde mir alles von sich berichten. Ich würde mir mit Miss Cleave die Sonne auf den Pelz brennen lassen und keinen einzigen Burleigh je wiedersehen!

***

Als Miss Cleave kam, stand ich mit meinem Korb vorm Haus wie ein junges Mädchen, das auf seinen Verehrer wartet. Ich hatte meine Schürze abgetan und mein Haar sehr lose gebunden, damit sich am Ansatz, wo es freilag, offenbarte, wie schwarz und üppig es noch war. Mein einziger Makel war der fehlende Eckzahn oben links, den ich, wenn mir sein Fehlen in den Sinn kam, mit der Hand bedeckte. Aber so vollkommen waren Miss Cleaves Zähne auch nicht mehr, beruhigte ich mich.

Burleigh war außer Haus, ich war froh, ihm nicht erzählen zu müssen, dass ich nur in Begleitung einer anderen Frau die Siedlung verlassen wollte.

Als Miss Cleave kam, saßen die Jungen längst beim Mittagessen; aber Anne war bei ihr, und ich hatte meine Tochter nie mehr verabscheut als in dem Moment, in dem Miss Cleave halblaut sagte: Wir nehmen Annie mit, nicht wahr? Es wird ihr guttun, einmal ohne ihre Brüder nach draußen zu kommen.

Anne hat viel im Haus zu tun, sagte ich.

Bitte, Mutter, flehte Anne, schon wieder tränennah.

Was konnte ich dagegen sagen? Miss Cleaves Ratschläge, die Kinder betreffend, gelten fast so viel wie Burleighs.

Schweigend machten wir uns auf.

Die Wälder um die Mission herum sind dicht. Der Tscherokesenpfad, an dem unsere Häuser stehen, führt seit langer Zeit hügelauf und hügelab und dient Reitern und Wanderern zur Orientierung in diesem Teil der appalachischen Berge, der im Osten die englischen Kolonien begrenzt und im Westen die Franzosen. Wenn der unbefestigte Pfad an einer Lichtung vorbeikommt, wird er breit, an den meisten Stellen aber ist er schmal und gezeichnet vom Wurzelwerk der Fichten und Tannen, der Ahorn- und Fenchelholzbäume; überdies gibt es allzu viele Tage, an denen man auf sämtlichen Abschnitten knöcheltief im Schlamm versinkt. Und auf der Höhe unserer Häuser droht südlich des Tscherokesenpfads ein steiler Abhang, der den Maisfeldern und Gemüsebeeten immerhin einiges Sonnenlicht beschert. Diesen Pfad mit einem Wagen oder einer Kutsche zu bezwingen, ist ein halsbrecherisches Unternehmen und kommt daher nur selten vor.

Manchmal kommen Tscherokesen den Tscherokesenpfad entlang: zu Fuß oder zu Pferd. Burleigh hat oft erzählt, dass es anderswo Brauch ist, Siedlungen nur bewaffnet zu verlassen, sogar zum Gottesdienst nur mit Flinte zu erscheinen, weil die indianischen Heiden immer wieder blutige Überfälle wagen. Unsere Tscherokesen sind zum Glück friedliche Leute, auf die nicht geschossen werden muss. Viele von ihnen sind am Handel und am Christengott interessiert; wenn man sie freundlich grüßt und ansonsten in Ruhe lässt, lebt es sich gut in ihrer Nachbarschaft. Trotzdem schimpft Burleigh manchmal darauf, dass nur wenige Tscherokesen ihre Kinder in die Schule schicken, um Englisch zu lernen, die Heilige Schrift zu studieren und ihre Seele in die Hände unseres Herrn zu legen. Die Heiden sähen nicht ein, welche Vorteile ihnen ein christliches Leben brächte; und sie begriffen nicht, dass wir, Missionare, Frauen und Kinder, nur zu diesem Zweck ein abgeschiedenes Leben voller Entbehrungen auf uns genommen hätten. Letztlich, schließt er dann betrübt, sei kein Verlass auf die Tscherokesen.

Obwohl der April längst angefangen hatte, war es kühl und die Bäume, die keine Nadeln trugen, waren noch kahl. Nur auf dem Boden wuchs frisches Grün, unterbrochen von winzigen weißen und gelben Blüten. Am frühen Nachmittag, wenn der Nebel sich für ein paar Stunden verzogen hat, leuchtet es hier draußen beinahe. Meine österliche Stimmung regte sich wieder, als ich Miss Cleave nachsah, die vor mir ging, während Anne und das Hörnchen schon durchs Unterholz sprangen.

Wie sonderbar sie sich hier draußen ausnahm. Auch jetzt im Frühjahr behielt Miss Cleave ihr Umschlagtuch aus grüner Wolle, als bräuchte sie diesen Schutz, um morgens zu den Kindern zu gehen. Als wir in die Wälder gingen, trug sie wie ich unterm Rock feste Stiefel und schritt tüchtig aus. Und trotzdem: ihre weichen Finger, die den Umhang festhielten, ihre geröteten Wangen und das Ungeschick, mit dem sie über einen umgestürzten Stamm stieg. Ich sah all das und begriff, dass es schwierig werden würde, mit Miss Cleave tiefer in die Wälder zu gehen.

Nach einer Stunde hatten wir noch keinen Honig gefunden. Ich war in einige hohle Bäume gestiegen, denen ich im Jahr zuvor Honig entnommen hatte – ohne Ergebnis. Vielmehr hatte ich den Eindruck, dass die Bienen allesamt noch nicht aus der Winterruhe erwacht waren. Aber meine Begleiterin sagte, sie sei sicher, dass die erste Frühjahrstracht bereits geborgen wäre und wir nur gründlich genug suchen müssten. Anne hatte bald die Lust verloren, nach hohlen Bäumen Ausschau zu halten, und bummelte hinter uns her.

Als wir an einer verlassenen Hütte vorüberkamen, vor der einige gefällte, längst moosüberwachsene Stämme lagen, schlug ich eine Rast vor. Ich war erschöpft: An meinen Sohlen und an meinem Rock klebte Erde und zog mich nach unten.

Wir setzten uns auf einen breiten Stamm, der einigermaßen trocken war. Der Himmel war bedeckt, die Sonne musste bald untergehen, schätzte ich, denn die Abendnebel stiegen auf. Miss Cleave hüllte sich enger in ihren Umhang und schwieg, ihre Finger liebkosten das Moos an ihrer Seite. Sie saß da wie ausgeschnitten und hineingesetzt: in ihrem eigenen Licht, das sie etwas heller erscheinen ließ als die Bäume und Sträucher ringsum. Ganz still saß ich neben ihr und phantasierte, Wölfe kämen oder Wegelagerer, damit ich Miss Cleave verteidigen und dazu bringen könnte, mich anzusehen und zu lieben. Eine zarte Hoffnungslosigkeit erfüllte mich, die Burleigh große Achtung abgenötigt haben würde, hätte sie einen frömmeren Gegenstand gehabt.

Nachdem wir ein Weilchen so gesessen hatten, fragte sie unvermittelt: Wie war das eigentlich mit der armen Simplicity Moore?

Ich wunderte mich und sagte, niemand wisse es genau. Vor ein paar Jahren sei sie einfach verschwunden – an einem Tag im Herbst. Sie habe Pilze sammeln wollen und sei niemals wiedergekehrt. Alles Suchen habe nichts geholfen. Simplicity habe entweder einen Unfall gehabt und sei in der Wildnis gestorben. Oder aber sie müsse, weiter von den Häusern entfernt, einem Lustmord zum Opfer gefallen sein – wohl kaum einem Raubmord, das Mädchen besaß ja nichts.

Miss Cleave fragte: Und wenn sie nun willentlich weggegangen ist? Wenn sie in eine große Stadt gehen wollte, sagen wir nach Boston oder Philadelphia, um sich eine Anstellung zu suchen oder jemanden zu heiraten?

Ich sagte, dafür müsste das Mädchen, sie ruhe in Frieden, reichlich verrückt gewesen sein: Der Weg in die nächste Siedlung beträgt vier oder fünf Tagesmärsche, und wie es danach weitergeht, wissen nur die Wenigsten. Simplicity war hier geboren. Und wen hätte sie heiraten wollen? Sie kannte doch niemanden außer ihrer Familie und den drei anderen Familien in der Mission.

Miss Cleave sagte nichts, und auch ich verlor die Lust weiterzusprechen und versank wieder in meiner zarten Hoffnungslosigkeit.

Oh, sieh an, sagte Miss Cleave und deutete auf die andere Seite der Lichtung, wo Rebecca Waterhouse ging, zusammen mit ihrer Tochter Rachel und meiner eigenen Tochter Anne, die ich ganz vergessen hatte.

***

Rebecca, hier herüber!, rief Miss Cleave, und ich erschrak: Wie vertraulich das klang. Miss Cleave entkleidete Rebecca Waterhouse ihres Ehenamens und sprach sie mit ihrem Vornamen an, dessen Gebrauch eigentlich ihrem Mann vorbehalten war.

Und Rebecca kam heran und entgegnete, in einem Tonfall, der mich verwirrte: Es gibt wirklich noch keinen Honig um diese Jahreszeit, Jelena.

Anne lief auf mich zu, einen abgebrochenen Ast hinter sich her schleifend, der eine Furche in den feuchten Boden zog: Ich habe solchen Hunger, Mutter.

Ich nahm den Ast weg, gab ihr das Brot aus meinem Korb und sagte, sie solle sich mit Rachel abseits tummeln. Aber Rachel wich ihrer Mutter nicht von der Seite und tat, als sähe sie mich nicht. Wie sehr sie einander glichen: Rachel war fast so hoch wie Rebecca, die zwar breitschultrig, aber sehnig war wie ihre Tochter. Im Übrigen war Mrs. Waterhouse genau gleich groß wie ich und schaute mir folglich direkt in die Augen. Rachels Augen hatten denselben kühnen Schwung, und ihr Haar, das natürlich in Zöpfen lag, war ebenso glatt und spiegelnd. Burleighs Worte kamen mir in den Sinn: Rebecca Waterhouse' Beispiel zeige eindrücklich, dass durch religiöse Erweckung jeder Heide zum Menschen werden könne, ausgestattet mit einer empfindsamen und pflichtbewussten Seele wie jeder, der in Gott lebt.

Trotzdem, etwas an Rebecca Waterhouse hat mich immer gestört. Wie sie vor uns stand, spöttischen Blicks, wie mir schien, und Hand in Hand mit ihrer Tochter, als gäbe es nichts Wertvolleres auf der Welt als dieses unschöne Kind. Mein Unbehagen verstärkte sich, als sie mir grüßend ihr Gesicht zuwandte und im selben Moment an meine Stirn griff, worauf ein winziger Schmerz meine Kopfhaut durchzuckte.

Ein graues Haar!, sagte Mrs. Waterhouse, mit ihrer klaren dunklen Stimme, die sie von den meisten Puritanerinnen unterschied, und tatsächlich: Das Haar, das sie mir ausgerissen hatte und nun im ärmlichen Licht entgegenhielt, war unverkennbar grau und unverkennbar mein eigenes.

Rachel nahm ihr das Haar aus den Fingern und wickelte es um ihren Zeigefinger, dass er aussah, als wäre er in viele kleine Röllchen unterteilt. Miss Cleave sagte nichts, sie fuhr fort, mit ihren Fingern über das Moos zu streichen.

Ich war entsetzt. William Cormac, mein Vater, hatte mit Mitte fünfzig, als ich ihn zuletzt gesehen hatte, kein einziges graues Haar gehabt. Das schwarze Haar der Cormacs war berühmt dafür, nicht zu ergrauen! Wieso sollten mir jetzt schon graue Haare wachsen? Ich rechnete zurück: In diesem

Sommer wäre ich genau zweiunddreißig Jahre auf der Welt. Ich war kein junges Mädchen mehr, das seine Lehrerin anhimmeln konnte.

Ich bin zweiunddreißig Jahre, sagte ich laut und setzte hinzu: Eine herrliche Krone ist graues Haar, auf dem Weg der Frömmigkeit wird sie erlangt.

Mrs. Waterhouse fuhr fort zu lächeln und berührte ihren tadellos schwarzen Haaransatz.

Dann sind wir gleich alt. Sie kennen sicherlich auch den Vers aus dem Hohelied, Mrs. Burleigh: Sein Haupt ist gediegenes feines Gold, seine Locken sind herabwallend, schwarz wie der Rabe.

Ich sagte spitz: Schwarz wie sein Schnurrbart, der auch bei Frauen, so scheint es, von Jugendfrische zeugt.

Lasst es gut sein, sagte Miss Cleave rasch, – wir sollten nach Hause gehen.

Schamvoll dachte ich daran, wie ich mich für sie frisiert hatte. Aber das konnte Mrs. Waterhouse nicht wissen – und es gab ihr kein Recht, mir Haare auszureißen und Widerworte zu geben.

Das bescheidene Äußere einer Frau spiegelt ihr bescheidenes Herz, dem es allein darauf ankommt, dem Herrn zu gefallen, sagte ich hochnäsig.

Das ist kein Bibelvers. Wer sagt das?, fragte Rebecca Waterhouse, und etwas in ihrer Stimme klang, als wüsste sie bereits die Antwort.

Mr. Burleigh sagt das, antwortete ich.

Wissen Sie, sagte da Miss Cleave, und ihre Wimpern waren lang und weiß wie die eines schmucken Pferds, – Mr. Burleigh ist sehr klug, aber er ist nicht Gott.

Dann sah sie schnell zur Seite.

Darauf wusste ich nichts zu sagen, aber es schien mir, als hätte Rebecca Waterhouse beifällig genickt. Das machte mich wütend: Was dachte sich dieses Weib? Dass sie Miss Cleave einwickeln und mit ihr gemeinsame Sache machen konnte – gegen mich, die Frau des Pfarrers Burleigh?

Burleighs Frau. War ich tatsächlich niemand anders mehr als Pfarrer Joseph Burleighs Frau? Julian Snaterbek sah hinter einem Baum hervor und nickte.

Auch nicht für Miss Cleave?, fragte ich ihn stumm.

Er zuckte die dürren Schultern. Es war, als rammte er sie mir in den Bauch, seine Knochenschultern, und wühlte damit in meinen Eingeweiden herum.

Natürlich ist Mr. Burleigh nicht Gott, erwiderte ich laut, – das zu behaupten, wäre Lästerung.

Natürlich, sagte Rebecca Waterhouse; und Miss Cleave stand auf und rief nach Anne. Anne kam herüber und streckte Miss Cleave ihren Ärmel entgegen: Schauen Sie, das Hörnchen zittert, ich muss es ins Warme bringen.

Miss Cleave nickte und umfasste kosend den Ärmel mit dem frierenden Hörnchen. Nach einem vorsichtigen Blick auf mich schob Anne ihre Hand in die ihrer Lehrerin, und Miss Cleave ließ es zu.

So gingen wir nach Hause.

***

Ich habe nie die Hand eines meiner Kinder gehalten, sobald sie alleine laufen konnten. Ich ziehe die Zwillinge hinter mir her, wenn sie zu sehr trödeln, und einmal, als Georgie arg über die Stränge geschlagen hatte, habe ich ihn an den Handgelenken gepackt und zu Burleigh geschleppt. Aber ihre klebrigen Kinderhände mag ich nicht halten.

Mary Burleighs Händchen hatten eine Ausnahme gebildet, vom Tag ihrer Geburt an. Als Mrs. Eden sie mir nach wenigen Stunden Ungemach in die Arme gelegt hatte, eine neue Mary, hatte ich mich unversehens und heillos in dieses Kind verliebt. Wie schön es war, wie weich und duftend, wie bedürftig nach meiner Liebe! Ich genoss es sogar, sie zu nähren: Marys winziger Herzmund, der eine meiner Brüste umschloss, um rhythmisch an ihr zu saugen, erinnerte mich an Mary Reed, süß und bedürftig unten im Schiffsbauch. Ihr

Wimmern, wenn ich sie nicht im Arm hielt, rührte mich tief. Ihre Glieder waren schmaler und schwächer, ihr Haarflaum feiner als bei ihren Geschwistern, aber dunkel wie Klein Marys. Sie schrie fast nie und sah, wenn sie schlief, wie ein kostbares Figürchen aus: Unter der weißen Haut waren die zarten Knochen der Augenhöhlen und des Schädels deutlich zu erkennen. Ich vergaß die Zwillinge über diesem besonderen Säugling, den ich nie mehr loslassen wollte – nicht bevor Mary laufen und jagen und Knoten machen konnte.

Frankie und Bradford wuchsen schnell in dieser Zeit. Bradfords Wutanfälle begannen und mit ihnen Burleighs Lamentieren, womit er, um Himmels willen, einen zweiten Georgie unter seinem Dach verdient hätte. Gleichzeitig schüttelte er den Kopf über meine hündische Liebe, wie er sie nannte: Die anderen Kinder hätte ich auf vernünftigere Weise versorgt. Aber er duldete meine Hingabe an den Säugling wie so viele meiner Unvernünftigkeiten.

Mir war alles gleich. Ich lebte für mein wunderbares Mädchen Mary. Ich verscheuchte Anne, die ihr Schwesterchen ständig halten wollte, und überließ ihr das Fegen und Windelwaschen. Mary umhüllte ich mit dicken Decken, um ihr die Wintersonne zu zeigen, und den Seefahrerblick über den Abhang hinaus ins kahle Tal. Ich trug sie umher und lachte und scherzte mit ihr, während Bradford und Frankie hinter uns her zockelten; ein seltsames Bild müssen wir abgegeben haben.

Als das Fieber kam, erschreckend heftig, wollte ich nicht glauben, dass es mir Mary nehmen würde. Ich wiegte das erhitzte Kind in meinen Armen, sang ihr Lieder und erzählte ihr – leise, damit die Anderen es nicht hörten – Geschichten vom Leben auf See. Ich erzählte von der Größe und Schönheit der *Queen Anne's Revenge* und unseres Kapitäns Calico Jack. Ich erzählte von bunten Papageien und vom seligen Nichtstun an Bord, vom Schatten der Segel, in dem wir tagelang lagen, während uns Fleisch und Brot und Rosen in den Schoß fielen. Ich erzählte vom dummen kleinen Schiffsjungen und dass sie, Mary, in etwa zehn Jahren auch Schiffsjunge sein könnte und später Seemann. Ich erzählte von meiner besonderen Freundin Mary Reed, der sie ihren Namen verdankte. Alles, alles sollte sie wissen. Ich erzählte von ihrer Schwester Klein Mary, die sie eines Tages suchen gehen müsste. Ich erzählte und erzählte, während sich die Augen des kranken Säuglings immer tiefer schlossen. Ich ging nicht mehr von ihrer Seite und hörte nicht auf zu flüstern. So vieles sollte sie wissen … Nach zwei Tagen und zwei Nächten, als ich gerade vom Kerker berichtete, fast unhörbar, denn Burleigh und die größeren Kinder standen um uns herum, zog er mich an der Schulter zurück. Er hieß mich von der Wiege aufstehen und sagte sehr sanft: Lass es gut sein, Anne, sie schläft. Geh mit der Wäsche hinaus an die frische Luft.

Sie muss Augenblicke später gestorben sein, ohne mich an ihrer Seite.

So hatte ich auch diese Mary verloren. Meine Hände hingen rechts und links an mir herab, entsetzlich leer. Meine Brüste sehnten sich schmerzend, tropfend nach Mary, noch einige Tage lang. Nach der Beerdigung verbarg ich sie endgültig wieder unterm Kleid, das am Halsansatz schloss, und wandte mich wieder meinen Jungen zu.

Josie half mir, die Wiege zu Rebecca Waterhouse zurückzutragen, die ihrerseits im Dezember ein Kind verloren hatte. Sie kam uns aus ihrem Haus entgegen, drückte mir die Hände und bedankte sich mit ernstem, etwas teilnahmslosem Blick, und ich dachte: Nein, kein neues Kind mehr.

***

So gingen wir an diesem Nachmittag nach Hause: vorn Rebecca Waterhouse, ihre Tochter Rachel nah zur Seite; dahinter Miss Cleave Hand in Hand mit Klein Anne, nicht mit mir; und als Letzte ich, missmutig und erschüttert von Scham darüber, was ich von diesem Ausflug erwartet hatte.

6

Die Scham half mir zurück zu meiner Demutshaltung. Ich musste die kühnen Pläne fahren lassen. Miss Cleave würde nicht mit mir fortgehen – die Schule blieb der einzige Weg zu ihr.

Und wenn schon, dachte ich trotzig, ich musste ohnehin hierbleiben. Ich musste mich still verhalten, damit sie mich nicht doch noch kriegen würden wie alle, an denen mein Herz gehangen hatte. Wie Kapitän Calico als Erster am Galgen steht; wie sie ihm ein schwarzes Tuch über den Kopf legen; wie es ruckartig mit ihm zu Ende geht, während ringsum ein Jahrmarkt tobt. Wie sie mich allein zurücklassen, einer nach dem Anderen: ruckartig oder noch für einige Augenblicke zappelnd. Die Enge in der Kehle, der Blutgeschmack, das Brennen in den aufgescheuerten Knien, jedes Mal, wenn ich an all das denke. Auch Mary Reed habe ich an diesem Tag zum letzten Mal gesehen.

Wie hatte ich all das vergessen können, als ich mit Miss Cleave in den Wald gegangen war?

Und ich schluckte den Blutgeschmack herunter und senkte meinen Kopf über die Tafel aus Horn, die ich mit meiner Tochter teilte, und sagte mir die Buchstaben auf. Mittlerweile erkannte ich sie alle; nur die verschiedenen Arten, sie zum Wort zusammenzusetzen, bereiteten mir Sorgen. Ohne immer wieder auf die Buchstabentafel zu schielen und mir alle nacheinander aufzusagen, konnte ich kaum ein Wort lesen.

Jeden Abend betete ich, dass keins der Kinder krank würde, oder dass Agnes Eden sich als völlig untauglich erweisen würde und ich am Ende doch zu Hause bleiben müsste. Meine Gebete wurden erhört. Frankie und Bradford gewöhnten sich an die neue Pflegerin, bald hingen sie sehr an ihrer Miss Agnes. Es zeigte sich, dass sie zwar maulfaul und mit Gegenständen nachlässig war – aber nicht mit den Kindern. Selbst noch ein junges Ding, balgte sie sich mit den Zwillingen und warf sie hoch in die Luft, dass sie jauchzten, wie ich es

nicht von ihnen kannte. Ich verkniff mir die Eifersucht darüber: Agnes Eden mochte die Kinder herumwerfen, wie sie
wollte, solange keins auf den Kopf fiel – und solange sie mir
damit Ruhe zum Lernen verschaffte. Wenn Bradford einen
seiner Schreianfälle hatte, kniff sie ihn und hörte erst auf zu
kneifen, wenn er schwieg. Ich bedauerte ihn seiner häufigen
Quetschflecke wegen; gleichzeitig war ich Agnes Eden dankbar für die Ruhe in Burleighs Haus.

Ich gab mich den Buchstaben hin und fand darin eine
schwierige Lust, die Mühe und Arbeit war. Wenn sie nicht
aus Miss Cleaves Mund kamen, die Wörter und die Buchstaben, glichen sie nicht roten Blumen und goldenen Federn;
sie waren blinde Zeichen, die ihren Sinn nur zögernd offen-
barten, und immer noch gerieten sie leicht ins Tanzen. Meine Lehrerin hatte recht gehabt: Den Alten wird das Lernen
sauer.

Herrgott, dachte ich, – mich mit ihr auf einer Lichtung zu
wälzen, meine Hände in ihrem Haar und unter ihrem Kleid!
Nur weil ich die Lichtung nicht haben kann, müssen es die
Buchstaben sein.

Nach dem Ausflug in die Wälder blieb sie gleichmäßig
mild zu mir. Sie half mir beim Lernen, wie sie den Kindern
half; aber nie kam sie aus eigenem Antrieb auf mich zu, nie
stellte sie eine Frage oder gab etwas von sich preis.

Nachts öffnete ich meine geheime Truhe und erzählte für
mich allein:

Ob Miss Cleave überhaupt fleischliche Gelüste kannte?
Burleigh sagt oft, die ebenmäßige Ruhe des Fleisches, wie
man sie in der inneren Einkehr und in der Ehe vorfinde, sei
das höchste Lebensziel. Miss Cleave hat keinen Mann und
keine Kinder und ist nicht zur See gefahren. Was weiß sie
vom Leben? Warum hat sie eines Tages ihren Ausgangsort
verlassen wie Simplicity Moore und ist immer weitergegan-
gen, bis sie bei uns gelandet ist, ein erschöpfter Zugvogel mit
nasser Haube?

So sehr ich auch versuchte, mit Worten und Träumen näher an sie heranzukommen: Miss Cleave blieb eine Ikone mit undurchdringlichem Farbauftrag.

Die Dinge kehrten zurück in den faden Zustand, in dem ich vorher gelebt hatte. Die Schwere heftete sich wieder an meine Füße, die ihre täglichen Kreise in Burleighs Hütte drehten, immer und immer wieder. Ich vergaß sie nur, wenn ich alle Gedanken aufs Lernen abstellte; und wenn ich abends die Füße hochtat, in den wenigen Augenblicken, bevor ich einschlief. Dann setzte die Betäubung aus und mein Leid übermannte mich, breitete sich über alle Glieder aus, und ich ließ die Tränen geräuschlos die Wangen hinabfließen, um Burleigh nicht zu wecken. Ich glitt in unruhige Träume, in denen Buchstaben auf einer grauen Lichtung tanzen, die vielleicht auch ein Oberdeck ist, auf dem ich wachen und arbeiten und kämpfen muss, ohne Möglichkeit, in die dumpfe Wärme des Schiffsbauchs zu gelangen, wo meine Liebste auf mich wartet. Und aus der Tür zu seiner Kajüte tritt Kapitän Calico mit schimmernder Bluse und sagt: Du kannst nirgendhin zurück. Dazu blickt er mich mahnend an, als wäre ich noch sein Angeheuerter oder seine Geliebte.

Beim Aufwachen dachte ich: Denk an den Henkerstrick um deinen Hals, Calico, eh du mir sagst, wohin ich gehen könnte und wohin nicht. Ich bin kein halberwachsenes Mädchen mehr, das sich mit einer großäugigen Schwärmerei und den Anordnungen eines Piratenkapitäns zufriedengibt.

Als ich meinem Kapitän solchermaßen entgegengetreten war, fiel mir das Aufstehen leichter.

***

Es schien mir unwahrscheinlich zu sein, dass Miss Cleaves Herz an keinem Menschen hängen sollte. Was war mit Rebecca Waterhouse, die im Wald plötzlich aufgetaucht und von ihr vertraulich angeredet worden war? Was hatte es mit ihnen beiden auf sich?

In gewissen nächtlichen Momenten fing mein treuer Wächter Snaterbek an, mich an der Nase herumzuführen. Er gaukelte mir vor, Miss Cleave hinge sehr an Rebecca Waterhouse – vielleicht auf dieselbe Weise, auf die ich einst an Mary Reed gehangen hatte – auf dieselbe Weise, wie sie *mir* anhängen sollte: fleischlich und herzensmäßig und mit ihrer unsterblichen Seele. Oh, Mrs. Waterhouse sollte die Finger von ihr lassen!

Näher betrachtet, wusste ich nicht recht, was ich von Rebecca Waterhouse halten sollte. Sie war keine eingeborene Puritanerin wie Miss Cleave. Sie hatte spät gelernt, fromme Worte im Mund zu führen und sich das Haar streng zu binden. Schließlich hatte sie es unter eine Haube gesteckt und James Waterhouse geheiratet, der ihr keine Schätze bieten konnte, nur ein bescheidenes Haus und die üblichen Schwangerschaften. Er ist kein schlechter Mann, aber ein Grobian und zwanzig Jahre älter als seine Frau.

Dass Mr. Waterhouse' Frau erstaunlich klug ist, sagen alle: Burleigh hat sie nicht nur den rechten Glauben, sondern auch das Lesen gelehrt. Mr. Waterhouse hatte sie zu ihm geschickt, nachdem er sie aus den Wäldern geholt und auf den Namen Rebecca hatte taufen lassen. Burleigh sprach oft davon, dass sie in kaum zwei Jahren – bis zu Rachels Geburt – die wichtigsten Gebete und Lieder gelernt und höchst verständig seine Fragen zur Bibelgeschichte beantwortet habe.

Ihrer Klugheit und Frömmigkeit zum Trotz wurden die anderen Frauen von der Mission nicht recht warm mit ihr. Mrs. Eden sagt, es schicke sich nicht, dass eine Missionarsfrau reiten könne wie ein Kerl oder eine Wilde. Edwina Moore, Ronnie Moores Frau und Mutter der armen Simplicity, war sich noch vor einem Jahr sicher gewesen, dass Rebecca Waterhouse nach den ersten zwei Kindern eigenmächtig ihren Körper verschlossen habe, denn seit mehr als fünf Jahren war kein neues dazugekommen. Erst die Geburt des kleinen Mädchens, das im letzten Winter allzu rasch starb, ließ sie verstummen. Dennoch hielt sich die zweite Mrs. Moore lieber fern von Rebecca Waterhouse und wies ihre vielköpfige Kinderschar an, nur nicht so verschlagen zu werden wie Rachel und Jamie Waterhouse.

Manchmal beneide ich sie um diesen fast etwas furchteinflößenden Stand. Wenn die anderen Frauen nur wüssten, dass ihre Pfarrersfrau einmal ein Seeräuber gewesen ist! Aber anders als Rebecca Waterhouse gehe ich als Engländerin, Holländerin oder Deutsche durch, zur Not als Irin, die den Papisten entronnen und zur reinen Lehre bekehrt worden ist. Bekehrte Indianerinnen sind etwas anderes als bekehrte Irinnen, denen man den Papismus und das Räubertum nicht ansieht; Indianerinnen ist nicht zu trauen, sie bleiben ein Ärgernis, mögen sie so fromm und klug sein, wie sie wollen. Man sieht die Leute ja durch die Wälder laufen, unregiert und unwillig, sich ordentlich zu kleiden und ihre Siedlungen zu befestigen.

Mrs. Waterhouse weiß offenbar, dass man es den puritanischen Frauen nicht recht machen kann, sie trägt ihren Kopf mit dem spiegelnden Haaransatz sehr aufrecht. Sie hält nur Freundschaft mit Miss Cleave, der sie so ähnlich ist wie die Nacht dem Tag.

Es gibt wirklich noch keinen Honig um diese Jahreszeit, Jelena. Es ärgerte mich bis aufs Blut, dass die beiden so eng zusammenhielten. Was mochte dahinterstecken? Ich traute Rebecca Waterhouse allerhand zu – auch, alle Regeln des Anstands zu missachten, wenn es ihren Zwecken diente. Sicherlich würde sie nicht zögern, ihre Hände in Miss Cleaves Haar und unter ihr Kleid zu stecken, wenn nur niemand hinsah. Vielleicht wüsste Miss Cleave sich nicht gegen diese zudringlichen Hände zu wehren … Warum war Rebecca Waterhouse im Wald herumgelaufen, wenn es doch gar keinen Honig gab? Was hatte sie vorzufinden gehofft? Ob Miss Cleave – die träumerische Miss Cleave mit ihrem Buchstabengemüt – wusste, wem sie ihre Gunst schenkte? Was gewährte sie Mrs. Waterhouse, was sie mir nicht gewähren mochte? Sie hat mich noch niemals einfach Anne genannt.

Rebecca, hier herüber!, hatte sie gerufen. Mir wurde übel, wenn ich daran dachte. Wer weiß, wie unser Ausflug geendet hätte, wenn sie nicht dazugekommen wäre!

Auf diese Weise quälte ich mich durch die Nacht und verfluchte Snaterbek für seine Gaukeleien. Manchmal hatte er ein Einsehen, und in der dunklen Stube sah ich deutlich, wie er sich an die Stirn tippte; momentweise bewahrte mich das vor den schlimmsten Phantasien. Aber meistens war ich ihnen ausgeliefert wie meine Tochter ihrer nächtlichen Teufelsangst.

Ein paar Tage lang versuchte ich, mir nichts anmerken zu lassen, wenn ich auf Mrs. Waterhouse traf; aber es ging schlecht, es kostete mich zu viel. Wer war sie schließlich, diese schamlose Person, die mir ein Haar herausgerissen hatte? Und ich ging an Rebecca Waterhouse vorbei ganz wie die anderen Frauen – ohne sie und ihre Kinder besonders zu beachten, die, Bibelschule hin oder her, halbe Tscherokesen waren.

✳✳✳

Ich übte die Buchstaben, wann immer ich Zeit dazu fand; es wurde immer deutlicher, dass Leseübungen das beste Mittel waren, mein wehes Herz zu beruhigen und mich gleichzeitig mit Dingen zu beschäftigen, die mit Miss Cleave zusammenhingen. Ich las mittags, wenn ich mit den Kindern gegessen hatte, und bevor Burleigh nach Hause kam, der immerzu redete und verschiedene Anliegen an mich hatte; ich las spätabends, wenn außer mir alles schlief.

Am schwierigsten war der Sonntag: Zum einen sah ich Miss Cleave nur im Gemeindehaus, wo sie unsagbar viel weiter entfernt von mir war als in der Schule; auch nach dem Gottesdienst traute ich mich nicht, ein einziges Wort an sie zu richten. Zum anderen verbrachte Agnes Eden den Sonntag bei ihrer Mutter und ich musste unausgesetzt nach den Zwillingen sehen. Unter der Woche vergaß ich fast, wie anstrengend es war, immerzu die beiden Kleinen um mich zu haben. Nach dem letzten Amen ging ich zur Missbilligung meines Mannes stracks nach Hause, statt mit Mrs. Eden oder einer der drei Mrs. Moores zu plaudern, und setzte mich an den Tisch, um zu lernen. Manchmal hatte ich Glück und es dauerte eine volle Stunde, bis Bradford oder Frankie merkten, dass ich sie allein gelassen hatte, und mir jemand mit vorwurfsvollem Blick meine heulenden Jüngsten nachtrug.

Eines Sonntagnachmittags Anfang Mai saß ich so über Burleighs Psalmenbuch. Burleigh selbst war mit den Jungen beim Gemeindehaus zurückgeblieben und Anne war draußen mit ihrer Freundin Ashes Moore beschäftigt. Um den dicken Bauch gebunden trug sie noch ihre hellrote Schürze aus Calico, die eigentlich nicht zum Vagabundieren taugte, aber ich ließ sie ihr, weil sie das Kind nun mal verschönte.

Mit viel Mühe las ich die Verse: Wenn ich sehe die Himmel, deiner Finger Werk, den Mond und die Sterne, die du bereitet hast / was ist der Mensch, dass du seiner gedenkst, und das Menschenkind, dass du dich seiner annimmst?

Es fehlten mir noch einige Wörter, da flog die Tür auf und Anne stürmte herein, in ihrer hellroten Schürze und umgeben von einem Schwall hellen Sonnenlichts. Sie blieb abrupt stehen, bis sie mich im Halbdunkel der Hütte ausgemacht hatte, und tat, als hätte sie ihr Gesicht zu waschen; dann hockte sie sich plötzlich vor meinem Stuhl nieder und sah mich an, die kleinen grauen Burleigh-Augen funkelnd vor Mitteilungslust. Sie näherte ihren Mund meinem Ohr und sagte sehr leise: Ashes und ich haben ein Geheimnis!

Überrascht von dieser ungewohnten Geste, drehte ich mich weg, worauf Anne etwas steif sagte: Verzeih, Mutter.

Dann gewann ihr Mitteilungsdrang wieder die Oberhand und sie flüsterte: Ashes ist nicht mehr Ashes. Sie heißt jetzt wie Miss Cleave: Jelena. Das ist doch ihr Name, nicht wahr? Jelena Moore heißt sie jetzt. Aber niemandem sagen, ja?

Bevor ich antworten konnte, rannte sie hinaus, zurück ins Tageslicht zu Ashes, die schon nach ihr rief.

Ich kann dieses Kind nicht leiden. Verzeih mir, Snaterbek, alter Freund: Ich kann es nicht ausstehen. Als ob Ashes Moore – fünftes Kind eines übermäßig frommen, aber bettelarmen Puritaners irgendwo in den gottverlassenen Bergen von North Carolina, ein Mädchen noch dazu – sich irgendetwas auf dieser Welt aussuchen könnte! Was geht bloß in Annes Kopf vor?

Aber Snaterbek zwinkerte mir nicht bestätigend zu, wie er es sonst in solchen Fällen tat. Er muckte sich nicht. Stattdessen erschien mir Miss Cleave, wie sie im Wald Annes Hand hielt oder sich nach ihr umsah, wenn sie sich zu weit von uns entfernte. Es schien, sie mochte meine Tochter, das mausfarbene Kind, wirklich gern. Freilich, sie hatte Klein Mary nicht gekannt.

Da muckte sich Julian Snaterbek und sagte: Klein Mary ist verschollen seit ihrer Geburt. Keinen Monat hast du sie gekannt.

Ärgerlich verscheuchte ich ihn.

Dass Anne und die kleine Ashes Moore ihre Lehrerin vergötterten: Nun, dazu war wohl nichts zu sagen. Ashes lernte dabei wenigstens lesen und die Psalmen rezitieren, was man von meiner Tochter nicht behaupten konnte. Außerdem sang und nähte sie hervorragend – auch das konnte man von Anne, die im Juli sieben Jahre alt wäre, nicht behaupten. Wie Burleigh oft feststellt, vertändelt unsere Tochter den Tag und tut höchstens das, was man von ihr verlangt, keinesfalls einen Handschlag mehr. Das Einzige, worum sie sich von selbst kümmert, ist das Hörnchen – nicht zufällig ein Geschenk von Miss Cleave. Nein, so kann es nicht weitergehen.

Ich trat vors Haus und rief Anne: Jetzt ist es genug gespielt. Du schickst Ashes nach Hause und kommst mit herein und liest mir alle Sätze vor, die du in der letzten Woche gelernt hast.

Anne protestierte, es sei doch Sonntag.

Ich sagte: Ein guter Tag, um die Psalmen zu wiederholen.

Und ich nahm sie mit hinein, hieß sie sich hinsetzen, schob ihr das Psalmenbuch unter die Nase und kündigte an, sie nicht fortzulassen, ehe sie nicht alle Psalmen, die Miss Cleave seit Montag durchgenommen hatte, drei Mal gelesen hätte.

Anne ergab sich in ihr Schicksal, aber es ging schlecht. Ihr Kopf rauchte, und viele Wörter erkannte sie nicht. Ich versuchte, ihr vorzusagen: *Mond, Sterne, Men-schen-kind.* Wie wir uns mühten! Es erboste mich, dass mein einziges Mädchen so schlecht las, schlechter als ich selbst. Dass sie ein Mädchen war, bot keinen Grund, sich mit der Schule weniger Mühe zu machen als ihre Brüder. Wenn Anne später in ihrer eigenen Hütte saß, sollte sie wenigstens die verdammte Bibel lesen können und vielleicht die Zeitungen ihres Mannes. Dieses Kind würde so wenig zur See gehen wie Miss Cleave – auf welchem Weg sollte es sonst etwas von der Welt erfahren?

Noch einmal!, wies ich sie an, und Anne stotterte und stolperte durch die Verse. Ich wiederholte den gesamten Psalm vom Menschenkind und ließ ihn Anne wiederholen. Dann war ich es zufrieden und ließ sie hinaus in die Sonne, wo Ashes Jelena Moore vor dem Kaninchenstall saß und schmollte.

***

Als der Sommer kam, zeichnete sich immer deutlicher ab, dass das Hörnchen kein rechtes Haustier war. Sein Fell war nicht länger matt, sondern begann zu schimmern, und sein Schwanz ragte als ein stolzer silbergrauer Busch aus Annes Kragen – wenn es überhaupt noch bei Anne saß. Je kräftiger das Hörnchen war, desto flüchtiger wurde es auch. Es stellte sich zuverlässig ein, wenn wir bei Tisch saßen, und fraß in Windeseile eine Handvoll Rübenstücke, zwei Brotkanten und ein halbes Ei; dann putzte es sich das Mäulchen und sprang schleunig hinaus und verschwand im Gebüsch an der Grenze zum Wald. Oft blieb es stundenlang aus und kam erst am Abend wieder, um sich in Annes Bett einzurollen und zu ruhen.

Anne war untröstlich. Im Mai kam es noch zurück, wenn sie nach ihm rief, es schnupperte an ihrer Hand und trollte sich wieder, ohne auf ihre Vorwürfe zu achten. Burleighs Hinweis, das Hörnchen sei ein Tier des Waldes und werde eines Tages ganz dorthin zurückkehren, schien Anne nicht zu hören. Sie klammerte sich an die Tage, an denen das Hörnchen draußen wartete, um sie doch noch zur Schule zu begleiten.

Ich war froh, wenn das Hörnchen außer Haus war. Alles in allem war es ein Zerstörer, es zerschmiss noch mehr als Agnes Eden – und anders als Agnes knabberte es an unseren Vorräten, unseren Kleidern und an den Balken unserer Hütte. Manchmal erwartete ich, dass Burleighs schlichtes Heim dank der Zerstörungsarbeit des Hörnchens eines Tages in sich zusammenfallen würde, und schmunzelte über die Vorstellung. Ja, es wurde Zeit, dass das Grauröckchen an die frische Luft kam und dort draußen blieb. Aber ich tat nichts dazu, es zu vertreiben.

Ende Mai begann das Hörnchen, auch nachts auszubleiben, und Anne weinte sich in den Schlaf. Oh, ich hatte selbst genug zu beweinen! Doch als sie endlich Ruhe gab und gleichmäßig atmete, ging ich leise hinaus. Ich wollte einmal nachsehen, ob sich das Tierchen finden ließe. Durch die Dunkelheit ging ich bis zum Waldrand und rief nach ihm.

Es raschelte sacht, erst oben in den Bäumen, dann zu meinen nackten Füßen, und das Hörnchen erschien. Sein Pelz verschmolz mit der Dunkelheit des Waldes, gleichzeitig sah ich es ganz deutlich, nicht nur den weißen Bauch: Alles an ihm war hell, es war unzweifelhaft Teil von Miss Cleave. Ich kniete nieder und koste die Stelle zwischen seinen runden Ohren, die so fein und seidig war. Das Hörnchen sprang auf meine Hand und suchte darin nach Fressbarem.

Komm mit mir zurück, flüsterte ich. – Anne ist traurig, wenn du fortbleibst …

Das Hörnchen sah mich an und schien zu überlegen. Seine Ohren zitterten kurz, dann wandte es sich um, tat einen kräftigen Sprung auf den Boden und rannte zurück in den Wald.

Das Urteil war gesprochen; ich konnte nach Hause gehen. Mrs. Joseph Burleigh, barfüßig und mit ungeordnetem Haar, ermahnte sich zur Demut – heulend, ungetröstet wie Anne, die einzige Tochter, die mir geblieben ist.

7

Am Anfang des Sommers brachten zwei tscherokesische Reiter den Wanderprediger Franziskus Syhre aus Neuengland mit herauf. Er hatte sich vor einigen Monaten brieflich angekündigt, und Burleigh hatte uns gute Tage versprochen: Das Ausharren in den Bergen, so löblich es auch sei, führe zu einer gewissen Beschränktheit in religiösen Dingen. Bei Eremiten und Bergvolk, sagte er, litten der gottgegebene Verstand als auch die Liebe zur christlichen Gemeinschaft. Das Wort des Herrn, wiewohl nachzulesen in der Schrift, wirke zwischen den Menschen, die es in ihrem täglichen frommen Umgang miteinander lebendig erhalten und den Wankenden in ihren Schoß zurückziehen. Entschlage man sich dieses Umgangs, ergäben sich auf lange Frist Verwahrlosung, Wahnsinn und ein widernatürliches Verhältnis zum Nutzvieh. Daher sollten wir für jeden Besuch, gesandt von der Bostoner *Gesellschaft zur Verbreitung der christlichen Botschaft in der Neuen Welt* von ganzem Herzen dankbar sein.

Es gab einen großen Aufruhr, als Mr. Syhre in seiner Kutsche heranrumpelte. Auch in diesem Jahr war der Pfad bis in den Juni hinein eine Schlammgrube und ein Grund, sich vor dem Himmlischen zu schämen. So seufzte Burleigh und mit ihm vermutlich Mrs. Eden, die neben ihm auf der Straße stand, um Franziskus Syhre zu begrüßen.

Ein fremder Prediger, der zu uns kam, um die Gemeinde zu belehren!

Wie immer, wenn ein Fremder ankommt, versammelten sich die Männer eilends vor dem Gemeindehaus, auf den Köpfen die akkuraten dunklen Hüte, die frei von Staub zu halten eine heilige Pflicht der Hausfrau ist. Die Frauen selbst banden ihre schönsten Schürzen vor – die steifen weißen, die nicht zur Hausarbeit taugten – und stürzten aus den Häusern und die Kinder aus der Schule. Es war gegen Mittag, als Mr. Syhre eintraf, ich war mit den Zwillingen zu Hause und hielt sie rechts und links gepackt, während ich zum Gemeindehaus lief: Frankie schicksalsergeben und Bradford in schreiendem Protest. Von weitem sah ich Miss Cleave mit den Schulkindern herankommen.

Der Prediger verließ die Kutsche, erwiderte Burleighs Grußworte und vollführte beschwichtigende Bewegungen über uns alle. Sein geschlossener schwarzer Mantel verbarg nicht, dass er ein fetter Mann war, und seine Augen, die über die Leute hinwegglitten, blickten sorgenvoll. Als sie in Miss Cleaves Richtung kamen, hielten sie inne, dann hob der Prediger die rechte Hand und rief laut: Was ist das für eine Kreatur, die auf dem Kind dort sitzt?

Es waren seine ersten an die Gemeinde gerichteten Worte, und er meinte das Hörnchen auf Annes Schulter.

Anne erstarrte und begann zu zittern; und auch der buschige Schwanz des Hörnchens schien zu zittern. Miss Cleave nahm sie zur Seite und mahnte zur Tapferkeit.

Burleigh antwortete: Das ist ein krankes Geschöpf, Bruder, dem Kind anvertraut bis zur Genesung.

Mr. Syhre erwiderte scharf: Bruder, es bleibt ein wildes Tier. Obwohl alle gleichermaßen gottgeschaffen, sind die Kreaturen von mehr oder minder großem Wert; und Nagetiere sind entschieden wertloser und damit gottferner als Nutztiere wie Huhn, Kuh oder Ziege.

Die zusammengelaufenen Leute zischten und tuschelten, Missstimmung breitete sich aus. Warum er das Kind erschrecken müsse, gleich als Erstes! Andere flüsterten, sehr richtig, es sei nicht recht, ein wildes Tier in der Gemeinde zu dulden – wer weiß, welche Verderbnis in seinem Pelzchen sitze. Sollte man das Hörnchen verteidigen oder ihm den Hals umdrehen? Unschlüssig standen die Leute herum; bis der alte Jeremiah Moore hervortrat und den Gast in sein Haus bat.

Burleigh erwiderte nichts mehr, er sagte bloß: Nimm deine Kinder, Anne, und geh nach Hause.

***

Am späten Nachmittag, nachdem er in einem Seitenbau von Moores Hütte ein wenig geruht hatte, kam Franziskus Syhre ins Gemeindehaus und sprach zu uns. Viel zu dankbar für die Abwechslung, hatte die Gemeinde die Misstöne vom Nachmittag längst vergessen und saß erwartungsvoll, ja festlich gestimmt in den Bänken. Die Leute waren noch sorgfältiger gestriegelt als am Sonntag und rieben sich die Bäuche; denn danach sollte es ein Festessen geben. Jeder hatte etwas beigetragen: Maisbrot, Kürbiskuchen, Gewürzkuchen, ein Hühnchen. Mr. Waterhouse war sogar stehenden Fußes in den Wald gegangen und hatte einen jungen Hirsch geschossen – zu meiner mäßigen Freude, denn ich musste ihn gemeinsam mit Rebecca Waterhouse häuten, ausnehmen, in große Stücke hauen und braten. Aber das zarte dunkelrote Fleisch versprach, wunderbar zu schmecken. Als Mrs. Waterhouse und ich endlich die blutigen Schürzen ablegten und zum Gemeindehaus eilten, waren wir die Letzten.

Mr. Syhre hatte angefangen, über die Demut zu predigen und wie diese fromme Haltung am besten einzunehmen sei. Stolz reckte ich mich empor: Niemand in diesem Raum wusste vom ganzen Ausmaß *meiner* Demut!

Die Demut, sagte Mr. Syhre, äußere sich im Fleiß unserer Hände ebenso wie in der Einfalt unserer Gedanken, die einzig dem Aufblühen der puritanischen Mission geschuldet sein sollten. Der Herr in Seiner unendlichen Güte habe uns, den Puritanern, den amerikanischen Kontinent zur Verfügung gestellt, damit wir der Welt ein Beispiel bieten könnten, wie eine gottgefällige Gesellschaft einzurichten sei; es gelte, diesen göttlichen Großmut dankbar zu nutzen – gerade hier, unter der dürftigen Sonne Appalachiens. Diejenigen von uns, die die wurmstichige Alte Welt noch leibhaftig gesehen hätten, wüssten, wohin die Sünde zu führen pflege: in Armut und Mord, ins Elend der Vielen, in unausdenkbare Laster des Fleisches und Seelenqual. Dem gegenüber gelte es, ein Neues Jerusalem zu errichten: ein Reich Gottes, dessen Vasallen Frömmigkeit und Arbeit heißen würden, Demut und Zucht.

Die Gemeinde lauschte mit großen Ohren. Wir bekommen so selten aufregende Geschichten zu hören. Ich bin mir sicher, dass den Anderen, genau wie mir, die Rede von der Schlechtigkeit der Alten Welt noch lange im Kopf herumging. Noch Tage danach fragte ich mich etwas sehnsüchtig, ob Mr. Syhre wohl vom Schnaps gesprochen hatte, dessen scharfen Trost ich zuweilen vermisste. Hier oben gibt es nur Mrs. Edens Schnaps aus Rüben und Äpfeln, von dem Burleigh und die anderen Missionare nichts wissen, da er für gewisse weibliche Anlässe bestimmt ist. Während der zehn Jahre in der Gemeinde habe ich ihn höchstens sieben Mal zu schmecken bekommen. Mrs. Eden, die kerzengerade auf ihrer Bank saß, hatte allen Grund, das Schnapstrinken als solches zu verurteilen.

Ach, der Rum, den ich früher getrunken hatte, der süße rote Wein, den wir oft erbeuteten, und das Kartenspiel mit klingender Münze; und ich breitbeinig in weiten Hosen, über mir die karibische Sonne und Mary Reed, die irgendwo mit nackten Armen und Beinen in den Tauen hing …

Die fleischliche Sünde – von ihr hatte er mit Bestimmtheit gesprochen. Ich hatte Samuel Moore, den ältesten Bruder der armen Simplicity, an seinem Platz zusammenschrumpfen sehen. Wie alle Anderen im Raum dachte ich daran, dass Samuel Moore im letzten Jahr wegen Selbstbefleckung öffentlich gezüchtigt worden war. Der alte Moore selbst hatte ihn bei seinem Abendspaziergang entdeckt – ausgerechnet hinterm Gemeindehaus, das Gesicht über den Tscherokesenpfad hinweg zum Tal gewandt, mit unstatthaft entblößtem Hinterteil und dem entrückten Blick der Lust. Niemand wusste, was Samuel zu dieser Zurschaustellung im Dämmerlicht trieb, die ein schlechtes Vorbild nicht nur für die puritanische Jugend bot, sondern auch für die Heiden.

Als er auf dem Platz vorm Gemeindehaus stand, bereit, seine Strafe zu empfangen, verspürte ich Zorn auf diesen dummen Jungen. Er hatte es nicht lassen können, bei einem Laster ertappt zu werden, das mir die letzte kleine Freude bereitete. Niemand darf von der unrechtmäßigen Lust erfahren, die kein Gott und kein Ehemann spendet: War Samuel Moore wirklich zu einfältig, sich daran zu halten?

Aber anders als Jeremiah Moore hätte ich keins meiner Kinder und Kindeskinder an den Pranger gestellt, und wenn es gemordet hätte: weder Klein Mary, das Seeräuberkind, noch eins der Burleigh-Blagen, die fromme Lieder singen, seit sie sitzen können. Die Moores hingegen besaßen Vertrauen in die Kraft der Gemeinde und klagten Samuel öffentlich an; das war allgemein hervorgehoben worden.

Burleigh nahm die Züchtigung, bei der die ganze Gemeinde anwesend war, mit Ernst und Taktgefühl vor. Der Rute ging eine eindringliche Predigt voraus, die die Selbstzucht als bittersüßes Mittel auf dem Weg zum Heil pries. Das Wir stand geschlossen daneben und betete, dass Samuel Moore die Kraft finden möge, sich künftig selber in der Zucht zu halten; und der Junge, immerhin fast zwanzig, starb fast vor Scham, das sahen wir in seinem bleichen Gesicht.

Unter den Frauen herrschte Mitleid mit Edwina Moore und der alten Mrs. Moore, die ein paar Mal nicht zum Gottesdienst erschien, und auch danach wochenlang nur mit verhülltem Gesicht. Aber anders als nach Simplicitys Verschwinden ging keine von uns zu ihnen. Samuel hatte Sünde über seine Familie gebracht. Damit mussten die Moores allein fertig werden, im Alltag wie im Gebet: Am Ende steht jeder allein vor seinem Gott.

Und sie wurden damit fertig. Am Ende desselben Jahres heiratete Samuel Marian Eden, Agnes' ältere Schwester, und lebt seither – so hebt es Mrs. Eden bei jedem Anlass hervor – in Gott, vollständig geheilt vom Laster. Marian hat schöne starke Arme vor Tüchtigkeit und ist obendrein guter Hoffnung. Sie haben das Land gerodet und umzäunt, das südlich ans Grundstück der alten Mrs. Eden grenzt, und obwohl es dicht am Abhang liegt, lässt sich der dritte Moore-Hof gut an.

Man bekommt Samuel Moore selten zu Gesicht, aber er sitzt im Gemeindehaus als einer der Unseren, und auch wenn er ein scheuer junger Mann ist, der nicht oft den Blick hebt, gehört er fraglos zur Gemeinde; in ein paar Jahren wird seine Sünde vergeben und vergessen sein.

Mr. Syhre, dem Fremden, erzählt man keine solchen Dinge. Wir brauchen uns dieses Schweigens nicht zu schämen: Samuel Moore hat seine gerechte Strafe erhalten. Unsere Mission tut dem Streben nach einem Neuen Jerusalem durchaus Genüge.

***

Mr. Syhres nächste Predigt, gehalten am folgenden Tag, behandelte das Problem der Hexerei.

Sie begann sehr früh, als der Morgennebel sich eben gelichtet und die Sonne die Kälte der Nacht vertrieben hatte; die Schule fiel aus und Männer, Frauen und Kinder strömten noch vor dem ersten Bissen ins Gemeindehaus, um sich von Franziskus Syhre unterweisen zu lassen. Das würde jeden Tag so weitergehen, solange er unter uns weilte. Heimlich verfluchte ich ihn dafür: Denn eine weitere Predigt war ein schlechter Tausch für den Unterricht bei Miss Cleave. Außerdem hörte ich die Mägen der Zwillinge so laut knurren wie meinen eigenen.

Anne hatte ich angewiesen, das Hörnchen zu Hause zu lassen.

Mr. Syhre sprach von der heimgesuchten Gemeinde Salem in Neuengland, wo sich vor einigen Jahrzehnten die Hexerei verbreitet hatte. Immer mehr Frauen und Mädchen hätten sich unter den Anfechtungen des Gehörnten in Krämpfen gewunden und dann, von ihm übermannt, Zaubertränke gebraut, das Vieh des Nachbarn zugrunde gerichtet und Unzucht mit dem Gehörnten wie mit dem Nachbarn selbst getrieben.

Unter den Zuhörern begann ein Raunen. Samuel Moore hatte leuchtendrote Ohren, sein Bruder Fearnot, der neben ihm saß, schien schwer zu schlucken. Mrs. Eden lauschte mit geöffnetem Mund, während die alte Mrs. Moore ihr etwas zuflüsterte.

Miss Cleave saß aufrecht und golden an ihrem Platz.

Unzucht!, wiederholte vorne Mr. Syhre; diesmal ließ er keinen Zweifel, dass von der fleischlichen Sünde die Rede war, und wohin sie zu führen pflegte. Er las die Worte aus der Heiligen Schrift: Die Zauberinnen sollst du nicht leben lassen.

Unsere Brüder und Schwestern zu Salem haben der Unzucht keine Macht gegeben über sich und ihre Gemeinde, führte er aus, – sie haben die Hexen brennen lassen: Frauen, Mädchen und die eine oder andere nutzlose Katze. Alle Besessenen, die sich nicht wollten helfen lassen, haben gebrannt. Ein Heulen und Zähneklappern war das zu Salem, die erste schwere Prüfung einer Gemeinde, die das Neue Jerusalem errichten wollte.

Die Katzen haben sie auch verbrannt, Mutter?, flüsterte Georgie mir mit schreckgeweiteten Augen zu. Sein Banknachbar Bradford, der noch nichts verstand, wurde von einem Zappeln ergriffen und kicherte vor sich hin; Frankie blickte ihn an und lächelte versonnen.

Und woher, fragte Franziskus Syhre, – ist die Hexerei gekommen, in dieser gottgefälligen Siedlung, die der euren gleicht?

Niemand wusste zu antworten, auch Burleigh nicht, der ganz vorne saß, in Mr. Syhres unmittelbarer Nähe.

Aus den Wäldern ist sie gekommen, rief Franziskus Syhre. – In der Neuen Welt kleidet sich der Verführer in die Gestalt menschenähnlicher, aber gottferner Rothäute. Es ist eine große ehrenvolle Aufgabe, diese Menschenähnlichen der christlichen Gemeinde zuzuführen. Gesegnet seien die, die sie übernehmen. Aber hütet eure Seelen und eure Tugend dabei!

Er blickte streng zu den drei Tscherokesenkindern, die Miss Cleaves Unterricht besuchen und auch jetzt neben ihrer Lehrerin saßen. Sie waren etwa sechs, acht und zehn Jahre alt und Mrs. Eden hatte ihnen ordentliche Kleider angezogen. Aber das Haar der beiden Jungen war bis auf ein kleines Zöpfchen am Hinterkopf wegrasiert; die schwarze Mähne des Mädchens, immerhin gescheitelt, ließ mich an meine wilde kleine Mary denken. Alle drei zeigten das übliche Gottesdienstgesicht. Es hieß, sie seien weitläufig mit Rebecca Waterhouse verwandt.

Ich hörte, sagte der Prediger und seine Stimme wurde plötzlich leiser, – dass hier ein junges Mädchen verschwunden ist?

Totenstille breitete sich aus. Wer hatte ihm von Simplicity Moore berichtet?

Burleigh nickte langsam: Ja, Bruder. Die Tochter von Ronnie und Edwina Moore kam der Gemeinde kurz vor Erreichen des heiratsfähigen Alters abhanden. Allem Suchen und allen Gebeten zum Trotz ist sie nicht wieder zurückgekehrt.

Franziskus Syhre sah hinüber auf das Ehepaar Moore und sagte: Gott sei ihrer armen Seele gnädig.

Amen, sagte die Gemeinde, dann war die Predigt für heute aus.

Ein prächtiger Kerl!, sagte draußen Mr. Waterhouse, – wie gepfeffert er spricht! Ja, mit der Unzucht ist es bei uns nicht weit her, zum Glück oder auch nicht.

Für diese Feststellung erntete er unterdrücktes Gelächter von Agnes Eden und ihrer Schwester Marian, das nach einem Seitenblick auf mich verstummte.

***

Am nächsten Tag fuhr Mr. Syhre in aller Frühe fort zu predigen. Wieder sprach er von Laster und Unzucht und sagte, es stehe finster um das Heil unserer abgeschiedenen Gemeinde: Uneinigkeit und Missgunst würden sie bedrohen. Er sagte, Abhilfe verspreche allein die demutsvolle Einkehr.

Er riet dazu, Buch zu führen über den Glaubensfortschritt der Gemeinde. Wir hätten kein Gemeindebuch? Es sei in den Statuten der Gesellschaft festgelegt, dass alle Ereignisse zur fortlaufenden Belehrung und allgemeinen Nützlichkeit aufzuschreiben seien! Der selige Gründervater William Bradford habe dies gute Werk bereits auf dem Mutterschiff in die Neue Welt begonnen.

Vater Bradford auf dem Mutterschiff … Ich sann dem merkwürdigen Wort nach, das zwei Dinge zusammenbrachte, die doch keinesfalls zusammengingen: Anne Burleigh, Mutter von fünfen, an Bord eines Viermasters, die Röcke gerafft gegen den starken Wind; dazu vielleicht Miss Cleave oben in den Tauen?

Während Mr. Syhre weitersprach, fiel mir auf, wie Burleigh etwas unbehaglich dreinschaute. Er fühlt sich gemaßregelt, dachte ich etwas gehässig, weil er nicht ordentlich Buch geführt hat über Geburten, Hochzeiten und Glaubensfortschritte in seiner Gemeinde.

Es steht finster um das Heil dieser Gemeinde, wiederholte vorne Mr. Syhre. Sein Blick blieb an den drei kleinen Tscherokesen hängen, die heute zwischen Miss Cleave und Rebecca Waterhouse saßen. Die Anwesenheit der Letzteren schien Mr. Syhre zu beunruhigen. Natürlich sah er ihr die bekehrte Indianerin an.

Drei Kinder, sagte er, die leidlich regelmäßig am Schulbesuch teilnähmen, seien viel zu wenig für das große Opfer, das wir für die Heiden brächten. Man wisse, dass Faulenzen und unmäßiges Begehr, wie es Kennzeichen der Kinder und der Heiden sei, nur durch strenge geistliche Unterweisung überwunden werden könnten.

Es war eine recht lange, recht langweilige Predigt. Die Kinder dösten vor sich hin. Miss Cleave hatte den Arm um das jüngste Tscherokesenkind gelegt, das offenbar eingeschlafen war; auf ihrer Stirn lag, statt der üblichen undurchdringlichen Milde, eine Falte: der deutlichste Ausdruck von Missfallen, den ich je an ihr gesehen hatte. Sie verabscheute Mr. Syhre! Ob sie ihrerseits lieber mit mir in Moores Hütte gesessen und mich die Psalmen gelehrt hätte? Wie auch immer

– mit diesem Ausdruck auf Miss Cleaves schöner Stirn war auch mein Urteil über Mr. Syhre gesprochen. Er sollte seinen Mund schließen und von hier verschwinden, wenn Miss Cleave ihn nicht mochte!

Plötzlich, Mr. Syhre hatte etwas über zwei Stunden lang gesprochen, stand Fearnot Moore von seinem Platz auf, räusperte sich und sagte, ihm sei des Nachts im Traum Simplicity erschienen, seine verschwundene Schwester.

Alles drehte sich zu ihm, und das Raunen setzte wieder ein. Der alte Mr. Moore rief zornig: Schweig und setze dich! Burleigh stand auf, ging zu dem Jungen hinüber und wollte ihm die Hand auf die Schuler legen. Aber Fearnot beachtete ihn nicht, er stand mit weit offenen Augen im Raum und sprach: Heute Nacht ist sie gekommen und hat gesagt, es tut ihr leid, dass sie sich nicht verabschiedet hat. Es tut ihr leid für Mutter und Vater, und für uns Geschwister auch. Sie hat nicht gewollt, dass wir ihretwegen traurig sind.

Setz dich, habe ich gesagt!, donnerte Jeremiah Moore. – Beschmutze dieses Haus nicht mit deinen Phantasien!

Er wandte sich an Ronnie Moore: Was ist nur mit deinen Kindern los? Die Töchter lässt du entkommen, und die Söhne verfallen dem Wahnsinn.

Ronnie Moore, ein stiernackiger Mann, wehrte sich nicht gegen die Schimpfrede seines Vaters. Er sah unbewegt zu Franziskus Syhre herauf, als erhoffe er sich von ihm Aufklärung über die unangenehme Situation.

Was heißt *entkommen*, Mr. Moore?, sprach der Prediger mit leiser Stimme. Er musste nicht lauter sprechen. Im Gemeindehaus war es so still, dass ich die Vorgänge in Bradfords Bauch sehr genau verfolgen konnte: Das Knurren und Rumpeln darin hatte sich verstärkt. Mein Jüngster hatte die Eigenart, in die Hose zu machen, sobald er sich aufregte, und ich hoffte sehr, es wäre noch nicht so weit.

Das Mädchen ist nicht entkommen. Sie haben doch gehört, was der Junge sagt: Sie hat nicht fortlaufen wollen. Ihr ist etwas angetan worden – nicht von ihrer liebenden Familie, nehme ich an! Vielmehr muss ich annehmen, dass es von denen ausging, die hier oben belehrt, gepflegt und gepäppelt werden.

Mr. Syhre näherte sich Fearnot, der heftig schwitzend auf seinem Platz saß, und fragte in mildem Ton: Was ist deiner Schwester geschehen, mein Junge?

Fearnot Moore blickte in die zudringlichen Augen des Predigers; und er senkte den Kopf und sagte, seine Schwester Simplicity sei von gottfernen Rothäuten verschleppt und geschändet worden und hüte jetzt deren Herdfeuer statt das ihrer Eltern.

Ronnie Moore war käseweiß geworden. Er rief seine Söhne zu sich: Fearnot! Samuel!, und verließ den Saal, gefolgt von den beiden jungen Moores. Edwina Moore folgte ihnen, ebenso Marian, Samuels Frau mit den schönen starken Armen. Der Gottesdienst befand sich in Auflösung. Amen, murmelten einige pflichtschuldig. Auf Bradfords Kittel breitete sich ein großer dunkler Fleck aus.

8

Nach der Predigt versammelten sich die Leute in Grüppchen auf dem sonst menschenleeren Gemeindeplatz und sprachen erregt aufeinander ein. Ich hatte keine Muße, mich dazuzugesellen, ich musste Bradford nach Hause bringen, der bereits von Devotion Moore für seinen nassen Kittel gehänselt wurde. Diesmal war es Georgie, der ihr eine Ohrfeige versetzte, und ich war nur dankbar, dass Edwina Moore von der Bildfläche verschwunden war, statt anderer Leute Kinder wegen Zetermordio zu schreien.

Nach einer kleinen Weile kam ich mit dem wiederhergestellten Bradford zurück – gerade rechtzeitig, um zu sehen, wie die Moores zum Gemeindehaus wiederkehrten. Es waren sechs Gestalten, hell beschienen von der Vormittagssonne: Vorn war Ronnie Moores breites Kreuz zu erkennen, neben ihm sein Sohn Samuel, der auch recht breitschultrig war; hinter ihnen die Frauen, Edwina und Marian; und zuallerletzt Fearnot, wie üblich mit hängenden Schultern, aber unverkennbar stolz. Zwischen Ronnie und Samuel aber ging ein gefesselter Tscherokese mit blutiger Lippe.

Wir Anderen blickten ihnen sprachlos entgegen. Abgesehen von Fearnot sahen die Moores aus wie Kriegsleute, was sich besonders bei der schwangeren Marian seltsam ausnahm. Ich erkannte den harten Ausdruck in ihren Augen, ihre gerade Haltung und dachte an meine Seeräuberzeit. Wir hatten damals keine Gefangenen gemacht.

Als sie den Gemeindeplatz erreichten, blieb Ronnie Moore stehen und sagte schnaufend und mit seiner schwerfälligen Zunge: Wir haben einen von ihnen hergebracht und wollen ihn fragen, was er über Simplicitys Verschwinden weiß.

Alle Augen richteten sich auf den Gefesselten. Es war einer der beiden Jäger, die ab und zu Briefe oder Wanderprediger vorbeibringen: ein stark gebräunter Mann mit Hemd, engen ledernen Hosen und halb rasiertem, halb langem Haar. Das

Blut tropfte ihm aus der Nase und seine Lippe begann schon anzuschwellen.

Ich bin Rayetaya, brachte er zornig hervor, – und ich weiß nicht.

Er war völlig aus der Fassung und sagte noch eine Menge mehr, aber auf Tscherokesisch.

Übersetzen!, rief Edwina Moore, und Mr. Waterhouse stieß seine Frau an. Rebecca Waterhouse stolperte fast, als er sie anrührte, und blickte abwechselnd auf die Moores und auf den Tscherokesen, der denselben bronzenen Hautton und dieselben kühlen Augen hatte wie sie selbst – sogar in dieser schrecklichen Lage.

Übersetzen!, riefen die Leute, – fragt den Heiden, was er mit dem Mädchen gemacht hat!

Das Nasenblut, das tiefrote Spuren auf das weiße Hemd des Tscherokesen zeichnete, Ronnie Moores unausgesetztes Schnaufen und die Kriegerhaltung besonders der beiden Frauen brachten eine eigenartige Erregung mit sich; über meine Gliedmaßen ging ein Kribbeln wie von tausend winzigen Insektenbeinen. Mit angehaltenem Atem sah alles auf Mr. Waterhouse' Frau, die sich nicht rührte.

Ich weiß nicht, wiederholte der Gefangene und versuchte, die Moores abzuschütteln. Er war kräftig und allemal größer als der gedrungene Ronnie. Aber Ronnie und Samuel Moore packten fester zu, zusätzlich ging Mr. Waterhouse hinüber, um ihnen zu helfen. Da nahm sich Rebecca Waterhouse zusammen und sagte mit lauter und zunehmend klarer Stimme:

Es ist sehr gefährlich, was Sie hier machen. Wenn Sie ihn festhalten, wird seine Familie hierherkommen und ihn rächen. Und ich meine die größere Familie, also eine Menge tscherokesischer Männer bis hinunter ins Tal. Sie werden Rache üben und einen Mann töten und vielleicht jemanden mitnehmen, um ihn als Sklaven zu verkaufen.

Beruhigen Sie sich, liebe Mrs. Waterhouse, sagte Burleigh sanft, – wir haben Feuerwaffen.

Sie entgegnete: Damit werden Sie viele Leute töten. Aber die Tscherokesen sind viel mehr als wir und können uns leicht überwältigen.

Uns, dachte ich.

Die Leute murmelten. Mrs. Eden rief schrill, das Letzte, was wir hier gebrauchen könnten, sei ein Indianermassaker. Frankie und der kleine Killsin Moore heulten auf, und Anne lief zu ihnen, um sie zu beruhigen. Burleigh sah zu den Kindern hinüber und sagte, im Interesse der Gemeinde sollten wir den Gefangenen besser laufen lassen.

Und mein Kind – meine arme Simplicity?, schrie Edwina Moore.

Wir dürfen nicht unseren eigenen Untergang riskieren, liebe Mrs. Moore. Bitte seien Sie vernünftig.

Vernünftig?, rief Samuel. – Das Vernünftigste ist doch wohl, den Heiden nach Simplicity auszufragen und ihn und die ganze Bande vernünftig zu bestrafen!

Burleighs Stirn glänzte von Schweiß, er antwortete: Sie haben recht, natürlich muss der Mörder der armen Simplicity bestraft werden. Aber wer sagt, dass Sie den Richtigen hergebracht haben; dass dieser Mann etwas darüber weiß?

Rothaut ist Rothaut!, schrie Marian Moore, – Sie haben doch gehört, dass die zusammenhalten wie Pech und Schwefel!

Mein armes armes Kind, weinte ihre Schwiegermutter, dass es jedermann zu Herzen ging. Auch in den Augen von Ronnie und Fearnot standen Tränen; ringsum weinten viele mit, und meine Augen waren ebenfalls feucht. Die Schuld dieses Mannes hin oder her: Es war klar, dass wir die Sache nicht auf sich beruhen lassen konnten. Zu tief ging der Schmerz, den Simplicity Moores Verschwinden hinterlassen hatte.

Aber wie wollen Sie ihn festhalten?, fragte Burleigh. – Ich gebe zu bedenken, dass wir kein Gefängnis haben. Lassen Sie ihn laufen, Mr. Moore.

Marian Moore forderte: Dann soll statt seiner die Indianerin befragt werden. Wahrscheinlich ist er sowieso ihr Bruder oder Cousin.

Von allen Seiten kam zustimmendes Gemurmel. Ja, das wäre die beste Verfahrensweise: Rebecca Waterhouse sprach unsere Sprache und musste nicht gewaltsam festgehalten werden.

Mrs. Waterhouse sah wieder zu ihrem gefangenen Bruder hinüber. Ob sie einander tatsächlich kannten? Sie sprachen nicht miteinander, als Ronnie und Samuel die Fesseln lösten. Ohne sich das Blut vom Mund zu wischen, drehte Mr. Rayetaya sich um und ging, leicht hinkend, in den Wald zurück.

Da trat Franziskus Syhre vor, den ich ganz vergessen hatte, und erklärte sich bereit, Goodwife Waterhouse über das Verschwinden von Simplicity Moore zu befragen; mit solchen Befragungen im Interesse der Wahrheit und Klarheit vor Gott kenne er sich aus.

***

Wieder höre ich das Meer rauschen. Ich stehe an Deck, nein, ich liege am Ufer, einem flachen und sandigen; neben mir arbeitet sich eine Meeresschildkröte durch den Sand, die ihre Eier ablegen will. In der Ferne schaukelt die *Queen Anne's Revenge* auf den Wellen, die Kapitän Calico in sich birgt, Mary Reed und die anderen Seemänner. Julian Snaterbek mag am Oberdeck ruhen, in seinem Hängebett aus festem Tuch. Ich liebe sie alle sehr; umso schöner ist es, das Schiff und meine Gefährten aus der Ferne zu betrachten und dabei ein wenig für mich zu bleiben. Ich betrachte sie wie die Herde rosafarbener Flamingos, die in hübscher Anordnung übers Ufer fliegen, auf der Suche nach einem fischreichen Plätzchen für den Abend.

Da taucht Mary Reed am Waldrand auf, sehr erschöpft, sie muss gerannt, ja geflohen sein, und als ich zu ihr aufsehe, erschrecke ich über die Blutspuren an ihren Händen und an ihrer Wange, als hätte meine schöne Geliebte jemanden ermordet. Oh ja, Mary Reed, genauso wie ich, hat häufig gemordet ... Ich kann nicht weggehen: Das Schreckliche ist in ihr und in mir, es ist auf dem Schiff wie am Ufer, im Wasser, es ist überall. Wohin kann ich noch gehen? Gibt es irgendwo einen Ort, der gut und sicher wäre?

Ich sitze im puritanischen Gemeindehaus und vorne an der Kanzel beginnt die Befragung von Rebecca Waterhouse. Franziskus Syhre steht vorn; ihm gegenüber, an einem schnell herbeigeschafften Tischchen, sitzt die Angeklagte, noch in ihrer roten und weißen Feiertagsschürze. Ihr gegenüber, in der ersten Bankreihe, sitzt Mr. Waterhouse und schaut verstört drein. Ich sehe viele verstörte Gesichter, aber die Verstörtheit der ganzen Gemeinde verdoppelt sich auf James Waterhouse' Gesicht. Sein mattbraunes Haar, das an den Schläfen schon weit zurückgegangen ist, hat sich aufgerichtet wie bei einem alarmierten Tier.

Er hat mir Jamie und Rachel in die Arme geschoben, bevor er seine Frau zur Anklagebank führte. Ich will nicht auf die Waterhouse-Kinder achtgeben. Ich wünschte, ich müsste nicht hier sein; ich will das Meer rauschen hören und in Mary Reeds Armen liegen. Wie hat sie gesagt, süß und lieb, wenn ich anderes im Kopf hatte als sie?

Du bist doch bei mir, Annie.

Während Rachel sich nicht rührt, zerrt Jamie an mir, ich sehe in sein kleines braunes Gesicht hinab und wünschte, er wäre samt Mutter und Schwester nicht hier und würde nicht alles durcheinanderbringen. Was habe ich mit dieser heiklen Sache zu tun, in der es um irgendein Mädchen geht, an das ich mich kaum erinnere, und um Rebecca Waterhouse, die ich ohnehin nicht leiden kann?

Aber Jamie Waterhouse zerrt an mir, und auch sein Freund Georgie kann ihm nicht helfen, er sitzt stumm neben ihm wie ein Strohpüppchen. Mir bleibt nichts anderes übrig, als Jamie in die Arme zu nehmen und ihn zu wiegen, während sich auf der anderen Seite die Zwillinge an mich drängen. Zum Glück ist Anne drüben bei Miss Cleave; Josie aber sitzt neben seinem Vater und verfolgt ernsten Angesichts, wie Mr. Syhre mit der Befragung beginnt. Mir scheint, der Prediger ist etwas größer und breiter geworden in den letzten Stunden und sein Gewand um einiges schwärzer.

Rebecca Waterhouse, beginnt er, – wir sind zusammengekommen auf Ansinnen der fünften Gemeinde der *Gesellschaft zur Verbreitung der christlichen Botschaft in der Neuen Welt*, um über einen Fall von plötzlichem Verschwinden zu sprechen, der sich vor einigen Jahren in dieser Gemeinde zugetragen hat. Rebecca Waterhouse, von Vater Burleigh weiß ich, dass Ihr Geburtsname Immokali lautet, dass Sie Tscherokesin von Familie sind … Ist das richtig?

Mrs. Waterhouse nickt. Sie sieht aus, als wäre sie aus einem schlimmen Traum erwacht und würde am liebsten auf und davon laufen – die stolze Rebecca Waterhouse, die sich stets gerade hält!

Seit wann sind Sie in der Gemeinde wohnhaft?

Seit zwölf Jahren, Vater, seit meiner Heirat.

Seit wann vertrauen Sie auf Gott, den Vater, den Allmächtigen, den Schöpfer des Himmels und der Erde?

Seit zwölf Jahren.

Seit wann erkennen Sie Jesus Christus, Seinen eingeborenen Sohn, unseren Herrn als Ihren geistlichen Führer an?

Seit zwölf Jahren.

Seit wann glauben Sie an den Heiligen Geist und die heilige christliche Kirche, vertreten durch die *Gesellschaft zur Verbreitung der christlichen Botschaft in der Neuen Welt*?

Seit zwölf Jahren.

Endlich war Mr. Syhre es zufrieden und kam auf den eigentlichen Gegenstand der Befragung zu sprechen: Welcher Art waren Ihre Beziehungen zu Simplicity Moore, Tochter der frommen Gemeindemitglieder Ronnie und Edwina Moore?

Mrs. Waterhouse sagte, sie habe keine besonderen Beziehungen zu Simplicity gehabt. Diese sei ein junges Mädchen ohne Arg gewesen, mit ihrem Verschwinden habe sie nichts zu tun. Wie alle anderen Gemeindemitglieder sei sie mit Mr. Waterhouse in die Wälder gegangen, um das Mädchen zu suchen; auch habe sie den Anisahoni sowie der Familie ihrer Mutter ausrichten lassen, dass wir hier ein Mädchen vermissten. Aber auch dort hatte niemand Simplicity Moore gesehen.

Die tscherokesische Familie Ihrer Mutter wusste also Bescheid?

Ja. Aber niemand hat etwas gesehen.

Es herrschte Stille. Gut, dachte ich, – das ist genau der Stand der Dinge, der seit Langem bekannt ist. Eigentlich können wir nach Hause gehen.

Dennoch genoss ich die Erregung, das Abenteuer des Moments, das in der Luft hing. Die Luft im Gemeindehaus war dick und roch nach Schweiß, alles wartete auf irgendetwas Unerklärliches. Miss Cleaves Wangen waren gerötet, auch sie sah verstört und etwas leidend aus. Hatte sie Mitleid mit Rebecca Waterhouse, hatte sie Angst um sie?

Gern hätte ich tröstend ihren Kopf in meinem Schoß geborgen und stattdessen den unruhigen Jamie abgegeben. Da das nicht möglich war, löste ich meinen Blick von ihr und sah wieder nach vorn, wo Mr. Syhre sich über das Tischchen beugte, an dem Mrs. Waterhouse saß.

Ist es in Ihrer Familie üblich, fremde Kinder – fremde Töchter – zu stehlen und als Dienstboten oder Lustsklavinnen zu verwenden?

Nein!, sagte Rebecca Waterhouse. – Jede Tochter, die in der Aniwaya-Familie geboren wird, lebt und arbeitet im Haus ihrer Mutter und ihrer Schwestern. Manchmal kommen Söhne aus anderen Familien dazu und leben bei uns. Aber keine Töchter.

Vorhin drohten Sie der Gemeinde mit Verschleppung und Versklavung, Goodwife Waterhouse!

Beides geschieht nur, wenn das Blut eines Ermordeten nach Rache schreit, sagte sie. – Aber soweit ich weiß, haben die Tscherokesen schon lange keinen Rachefeldzug mehr geführt. Und niemand verschleppt junge Mädchen. Alle Mädchen bleiben im Haus der Mutter.

So ist es also Sitte, spottete Mr. Syhre. – Wie kommt es, dass Sie und Ihre Kinder hier in der Gemeinde leben?

Rachel Waterhouse hatte Jamies Hand genommen und sah mit starren Augen auf ihre Mutter. In ihrem Gesicht mit den starken Wangenknochen zeichnete sich bereits die Frau ab. So unschön ist sie am Ende nicht, dachte ich.

Rebecca Waterhouse antwortete: Wenn ich noch bei den Tscherokesen lebte, wären meine Kinder Aniwaya wie ich selbst und würden im Haus meiner Mutter wohnen. Aber ich lebe hier bei Mr. Waterhouse, und meine Kinder gehören meinem Mann.

Die Leute schüttelten die Köpfe über die indianischen Verwandtschaftsverhältnisse; Mr. Syhre schienen sie nicht weiter zu interessieren. Er bedachte Mrs. Waterhouse mit einem bohrenden Blick.

Wieso haben Sie vor zwölf Jahren Vater und Mutter verlassen, um sich hier in der Gemeinde niederzulassen?

Ich bin hierhergekommen, weil ich dem Ruf des Herrn gefolgt bin. Es war ein harter Winter voll Kälte, Krankheit und Hunger, und die Familie meiner Mutter hatte viel Kraft verloren. Aber ich war zu schwach, um meiner Mutter neue Kinder zu schenken. Ich fürchtete, dass ich sterben würde, wenn ich Mann und Kinder auf mich nehmen müsste, ohne genügend zu essen zu haben. Deshalb bin ich Mr. Waterhouse' Ruf gefolgt und habe meine Seele dem Allmächtigen geöffnet.

Für Brot und Fleisch, Goodwife Waterhouse?, fragte Franziskus Syhre höhnisch.

Für Brot, Fleisch und die göttliche Offenbarung, Vater. Ich habe es nicht bereut. Eine andere Angehörige ist in jenem Winter bei der Geburt ihres Kindes gestorben. Ich wurde errettet.

Die Leute sahen einander an, schwankend zwischen Aufregung und Ernüchterung. Dort vorne, wo normalerweise gepredigt wurde, saß Mrs. Waterhouse und redete von Indianerdingen! Gleichzeitig zweifelte wohl niemand daran, dass

Rebecca Waterhouse mit Simplicitys Verschwinden nicht das Geringste zu tun hatte. Es war nicht recht begreiflich, warum sie überhaupt an diesem Tischchen saß und sonderbare Dinge erzählte – statt ihren Garten von Unkraut zu befreien und ihren Kindern Mittagessen zu kochen.

Da räusperte sich Burleigh, ging hinüber zu Mr. Syhre und flüsterte mit ihm. Gleich darauf drehte er sich zur Gemeinde um und verkündete, die Befragung werde bis zum Nachmittag pausieren. Dann ging er zu Fearnot Moore und nahm ihn mit väterlichem Griff beiseite.

Ich hörte Edwina Moore auf ihrem Platz schnaufen und Andere knurren oder tuscheln – Lustsklavinnen!, sagte Marian Eden zu ihrer Schwester Agnes –, ich hörte das Meer rauschen und beschloss, umgehend nach Hause zu gehen und einige Psalmen abzuschreiben, um mich mit meinen Buchstaben von den Verstörungen des Vormittags zu kurieren.

**

Da Anne immer noch bei Miss Cleave stand, wollte ich versuchen, auch die Zwillinge an die Lehrerin loszuwerden. Ich ging hinüber zu ihr und musste lächeln: Ihr Gesicht war immer noch gerötet, ihr ewig grünes Umschlagtuch hing von der linken Schulter. Sie sah sehr schön und sehr jung aus, ohne den gelehrten Abstand zu den Menschen und den Dingen, der so bezeichnend für sie war. Ich führte meine linke Hand vor die Zahnlücke und sprach sie an.

Miss Cleave, ich muss bei mir zu Hause nach dem Rechten sehen. Sie werden verstehen – darf ich Ihnen die beiden Kleinen …

Was für eine schreckliche Befragung!, brach es aus ihr heraus.

Oh ja, sagte ich.

Sie ist unschuldig, Mrs. Burleigh, das ist klar wie der helle Tag. Ich begreife nicht, zu welchem Zweck diese Befragung stattfindet, ich begreife es nicht. Zuerst wird dieser Mann aus den Wäldern gezerrt, und jetzt soll Mrs. Waterhouse Rede und Antwort stehen – Mrs. Waterhouse, die so unschuldig ist wie Sie und ich. Wozu das Ganze? Was nimmt er sich heraus?

Sie verteidigt Rebecca …, dachte ich.

Mrs. Burleigh, bitte lassen Sie uns zusammen zu Mr. Burleigh gehen und auf ihn einwirken, dass er dieser Befragung ein Ende macht. Es darf nicht sein, dass jemandem aus der Gemeinde der Prozess gemacht wird, ohne dass es überhaupt einen begründeten Verdacht gäbe.

Ach, dass sie Rebecca Waterhouse verteidigen musste … Ich wollte mit der ganzen Sache lieber nichts zu tun haben. Ich dachte an den Tisch in meiner Stube, die jetzt so verlassen lag, an das Psalmenbuch, meine Leseübungen; außerdem hatte ich, langwierige Predigten hin oder her, fünf Kinder zu versorgen. Ich hatte mütterliche und häusliche Pflichten, um die Gemeinde mochte Burleigh sich sorgen.

Ich muss lesen üben, Miss Cleave, sagte ich sehr bescheiden, – ich möchte die Verse von Debora nachlesen, von der Sie letzte Woche sprachen. Sonst vergesse ich die Geschichte, die Sie dazu erzählt haben, und komme mit den schwierigeren Wörtern nicht zurande …

Miss Cleave sah mich an, als wäre ich von allen guten Geistern verlassen.

Sie können jetzt nicht nach Hause gehen, sagte sie und erneuerte ihre Bitte, mit ihr zusammen zu Burleigh zu gehen und ihn zu bitten, Franziskus Syhre Einhalt zu gebieten.

Ich zögerte, die Gedanken übertönt von Meeresrauschen und dem Geschrei der Flamingos …

Snaterbek richtet sich im Hängebett auf und sagt: Du bist tatsächlich von allen guten Geistern verlassen. Erinnerst du dich an Immanuel – wie du dir die Ohren zugehalten hast, als sie ihn quälten?

Ich verstand nicht, warum er, an einem so verstörenden Tag, mit dieser alten Geschichte ankam.

Und du, Snaterbek?!, antworte ich ihm stumm. – Ich kann mich nicht erinnern, dass du einen Finger gekrümmt hättest zu Immanuels Rettung! Dabei trugst du Messer und Pistole und warst ein einfacher Jüngling, nicht zweigeteilt und verkleidet wie ich …

Verkleidung hin oder her, sagte er, – niemand hätte dich dafür gehängt, wenn du ein gutes Wort für Immanuel eingelegt hättest.

Da rief Mr. Syhre: Die Befragung geht weiter!, und die Leute bewegten sich zurück ins Gemeindehaus und ich ging mit ihnen mit. Wie ein Häuflein Schafe zogen wir an dem Prediger vorüber. Wieder wünschte ich, dass Mr. Syhre bald verschwinden möge; oder dass ich selbst einfach nach Hause gehen könnte, meinetwegen mit Frankie und Bradford, die wie zwei kleine Esel murrten, obwohl Mrs. Eden ihnen Erdbeeren zugesteckt hatte.

Sie können jetzt nicht nach Hause gehen, hatte Miss Cleave gesagt. Gut, dachte ich, dann bleibe ich also, wenn meine Lehrerin und mein lieber Ratgeber Snaterbek das möchten.

***

Mr. Syhre kündigte an, den Fortgang der Dinge zu beschleunigen. Zu viel Zeit hätten wir schon mit dieser Untersuchung zugebracht, hätten im Herzen der Gemeindemitglieder den Schmerz um das verschwundene Mädchen wachgerufen und darin herumgewühlt. Er ersuche Goodwife Waterhouse eindringlich, dem Ganzen ein Ende zu bereiten und zu gestehen, dass sie, auf Geheiß des Gehörnten und mithilfe ihrer indianischen Sippe, das Mädchen Simplicity Moore verschleppt, geschändet und getötet habe. Ein Geständnis, sagte er mit großer Bedeutsamkeit, würde das gequälte Mutterherz Edwina Moores ebenso erleichtern wie die Rückkehr der Gemeinde zu innerem Frieden. Um ihres eigenen Seelenheils willen solle Goodwife Waterhouse von ihren Sünden berichten und die gerechte Strafe auf sich nehmen.

Rebecca Waterhouse antwortete nicht. In der Pause hatte sie die Festtagsschürze abgelegt und saß nun in einem einfachen grauen Kleid an ihrem Tischchen, vor dem Franziskus Syhre auf und ab ging, wobei sich sein schwarzes Gewand blähte. Es bildete einen schauerlichen Kontrast zu seinen üppigen Wangen, die an ein gemästetes Schwein denken ließen: Wie sein Hals aus dem strengen Kragen quoll; welch Unheil seine schmalen Augen aussandten. Er war tatsächlich willens, Mrs. Waterhouse aufzuhängen, wurde mir plötzlich klar.

Da wusste ich: Franziskus Syhre ist der Gehörnte. Es gibt keine andere Möglichkeit. Er hat alles verdreht und verbogen, in den drei Tagen, seit er zu uns heraufgekommen ist. Er hat schlimme alte Geschichten heraufbeschworen und die Waterhouses in eine äußerst missliche Lage gebracht und Miss Cleave erzürnt und mich von meinen Buchstaben abgezogen. Er ist der Teufel – aber kein lästiger Dämon wie mein Freund Snaterbek, sondern einer von den zerstörerischen, tödlichen, und man darf ihm keine Macht geben über die Gemeinde.

Auch Andere schienen das bemerkt zu haben. Mr. Waterhouse erhob sich von seinem Platz, schüttelte heftig den Kopf und sagte, er habe nie satanische Umtriebe an seiner Frau bemerkt. Außerdem sei sie, das müsse jeder einsehen, unverzichtbar für seinen Haushalt und seine beiden Kinder.

Burleigh nickte eilig: Er spricht wahr, Bruder. Sehen Sie sich die Kinder an, sie sind fleißig und im rechten Glauben erzogen. Außerdem gebe ich erneut zu bedenken, dass wir mit einer Verurteilung der Goodwife Waterhouse einen Überfall der Tscherokesen riskieren, die uns zahlenmäßig weit überlegen sind.

Aber Mr. Syhre sagte, da Rebecca seit zwölf Jahren eine der Unseren sei, sei es nicht Angelegenheit der Tscherokesen, ob wir sie hinrichteten oder nicht.

Sie sprechen über Hinrichtung?!, rief da ungläubig Miss Cleave. Ihre Stimme klang heller und schärfer, als man sie kannte, und alle Köpfe wandten sich ihr zu.

Natürlich spricht er von Hinrichtung!, schrie Edwina Moore. – Es geht um meine arme Simplicity!

Alles war verdreht, verbogen, verrutscht. Was war innerhalb dreier Tage mit diesen Leuten passiert? Ich kannte mich nicht mehr aus: Wir saßen im Gemeindesaal und sprachen darüber, Mrs. Waterhouse hinzurichten, die wohl oder übel eine der Unseren war.

Das Meer rauscht, und ich sitze im Gerichtssaal zu Port Royal auf Jamaika, während die Todesurteile über mich und alle meine Gefährten gesprochen werden, bis hin zum Schiffsjungen. Ich rieche die Angst des kleinen – wie hieß er noch, Mikey? Er war hellhaarig und sehr mager, wahrscheinlich nicht viel älter als mein Sohn Josie.

Und ich denke an den schwarzen Seemann Immanuel, der nach einem Raubüberfall auf der *Queen Anne's Revenge* aufgetaucht ist, keiner weiß, wie genau, und Calicos Mannschaft beitritt und wohl oder übel einer der Unseren wird. Oh, mit welcher Lust sie ihn prügeln, alle zusammen; während ich mich verkrieche, weil ich ihnen nicht dabei zusehen mag. Sie prügeln ihn auf eine Art, die über die gewöhnlichen Raufereien hinausgeht, und der Maßstab, dass es unehrenhaft ist, zu dritt oder viert auf einen loszugehen, wird gleichgültig, sobald es um den Schwarzen geht, den sie Hund und Sklavenherz nennen; der Schiffsprediger, ein höhnischer Kerl wie wir alle, pflegt ihn nach seiner Taufe zu befragen, und obwohl Immanuel beteuert, er habe bereits auf dem Schiff nach Amerika zu Gott gefunden, schütten sie ihm Rum über den Kopf und geben vor, Immanuel anzuzünden, um ihm – wie sie johlend verkünden – eine ordentliche Taufe zu verpassen.

Was hat das Auftauchen des Schwarzen mit den Leuten gemacht, die doch meine Gefährten sind, meine Mannschaft, mein Wir? Und ich fliehe vor Immanuels schmerzverzerrtem Gesicht, seinen Klagelauten, wie man sie von einem erwachsenen Mann nicht hören will, der von den Baumwollfeldern weggelaufen und Pirat geworden ist aus demselben Grund wie wir alle: um satt und ohne Schläge in der Sonne zu liegen. Nichts hat Immanuel gemacht, er ist rege und muckt nicht auf; dennoch ruft Calico die Prügler nicht zur Ordnung, er lässt sie gewähren. Er erlaubt Immanuel, einer der Unseren zu sein, und schützt ihn doch nicht; und es wäre viel zu viel verlangt, wenn ich, Calicos Angeheuerter und seine Geliebte, ihn dennoch dazu bewegen wollte.

Wie alle Anderen bin ich erleichtert, als Immanuel eines Morgens verschwunden ist; das Oberdeck wirkt leer, befreit, und unter uns gleißt blau das Karibische Meer, das Immanuel in sich aufgenommen haben muss. Niemand fragt nach seinem Mörder, der vielleicht er selber ist. Die unruhige Geschichte hat ein Ende gefunden.

Wie seltsam, dass sie jetzt in mir wachgerufen wird, dass Immanuels zerschlagenes Gesicht nun die Züge des Tscherokesen Rayetaya annimmt, den die Moores aus den Wäldern gezerrt haben.

Ich bin, wohl oder übel, Teil dieses Wir, dem die Moores angehörten, es gibt kein Entkommen. Ich sehe das Blut auf Rayetayas Hemd, ich schmecke es hinten im Schlund, metallisch und süß, und merke kaum, dass ich aufstehe, im Gemeindehaus hoch oben in den appalachischen Bergen, und ausrufe: *Das darf nicht sein!*, und dann um mich sehe, peinlich berührt, denn es ist das erste Mal überhaupt, dass ich in der Gemeinde gesprochen habe.

Die anderen Gemeindemitglieder staunen mich an. Von schräg hinten zupft Mrs. Eden an meinem Mieder und bedeutet mir, mich wieder auf meinen Platz niederzulassen.

Setz dich, Frau, sagte Burleigh stirnrunzelnd, – ist dir nicht wohl?

Er ist nicht Gott, dachte ich und wiederholte bei mir: Burleigh ist nicht Gott, aber Franziskus Syhre ist der Teufel.

Mir ist sehr wohl, stotterte ich, – aber – diese Befragung ist schrecklich. Sie tut Mrs. Waterhouse unrecht.

Meine liebe Frau, sagte Burleigh; wie unzufrieden er mit mir war! – Bitte setze dich. Wir führen ein sachliches Gespräch, das der Wahrheitsfindung dient.

Nein, sagte ich, – das kann kein sachliches Gespräch sein, wenn es um die Hinrichtung eines Gemeindemitglieds geht, das augenscheinlich nichts mit Simplicity Moores Verschwinden zu tun hat.

Burleigh senkte die Stimme: Ob es um Hinrichtung geht, wie du herumzuschreien beliebst, oder vielmehr um eine Ausstoßung aus der Gemeinde, darüber muss jetzt gesprochen werden, und zwar sachlich, also setz dich bitte wieder hin.

Mr. Syhre hatte das eheliche Zwiegespräch mit erhobenen Augenbrauen verfolgt und sagte spöttisch: Was schrieb doch Paulus über die Aufgabe des Weibes in der Gemeinde?

Da war wieder Miss Cleaves scharfe Stimme zu hören: Dass das Weib in der Gemeinde unter allen Umständen zu schweigen habe? Darüber sind wir dank der puritanischen Lehre, die auch den seelischen Wert des Weibes erkannt hat, lange hinaus. Denken Sie an die Prophetin Debora …

Debora, die zur Richterin zu berufen Gott gefiel, ficht die gewöhnliche Ordnung nicht an, nach der die Weiber zu schweigen haben, durchschnitt Mr. Syhre ihre Rede. – Wie der große Calvin schrieb: Die Seele der Frau ist der des Mannes gleich, und doch soll er ihr Haupt sein und sie seine Dienerin, und nur in Ausnahmefällen gefällt es Gott, durch eine Frau zu sprechen und zu handeln.

Die Lehrerin antwortete: Und doch stehe ich vor Ihnen, Mr. Syhre, weil meine Christenseele, die zufällig eine weibliche ist, es mir befiehlt. Verzeihen Sie, aber meine Seele schreit über das Unrecht, das Mrs. Waterhouse erleidet. Mir scheint, das Neue Jerusalem, von dem Sie sprechen, ist ein Reich, in dem die Frauen vor allem zu schweigen haben: bei aller Mühe und Arbeit, die sie gleich den Männern tun. Wie kann es sonst sein, dass darüber verhandelt wird, Mrs. Waterhouse aus unserer Mitte auszustoßen, ein ehrbares und demütiges Mitglied der Gemeinde, das in zwölf Jahren mehr geleistet hat als Andere in ihrem ganzen Leben? Weil sie ein Weib ist, das obendrein von den Tscherokesen stammt? Dann können

Sie auch mich anklagen, denn ich habe weniger geleistet, oder Mrs. Burleigh, die keine gebürtige Puritanerin ist, oder dieses kleine Mädchen hier …

Und sie wies auf meine Tochter Anne, die ihr wieder zur Seite saß und kein Auge von ihr wandte.

Das war unerhört. Miss Cleave stand mitten im Gemeindehaus, hoch erhobenen Kopfes und funkelnd vor Zorn – und doch kein Erzengel, sondern eine großgewachsene Frau mit haubenlosem, ganz freiem Kopf, ein Mensch aus Fleisch und Blut, das ihr flammend in die Wangen geschossen war. Nachdem sie geendet hatte, setzte sie sich wieder auf ihren Platz, legte die Hände links und rechts an ihr Gesicht, das glühen mochte, und murmelte: Mr. Burleigh, Mrs. Burleigh, bitte verzeihen Sie meine Kühnheit.

Rebecca Waterhouse, vorne an ihrem Tischchen, räusperte sich und sagte: Ich habe Miss Cleaves Rede nichts hinzuzufügen.

Ich sagte, so fest ich konnte: Ich auch nicht, kein Wort.

Die Gemeinde schwieg, und auch Mr. Syhre schien sich sammeln zu müssen. Dann sagte Mrs. Eden: Mein lieber Mr. Burleigh, ich frage mich, ob wir die Befragung nicht an dieser Stelle beenden sollten?

Burleigh zögerte und wischte Schweißtropfen von seiner Stirn. Die Wärme im Haus war unerträglich und machte mir Sorge, was die kleineren Kinder anging. Noch nie hatte ich die Zwillinge so still erlebt.

Burleigh sah zu den Moores hinüber. Edwina Moore, puterrot, schwer von ihren Geburten und vom ewigen Maisbrei, saß auf ihren Mann gestützt und blickte nicht sehr versöhnlich drein. Aber da erhob sich ihr Sohn Fearnot und sagte, Simplicity sei ihm erneut erschienen.

Ach ja, höhnte Franziskus Syhre, – wann denn, junger Goodman Moore?

Vorhin in der Pause, sagte Fearnot und seine Stimme zitterte, – als ich allein hier war und betete.

Was hat Simplicity gesagt, lieber Fearnot?, fragte Burleigh sanft.

Dass es ein Missverständnis ist. Dass sie aus eigenem jugendlichem Willen entwichen ist, ohne Hilfe der Tscherokesen oder eines anderen Menschen. Dass sie gerne ihr Glück woanders versuchen wollte und uns schön grüßen lässt.

Das heißt, der Junge hat vorhin gelogen, stellte Mr. Syhre fest. – Also ist ihm auch jetzt kein Glaube zu schenken.

Das heißt, dass die Aussage des jungen Mr. Moore, seine Schwester sei von Tscherokesen verschleppt worden, wahrscheinlich gelogen war, stimmte Burleigh ihm gravitätisch zu. – Damit ist die Befragung gegenstandslos geworden.

Er wandte sich an Rebecca Waterhouse: Bitte gehen Sie nach Hause, und verzeihen Sie die Mühen der letzten Stunden.

Die Befragung ist keineswegs zu Ende, sagte Mr. Syhre und blähte sich in voller Schwärze, – ich habe noch einige Punkte auf dem Protokoll, das mir die *Gesellschaft* für solche Fälle mitgegeben hat.

Das Protokoll füllen wir nachher gemeinsam aus, sagte Burleigh, – vorerst lassen Sie uns Sorge tragen, dass die Gemeinde zu essen und zu trinken bekommt, ehe wir am Abend zum Dankgottesdienst zusammenfinden.

Amen, sagte Mrs. Eden.

Amen, wiederholte die Gemeinde matt.

Am Ausgang nahm Mr. Waterhouse, noch etwas blass, seine Kinder in Empfang und sagte, er wolle nicht in Fearnots Haut stecken, wenn der Junge mit seiner Familie nach Hause komme.

9

Abends beim Dankgottesdienst war die Gemeinde zusammengeschrumpft. Ein Teil der Moores fehlte, und Mr. Waterhouse kam allein mit seinen zwei Kindern. Franziskus Syhre fehlte ebenfalls. Burleigh leitete den Gottesdienst mit den Worten ein, Mr. Syhre habe einen knappen Reiseplan, er wolle noch vor Sonnenwende in der nächsten Gemeinde der *Gesellschaft* sein; aber es war klar, dass sein weiterer Aufenthalt in Moores Hütte von Peinlichkeit begleitet gewesen wäre. Ein neues Gästezimmer hätte es höchstens in Mrs. Edens Haus gegeben, aber die lehnte ab. Sie finde es nicht schicklich für einen Haushalt, bestehend aus einer Witwe mit einer unverheirateten Tochter und mehreren Pflegekindern. Also füllte Mr. Syhre zusammen mit Burleigh das Protokoll aus und packte seine Siebensachen.

Das hatte mir Burleigh beim verspäteten Mittagessen erzählt, während die Kinder aßen, als gälte es ihr Leben, und danach umstandslos in ihre Betten krochen und einschliefen. Auch Burleigh war still. Mit zusammengezogenen Brauen sah er mir zu, wie ich – den schlummernden Frankie im Arm – mit der freien Hand meine Breischüssel auskratzte, sagte aber nichts. Als Mr. Syhres Kutsche auf der Höhe unseres Hauses vorüberfuhr, sah er ihm lange nach.

Er ist mir sehr empfohlen worden, sagte Burleigh, – seine Glaubensstärke vor allem. Dennoch schien ihm nicht recht klar zu sein, was es bedeutet, hier oben im Tscherokesengebiet eine Missionsgemeinde zusammenzuhalten.

Er ist der Teufel, sagte ich.

Hör auf, Anne. Dein dramatischer Auftritt rückt die ganze Gemeinde in ein schlechtes Licht. Ich musste mich sehr bemühen, ihn im Protokoll abzumildern.

Hättest du auch versucht, Mrs. Waterhouse' Hinrichtung im Protokoll abzumildern, wenn Mr. Syhre sie verurteilt hätte?

Niemals hätte ich das zugelassen, und die restliche Gemeinde auch nicht, sagte er ärgerlich. – Und nun weck die Kinder auf und mach sie für den Dankgottesdienst zurecht.

Dort machte Pfarrer Burleigh nicht viele Worte. Nach einer knappen Erklärung, Mr. Syhres Verbleib angehend, drückte Pfarrer Burleigh die Hoffnung aus, das Ehepaar Moore, vor allem aber Rebecca Waterhouse bald wieder im Gemeindehaus zu begrüßen. Uns Übrigen empfahl er Rücksicht und Unterstützung der Abwesenden: mittels Gebeten und nahrhafter Gaben. Ruhig nahmen die Leute diese Worte auf und erhoben sich zum Lobgesang, den Burleigh mich anstimmen ließ.

Nach dem Amen schlich alles nach Hause. Ich war so erschöpft, als hätte ich hundert Jahre lang nicht geschlafen.

Ich schlief und schlief, die Kinder glücklicherweise auch; ich schlief bis weit in den Vormittag hinein und stand dann nur kurz auf, weil mich ein Bedürfnis überkam. Ich trat vor die Hütte, nichts regte sich weit und breit; es war, als wäre der ganze Ort in todesähnliche Erschöpfung gefallen, und auch ich ging wieder zu Bett und sank aufs Neue in tiefen Schlaf.

Am frühen Abend, als die Ziegen im Stall immer lauter meckerten, erwachte ich, weil Georgie an mir zog und zu essen und zu trinken verlangte. Ich stand auf und schnitt ihm Brot zurecht, und als er gegen den Tisch stieß, dass es polterte, erschien Anne und rieb sich die Augen. Ich beauftragte sie, die Ziegen zu melken; dann trug ich Brot, Butter und den Krug mit frischer Milch hinaus in den hellen Juniabend, und wir aßen und tranken im Gras.

Burleigh, den solche Lustbarkeit nicht begeistert hätte, schlief noch immer; ich genoss einen schönen Abendfrieden mit Georgie und Anne, die beide erstaunlich ruhig waren. Auch dieser Tag stand außerhalb der Ordnung, er hatte etwas Außergewöhnliches, ja Festliches. Er sollte gern noch etwas weitergehen, ein Tag ohne Streit und ohne Arbeit …

Doch dann fragte Anne, ob Rachels und Jamies Mutter jetzt als Hexe verbrannt werden würde; Ashes habe ihr das im Gottesdienst gesagt.

Nein, sagte ich unwillig, – niemand wird verbrannt. Und sag Ashes, dass während des Gottesdienstes nicht gesprochen werden darf.

Ich mied den Blick hinüber zum Grundstück der Waterhouses.

Schaut mal, da ist Mrs. Eden, sagte Georgie und wies auf das Gebüsch, das unser Gartenstück von Mrs. Edens trennte. Und richtig, Mrs. Eden kam eilig heran und sagte: Bitte kommen Sie, Mrs. Burleigh – meiner Marian geht es gar nicht gut.

***

Es gibt keinen Arzt hier oben. Sehr selten kommt ein Wanderarzt vorbei und verrichtet das Nötigste, etwa das Ziehen von Zähnen. Meinen linken Eckzahn habe ich vor einigen Jahren bei einem Wanderarzt und seiner großen Zange gelassen, nachdem ich sehr lange niemandem von dem teuflischen Schmerz erzählt hatte, der in diesem Zahn wütete. Es stand ja keinerlei Linderung in Aussicht; und so kaute ich eben Brei statt Brot. Als der Zahn gezogen war und ich mich abends im grünlichen Spiegel meines Fensters besah, konnte ich mich nicht entscheiden, ob ich eher einem Seeräuber ähnelte oder einer alten Frau.

Burleigh erwähnt manchmal, dass er sich, in seinen Briefen an die *Gesellschaft* in Boston, um die Entsendung eines Arztes bemüht. Auch besteht die Überlegung, Godwill Moore zum Arzt ausbilden zu lassen. Godwill jedoch will ein fahrender Singmeister werden, der mit dem Psalmenbuch durch unwegsame Gegenden zieht und die Gläubigen mit dem gesanglichen Vortrag der heiligen Worte erfreut. Seit im vorletzten Jahr zwei Singmeister bei uns waren, ist er von diesem schönen Gedanken nicht abzubringen. Dennoch ist Godwill angehalten, ihn sich aus dem Kopf zu schlagen und vorerst Stall- statt Singmeister zu werden, um der Gemeinde zu dienen. Ich weiß nicht, ob diese Mahnung bei dem Jungen fruchtet, der immerhin lernt und gehorcht. Außerdem ist er nur wenig über zehn Jahre alt, und seine Schwägerin Marian Moore bräuchte heute einen Arzt.

Ich ließ Anne und Georgie stehen und folgte Mrs. Eden, die sich zurück durchs Gebüsch kämpfte und dabei außer Atem berichtete, Marian sei nach dem Gottesdienst mit wehenähnlichen Krämpfen zu ihr gekommen.

Dabei ist sie erst in acht Wochen fällig. Vielleicht haben wir uns aber auch verzählt, ganz genau kann man's nicht wissen. Und im letzten Winter sind all diese Kleinen gestorben, ach, Ihre arme Mary war darunter, und es ist doch Marians Erstes …

Wir taten, was man tut in einer Siedlung ohne Arzt: Ähnlich wie auf einem Seeräuberschiff läuft alles zusammen und jeder hat ein anderes Mittel parat, vom Heilkraut über Tscherokesenmedizin bis zum gemurmelten Zaubersprüchlein, das sich als Gebet ausgibt. Mrs. Eden hat ihr eigenes Rezept. Als wir in die Stube traten, stand ihr Schnaps für Frauenangelegenheiten schon auf dem Tisch.

Marian schien es besser zu gehen. Immer noch sah sie etwas grau aus, lag aber ruhig in Mrs. Edens Bett und sprach mit ihrer Schwester, die ihr soeben ein neues Becherchen Schnaps eingoss.

Es wird schon besser, sagte sie, – keine Sorge mehr, Mutter.

Kind, bist du sicher? Du bleibst liegen, darauf bestehe ich.

Marian nickte. – Setz dich zu uns, und Sie auch, Mrs. Burleigh, bitte setzen Sie sich. Was für ein scheußlicher Tag. Ich wünschte, wir hätten uns alle weniger aufregen müssen.

Wie schön, dass es Ihnen besser geht, sagte ich. – Mit dem Kind im Leib auf Indianerjagd zu gehen, war vermutlich doch etwas leichtsinnig.

Das glaube ich auch, seufzte Marian.

Ich nahm das Schnäpschen, das Agnes Eden mir bot, und prostete den anderen Frauen zu. Mrs. Eden bot mir einen Rest Maisbrei an, den ich dankend ablehnte.

Wir haben leider nicht viel im Haus. Aber ich bin froh, dass Sie bei uns sind. Morgen werde ich einmal zu Edwina

Moore hinübergehen. Wir müssen doch zusammenhalten nach so einem – Ereignis.

Das bittere Zeug kroch langsam in meine Glieder und in meinen Kopf. Wie wohl das tat! Wie schön es war, an Mrs. Edens Bett zu sitzen, als wäre sie meine eigene Mutter oder Schwester; so vertraulich hatte ich nie am Bett meiner Mutter gesessen.

Der Teufel ist vertrieben, dachte ich, – dank Miss Cleaves großer Rede und meinem dramatischen Auftritt und Fearnot Moores Flunkereien. Aber wir sitzen alle noch hier oben zusammen, die Edens, die Moores, Burleigh und ich mit den Kindern, und wohl oder übel auch Mrs. Waterhouse …

Nachdem ich den zweiten tiefen Zug getan hatte, befiel mich der Übermut.

Mrs. Eden, sagte ich, – wenn es Ihnen recht ist, werde ich Mrs. Waterhouse dazu holen. Sie hat ein paar vorzügliche Kräutlein gegen Frauenleiden.

Die Schwestern schwiegen. Marian Moore sah aus, als ginge es gleich wieder los mit ihren Krämpfen. Agnes kicherte, wurde aber von einem strengen Blick ihrer Mutter zum Schweigen gebracht, die sehr ruhig sagte: Bitte holen Sie Mrs. Waterhouse herüber. Ihre Kräutlein werden dir guttun, Marian.

***

Ich war stolz auf meine Mildtätigkeit. Von Snaterbek war nichts zu sehen, aber zweifellos würde er meine Umsicht gutheißen; auch Burleigh hätte das getan, würde er nicht seit sechzehn Stunden den Schlaf der Gerechten schlafen. Aber auch ohne die beiden würde ich in der Lage sein, zu Rebecca Waterhouse zu gehen, um das Unrecht gutzumachen, das ihr geschehen war. Sicherlich würde sie gerne mit den Edens und mir schwesterlich beisammen sitzen.

Doch kaum war ich aufgebrochen, förderte mein schnapsseliger Kopf einen glanzvollen Gedanken zutage: Ich würde zuerst zu Miss Cleave gehen. Denn was sollte ich mit Mrs. Waterhouse, die ich im Grunde nicht einmal leiden konnte, in Mrs. Edens dumpfer Stube sitzen – wenn ich doch viel lieber bei Miss Cleave sein wollte an diesem herrlichen Abend?! Am Horizont hing noch etwas Tageslicht, Mond und Sterne schienen blasser als sonst, und die Luft war mild. Aus dem Wald drang ein Rieseln und Raunen, als seufzten die Bäume wohlig im Nachtwind. *Jauchzen sollen die Bäume im Walde vor dem Herrn,* sang ich vor mich hin, während ich den Weg zu Moores Hütte einschlug.

Ich ging zu Miss Cleave, angetrunken und ohne rechtes Anliegen – und wie wunderbar gleichgültig war mir dieser Umstand. Ich ging den Tscherokesenpfad hinunter und ermahnte mich, mit der Singerei aufzuhören und auch sonst keinen Radau zu machen. Auf keinen Fall wollte ich die alten Moores wecken oder die schwer auszuhaltende Edwina. Ich schlich zum Anbau, den Miss Cleave bewohnte; behänd wie ein Räuber auf Beutezug!, dachte ich, nahm die Hacken zusammen und klopfte zierlich an ihre Tür.

Dann stand Miss Cleave vor mir, fertig für die Nacht: Ein lockerer Zopf hing ihr den Rücken herab, und sie trug bereits ein Schlafgewand. Obwohl bis obenhin zugeknöpft, offenbarte es doch die Formen ihres Körpers, ungehindert von Mieder, Rock und Schürze. Hochgewachsen und voll schöner Formen stand sie vor mir, und ich sprach sorgfältig:

Miss Cleave. Marian Moore liegt bei ihrer Mutter und hatte schwere Krämpfe. Dem Herrn sei Dank geht es ihr gut und wohl auch dem Kind in ihrem Leib. Aber Mrs. Eden und ihre Töchter wünschen sich Beistand, Gebete und ein erbauliches Gespräch. Bitte kommen Sie mit mir zu Mrs. Edens Haus.

Miss Cleave zögerte. Oh, wie gut sie zögern konnte …

Dann sagte ich etwas nüchterner: Außerdem will ich, dass Mrs. Waterhouse mitkommt, und ich dachte, wir könnten sie zusammen bitten, Sie und ich, mit uns zu gehen. Wir müssen doch alle weiter zusammenleben.

Sie sah mich an – und lächelte mir zu. Jelena Cleave lächelte ihr Erzengellächeln und sagte: Das halte ich für eine sehr gute Idee, Mrs. Burleigh.

Sie hüllte sich fest in ihren grünwollenen Umhang und ging mit mir in die herrliche Juninacht hinaus.

Vor der Hütte der Waterhouses war ich es, die zögerte. Aber um Miss Cleave nicht zu enttäuschen, verbannte ich die Schnapsseligkeit aus meinen Schritten und meiner Stimme, klopfte kräftig und sagte Mr. Waterhouse, ich müsse seine Frau sprechen – es gehe um Frauenangelegenheiten.

Mrs. Waterhouse erschien und grüßte steif.

Ich wiederholte mein Sprüchlein über Marian Moores Zustand und bat sie, Miss Cleave und mich hinüber zu Mrs. Eden zu begleiten.

Richten Sie Mrs. Moore meine Genesungswünsche aus, sagte Rebecca Waterhouse kühl.

Sie haben doch Kräuter gegen verschiedene Arten Übelkeit, vielleicht können Sie Mrs. Moore etwas davon mitbringen.

Bitte komm, sagte Miss Cleave, – nur auf ein Stündchen. Wir müssen doch alle weiter zusammenleben.

Mrs. Waterhouse sagte: Ich habe in diesem Jahr noch keine Kräuter gesammelt. Aber es gibt noch Hirschbraten, den ich ihr bringen kann, helft mir tragen.

***

Hirsch!, rief Mrs. Eden, – wie ist das wunderbar, jetzt noch zu einer ordentlichen Mahlzeit zu kommen!

Und sie machte sich daran, den kalten Braten aufzuschneiden und mit Brotscheiben anzurichten, und forderte alle Anwesenden zum Essen und Trinken auf. Und alles strömte an Mrs. Edens Tisch, wobei erfreulicherweise zu bemerken war, dass Marian ebensolchen Appetit an den Tag legte wie Agnes. Miss Cleave, beobachtete ich etwas ängstlich, staunte über die Lustigkeit der beiden Schwestern. Sie selbst war offenbar noch nicht in den Genuss von Mrs. Edens Schnaps eingeweiht.

Auch Mrs. Eden hatte Miss Cleaves Blick bemerkt.

Nehmen Sie etwas von meinem Tränklein gegen Frauenleiden, Miss Cleave, sagte sie eilig. – Es hilft gegen vielerlei Beschwerden, und wenn man's in Gesellschaft trinkt, wirkt es umso besser. Mrs. Burleigh und Mrs. Waterhouse können Ihnen davon berichten. Auch heute hat es meiner Marian geholfen.

Und auch die junge Agnes nimmt das Tränklein?

Frauenleiden beginnen ja nicht bei der ersten Geburt, kam die Antwort. – Das Monatsweh ist in meiner Familie immer stark gewesen, und soll ich meine armen Mädchen leiden lassen? Nehmen Sie bitte!

Und Marian Moore füllte zwei weitere Becher mit Schnaps und überreichte sie Miss Cleave und Mrs. Waterhouse. Letztere stand immer noch etwas steif in Türnähe, und als sie ihren Becher bekam, gab sie acht, Marians Finger nicht zu berühren.

Dennoch war ich sehr froh, sie alle beisammen zu sehen. Ich prostete ihnen zu – wobei Miss Cleave, die diese Sitte offenbar nicht kannte, kurz erstarrte. Aber Mrs. Eden goss nach, und es schien ihr nichts auszumachen, dass die Flasche fast leer war. Jawohl, was machte es? Wir mussten vergeben und vergessen, was passiert war.

Ich nahm die Flasche, verteilte den Rest gleichmäßig auf die sechs Becher und prostete den anderen Frauen zu, allen mit derselben salomonischen Herzlichkeit.

Marian Moore, der die schnelle Genesung offenbar die Zunge gelockert hatte, durchbrach die stille Feier: Geschmacklich, Mutter, ist dein Tränklein ein Verbrechen. Dann beugte sie sich zu Agnes, die ihr überlaut ins Ohr flüsterte: Die Lehrerin trägt ein Nachthemd – worauf beide in wildes Lachen ausbrachen.

Agnes!, rief ihre Mutter.

Das ist doch ganz richtig, Mrs. Eden, sagte Miss Cleave freundlich und etwas langsamer als sonst, – ich trage in der Tat ein Nachthemd.

Sie hatte wieder gerötete Wangen und lachte etwas grundlos. Ihr großer Körper wirkte nicht mehr sehr gerade, wie sie dort auf einer Truhe saß, die Füße an den Leib gezogen. Auf diese Weise war von ihren Formen nicht mehr viel zu sehen. Aber ich wusste noch genau, wie sie vor mir gestanden hatte im Türrahmen, ich hatte genau gesehen, wie sich ihre Brüste unterm Nachtgewand abzeichneten. Ich hatte gesehen, dass sie rund und schön waren, etwa mittelgroß, ausgezeichnet hätten sie in meine beiden Hände gepasst.

Und ich stöhnte innerlich auf beim Gedanken, meine Hände lägen auf Miss Cleaves Brüsten. Ob ich wenigstens – nur heute Nacht, nur dies eine Mal – versuchen sollte, sie zu küssen?

Doch das waren Schnapsgedanken, die außerhalb meines Kopfes keinen Platz hatten.

Mrs. Waterhouse stieß mich an und prostete mir zu. Sie sah ein bisschen durcheinander aus, war aber offenbar lustig gestimmt. Sie lachte und lachte, als Mrs. Eden von Mr. Eden selig erzählte, der in der Neuen Welt einen Stamm begründen wollte wie einst Abraham, aber trotz größter Anstrengung nur zwei Mädchen zustande gebracht hatte. Ohne Jeremiah Moore und die Kraft von dessen Lenden hätte er den Plan, hier oben eine Gemeinde zu gründen, notgedrungen fahren lassen. Und so war alles gekommen, wie es gekommen war. Sie, Martha Eden, hatte lieber diese zwei Mädchen großgezogen als einen Haufen zukünftiger Stammesfürsten, die einander in Frömmigkeit überboten hätten wie Isaac Eden und Jeremiah Moore, dass sie ihres Lebens nicht mehr froh geworden wäre.

Dann prostete sie Rebecca Waterhouse zu, die nun ihrerseits Geschichten von der alten Mrs. Waterhouse zum Besten gab, die erst vor fünf Jahren gestorben war und ihre Schwiegertochter noch vom Totenbett aus herumkommandiert hatte. Mrs. Eden stimmte zu: Die alte Rachel Waterhouse, sie ruhe in Frieden, habe selbst gegen Ende ihres Lebens keinen Seelenfrieden gefunden und es ihrer Schwiegertochter recht schwer gemacht …

Ich ließ mich treiben und träumte, geborgen im Suff und in Mrs. Edens warmer Stube, weiter von den Brüsten Jelena Cleaves.

***

Auf dem kurzen Weg nach Hause stopfte ich mir einen letzten Rest Braten in den Mund, um den Schnapsgeruch loszuwerden. Dennoch fragte Burleigh, als ich mich neben ihn legte: Was hast du bei den Edens gemacht? Mr. Waterhouse kam vorbei und sagte, seine Frau wäre auch drüben.

Marian Moore war unwohl, sagte ich, – wir haben ihr beigestanden, der Ärmsten.

Noch immer hatte ich ein leichtes Summen und Sausen im Kopf, das sich verstärkte, als ich mich lang ausstreckte. Traurig und lustig zugleich summte es in meinen Gliedern, ich würde so nicht einschlafen können; und ohne viel zu denken, nahm ich Burleighs Hand, die auf der Decke ruhte, und führte sie zwischen meine Beine. Erst während ich das tat, spürte ich das Ausmaß der Lust und der warmen Nässe, die sich in den letzten Stunden dort angesammelt hatten und sich dankbar um die Finger schlossen, die sich vorher kaum je dorthin verirrt hatten. Burleigh war so überrascht, dass er mich gewähren ließ, als ich seine Finger zwischen die behaarten Lippen führte, aber nicht hinunter zum Eingang, sondern knapp darüber, wo der rundliche blaurote Pfeil saß, der sein Köpfchen erhob, wenn Mary Reeds Finger oder meine eigenen ihn berührten. Er war so überrascht, dass er mir gehorchte und seine dicken Finger im Rhythmus bewegte, den ich vorgab. Umständlich stützte er sich auf den anderen Ellbogen, während er an mir rieb und rieb, und sein Atem beschleunigte sich gleich meinem, bis, nach einer kleinen Weile heftiger Anstrengung, endlich die Erlösung kam. Sie bescherte mir Erleichterung, Zusammensinken – und Scham und lautlose Tränen, als das Missliche, Ersatzhafte dieser Lust mir klar vor Augen trat.

Mit Miss Cleave würde ich niemals im Schiffsbauch liegen wie mit Mary Reed. Das war ausgeschlossen in diesen kargen Bergen, mit dieser Frau, die ohne Arg auf Mrs. Edens Wäschetruhe gesessen hatte, die Füße angezogen, damit sie nicht zu sehr erkalteten. Ich würde nicht mit ihr zusammenliegen: Bis auf den Grund schmeckte ich diese Gewissheit, und sie war bitter wie Mrs. Edens Gebräu aus Äpfeln und Rüben. Niemals wird sie mich auf diese Weise berühren, und niemals werden die Buchstaben, die ich bei ihr lernen darf, ein angemessener Ersatz *dafür* sein. Ich weiß nicht, ob Mrs. Waterhouse vergeben und vergessen kann, was in diesen Tagen passiert ist. Aber dass Miss Cleave nicht bei mir liegt in der Nacht, das kann ich nicht vergessen, und ich will es auch nicht.

Als ich das zu Ende gedacht hatte, spürte ich wieder große Erschöpfung.

Burleigh ächzte. Was gerade passiert war, schien ihm recht unbegreiflich zu sein. Doch er fasste sich und sprach: Als dein Ehemann freut es mich, dir Freude zu bereiten; auch wenn ich mir über den Charakter dieser Freude nicht recht im Klaren bin, denn sie fügt nicht Mann und Frau zusammen, wie es geboten ist und wie sie fruchtbar werden.

Kein Kind mehr, Burleigh, murmelte ich, schon halb eingeschlafen, und er antwortete: Das obliegt nicht deiner Entscheidung.

10

In den Tagen und Wochen nach Mr. Syhres Besuch gingen die Leute ihres Wegs, als wäre nichts geschehen. Es wurde Juli, die erste Heuernte fand statt, bei der die ganze Gemeinde auf den Beinen war; nach den Erdbeeren reiften Rüben und Bohnen, und der Mais musste gewässert werden. Die jungen Ziegen, die im Frühjahr geboren waren, wagten sich aus dem Stall und liefen meckernd über den Tscherokesenpfad, hübsch anzusehen mit ihren kleinen Hufen und Hörnern. Die Katze der Waterhouses hatte einen Wurf – Georgie verkündete es mit Freudengeheul und kam samt Jamie herübergelaufen, die Hände voll fiepender Jungkatzen. Ich hielt ihn an, sie schleunigst zur alten Katze zurückzubringen, versprach aber Anne, die mit großen Augen danebengestanden hatte, sicherlich dürften sie und ihre Brüder sich später eine aussuchen und bei uns wohnen lassen. Anne, bekümmert von den immer längeren Ausflügen ihres Hörnchens, nahm mich beim Wort. Von nun an fragte sie täglich, wann die Katze käme. Auch Frankie wies mich darauf hin, dass Katzen sehr hübsch seien; schon lange wünsche er sich eine, warum er keine Katze haben dürfe, wenn Annie doch das Hörnchen hätte?

Ich lachte über die schmeichelnde Zunge meines Pfaffensöhnchens, ging hinüber zu den Waterhouses und erbat eine Jungkatze, die uns Stall und Garten von Ungeziefer freihalten sollte. Mr. Waterhouse nickte und stapfte mir voran zu seinem Stall, und ich griff ins Knäuel neben der alten Katze und zog ein Kleines heraus. Es hatte Streifen, weiße Socken und winzige Dreiecksohren und begann sogleich jämmerlich zu fiepen. Ich nahm es mit zu meiner Tochter und trug ihr auf, sich gut darum zu kümmern. Anne nickte und bettete das Kätzchen auf ihr Kissen.

Seit dieser Stunde gehört Hörnchen Zwei, wie sie es genannt hat, zum Haus. Die Waterhouses wie die Edens wundern sich ab und zu, dass wir die Katze zu uns hereinlassen

– aber wenn man sich erst an ein wildes Hörnchen gewöhnt hat, ist eine Katze die angenehmste Hausgenossin. Und mir ist lieb, dass Anne wieder ein Tierchen um sich hat, das nachts ihr Bett wärmt und sie beruhigt.

Hörnchen Eins erschien nur noch gelegentlich zur Dämmerung an unserer Schwelle, wo es Nüsse und Brotränder in Empfang nahm. Vielleicht lag's an der Katze, dass es nie mehr hereinkam; es sprang davon wie ein flüchtiger Gedanke.

Auch Marian Moores Junge wurde im Juli geboren, vier Wochen zu früh, aber gesund und bei Kräften. Da er ein Sommerkind ist, gibt es Grund zur Hoffnung für den kleinen Moore, der nach seinem Urgroßvater Jeremiah getauft wurde. Mrs. Eden erzählte, Ronnie Moore habe seinen ersten Enkel mit dem Namen Abstinence schmücken wollen; aber die jungen Eltern konnten sich diesem Segen mit dem Verweis auf den alten Jeremiah Moore entziehen, der immerhin Mitbegründer der Missionsgemeinde und damit ein würdiger Namensgeber war.

Und auch Rebecca Waterhouse, die in gewohnt aufrechter Haltung umherging, war schwanger; sie trug es mit Fassung. Edwina Moore zeigte sich erfreut und wünschte ihr Glück und Segen für die Niederkunft, sehr laut sagte sie das am Sonntag vorm Gemeindehaus, dass alle es hörten.

***

Während der Sommer ins Land ging, wurde ich unzufrieden über meine Buchstaben. Mittlerweile beherrschte ich sie alle und las ohne große Mühen im Psalmenbuch, in den Liederbüchern und in Burleighs Bibel. Auch an den Büchern meines Vaters hoch oben auf dem Regal hatte ich mich versucht. Die Buchstaben darin waren winzig, aber sie standen stramm, und bald fand ich heraus, dass es sich um Gesetzesauslegungen aus Irland handelte: Mein Vater, William Cormac, war Advokat gewesen, ehe er in die Neue Welt kam und sich auf den Anbau von Baumwolle verlegte. Ich durchblätterte die alten, schwarz eingebundenen Bücher und fand auf einigen Seiten Notizen in Cormacs Schrift – oder war es die Schrift seines Vaters? Sie war eilig, hochfliegend und glich weder Burleighs Handschrift noch Miss Cleaves.

Aber irische Gesetzesauslegungen sagten mir nichts. Und mit einer kleinen Rührung bemerkte ich, dass das Hörnchen, in seiner Unkenntnis irischer Ordnung, Bissspuren an den Büchern hinterlassen hatte.

Von meiner Mutter, die als Dienstmädchen ins Haus Cormac gekommen war, gibt es keine Bücher. Ich weiß nicht, ob sie irgendwo auch nur ihren Namenszug hinterlassen hat. Bei Lichte betrachtet, weiß ich fast nichts mehr von Dolores Cormac; mehr noch als die Seeräubergeschichten, mehr sogar als Cormacs breite Gestalt, ist meine Mutter in meiner Erinnerung verblasst. Fast ist es, als hätte es sie nie gegeben – wie sie im Haus meines Vaters hin und her lief, gefolgt von der Magd Trine; wie sie anlässlich eines Festes zu Charles Town ein Seidenkleid anzog, dessen Farbe sie lavendel nannte; wie sie mich ansah mit ihren Augen hart wie Rabenschnäbel. Oh, Dolores Cormac hatte sehr wohl einen Begriff von irischer Ordnung und Richtigkeit. Sie war recht unbarmherzig mit mir gewesen, und auch ich hatte sie nicht sonderlich gerngehabt. Dennoch schien es mir unrecht zu sein, dass es sie nie gegeben haben sollte.

Ich hatte meine Eltern seit meiner ersten Heirat nicht mehr gesehen, seit fünfzehn Jahren nicht, rechnete ich zurück. Ich hatte meinen Ehemann, den Taugenichts, verlassen und war Seeräuber geworden und hatte keinen Gedanken mehr an meine Eltern verschwendet. Niemand wusste, wohin sie gegangen waren, als sie Charles Town verließen. Als alle meine Kameraden gehenkt waren und ich in die Stadt meiner Kindheit zurückkehrte, war nur der alte Pfarrer Burleigh da gewesen und hatte Cormacs Tochter in mir erkannt; um sogleich vom goldenen Westen zu sprechen und um meine Hand anzuhalten.

Von meinem Vater habe ich die Bücher, von meiner Mutter ein kleines Gemälde der Jungfer Maria: ein stummes irisches Mädchen mit gelber Schürze vor dunklem Grund. Aber nirgendwo steht ihr Name. Wenn ich einmal sterbe, wird es sein, als hätte es Dolores Cormac, geborene Brennan, nie gegeben.

Und auch mein eigener Name wird nirgendwo aufgeschrieben stehen.

Die Erkenntnis traf mich wie ein Schlag. Es war sehr spät am Abend, Burleigh und die Kinder schliefen, ich saß allein am Tisch, von dem ich nur notdürftig die Krümel vom Abendbrot gewischt hatte; ich saß vor Vaters Büchern und träumte vor mich hin, als die Erkenntnis aus dem Dunkel jenseits meines grünen Fensters zu mir kam.

Mein Name würde nirgendwo aufgeschrieben sein.

Ich sah auf und sah mein eigenes Bild im Fenster, Spuren eines Menschengesichts, eines Frauengesichts, gezeichnet vom Kerzenschein und mit gekrümmten gläsernen Linien; dahinter lag schwarze Nacht.

Wie kann das sein? Habe ich nicht sechs Kinder geboren, sieben Kinder alles in allem, davon zwei betrauert und die Übrigen genährt und großgezogen? Stehe ich nicht an jedem verdammten Morgen in diesen viel zu kalten Bergen auf, um meine Kinder großzuziehen? Wie kann es also sein, dass mein Name nach meinem Tod bald vergessen sein wird – ja, dass er jetzt schon keine große Rolle spielt, bin ich doch für jedermann entweder Mutter oder Burleighs Frau?

Ich erinnerte mich an meine Namen: Anne Burleigh, geborene Brennan, legitimierte Cormac, zum Ersten verheiratete Bonnie, zum Zweiten verheiratete Burleigh. Ich bin in Irland geboren und als Kind nach Amerika gefahren …

Natürlich werden die Kinder sich an mich erinnern – Burleigh, der sein dramatisches Weib am besten kennt, wäre selber längst tot –, aber was hätten sie, um sich zu erinnern? Meine Kleider, die Erinnerung an Brot und Brei von meiner Hand und an meine Singerei im Gemeindehaus? Das einzige Buch, worin je mein Name gestanden hat – vorne auf der ersten Seite, geschrieben von meiner Hand –, handelte von einer griechischen Dichterin und war ein Geschenk meines Lehrers Nathan Korinth. Ich habe es zerstört, als ich zwölf Jahre alt war.

Anne Burleigh saß am Tisch im trüben Licht der Kerze; ich sah ihr verkleinertes Bild in jedem einzelnen Bullauge meines Fensters. War sie nicht zur See gefahren und zum Gegenstand von Liedern, Zeichnungen, Flugblättern geworden? Ich stellte mir vor, eins dieser Flugblätter käme mit einem kräftigen Windstoß über die Mission geflogen, hundertfach, in die Gesichter von Miss Cleave, von Burleigh, von Rebecca Waterhouse. Wie süß mir dieser Ruhm schmecken würde; aber würden sie mich darin erkennen? Wer hier oben in den Bergen hatte von Anne Bonnie gehört, der berühmten Seeräuberin?

Niemand; Anne Burleigh musste ich sein. Aber wer hier oben in den Bergen wusste Bescheid über Anne Burleigh?

Ich sah auf den Tisch vor mir, das Holz war gezeichnet von Messerschnitten und längst mürbe geworden; auch der Tisch war gelblich im Kerzenlicht, ebenso wie meine Hände darauf. Mit zwei Fingern nahm ich einen butterig glänzenden Brotkrümel, der einem der Zwillinge aus dem Mund gefallen sein mochte, aß ihn und in meinem Kopf kreiste der Gedanke: Mein Name wird nirgendwo aufgeschrieben sein.

Ich führte die Finger abermals zum Mund und traf auf fremdes Fleisch, ja, meine Finger selbst waren fremdes Fleisch, das ohne tieferen Gedanken handelte. Während ich hier saß, wartete es auf den Befehl, aufzustehen und umherzugehen, zu waschen, zu putzen, zu kochen, ein Kind auf den Arm zu nehmen. Wie konnte diese Hand zu Anne Burleigh gehören – und gleichzeitig so fremd sein, als könnte sie genauso gut Agnes Edens Hand sein oder die einer anderen Nachbarin? Wer war Anne Burleigh, die sich keinerlei Rechtfertigung ablegte über ihr Tun; was unterschied sie von den anderen Frauen in der Gemeinde? Nirgends würden unsere Namen verzeichnet sein.

Mein Gesicht brannte.

Snaterbek, mein Freund, was soll ich tun?, fragte ich lautlos, aber er antwortete nicht. Neuerdings begann er, mich im Stich zu lassen.

Rasch stand ich auf, ging zur Tür und kramte Josies Schreibtafel hervor. Was mein Sohn dachte, musste mir jetzt gleichgültig sein; ich setzte mich wieder, nahm den Griffel, holte tief Luft und schrieb ANNE CORMAC, wie ich es mit zwölf Jahren von Nathan gelernt hatte. Anne Cormac, das war mein Name gewesen. Ich schrieb ihn noch viele Male. Es beruhigte mich etwas, meinen Mädchennamen vor mir zu sehen, hervorgebracht von meiner Hand.

Anne Cormac, das war nicht schwierig. Jetzt aber hieß ich Anne Burleigh. Der erste Teil war stets derselbe gewesen, vier Buchstaben, denen eine kleine Lücke folgte. Dann begann das zweite Wort, der Name des Mannes, dem ich angehörte.

Ich würde Miss Cleave nach der richtigen Schreibweise des Wortes Burleigh fragen müssen. Auch das war ein beruhigender Gedanke: Miss Cleave würde mir helfen.

Sorgfältig putzte ich Josies Tafel, stellte sie zurück an ihren Platz und legte mich hin. Im Bett sagte ich mir noch einmal meine Namen auf, eine lange Reihe, die mich langsam einschläferte.

***

Am nächsten Tag ging ich in der Pause zu Miss Cleave und sagte, ich wüsste gern, wie mein Name zu buchstabieren sei.

Miss Cleave nickte. Dann blitzte ein Schalk in ihren hellen Augen auf und sie reichte mir ein Stückchen weiße Tafelkreide.

Wollen Sie es einmal probieren?

Wie gemein sie war. Ich wusste es wirklich nicht; außerdem kamen eben Josie und Rachel Waterhouse zurück in die Schulstube. Dennoch nahm ich die Kreide und schrieb ANNE. Miss Cleave nickte wieder und sagte, ich müsse aufpassen, dass ich den Buchstaben N nicht wie im Spiegel schriebe, das passiere sehr leicht.

Ich verstand nicht gleich, was sie meinte; da schrieb sie mir das richtige N und das falsche Spiegel-N an die Tafel und strich das falsche N aus. Ich verstand und verbesserte die beiden N im Wort ANNE. Dann zögerte ich und schrieb: BURLEE. Mrs. Cleave schüttelte leicht den Kopf und wischte die zweite Hälfte aus, und ich verbesserte eilig: BURLEY.

Noch nicht ganz, sagte Miss Cleave; und Josie trat dazu, mit dunkelrotem Gesicht, und zeigte mir seine Tafel, auf der ANNE BURLEIGH stand.

Nun gut. Ich versuchte, mir die Buchstaben einzuprägen, bevor der Unterricht weiterging: zwölf Stück waren es, und die zweite Hälfte war recht schwierig. Ich würde sie heute Abend üben müssen.

In der Mittagspause, als ich eben aufstand, um zu meinen Mittagstöpfen zu gehen, kam Miss Cleave zu mir und entschuldigte sich, sie habe keinen Schabernack mit mir treiben wollen.

Wenn Sie wirklich schreiben lernen möchten, werde ich Ihnen gerne dabei helfen.

Mit ernsthaftem Ikonenblick stand sie vor mir und ich sagte, ohne weiter nachzudenken: Natürlich möchte ich bei Ihnen schreiben lernen, Miss Cleave.

* * *

Ich kann nicht sagen, was genau Miss Cleave dazu brachte, mich das Schreiben zu lehren. Anders als im Fall von Josie oder Godwill Moore tat sie es nicht auf Burleighs Anweisung, der reiflich zu überlegen pflegte, welchem Gemeindekind diese besondere Fähigkeit wohl anstünde; vielmehr war klar, dass wir hinter Burleighs Rücken handelten und auch hinter dem Rücken seines Sohnes Josie.

Wir. Da war es: ein Wir, das aus Miss Cleave und mir bestand. Zwar wälzten wir uns nicht auf einer besonnten Lichtung, aber wir saßen zusammen und sie lehrte mich das Schreiben, und auch das geschah heimlich und war unendlich aufregend. Aufregend war es, als Miss Cleave sagte, ich solle mir jeden Tag in der Pause ein Stückchen Briefpapier bei ihr abholen, um den Psalm, den sie darauf in ihrer schönen Handschrift geschrieben hatte, bis zum nächsten Tag abzuschreiben. Ich hatte nicht einmal gewusst, dass Miss Cleave unbeschriebenes Papier besaß, ob sie es von Burleigh hatte oder woher sonst. Aufregend war es auch, als sie irgendwo in Moores Hütte eine alte Schreibtafel auftrieb und mir in die Hände drückte, damit ich nicht die Hausaufgaben meines Sohnes abwischen müsste, um spätabends Schreibübungen zu machen. Aufregend, als ich in der nächsten Pause die Tafel mit meinen abgeschriebenen Psalmen aus meinem Beutel zog und wir – Miss Cleave und ich! – meine Sätze gemeinsam durchgingen.

Die Pause war jetzt etwas länger, weil der Klassenraum leerer geworden war: Die drei Tscherokesenkinder, wer konnte es ihnen verdenken, weilten nicht mehr in der Mission.

Wir begannen beim Deboralied. Ich bat Miss Cleave darum, weil die Geschichte von der Prophetin Debora, die unter einer Palme saß und Recht sprach, mir gut gefiel. Und Miss Cleave ließ mich schreiben: Alle müssen umkommen, Herr, alle deine Feinde! Die ihn aber liebhaben, müssen sein, wie die Sonne aufgehet in ihrer Macht. Und das Land war stille vierzig Jahre.

Die Zeilen, die Miss Cleave mir aufgeschrieben hatte, entzifferte ich leicht. Aber ihre Buchstaben abzumalen, Striche, Bögen, Verbindungen, das war nicht leicht. Meine Tafel enthielt mehrere breite Bänder aus vier Linien, die vorgaben, wo die Buchstaben oben und unten zu enden hätten. Keiner durfte sich über die oberste Linie recken, keiner unter die unterste Linie rutschen. Das war eine Plage, zumal man die Linien äußerst dünn eingezeichnet hatte, dass sie im flackernden Kerzenschein kaum zu erkennen waren. Oft taten mir Hand und Augen weh, wenn ich mich nach meinen Abschreibübungen ins Bett legte, und ich sehnte mich danach, bei Tageslicht zu schreiben. Ja, wenn ich, wie Miss Cleave, eine eigene Hütte gehabt hätte!

Obendrein war Miss Cleave recht streng; reichte ihr das Ergebnis meiner Mühen nicht aus, wies sie mich an, bis zum nächsten Tag dasselbe noch einmal zu schreiben. Ich begann zu zittern, wenn sie ihre Augenbrauen nach oben zog, wahrscheinlich, ohne es überhaupt zu bemerken; wenn sie dann den Griffel nahm und mit leicht hingleitender Hand einzelne Buchstaben und ganze Wörter unterstrich. Als sie einmal in nahezu jedem meiner Wörter herumstrich, verlor ich die Lust, übermüdet, wie ich war, und sagte: Besser kann ich es nicht, Miss Cleave.

Doch, sagte sie, – es ist alles eine Frage der Übung. Bitte halten Sie sich in jedem Fall an die vier Linien.

Es gab Momente, da wollte ich sie bei den Handgelenken packen und anraunzen, was sie sich eigentlich dabei dachte, mich zu quälen. Mit grimmer Lust malte ich mir aus, wie erschrocken sie wäre, wie der Griffel zu Boden rollen würde …

Aber dann würde ich nicht mehr schreiben dürfen. Außerdem, erinnerte ich mich, war meine Liebe zu Miss Cleave edel und getragen von Demut; und ich nahm mich zusammen.

Ihre Handschrift, die mir Psalmen übermittelte – nicht mehr und nicht weniger –, liebte ich sehr. Oft schämte ich mich, wenn ich meine Krakel mit ihren schön geschwungenen Buchstaben verglich. Und manchmal küsste ich nach getaner Arbeit das Stückchen Papier, bevor ich es, wie verabredet, zerriss und ins Herdfeuer warf. Sei es drum, fand ich – dies kleine bisschen Begierde, am späten Abend, wenn mein Mann längst schlief, musste ich mir nicht verwehren.

***

Der August war mein heimlicher Festmonat. Wenn ich mich am Tisch niederließ, umgab mich das Dämmerlicht der kürzer werdenden Abende, ins Grünliche gebrochen von meinem Fenster, und mischte sich mit dem warmen Schein der Kerze; dann wurde es ganz dunkel und auch ein wenig kühl. Jede Nacht saß ich so, mein Tuch um die Schultern geschlagen, und schrieb und schrieb; und jeden Tag steckte ich mit Miss Cleave die Köpfe zusammen. Obwohl meine nächtliche Schreibarbeit mich sehr erschöpfte, war ich glücklich über diesen Lauf der Dinge.

Mrs. Waterhouse, die sich nach dem Gedeih unseres Kätzchens erkundigte, behandelte ich mit Freundlichkeit. Burleigh hatte sie damals das Lesen, nicht aber das Schreiben gelehrt; obwohl eine kluge Frau, war sie leider nicht schriftkundig wie Miss Cleave und ich, dachte ich und schenkte ihr ein Töpfchen eingekochte Erdbeeren.

Tage und Wochen vergingen, und bald stand ich den fortwährenden Abschreibübungen mit geteilten Gefühlen gegenüber. Ich mochte den Wohlklang der Bibelworte, die vielfarbigen Bilder, die sie in meinem Kopf erzeugten; aber ich hatte nun sehr viel davon gehabt. Ich wollte doch meinen Namen schreiben, um später nicht vergessen zu sein wie meine Mutter. Mein Gott, dachte ich, was hab ich tagein, tagaus mit dem Herrn zu schaffen? Pflichtbewusst schrieb ich die Sätze vom Hirten und der grünen Au, mittlerweile verlangte Miss Cleave den ganzen Psalm von mir; ich schrieb, bis meine Augen schmerzten und ich zur letzten Zeile kam: ... *und ich werde bleiben im Hause des Herrn immerdar*, und darunter schrieb ich: Mein Name ist Anne Burleigh.

Ich hielt den Atem an, während ich das schrieb, und hoffte, der Himmel und Julian Snaterbek würden mir diesen Frevel verzeihen: meinen Namen so dicht an den des Herrn zu setzen. Heimlich hatte ich den Namen Burleigh schreiben geübt und mir endlich die komplizierte Abfolge von Buchstaben gemerkt. Vorsichtshalber zählte ich, ob es sich tatsächlich um acht Buchstaben handelte und ich keinen vergessen hatte; eine lästige Erbsenzählerei war das.

Am nächsten Tag schmunzelte Miss Cleave, als sie beim letzten Satz meiner Übungen angekommen war.

Es gibt einige Fehler, aber der Satz ganz unten ist tadellos.

Ich möchte alle Namen schreiben können, sagte ich, – nicht nur meinen eigenen und die der Heiligen und Propheten. Ich meine auch die Namen der irdischen Leute, die meiner Eltern, die aus der Gemeinde, auch Ihren Namen …

Wieder brannte mir das Gesicht. Ich weiß nicht, ob Miss Cleave mich verstand; wieder gab sie mir einen Psalm mit nach Hause. Doch diesmal schrieb ich den Psalm nicht ab. Stattdessen schrieb ich, in stundenlanger Mühe und mit vielen Ausstreichungen: Mein Name ist Anne Burleigh. Meine Eltern hießen Cormac Joseph Burleigh ist mein Mann. Meine Kinder heißen Joseph George Anne Frank Bradford. Meine Tochter Mary ist gestorben.

Da stand mein Name, umgeben von den anderen Namen meiner Familie: Er war verzeichnet, zumindest bis ich ihn wieder auswischen würde. Alle Namen waren verzeichnet.

Nein, nicht alle: Meine erste Tochter Mary, das Seeräuberkind, durfte ich nicht erwähnen, ebenso wenig wie meine Geliebte Mary Reed. Beide hatten keinen Platz auf dieser puritanischen Schultafel, die ich morgen Miss Cleave vorlegen würde. Auch meinen elendigen ersten Ehemann zu erwähnen, schien mir unnötig zu sein; mochte er ruhig vergessen werden. Und über Miss Cleave selbst würde ich kein Wort verlieren. Es gab keinen Satz, in dem ich meinen Namen mit ihrem verbinden könnte. Wie gut, dass ich wenigstens über die kleine Mary Burleigh würde schreiben dürfen, die ehelich geboren, getauft und in Ehren betrauert worden war.

MARY. Alle Zärtlichkeit, die ich je mit diesem Namen verbunden hatte, legte ich in diese vier Buchstaben, die sichtbar nur mein totes Kindchen bezeichneten. Die beiden anderen Marys hielt ich darin verborgen; niemand sah sie außer mir selbst.

Dennoch war es aufregend, Miss Cleave diese Übung vorzulegend. Sie las meine Sätze sehr gründlich und strich einige Fehler an: Schauen Sie, Ihre Eltern und Ihr Mann, das sind zwei verschiedene Sätze, machen Sie einen Punkt dazwischen. Und hier, bei dem Wort George gibt es ein großes G, das nach oben aufragt, und ein kleines g, das nach unten hinabreicht. Bitte halten Sie sich an die vier Linien. Sie können alles schreiben, was Sie möchten, aber denken Sic an die Schreibregeln – erst dann können Andere es gut lesen.

Du hast gut reden, dachte ich ärgerlich und verbesserte meine Sätze.

Und eine letzte Sache, sagte sie, – in der Regel werden Todesfälle mit einem Bibelspruch kommentiert, wie in jeder guten Unterhaltung. Ergänzen Sie *Gott habe sie selig* oder *möge sie in Frieden ruhen*, ich schreibe es Ihnen auf.

Ich tat wie geheißen, und Miss Cleave sagte plötzlich, als habe sie eine Eingebung: Wissen Sie noch, wie Mr. Syhre beklagte, dass wir kein Gemeindebuch führen? Vielleicht sollten Sie das übernehmen, Mrs. Burleigh: Geburts- und Todesfälle und alle übrigen Vorkommnisse in der Gemeinde verzeichnen. Ihre Schrift wird langsam flüssig, Sie haben ein gutes Gedächtnis und sind Pfarrer Burleighs Frau. Und Geschichten erzählen, das können Sie doch.

Was für ein Vorschlag! Schon wieder trieb sie Schabernack mit mir. Ich lächelte höflich und begab mich zurück an meinen Platz, denn die Schulkinder kamen zurück in den Raum.

Nachts an meinem Tisch, viele Stunden später, schrieb ich wieder und wieder die ausgebesserten Sätze.

Mein Name ist Anne Burleigh. Meine Eltern hießen Cormac. Joseph Burleigh ist mein Mann. Meine Kinder heißen Joseph, George, Anne, Frank und Bradford. Meine Tochter Mary ist gestorben, möge sie in Frieden ruhen.

11

An einem Morgen Mitte September, als ich eben zur Schule aufbrach, hielt mich Burleigh zurück und sagte, er müsse mit mir sprechen.

Kinder, ihr geht bitte voraus.

Meine Blicke trafen Josies, er wich mir aus und ich wusste Bescheid.

Ich sah meinen drei Kindern hinterher, wie sie den Tscherokesenpfad hinabliefen, und wartete. Ich hörte Burleigh hinter mir in der Stube auf und ab gehen, gleich würde er wieder auf die mürbe Planke am Herdfeuer treten.

Dann sagte er, und seine Stimme klang erregt: Anne, das geht so nicht weiter. Es geht nicht an, dass du deine Kraft täglich mit Lesen und Schreiben vergeudest. Beides ist wichtig, aber nicht deine Aufgabe. Ich möchte dich sehr bitten, die Ordnung der Dinge zu respektieren, die vorsieht, dass du deinen Dienst als Hausfrau und Mutter verrichtest.

Besonders enttäuscht mich, fuhr er fort, – dass du dich eigenmächtig zum Schreiben entschlossen hast, ohne meinen Rat und ohne Nutzen für die Gemeinde.

Ich setzte mich an den Tisch und sah aus meinem Fenster in einen grünlichen, leicht verschwimmenden Morgen. Burleighs Worte rannen durch mich hindurch wie Wasser. Was hatte er mir schon zu sagen, was ich nicht tausendmal gehört hätte.

Er setzte sich über Eck und legte mir seine schwere Hand auf die Schulter.

Sieh dich an, sagte er sanft, – wie müde du bist. Deine Augen haben Schatten, und gestern bist du viel zu spät aufgestanden. Georgie war drauf und dran, im Nachthemd das Haus zu verlassen. Ich bitte dich, weniger unachtsam zu sein. Andernfalls müsste ich dich schlagen, und das würde mir sehr aufs Herz drücken.

Die Überraschung musste mir im Gesicht gestanden haben, denn er fügte hinzu: Meine liebe Frau, ich habe das nie getan, aber ich kann es nicht dulden, dass du mich hintergehst wie ein uneinsichtiges Kind.

Ich habe im Garten zu tun, sagte ich, ging hinaus, durch meine Beete hindurch und weiter in den Wald, wo die Ahornblätter rot und gelb zu leuchten begannen; ich ging immer weiter, fing an zu laufen, zu rennen, schrie.

Burleigh will mich schlagen? Der alte Kauz, das gichtige Väterchen? Oh, er weiß nicht, wie oft ich zugeschlagen und getötet habe! Ich mag alt und grauhaarig geworden sein, aber mit einem gebeugten Kauz wie meinem Ehemann, der in seinem Leben nur ein paar lammfromme Puritanerkinder gezüchtigt hat, würde ich allemal fertigwerden!

Ich befühlte meine Oberarme, die dick und stark waren: von der Arbeit in Haus und Garten nicht weniger als von längst vergangenen Mordtaten. Ich würde Burleigh umbringen, wenn er allen Ernstes versuchen sollte, mich zu schlagen.

Wenn einer Schläge verdient hatte, war es Josie, der seinen Mund nicht gehalten hatte. Was ging es ihn an, was ich nachts trieb, warum ließ er mich nicht in Ruhe? Und ich brach in Tränen aus über Josies Gemeinheit. Sein harter grauer Blick kam mir in den Sinn, sein Gesicht, das nichts Kindliches mehr hatte und mir ganz fremd geworden war. Er spricht nicht mit mir, dachte ich, er geht zu Burleigh und verrät mich. Er liebt seine Mutter nicht mehr. Fortan werde ich vor ihm schweigen und mit ihm rechnen müssen wie mit Burleigh.

Aber zuerst hatte ich mit meinem Mann zu reden – ich wollte ihn ja nicht umbringen müssen, um anschließend allein mit den Kindern hier oben in der Wildnis zu hocken.

Ich spazierte zu den Maisfeldern, wo die Männer arbeiteten, und sagte leise zu Burleigh, wir sollten am Nachmittag zusammen zu Miss Cleave gehen und über die Sache mit dem Schreibenlernen sprechen. Stirnrunzelnd stimmte er zu; anscheinend fiel ihm erst jetzt auf, dass auch Miss Cleave ihn hintergangen hatte.

Mochte sie ihm erklären, warum ich nachts wachte und schrieb.

***

Miss Cleave hörte Burleighs Rede mit niedergeschlagenen Augen an: Es tut mir leid, Mr. Burleigh. Ja, ich hätte zuerst mit Ihnen sprechen sollen. Oh ja, ich weiß, dass Mrs. Burleigh sehr beschäftigt ist.

Unbewegt stand sie vor uns, größer als wir beide, und während Burleigh sprach, bewunderte ich wieder das goldene Flechtwerk ihrer Haare. Sie würde nie aufhören, mein heimlicher Erzengel zu sein.

Ich hatte die Hoffnung, Mrs. Burleigh könnte am Ende das Gemeindebuch übernehmen, sagte sie. – Es ist nicht gut, dass wir keines haben. Sie sind zu beschäftigt, Mr. Burleigh, und Josie und Godwill sind noch zu jung.

Das ist richtig, sagte er. – Wir brauchen ein Gemeindebuch. Glauben Sie nicht, dass mir das nicht auf der Seele läge! Aber meine Augen sind zu schlecht für eine zusätzliche Schreibaufgabe. Und an sich haben Sie nicht gedacht?

Ich bin kaum drei Jahre hier. Und ich weiß nicht, ob ich für immer bleibe. Daher möchte ich diese ernste Aufgabe nicht übernehmen.

Rote und gelbe Punkte sprangen vor mein Gesicht. Sie weiß nicht, ob sie für immer hierbleiben möchte – was soll das heißen? Ich sah den regennassen Zugvogel, der sich damals ins Gemeindehaus geflüchtet hatte und bei uns geblieben war. Jederzeit mochte er aufflattern und weiterziehen, wie es die Art der Zugvögel ist.

Und, fuhr sie fort, – falls ich doch einmal in eine andere Gemeinde gehe, wäre es gut, wenn ein weiterer Erwachsener des Schreibens kundig ist, sei es für die Schule, sei es fürs Gemeindebuch. Und Mrs. Burleigh ist fleißig und lernt schnell, das versichere ich Ihnen.

Die Punkte wurden größer und verformten sich, als betrachtete ich sie durch die Kreise meines Fensters. Dazwischen sah ich Burleigh nicken: Ich werde darüber nachdenken. Weiterhin gehe ich davon aus, dass Sie keine leichtfertigen Entscheidungen treffen, die das Missionswerk gefährden.

Natürlich nicht.

Und mein Mann ergriff mich beim Arm und ging mit mir nach Hause. Ich war froh, dass er es tat: Die gelben und roten Flecke wurden zu dicht segelnden Ahornblättern, die mir den Blick verstellten, sie schaukelten sich und tanzten und krakeelten. Wenn Miss Cleave fortgin-ge …

Ich arbeite weiter im Garten, murmelte ich in Burleighs Richtung und ließ seinen Arm fahren. Zum zweiten Mal an diesem Tag ging ich in den Wald und schrie.

Ich sollte die Chronik übernehmen, damit Jelena Cleave sich irgendwann wieder ihrer Reiselust überlassen könnte – das war ihr grausamer Plan. Vielleicht sollte ich in diesem Fall sogar die Kinder unterrichten. Mrs. Eden, die einzige andere schriftkundige Frau, wäre doch zu alt dazu. Während ich Nacht für Nacht Buchstaben aneinanderreihte, um Miss Cleave zu gefallen, saß sie auf gepackten Truhen. Sie würde mich verlassen – wie Nathan Korinth mich verlassen hatte, ehe ich gelernt hatte, richtig zu lesen und zu schreiben.

Anne Cormac, zwölf Jahre alt, lief umher auf den Baumwollfeldern Charles Towns und haderte mit dem Verrat ihres Lehrers, nein, ihrer Lehrerin, sowie der Gemeinheit des zehnjährigen Josie Burleigh. Ich sah ihren wirbelnden Kinderbeinen hinterher und wurde zornig. Miss Cleave hatte sich getäuscht. Nie würde ich ein Wort ohne sie schreiben, nicht ein einziges! Nie wieder würde ich zu ihr gehen.

Doch was sollte ich stattdessen tun: zu Hause versauern und nichts lernen? Sollte ich wieder vergessen, meinen Namen zu schreiben, sollte ich Miss Cleaves Erzählungen über den Lobpreis der Jungfer Maria und die Prophetin Debora vergessen und zurücksinken in meinen dumpfen Schmerz um drei verlorene Marys?

Nein.

Am nächsten Morgen in Moores Hütte konnte ich Miss Cleave kaum in die Augen sehen. Aber in der Pause ging ich

zu ihr wie jeden Tag, obwohl ich keine Schreibarbeit vorzu-
weisen hatte, und fragte: Ich habe einmal ein Buch von einer
griechischen Dichterin in der Hand gehabt. Sie schrieb Lieder über schöne trauernde Mädchen, vor langer Zeit. Wissen
Sie etwas darüber?

Miss Cleave dachte nach.

Ich habe von einer solchen Dichterin gehört, sagte sie
dann, – ich meine, ihr Name war Sappho, und sie stammte
von der Insel Lesbos. Sie schrieb Lieder und Hymnen und
war ihren Schülerinnen sehr zugetan.

Was für eine schöne Vorstellung, sagte ich.

Nicht wahr, nickte Miss Cleave. – Sie ließ die Mädchen bei
sich leben und lehrte sie alle wichtigen Dinge. Das war freilich in vorchristlicher Zeit. Als Kind hat mich unser Lehrer
Sätze über die Dichter der Griechen und Römer abschreiben
lassen. Aber es waren nur ein paar Sätze.

Schreiben Sie mir den Namen auf, bitte.

Sappho hatte die Dichterin meines ersten und einzigen
Buchs geheißen, und Miss Cleave kannte sie! Das war ein
schönes Band zwischen ihr und Anne Cormac auf den Feldern und meinem alten Lehrer Nathan. Ich würde dieses
Band fester knüpfen, durch das ich Miss Cleave berühren
und bei mir behalten dürfte, ob sie nun fortginge oder nicht.

Weil ich nicht mehr am Tisch sitzen und schreiben konnte,
versteckte ich meine alte Schultafel im Laub unseres Apfel-
baums, der die Grenze zum Wald markierte. Er hing voller
Früchte und sein Laub verfärbte sich, aber noch waren die
Blätter dicht genug, um meine Tafel zu verbergen. Nachmittags ging ich in diese hinterste Ecke meines Gartens, eilig, damit die Zwillinge mir nicht folgten, und schrieb, so schnell ich
konnte: Mein Name ist Anne Burleigh. Meine Eltern hießen
Cormac, meine Mutter hieß Dolores Brennan. Mary ist gestorben, möge sie in Frieden ruhen. Mein Buch hieß Sappho.

Dann wischte ich alles weg, stand auf, sammelte ein paar
Äpfel und ging zurück zum Haus, wo ich mit Kraft die Maiskörner fürs Abendbrot zerstieß.

Ich schreibe über Sappho und es ist ganz gleichgültig, ob Miss Cleave das gutheißt oder nicht. Was ich tue, geht sie nichts an. Soll sie ihre Sachen packen und über alle Berge gehen. Was sie auch tut, ich bleibe Anne Burleigh, eine Herrin der Buchstaben!

Beim nächsten Gang zum Apfelbaum schrieb ich alle Bibelsprüche nieder, die mir nur einfielen, und ergänzte sie um den Vers, den Miss Cleave mir vor langer Zeit vorgelesen hatte, und der ausnahmsweise kein Bibelwort war: Wir können nirgendhin zurück. Ob sie sich daran erinnerte?

Sie ließ nichts dergleichen erkennen, als sie meine Fehler korrigierte; es waren nicht mehr viele. Ich schrieb alles richtig auf und verbot mir, an andere Dinge zu denken. In meinem Kopf stand nun fest, dass ich die Buchführung über die Gemeinde übernehmen wollte.

$$* * *$$

Nur Burleigh musste noch überzeugt werden. Doch seit er wusste, dass ich heimlich schreiben gelernt hatte, schwieg Burleigh. Tagelang sprach er kaum zu mir und antwortete nur knapp. Sein Schweigen war Strafe, das spürte ich deutlich, aber es enthielt auch ein Stückchen Angst – als hätte ich mich vor seinen Augen in ein Untier verwandelt, das ihm nicht behagte. Ich versuchte, friedlich zu sein, aber Burleigh verschanzte sich hinter seinem Schweigen. Abends, wenn die Kinder schliefen, las er in seinen Büchern und schrieb seine Briefe und Predigten, ohne aufzusehen.

Am dritten oder vierten Abend hielt ich es nicht mehr aus, und damit er mich nur ansähe und endlich wieder den Mund auftäte, drängte ich Burleigh, mir von der Alten Welt zu erzählen. Ich hatte nie daran gedacht, ihn zu befragen, wie sein Leben ausgesehen hatte, bevor er nach Charles Town gekommen war. Burleigh barg kein Geheimnis. Er nahm so viel Platz in dieser Hütte, in diesem Leben ein – unmöglich, dass ich ihn obendrein in meinem Kopf hin- und herwälzen sollte.

Jetzt stellte sich heraus, dass er als ganz junger Mann nach Amerika gekommen war – noch einige Jahre vor meinen Eltern und mir. Er sollte in einem Nest in Neuengland als Hilfspfarrer anfangen, berichtete er, unter den Fittichen eines Onkels, und dessen Tochter heiraten. Bald darauf sei er der *Gesellschaft zur Verbreitung der christlichen Botschaft in der Neuen Welt* beigetreten und habe eine Gruppe Neuankömmlinge aus England nach Charles Town geleitet, um dort die puritanische Mission zu verstärken. Seine Frau sei mit ihm gekommen.

Du hast schon mal eine Frau gehabt, Burleigh?

Ja, Susanna Rowes. Ein stilles Mädchen. Sie starb bei der Geburt ihres ersten Kindes, zusammen mit dem Kind.

Warum hast du mir nichts davon erzählt?

Burleigh neigte den Kopf wieder zum Kinn: Lass es gut sein. Lass die alten Geschichten ruhen. Ich habe meine Pflichten und du hast das Haus und die Kinder. Wir leben in Gottes Wort. Wie Mr. Syhre sagte: Wir sollen danach streben, die Erbauer des Neuen Jerusalems zu sein, statt am Alten zu hängen. Wem nützen alte Geschichten?

Sie erzählen, wie wir die Leute geworden sind, die wir nun einmal sind, beharrte ich. – Warum hast du so viele Jahre mit der zweiten Heirat gewartet – bis ich von James Bonnie wiederkam?

Ich hatte Mitleid mit dir, Anne. Du warst immer einsam im Haus deines Vaters, niemand bekam dich zu sehen, du hattest keinen Unterricht, keine religiöse Unterweisung. Erst auf mein dringliches Zureden hat dein Vater dir einen Lehrer angeheuert, erinnerst du dich? Er blieb nur kurz. Kaum erwachsen, hast du diesen Mr. Bonnie geheiratet, dem man den Taugenichts schon von Weitem ansah. Dann kamst du wieder nach seinem Tod, hattest schlimme Dinge erlebt und warst immer noch erst einundzwanzig Jahre alt. Ich habe nicht daran gezweifelt, dass du eine zähe Frau mit einem offenen Herzen seist, die mir eine gute Gefährtin sein würde.

Dann runzelte er wieder die Brauen: Ich bin auch jetzt nicht bereit, daran zu zweifeln.

Ich holte ein Läppchen und wischte den Tisch mit festen Strichen, dass die Krümel aufflogen; und damit nicht genug, ich polierte das Holz, bis es ganz blank war.

Sieh hin, dachte ich, – wie blank dein Tisch ist und wie tüchtig deine Frau … *Leidgetan* habe ich dir gutem Mann!

Mit aller Kraft unterdrückte ich den Zorn, den Burleighs Worte in mir auslösten. Er durfte mich nicht für ein Kind halten, das würde es nur schwieriger machen, ihn von meiner Buchführung zu überzeugen. Sollte er in mir sehen, was er wollte; die Hände und die Gedanken würde er mir damit nicht festbinden können.

Ich setzte mich wieder an meinen Platz.

Burleigh, sprach ich sorgfältig, – ich will dir etwas erzählen. Ich weiß, die alten Geschichten interessieren dich nicht sehr. Aber diese eine Geschichte möchte ich dir gern erzählen.

Burleigh, ich habe schon einmal ein Kind gehabt … Ja, vor Josie und vor dir. Ja, natürlich von James Bonnie, drüben in der Karibik. Ein Mädchen namens Mary. Ich habe sie zurückgelassen, als Bonnie starb. Ich wusste nicht, was ich tun sollte, ich war ganz mittellos. Eine Nachbarsfrau hat sich ihrer angenommen. Sie hatte schon sechs eigene, da kam es nicht auf eins mehr oder weniger an. Sie war eine herzensgute Person, das musst du mir glauben. Trotzdem, ich habe mich all die Jahre so geschämt, dass ich es dir nicht erzählt habe. War das sehr schlecht von mir, bist du mir böse?

Reut es dich, meine Liebe?, fragte er gütig.

Es reut mich sehr. Ich frage mich jeden Tag, wie mein Kind heute aussieht, ob es fleißig lernt und fromm und gut ist. Ich frage mich, ob eine der Nachbarsfrauen Mary von mir berichtet hat, als sie größer wurde. Ich frage mich, ob sie nicht am Ende einfach gestorben ist. Sie war erst ein paar Wochen alt, als ich sie verließ … Als hier oben die zweite Mary starb, war es, als wäre Klein Mary endgültig von mir gegangen.

Ich weiß, fuhr ich fort, – Gott hat mir weitere Kinder geschenkt. Ich kann nur hoffen, an ihnen gutmachen zu können, was ich an Mary versäumt habe.

Burleigh nickte langsam und beinahe herzlich. – Du hast alles Notwendige gesagt, meine liebe Frau. Wie ich schon sagte, ich zweifle nicht daran, dass du den rechten Weg suchst. Diese Menschen sieht Er, ihnen verzeiht Er. Weine nicht mehr und lass uns für deine Mary beten.

Und er nahm meine Hand in seine und sprach ein langes Gebet für das mutter- und vaterlose kleine Mädchen. Wie immer fand er schöne Worte, und das Bild, das er von Klein Mary zeichnete, entlockte mir tatsächlich einige Reuetränen. Sie trug keine roten Hosen in diesem Bild, und nicht der stolze Piratenkapitän Calico war ihr Vater. Darüber vergoss ich Tränen; und Burleighs Worte wurden noch inniger. Vom beleidigten Ehemann hatte er sich fast vollständig in den guten redseligen Pfarrer verwandelt.

Jetzt müssen wir schlafen gehen, schloss er, drückte ein letztes Mal meine Hand und stand vorsichtig auf, eingedenk seiner schmerzenden Glieder. – Morgen früh warten die Kinder auf ihre Mutter.

Noch eins, sagte ich, – lass mich das Gemeindebuch schreiben, Burleigh. Ich möchte alles aufschreiben, was hier oben passiert, zur Läuterung der Gemeinde und vor allem zu meiner eigenen. Ich verspreche dir, darüber meine Pflichten nicht zu vernachlässigen.

Burleigh nickte: In Ordnung, Anne. Unter diesen Umständen ist es ein gutes Vorhaben. Ich werde dir helfen, die Ereignisse zusammenzutragen, und Miss Cleave wird dir sicherlich behilflich sein, sie aufzuschreiben.

Ja, sagte ich und stützte Burleighs Ellbogen, als er sich entkleidete. Ich versuchte, mir meinen Triumph nicht anmerken zu lassen.

Als Burleigh eingeschlafen war, hielt ich Ausschau nach Julian Snaterbek. Ich schämte mich vor seinem scharfen Blick. Er allein konnte mich von der Lüge freisprechen. Seit jenen traurigen Tagen zu Port Royal, als er hingerichtet und ich verschont worden war, hatte er mir im rechten Moment geraten, an den Worten zu feilen, die mir aus dem Mund kamen.

Ich sah mich nach seiner hageren Gestalt um und spitzte die Ohren – aber er kam nicht. Das Einzige, was sich regte, war der kleine Schatten der Katze, die auf mein Bett sprang und brummend ihr Köpfchen an meiner Hand rieb. Mein gehenkter Freund zur See blieb verschwunden. Vielleicht war er zu den anderen Toten zurückgegangen; vielleicht war er schon vor Wochen mit Mr. Syhre weitergereist, um statt meiner fortan den Prediger zu triezen.

Meine Toten hatten mich verlassen, und ich war Schreiberin des Gemeindebuchs geworden.

12

Als der Herbst einzog, starb die alte Mrs. Moore und hinterließ den alten Mr. Moore endgültig Miss Cleave zur Pflege. Miss Cleave übernahm die Aufgabe klaglos, und Edwina Moore, die froh war, dass ihr Schwiegervater nicht zu ihnen übersiedelte, sprach in den höchsten Tönen von ihr.

Eine sehr gute Lehrerin, sagte sie mehrmals, – eine fleißige und tugendhafte Frau, wie sie jedermann gern in der Familie hätte. Was für ein Glück, dass sie bei uns ist!

Mrs. Eden bekam es mit der Angst zu tun, Edwina Moore könnte doch noch auf die Idee kommen, den jungen Fearnot um Miss Cleaves Hand anhalten zu lassen. Aber was auch immer im Hause Moore besprochen wurde: Mitte September erhielt Agnes Eden den lang erwarteten Antrag von Fearnot Moore. Natürlich stieß er auf Zustimmung. Mrs. Eden zeigte sich erleichtert, vor allem weil das Ehepaar auf ihrem Land leben und ihr das Alter versüßen sollte.

Ich war mäßig erfreut über den Gang der Dinge. Solange ich mich im Lesen und Schreiben übte, war ich auf Agnes Edens Hilfe angewiesen. Ich bot ihr an, sie noch einige Wochen im Haus zu behalten; dann würde ich sie, beschenkt mit zwei Fässchen Mais und einigen Hühnern und Laken, ihrer Mutter und ihrem Bräutigam zurückgeben. Agnes war einverstanden, und ich meinte, Erleichterung in ihrer Miene zu sehen. Das arme Mädchen kam mir sehr jung vor für ihre sechzehn Jahre.

Gemeinsam fochten wir meine Bitte bei ihrer Mutter durch. Auf diesem Weg erfuhr Mrs. Eden – und mit ihr die ganze Gemeinde –, dass ich mich darauf vorbereitete, das Gemeindebuch zu übernehmen.

Ungläubig verlängerte sich ihr Gesicht: *Sie* sollen die Buchführung übernehmen? Sonderbar, dass Mr. Burleigh nicht mich gefragt hat, ich kenne mich doch sehr gut aus mit allem, was hier bei uns geschieht. Herbergsmutter für die wilden kleinen Dinger bin ich auch nicht mehr. Dennoch beauftragt er Sie mit Ihrer Kinderschar, Sie, die schon sonntags die Lieder vorsingen und ein Fenster haben, prächtiger als jedes Kirchenfenster in der Alten Welt … Ich frage mich, was ich überhaupt noch für die Gemeinde tun kann!

Um keinen Preis wollte ich Mrs. Eden gegen mich aufbringen.

Bitte bedenken Sie, sagte ich, – wie viel Sie in Ihrem Leben für die Mission getan haben, an der Seite des seligen Mr. Eden, und wie viel Sie immer noch leisten! Denken Sie nur daran, wie Sie den Frauen in ihren Angelegenheiten zur Seite stehen. Speziell Ihre ältere Tochter und der kleine Jeremie haben Ihre Hilfe nötig. Und wenn Agnes Ihnen weitere Enkel schenkt …

Agnes fuhr zusammen und hätte beinahe den Brottopf, den sie gerade vom Tisch zur Anrichte trug, fallen gelassen.

Ich werde zu Ihnen kommen, Mrs. Eden, und mir alles, was vor unserer Ankunft geschehen ist, genauestens berichten lassen.

Mrs. Eden war besänftigt und stimmte zu, dass Agnes noch bis Ende Oktober in Burleighs Haus verbleiben sollte.

***

Ich begann, die Namen und die Ereignisse zu sammeln und zu ordnen. Mrs. Eden besaß einen guten Kopf für Jahreszahlen; Miss Cleave half mir mit den Sätzen und den richtigen Wendungen. Burleigh mochte ich nicht weiter behelligen.

Ich verstaute die Namen und die Ereignisse in meinem Kopf, wie ich es seit vielen Jahren geübt hatte. Ich kehrte zurück zu meinen zwei geheimen Truhen und stellte eine neue Truhe daneben, auf der in deutlichen Buchstaben das Wort GEMEINDEBUCH geschrieben stand. Diese Truhe war nicht geheim, und sie war unterteilt in viele Fächer von unterschiedlicher Größe. Dort musste ich alles sammeln, was sich seit Februar 1722, dem Tod Isaac Edens, bis auf den heutigen Tag ereignet hatte; um es schließlich wohlgeordnet und in flüssiger Schrift aufs Papier zu bringen.

Im April 1722, erzählte Mrs. Eden, seien wir angekommen, Burleigh und ich. Dunkel erinnerte ich mich, dass einige Wochen später der Tulpenbaum geblüht und die ganze Gegend mit seinem würzigen Duft erfüllt hatte. Mit tätiger Hilfe von Ronnie Moore und James Waterhouse hatte Burleigh unsere Hütte gebaut und das grüne Prachtfenster eingesetzt. Im September wurde Josie geboren, und mit dem Herbst hatte meine Schwermut begonnen … Aber die Schwermut gehörte nicht ins Gemeindebuch. Ins Gemeindebuch gehörte, dass nur wenige Tage vor unserer Ankunft den Moores ein Sohn namens Godwill geboren worden war, und dass Burleigh zum Nachfolger des Pfarrers Isaac Eden ernannt wurde, der stets *seliger Vater* zu nennen war, wie mich Miss Cleave ermahnte.

So verquickten sich die Ereignisse der Gemeinde mit denen von Burleighs Familie – und mit denen meines Herzens. Der Eintrag, dem ich mit größter Aufregung entgegensah, galt natürlich dem Erscheinen von Miss Cleave: damals im Herbst 1729. Welche Lust, den Namen JELENA CLEAVE schreiben zu dürfen, auf dass alle ihn lesen könnten!

Doch die Anderen würden darin nichts von Zugvögeln und Erzengeln lesen. Für die anderen Gemeindemitglieder wäre CLEAVE nur ein Wort, das die Lehrerin unserer Kinder bezeichnete. Miss Cleaves Name allein sagte nichts über mein Herz aus, und ich würde ihn nicht angemessen erörtern dürfen, indem ich von Erzengeln schrieb, von weißen und roten Blumen, die ihrem Mund entstiegen. Als mir das so recht aufging, quälte ich mich einige Tage lang mit der Frage, ob dieses Gemeindebuch nicht ein großer Unsinn war und ob ich nicht bei meinen Töpfen und im Garten besser aufgehoben wäre als in der Schreibstube. All die Mühe und Arbeit – damit ich am Ende schrieb, unsere Lehrerin heiße Miss Cleave, und Punkt?

Nach wie vor würde ich das allermeiste für mich behalten müssen.

Ausgerechnet Mrs. Waterhouse half mir aus diesem Hadern. Als Burleigh sie am Sonntag nach der Predigt beiläufig fragte, wie es ihr gehe nach diesem bewegten Sommer und mit ihrer Schwangerschaft, sagte sie, es gehe ihr ausgezeichnet, und in dunklen Stunden finde sie, wie gewohnt, Zuflucht in der Heiligen Schrift. Wie so oft glaubte ich, eine Spur von Spott in ihrer Stimme zu hören, die die Worte mit solch großer Leichtigkeit hervorbrachten, obwohl das Englische nicht ihre angestammte Sprache war. Es nötigte mir Bewunderung ab, wie Rebecca Waterhouse durch die puritanische Sprache navigierte, die zum einen englisch, zum anderen wohl auch ein wenig frömmlerisch war.

Daran wollte ich mir ein Beispiel nehmen in meiner Aufgabe als Chronistin; und ich machte mich auf die Suche nach einem Bibelwort, das mein Gefühl für Miss Cleave ausdrückte. Lange las ich und blätterte und suchte nach Wörtern, die ich mir zurechtfeilen könnte. Herrliche und leuchtende Wörter müssten es sein, die ihren Namen in meinem Sinn erörtern würden.

Aber auch das Verschwinden von Simplicity Moore würde ich im Gemeindebuch vermelden müssen. Es war das traurige Ereignis, das ihrer Ankunft vorausging: Während des Trauergottesdiensts für Simplicity war Miss Cleave angekommen.

SIMPLICITY – es war kein einfacher Name. Ich hatte sie nur wenig gekannt, Ronnie Moores älteste Tochter, die damals vierzehn war; ich erinnere mich an ein sommersprossiges Mädchengesicht, gerahmt von der üblichen Flechtfrisur. Sie war nicht sehr kräftig, es konnte gut sein, dass sie den Wölfen zum Opfer gefallen war oder einem schändlichen Mann. Vielleicht aber hatte Miss Cleave recht und Simplicity Moore hatte ihre Stiefel geschnürt, ihren Korb genommen und war von der Mission weggegangen: auf der Suche nach einem Ort, wo ihr die Sonne auf den Pelz brennen würde.

Vielleicht hatte sie ihre Eltern verlassen und war auf und davon gegangen, um woanders die Ziegen zu füttern, um beim Blick aus dem Fenster ein anderes Nachbarhaus, einen anderen Abhang und eine andere Straße zu sehen und auf dem Weg zum Gottesdienst andere Gesichter. Aber das würde ich nicht aufschreiben. Der Verlust für die Mission und für die Eltern, die Demutsübung für uns alle – das waren die Dinge, die ins Gemeindebuch gehörten. Die Sonne im Pelz gehörte nicht dazu.

Langsam ging es mir in Fleisch und Blut über, was geschrieben werden durfte und was Gedanke und Geheimnis bleiben musste. Kein Wunder, dass Julian Snaterbek mich verlassen hatte; er war arbeitslos geworden. Vielleicht hätte ihm auch ein wenig gegraut vor meinem frommen Werk.

Ich sah aus meinem Fenster und stellte mir vor, dass auch Miss Cleave in die Pilze gegangen ist – damals im Herbst 1729. Ich sah, wie sie, eng in ihr grünes Umschlagtuch gehüllt, weit weg ging und immer weiter, um niemals zurückzukehren; bis sie schließlich in der Mission ankam, bei mir. Vielleicht kannte sie, als sie aufbrach, nicht einmal den Weg bis zur nächsten Siedlung und hätte sich nicht träumen lassen, einmal als Lehrerin und Krankenpflegerin des alten Mr. Moore ihr Brot zu verdienen.

Ich habe Agnes Eden, falls sie sich gar nicht mit dem Gedanken anfreunden kann, Mrs. Fearnot Moore zu werden, meine alten Stiefel hingestellt und Vaters silberne Uhr hineingelegt – meinen einzigen Besitz, der sich zu Geld machen ließe. Ich bin mir nicht sicher, ob sie versteht. Aber das ist alles, was ich für die kleine Eden tun kann.

***

Und noch ein Mädchen war im Herbst 1729 von uns gegangen: das Tscherokesenkind, mit dem Anne und Georgie damals viel herumgelaufen waren, bis sie an den Masern starb. Sie war sehr jung gewesen, vermutlich keine sieben Jahre, und erst seit einer kurzen Weile in Burleighs Unterricht. Ich erinnerte mich gut an das lebhafte kleine Ding, das nach der Schule mit meinen Kindern durch die Gärten lief, bevor Mrs. Eden sie ins Haus zog und zur Küchenarbeit anhielt. Ihr Tod hatte Anne und Georgie sehr mitgenommen. Ich fragte die beiden nach dem Namen ihrer damaligen Freundin, und Georgie sagte, ohne zu zögern: Ama.

Er wollte wissen, warum ich nach Ama fragte, und ich antwortete, dass dieses früh verstorbene Kind Teil der Geschichte sei, die ich aufschreiben würde.

Was für eine Geschichte?, fragte Anne.

Deine Geschichte, Georgies, die Geschichte unserer Familie und der ganzen Gemeinde. Auch Ama gehört dazu.

Das sahen die Kinder ein, und ich schrieb in Gedanken AMA, drei Buchstaben waren es nur, und verstaute diesen Namen in einem kleinen Seitenfach meiner Truhe. Ich würde ihn nicht weiter erörtern müssen, dachte ich zuerst. Aber dann fielen mir die drei tscherokesischen Kinder ein, die bis vor Kurzem die Schule besucht hatten und nach Mr. Syhres Befragung weggeblieben waren.

Beim Abendessen, noch ganz in Gedanken, fragte ich meine Kinder nach ihren Namen.

Inali, Junaluska und Anita, sagte Josie gelangweilt.

Nein, sagte Georgie, – Awinita heißt sie. Ich weiß es noch genau.

Sie kommen sowieso nicht wieder, erwiderte Josie.

Anne sah ihren Bruder zweifelnd an: Sie waren schon lange nicht mehr da. Kriegen sie keinen Ärger?

Es sind Tscherokesen, Kind, man kann nicht immer mit ihnen rechnen, sagte Burleigh.

Warum?

Die Kinder müssen wiederkommen, sagte ich plötzlich. – Sie müssen lernen wie alle anderen Kinder auch.

Burleigh nickte und sagte, natürlich müssten sie das, aus diesem Grund gebe es die Mission. Bedauerlicherweise wisse er keinen Weg zu den Familien dieser Kinder. Der junge Mann Rayetaya, der ihm in solchen Fällen als Bote und Übersetzer zur Seite gestanden habe, lasse sich nicht mehr blicken.

Am nächsten Tag ging ich zu Mrs. Waterhouse und erkundigte mich bei ihr nach den drei Kindern.

Ich fand sie am Nebengelass des Gemeindehauses, das als Lager für Handelsware benutzt wird. Eben waren von der nächsten Gemeinde, die eine Mühle besaß, einige Säcke Maismehl eingetroffen. Mrs. Waterhouse hielt das Packpferd am Zügel, während Mr. Waterhouse die Säcke ablud. Das Pferd schnaubte, seine Hufe hatten den Boden schlammig getreten. Mrs. Waterhouse trug keine Schürze, ihr Rock war hochgebunden, sodass oberhalb der Stiefelschäfte eine Handbreit ihrer nackten Beine zu sehen war.

Sie fing meinen Blick auf und leitete ihn wieder nach oben zu ihrem Gesicht.

Was sagten Sie, Mrs. Burleigh?

Ich wollte fragen – die drei Tscherokesenkinder, die hier zur Schule gegangen sind – sind sie vielleicht mit Ihnen verwandt?

Was wollen Sie von den Kindern?, fragt Rebecca Waterhouse.

Ihre kühlen Augen ärgerten mich.

Ich will wissen, ob sie nicht wieder zur Schule kommen wollen. Letztlich war alles, was Mr. Syhre gesagt hat, ein schrecklicher Irrtum … und die Kinder müssen doch lernen. Aus diesem Grund gibt es die Mission.

Den Kindern geht es gut.

Aber sie lernen nicht, sagte ich. – Dabei fällt es Kindern leicht, lesen und schreiben zu lernen, erst den Erwachsenen wird es sauer. Es ist die Sache ihrer Familien, was die Kinder später mit ihren Fertigkeiten machen, aber ich möchte, dass sie jetzt die Möglichkeit nutzen und zu Miss Cleave in die Schule gehen. Bitte sprechen Sie mit den Leuten.

Sie sagte, das werde sie tun.

In der übernächsten Woche klopfte Mrs. Waterhouse an meine Tür, und mit leichtem Schrecken sah ich neben

ihr eine Indianerin stehen. Es handelte sich um eine ältere
Dame in einem losen weißen Leinenhemd, wie es unsere
Männer bei der Feldarbeit tragen; auch der gefangene Mr.
Rayetaya hatte eins angehabt. Ihres aber war prachtvoll be-
stickt und gegürtelt und reichte über einen hellen Lederrock, der kaum bis ans Knie ging. Um ihre Schultern hing
ein nicht weniger auffallender Umhang aus schwarzen und
geschenkten Federn – Gans oder Truthahn, vermutete ich.
Ihr schwarzes, grau gesträhntes Haar lag in zwei Zöpfen, die
mit verschiedenfarbigen Bändern umwickelt waren. Ich war
zu sehr damit beschäftigt, sie anzustarren, um Mrs. Waterhouse' Gesprächseinleitung zu folgen. Ich verstand nur, dass
die Dame Salali hieß und ein ehrwürdiges Familienmitglied
war.

Anne Burleigh, sagte ich und verneigte mich.

Ich wollte die beiden hereinbitten, aber Mrs. Salali stand
in ihrem seltsamen Putz festverwurzelt wie eine Statue und
sprach zu Mrs. Waterhouse; und Mrs. Waterhouse nickte
konzentriert und übersetzte dann, ohne weiter auf mich zu
achten.

Die Kinder kommen, sofern für ihre Sicherheit garantiert
wird. Sie werden lernen, zusammen mit den weißen Kindern. Sie werden hier leben, sofern ihnen keine Angst gemacht wird. Salali sagt: Keine Drohungen, sonst bleiben die
Kinder zu Hause.

Ja, sagte ich.

Mrs. Salali sah mir gerade in die Augen, dann sprach sie
wieder zu Mrs. Waterhouse, der der Schweiß auf der Stirn
stand.

Sie sind verantwortlich, übersetzte sie, und ich nickte beklommen.

Die Dame neigte grüßend den Kopf, drehte sich um und
ging von dannen, begleitet von Mrs. Waterhouse mit ihrer
Haube, die das spiegelnd schöne Haar verbarg, und ihrem
grauen Puritanerkleid, unter dem der Kinderbauch sich ab-
zuzeichnen begann.

Ich schloss die Tür und musste mich setzen, weil meine Knie schwankten: Nie vorher hatte ich alleine mit Vertretern der Tscherokesen gesprochen. Aber die Kinder würden kommen und lesen und schreiben. Ich konnte es mir nicht recht erklären, aber es war, als hätte ich dem Namen Ama Genüge getan.

***

Die Namen Inali, Junaluska und Awinita waren nicht von Bedeutung für meine Buchführung, solange die Kinder lebten und lernten. Sie waren nicht bei uns geboren, getauft oder gestorben; daher verstaute ich ihre Namen in einer hinteren Ecke meiner Truhe.

Am wichtigsten waren die Namen derer, die gestorben waren. Es war ein großes Glück, betonte Mrs. Eden bei meinem nächsten Besuch, dass in den vielen Jahren seit unserer Ankunft außer Anita Moore, der alten Rachel Waterhouse und, nun ja, Simplicity kein Erwachsener gestorben war. Sie riet mir, auf den Friedhof zu gehen und die Namen und Geburtsdaten der toten Kinder aufzunehmen. Freilich, sagte sie nach einer kleinen Pause, – dort werden Sie nur die ordentlich getauften und beigesetzten Säuglinge finden …

Natürlich, entgegnete ich etwas verständnislos, – andere Säuglinge wird es im Gemeindebuch nicht geben.

Natürlich, sagte Mrs. Eden; und ich folgte ihrem Rat und stieg den Abhang hinunter zum Friedhof.

Kurz darauf stand ich vor dem Holzkreuz mit Mary Burleighs Namen.

Ich hockte mich vor ihr Grab und berührte die Erde: den morastigen Boden North Carolinas, auf dem ich seit so vielen Jahren lebte. An diesem Morgen hatte er die ersten zarten Frostkristalle hervorgebracht; bald würde Winter sein wie an dem Tag, als Burleigh und ich das Kind begruben. Von Marys Grab blickte ich über die steinernen Wellen der appalachischen Berge, die sich bis zum Horizont erstreckten.

Der Boden, die Berge, der verfluchte Nebel, der mir die Knöchel hinaufkroch, kaum dass ich für einen Augenblick stillstand: Mein armes Kind, dachte ich, – dass du nichts anderes kennen gelernt hast. Vielleicht werde ich dich in einigen Jahren hier zurücklassen, Mary, wenn Anne erst etwas älter ist. Eine recht gute Hausfrau ist sie jetzt schon, und wenn Josie heiratet – oder wenn sie hier wieder jemanden totschlagen wollen –, vielleicht ist es dann an der Zeit, hinabzusteigen und wieder zur See zu gehen.

Aber auch das waren Gedanken, die nicht fürs Gemeindebuch taugten. Ich wandte Marys Grab den Rücken zu und fügte ihren Namen und die der anderen Toten meiner inneren Sammlung hinzu. Ich freute mich darauf, MARY BURLEIGH aufzuschreiben, die beiden Wörter, die mein Leben mit dem meines kleinen Mädchens verknüpften.

Klein Mary und Mary Reed hingegen würde ich nicht im Gemeindebuch unterbringen können. Auch schien es mir nicht der rechte Ort zu sein, um über Sappho zu schreiben. Schließlich der Name Annie, den Mary Reed mir unten im Schiffsbauch zuflüsterte: Hier oben gehört er mir nicht – höchstens gehört er meiner Tochter Anne.

Sappho, Annie, Klein Mary, Mary Reed: Diese Namen nützen der Chronistin nichts. Zu ihnen gibt es keine nützliche Erörterung, sie haben keinen Ort außerhalb meiner geheimen Truhe und werden dort verbleiben. Ich bleibe allein mit ihnen wie mit den alten Seeräubergeschichten, die noch blasser geworden sind, seit Julian Snaterbek verstummt ist. Vielleicht müsste ich, um diese Namen zu erhalten, Dichterin sein; vielleicht muss über sie geschwiegen werden bis in ein ganz anderes Reich Jerusalem.

Den Namen Jelena Cleave aber darf ich aufschreiben – um zu erörtern, dass sie unseren Kindern eine gute Lehrerin ist. Niemand wird wissen, dass Miss Cleave die heimlich Gemeinte und Verewigte meiner Buchführung ist. Als Lehrerin und schlichtes Gemeindemitglied wird sie in meiner Chronik liegen wie in einem kleinen Grab, gleichgültig, was sie außerhalb dieses Buchs mit ihrem sterblichen Leib tut. Sie wird mich nicht für viele Jahre behexen wie die tote Mary Reed, über die ich nie gesprochen habe. Ich werde mich von Miss Cleave abwenden können: anderen Dingen zu.

Vermutlich kann ich nicht davon ablassen, von Zeit zu Zeit über meinen Truhen zu brüten und mit den geheimen Namen zu spielen wie mit Glasperlen, die das Tageslicht in sich aufnehmen und vielfarbig wiedergeben: rot und blau und grünlich. Aber vielleicht werde ich das kindliche Spiel mit Namen schnell wieder satthaben. Dann kann ich aufstehen und hinausgehen, das Gesicht und den Arsch dem freien Himmel zugewandt wie Samuel Moore, Simplicitys Bruder, bei seiner sündhaften Tat hinterm Gemeindehaus.

***

Burleigh hatte mir erlaubt, sein Tintenfass zu benutzen, und mir einen Bogen des feinen Papiers gegeben, auf dem er seine Briefe schrieb. Feierlich betrachtete ich meine Werkzeuge: richtiges Papier und richtige Tinte, die in herrlichstem Schwarz von der Feder tropfte, die ich mir rasch zurechtgeschnitten hatte.

Zuerst wollte ich üben, mit der Feder zu schreiben anstatt mit dem Griffel. Da ich kein weiteres Papier hatte, nahm ich eins von Cormacs Büchern und setzte auf eine Seite, die nur halb bedruckt war, einige Linien, gerade und wellenförmige, und war es zufrieden.

Ich rückte den Tisch ganz nah an mein grünes Fenster, breitete den Bogen darauf aus und schrieb in meiner sorgfältigsten Schrift: Gemeindebuch der Mission der Gesellschaft zur Verbreitung der christlichen Botschaft in der Neuen Welt, fünfte ihrer Art, gegründet 1698 in den appalachischen Bergen, im äußersten Nordwesten der Kolonie North Carolina.

Es sah gar nicht schlecht aus. Ermutigt setzte ich zum ersten Eintrag an, dem Tod des seligen Vaters Mr. Eden und unserer Ankunft. Ich schrieb die Sätze auf meiner Schultafel vor; morgen würde ich sie Miss Cleave zeigen, um sie hernach mit Tinte abzuschreiben. Mit jedem Eintrag sollte derart umständlich verfahren werden: Auf keinen Fall wollte ich den Bogen mit Fehlern verderben und von Burleigh einen neuen erbitten müssen.

Während ich Vater Edens Tod in schöne Worte fasste, kam Anne zu mir und sagte, sie wolle in die Wälder gehen und Hörnchen Eins besuchen.

Dein Vater würde es nicht gutheißen, sagte ich, ungeduldig über die Unterbrechung.

Ich ermahnte sie, gut aufzupassen und überdies Ashes Moore mitzunehmen; und als Ashes mit Rachel Waterhouse im Schlepptau erschien, war es mir recht. Ich beauftragte Rachel, auf die beiden Kleineren achtzugeben, und gab ihr einige Stücke Gewürzkuchen zur Wegzehrung. Dann sah ich ihnen nach, wie sie den Tscherokesenpfad hinaufgingen, Anne mit ihrer hellroten Schürze zwischen Ashes und Rachel, die sie um zwei Köpfe überragte. Sie gingen durch feuchtes Herbstlaub, rechts den nebelgefüllten Abhang; zusammen würden sie zurück nach Hause finden.

$$***$$

Ich sehe ihnen hinterher, den alten Schulgriffel in der Hand, und mir fällt auf, dass auch Rebecca Waterhouse vor ihrer Tür steht, wo sie Rachel verabschiedet haben mag. Ich kann nicht sagen, seit wann sie dort steht. Überraschend schön sieht sie an diesem Sonntagnachmittag aus: mit geraden Schultern und erhobenem Kinn, etwas bleich im Gesicht, dass die schwarzen Augen umso deutlicher hervorstechen. Sie hebt eine Hand von ihrem Kinderbauch und grüßt mich, und auch diese Bewegung gefällt mir. Alles scheint plötzlich sehr einfach zu sein. Ich rufe, ob sie nicht für einen Tee vorbeischauen will, mein Mann sei nicht da und die Kinder auch nicht. Rebecca Waterhouse nickt und kommt durch ihren Garten zu mir herüber. Ich lasse sie ein und lege den Griffel neben meine nagelneue Feder: Nachher werde ich weiterschreiben. Gleich darauf stehen wir dicht beieinander, und wieder langt sie mit ihrer Hand an meinen Haaransatz. Ich zucke zurück, aber Rebecca lächelt und tritt noch näher, und wenige Herzschläge später spüre ich ihre Finger tief in mir.

ZWEITER TEIL

DIE REISE DES EHEPAARES WINEHOUSE

1

In den ersten Tagen und Nächten nach Rebecca Water-house' Besuch in meinem Haus musste ich häufig lachen. Ich lachte in meine Töpfe hinein, ins struppige Fell der Ziege, wenn ich sie molk, und über den Tscherokesenpfad hinunter ins Tal. Es war ein ungläubiges Lachen: *Rebecca Waterhouse?!* Nach all der Zeit, in der ich neben ihr gewohnt, Gegenstände entliehen und zurückgebracht, einen Hirsch mit ihr zubereitet und mich über sie und ihre Tochter geärgert hatte? Ich wusste selbst nicht, was ich davon halten sollte. Das Lachen löste meine Schultern und füllte meine Lungen mit frischer Luft – ich staunte, wie viel Luft plötzlich in mich hineinpasste und wie viel leichter sie meine Schritte machte.

Zwar befürchtete ich Wehrlosigkeit, als sie so nahe vor mir stand und mich berührte, wie ich lange nicht berührt worden war: mit ihren nicht ungefährlichen Augen, ihrem Körper, der sich an mich drängte und mir gab, was ich entbehrt hatte in all den puritanischen Jahren. Unsere Treffen waren kostbar und entschädigten mich für vieles.

Sie wusste, was sie tat, daran bestand kein Zweifel. Wie alles, was Rebecca Waterhouse unternahm, war auch ihre Lust kühn und alles andere als unwissentlich. Woher sie es wusste, woher sie es kannte, danach fragte ich nicht. Vielleicht hätte sie über Miss Cleave gesprochen, und das wollte ich nicht hören. Und ich hätte darauf gefasst sein müssen, von mir selbst zu erzählen, von Mary Reed und der Seeräuberei. Ich hielt meine Truhen geschlossen; es wäre zu viel gewesen für die wenige Zeit, die wir miteinander hatten.

Und wen interessierten die alten Geschichten – jetzt, da mir unverhofft dies Schöne und Leichte geschah? Rebecca Waterhouse und ich: Es war ein ungläubiges, ein vergnügtes Lachen.

***

Ein halbes Jahr, nachdem ich begonnen hatte, mit Rebecca zu verschwinden, wenn es meine und ihre Zeit erlaubte, sagte sie, sie müsse fliehen und alles zurücklassen, rasch und für immer; und sie bat mich, sie zu begleiten.

Wir trafen uns in der verlassenen Hütte unweit der Lichtung, auf der ich mit Miss Cleave Honig gesucht hatte. Unbekannte hatten vor langer Zeit das kleine, aber steinerne Häuschen erbaut, das uns geborgen hielt, bei fest verrammelter Tür. Doch es war eine Lösung auf Zeit: Die Kinder kannten die Hütte und waren schon hier drinnen gewesen, Georgie und Jamie hatten davon berichtet. Was, wenn sie jetzt kamen und die Tür verschlossen vorfanden? Wenn sie die Lumpen, die wir in die Fensterschlitze gestopft hatten, von außen herauszerrten und ihre Mütter hier beisammen liegen sahen?

Halb entkleidet hielten wir einander im Arm, nur halb: einerseits aus Vorsicht, andererseits wegen der Kälte. Wir wagten es nicht, ein Feuer anzumachen, der Rauch hätte Aufmerksamkeit erregt. Jetzt, im April, war es nicht mehr so arg, doch nach wie vor sprachen wir vom Sommer, wenn es endlich möglich wäre, uns draußen zu treffen. Freilich müssten wir dann tiefer in den Wald hinein, um unbeobachtet zu bleiben.

Doch was bedeutete das schon, gemessen an den Freuden, die mir diese Frau bereitete. Rebeccas kundige Finger waren kühl, aber ihre Wangen brannten. Immer wieder roch ich an ihr und küsste sie. Es war das erste Mal seit der Geburt ihres jüngsten Kindes, dass wir hier zusammengefunden hatten, ich war sehr vorsichtig mit ihr gewesen, was meine Lust nur gesteigert hatte; jetzt war ich selig und benommen. Wie wohl es tat, eine andere Frau fleischlich zu berühren!

Und so lachte ich nur etwas dumm, als sie mit ihrem Fluchtplan ankam, und sagte: Wo denkst du hin. Wohin sollen wir denn gehen, und was soll aus den Kindern werden und aus den Männern?

Die kommen schon zurecht. Rachel und Annie können ihnen gut den Haushalt führen, und ich hoffe, Mrs. Eden freut sich über die Gelegenheit, in unseren Häusern zu wirtschaften, wie ihr beliebt. Auch Agnes Moore hat noch keine eigenen Kinder zu versorgen.

Ich richtete mich auf. Das war kein liebestrunkenes Geplänkel mehr.

Dein Kleines ist keine sieben Wochen alt.

Laurie müssen wir mitnehmen.

Du willst wahrhaftig hier weg?

Ja. Ich kann nicht bleiben, Anne. Vor ein paar Tagen kam Devotion Moore und sagte mir ins Gesicht, ich hätte die Ziege ihrer Mutter verhext, sie gebe keine Milch mehr und die Jungen seien kurz davor zu verhungern. Ich zog ihr das Ohr lang und fragte sie, wer so etwas behaupte, und sie heulte, alle wüssten, dass ich den bösen Blick hätte.

Devotion Moore!, schmunzelte ich. – Sie ist eine Plage und ein dummes Ding, sogar die anderen Kinder lachen über sie.

Rebecca runzelte die Brauen: ihre breiten dunklen Brauen, die mir so gut gefielen.

Ja, sie ist ein missgünstiges kleines Ding. Und trotzdem habe ich ihr einen Topf Milch von meiner eigenen Ziege für ihre Zicklein mitgegeben. Aber das hilft nicht. Edwina Moore hat nicht ein Wort des Dankes fallen gelassen, wahrscheinlich geht sie davon aus, Milch, die von mir kommt, könne nur vergiftet sein.

Du nimmst das zu schwer. Edwina Moore, Marian und Klein Devotion haben selber vergiftete Zungen, an allem und jedem finden sie etwas auszusetzen. Ich höre gar nicht hin, wenn Edwina den Mund aufmacht, ich gönne ihr die Freude nicht, mit der sie über die Sünden anderer Leute spricht und erwartet, dass man dazu beständig die Augen aufreißt.

Ich würde auch gern weghören, glaub mir das, sagte Rebecca. – Aber ich kann es mir nicht leisten, von den Damen Moore nicht geachtet zu werden. Hast du nicht mehr im Ohr, wie sie bei Gericht geredet haben – über mich und meine

Kinder? Sie warten nur auf die nächste Gelegenheit, mich loszuwerden. Rachel und Jamie sind durch ihren Vater geschützt, sie sind Puritaner von Geburt an; sie haben nicht nur seinen Namen, sondern auch sein englisches Blut. Ich nicht. Ich bleibe die Wilde, die Heidin, die gottverdammte Rothaut, die von Glück reden kann, wenn sie nicht als Hexe verbrannt wird.

Aber das ist vorbei, sagte ich. – Mr. Syhre ist fort, wir gehen zusammen in den Wald, wenn es möglich ist, und ich schreibe das Gemeindebuch. So schlimm ist das alles doch nicht …?

Spöttisch sah sie mich an: Wie gut, dass du das Gemeindebuch schreibst, Goodwife Burleigh! Du wirst es auch ordentlich in deinem Buch verzeichnen, wenn sie mich eines Tages hängen.

Niemand will dich hängen!, rief ich.

Vielleicht sagen sie das nicht laut. Aber wenn die Gelegenheit käme, wären die Moores die Ersten auf der Anklagebank. Sie würden dort sitzen und sich aufplustern wie Hühner in der Morgensonne, und wer weiß, ob Mr. Burleigh mildernd eingreifen würde wie beim letzten Mal. Du weißt besser als ich, dass dein Mann alt geworden ist, und er ist doch der Vernünftigste hier oben, abgesehen vielleicht von Jelena Cleave, die ihre Zunge hüten muss. Ronnie Moore würde seinen Hut in den Fingern drehen und gequält nach oben schauen, ob ihm nicht der Herr einen guten Ratschlag erteilt. Wie satt ich diese Frömmigkeit habe, die ständige Quälerei um gut und richtig.

Sie packte mich bei den Schultern, ich genoss die Stärke ihres Griffs: Anne, ich hab es satt! Ich habe nicht vor Jahren alles zurückgelassen, um schief angesehen zu werden, gleichgültig, wie demütig ich meine Augen senke, gleichgültig, ob ich mir jede Freude und jede Lust verbiete.

Warum jetzt, Rebecca?

Ich habe geglaubt, dass sie sich nach der Befragung mehr schämen würden. Aber es ist alles wie zuvor. Außerdem …

Außerdem?

Ich hatte bisher nicht den Mut zu gehen. Mittlerweile, sagte sie und ihr Griff wurde sanfter, beinahe zart, – bin ich nicht mehr bereit, mir jede Lust zu verbieten. Komm mit mir.

Ich nahm ihre Hand und liebkoste ihre Finger.

Aber wohin sollten wir gehen?

Zurück zu meiner Familie. Eine Tochter gehört ins Haus ihrer Mutter, ich kann immer dorthin zurückkehren. Und sie wollen mich zurückhaben, das haben sie mir immer wieder ausrichten lassen. Ich bin müde, Anne, ich will nach Hause zurück.

Werden sie dich nicht verurteilen, dass du deinen Mann verlassen hast?

Nein. Das ist bei uns kein Fehler: Ehemänner werden ins Haus der Mutter geholt, manchmal werden sie weggeschickt und manchmal wieder zurückgeholt – Hauptsache, alle Frauen finden genügend Zeit zur Feldarbeit. Ich bin lange nicht zur Feldarbeit erschienen …

Ich schüttelte den Kopf, und Rebecca lächelte.

Verrückt, nicht wahr, wie verschieden die Dinge liegen? Aber um die Kinder wird es ihnen leidtun. Sie werden darauf beharren, dass meine Kinder den Aniwaya gehören. Wenigstens bringe ich ihnen Laurie.

Sie lachte leise. – Und dich bringe ich mit. Sie haben mich stets damit aufgezogen, dass meine ganze Liebe den Schwestern und Cousinen gilt und dass ich keinem Mann die Treue halten würde.

Ich war nicht recht aufzuheitern mit solchen Geschichten von den Tscherokesen.

Rebecca, was soll ich bei deiner Familie? Ich werde sie nicht verstehen und fremd unter ihnen sein.

Ihr Blick wurde hart.

Fremde sind bei uns willkommen. Das unterscheidet Tscherokesen und Puritaner.

Ich hatte Zweifel. Bei anderer Gelegenheit hatte sie mir von Martern erzählt, fröhlichen Opferfesten, die in jedem Christenherzen Grauen auslösten. Und war es so schlecht unter Puritanern? Ich dachte ans Gemeindebuch und an Miss Cleave, mit der es gesetzt und ein wenig langweilig geworden war – nach all der Unruhe, die sie mir verursacht hatte. An mein Fenster dachte ich, den grünlich gerundeten Blick nach draußen, mit dem ich es mir eingerichtet hatte während der Jahre hier oben …

Und nun kam Rebecca Waterhouse und bot mir an, all das zurückzulassen. Ich sah sie von der Seite an: Nach der Niederkunft war sie rasch wieder schmal, ja hager geworden, und in den Winkeln ihrer Augen saßen strenge Fältchen. Selber hatte ich keine Fältchen, aber einzelne graue Haare, und verglichen mit meinen Jahren zur See war ich tüchtig in die Breite gegangen. Wir waren beide nicht mehr jung, Rebecca und ich.

Aber wie entschlossen sie war. Ich wurde neugierig: Wie würde es sich an ihrem Ausgangsort verhalten, wo Rebecca als Kind und als junges Mädchen gewesen war? Was hatte es mit den Tscherokesen auf sich, den Gottlosen und Gastfreundlichen, mit denen ich nun schon lange in unbekannter Nachbarschaft lebte? Ein neuer, ein ganz anderer Ort wäre das!

Burleigh hatte mir einen neuen Ort versprochen, als wir in die appalachischen Berge aufbrachen; auch Kapitän Calico hatte das getan, als wir in See stachen von einem zufälligen Hafen auf den Bahama-Inseln. Zumindest die Karibische See war nicht der schlechteste Ort gewesen. Jetzt war es Rebecca Waterhouse, meine Zufallsgeliebte, die Verheißung über mich ausschüttete und rief und lockte.

Ja, es wurde Zeit, mich wieder auf die Beine zu machen – elf Jahre hier oben waren wahrlich genug. Ich wunderte mich selbst, wie leicht mir der Entschluss fiel; er fiel mir in den Schoß und ich nahm ihn auf, wie ich Rebecca selbst in meinen Schoß aufgenommen hatte, an jenem erstaunlichen Tag im Herbst letzten Jahres.

Sie erwiderte meinen Blick und stand auf.

Ich muss gehen, das Kleine versorgen. Kommst du mit?

Ja. Ja. Ich meine, ich komme jetzt mit, und ich komme mit zu den Tscherokesen.

Wieder lächelte sie mich an: Das freut mich, Anne. Lass uns gleich heute Abend abreisen.

***

Sie hatte gesagt, sie werde zu später Stunde am Waldrand auf mich warten, unweit von Burleighs Haus. Sie nehme das Packpferd aus dem Stall hinter dem Gemeindehaus mit, dann könnten wir zu Pferde fliehen.

Ich hatte noch nie auf einem Pferd gesessen.

Keine Sorge, hatte sie gesagt, – ich führe das Pferd. Du setzt dich einfach hinter mich und legst mir die Hände auf die Hüften.

Sehr gerne tu ich das. Und das Kind?

Das wird festgebunden. Bring so wenig Gepäck wie möglich mit.

Wir beratschlagten, dass Rebecca einen Schlauch Wasser und ich Brot und Käse mitnehmen würde; dann gingen wir ohne große Worte auseinander.

Beim Abendbrot sah ich Burleigh an, dessen Tischgebet kein Ende zu nehmen schien, und in mir brodelte das ungläubige Lachen. Ich sah meine Tochter an, die mit vollen Backen kaute und dabei mit Georgie schwatzte, ungeachtet des Redeverbots bei Tisch. Sie war noch sehr jung für die schwere Last, die ich ihr aufbürden würde. Aber ich hatte gehört, dass es nicht unüblich sei für ein Mädchen im Schulalter, als Hausfrau zu firmieren, wenigstens bis zur nächsten Heirat des Vaters. Ob Burleigh noch einmal heiraten würde, wenn ich weg wäre? Ich zweifelte daran – er war doch gar zu alt.

Als alles schlief, stand ich wieder auf, entzündete die Kerze und zog mit tauben Fingern mein bestes Kleid aus dunkelgrauem Stoff an. Ich band mir einen Beutel um, in den ich die Vorräte tat und Vaters silberne Uhr: Agnes Eden, verheiratete Moore, würde nicht mehr darauf zurückkommen.

Ich war im Begriff, mir die Haare zu flechten, als eine helle Stimme hinter mir fragte: Was tust du, Mutter?

Im Schein der Kerze, in seinem weißen Nachtkittel, stand mein Sohn Frankie. Ich starrte ihn an wie einen Feind, und er wich ein Schrittchen zurück.

Ich kniete mich zu ihm.

Still, Frankie. Du musst sehr leise sein. Ich gehe für eine Weile weg.

Wohin gehst du?

Das ist nichts für deine Ohren. Sag bloß Vater nichts davon, dass du so spät herumgegeistert bist und nutzlose Fragen gestellt hast!

Er erschrak wieder. Dann wiederholte er: Aber wohin gehst du?

Das weiß Gott allein.

Er überlegte. Sein Bauch wölbte sich unter dem Kittel, als er von einem nackten Fuß auf den anderen trat. Auf absurde Weise ähnelte er Burleigh: ein ernstes Männlein, das stets Tatsachen und Gründe verlangte. Aber heimlich gefiel es mir, dass er sich nicht einschüchtern ließ. Vielleicht würde auch Frankie nicht für immer unter Puritanern bleiben.

Ich komme mit, sprach das Männlein.

Das geht nicht.

Doch. Ich komme mit. Oder ich wecke Vater, und dann musst du hierbleiben.

Nein, sagte ich mit drohendem Zeigefinger, – du gehst zurück ins Bett und machst die Augen zu, aber schnell.

Nein, erwiderte er, jetzt weinerlich. – Ich komme mit.

Er rührte mich. Dieses Kind war über vier Jahre alt; trotzdem hing es an mir und wollte, dass ich bei ihm blieb. Wenn Rebecca ihren Säugling mitnahm, hatte ich nicht auch ein Kind gut – sollte ich nicht wenigstens eines von fünfen behalten können?

Ich sagte: Also gut. Zieh deine Schuhe an. Und keinen Mucks will ich von dir hören, wehe, du weckst Bradford auf.

Frankie nickte und trollte sich. Als er mit Schuhen zurückkam, zog ich ihm Georgies Jacke über; Frankie besaß noch keine eigene. Für einen kurzen Moment plagte mich die Scham: Armer Georgie, ich nahm ihm nicht nur Mutter und Bruder, sondern auch sein Oberkleid. Hoffentlich würden Agnes Moore oder Mrs. Eden den Jungen nicht im Hemd aus dem Haus gehen lassen.

Dann zog ich meine eigenen Schuhe an, strich Annes Katze übers Köpfchen, setzte mir das Kind auf die Hüfte und verließ Pfarrer Joseph Burleighs Haus.

***

Wahrhaftig saß Rebecca hoch zu Pferde, als wir zu ihr stießen, Frankie und ich. Wie eine Königin saß sie dort oben, ein herrlicher neuer Kapitän, und ich spürte ein Ziehen im Unterleib, das von der Gefahr herrühren mochte oder von etwas anderem.

Sie sah zu uns hinunter, während das Packpferd freundlich schnaubte, und sagte: Guten Abend, Frankie Burleigh.

Guten Abend, Mrs. Waterhouse, antwortete das Kind mit sehr kleiner Stimme.

Ich hoffte, dass meine Stimme anders klang, als ich sagte: Er hätte mir sonst das Haus zusammengeschrien.

Ich hoffe, wir kriegen dich noch aufs Pferd.

Frankie und ich nickten eifrig.

Lasst uns hinunter zum Tscherokesenpfad gehen und ein Stück in den Wald hineinlaufen, dann helfe ich euch hinauf.

Erst als sie abstieg, sah ich, dass sie ein großes Bündel auf dem Rücken trug: eine geflochtene Kindstrage, die mit Moos ausgelegt und mit ledernen Bändern festgezurrt war. Damit hätte sie durchs Unterholz laufen und Bären jagen können, während das Kleine seelenruhig schlief; dieser Gegenstand war indianischer als alles, was ich in der Gemeinde je gesehen hatte. Puritanische Kinder blieben im Haus, bis sie laufen konnten, und dann kamen sie heraus und taten etwas Nützliches.

Mein Gott, dachte ich, ich bin auf der Flucht vor einem Übermaß an Nützlichkeit, zusammen mit einer Indianerin und ihrem Kind und meinem eigenen Sohn im Nachthemd. Immerhin trägt er Schuhe.

Wir gingen ein Stück, dann band Rebecca den Braunen an einen Baum und hob Frankie, eh er sich's versah, auf den breiten Pferderücken. Zum Glück handelte es sich bei dem Packpferd – das natürlich Besitztum der Gemeinde war – um ein geduldiges und demütiges Tier. Auch Frankie nahm die Dinge, wie sie kamen; er hatte wohl begriffen, dass zu viele Fragen seiner Sache schaden würden. Rebecca hielt ihn an, gerade zu sitzen, und stellte seine kurzen Beine auf den Bündeln ab, die mit Seilen rechts und links am Leib des Tiers befestigt waren. Dann nahm sie die Trage mit dem Säugling von ihrem Rücken und reichte sie mir.

Du sitzt hinter mir, darum musst du das Kleine nehmen. Frankie, du kommst zwischen uns, und wir versuchen, dich nicht zu zerquetschen.

Ich nickte und hatte keinen Schimmer, wie ich auf den glatten, sehr hohen Pferdeleib gelangen sollte, der zudem an beiden Seiten eine schöne Rundung aufwies.

Zieh dich hoch, halt dich am Seil fest und schlag das rechte Bein drüber, sagte Rebecca.

Mit dem Kind auf dem Rücken?

Er wird es hinnehmen müssen.

Tatsächlich war der winzige Laurie, der sich in seiner Trage kaum rühren konnte, ganz still. Die Schwierigkeit lag bei mir selbst: bei meinem Unvermögen, mir vorzustellen, wie ich dieses Pferd erklimmen sollte.

Es geht nicht, Rebecca. Ich schaffe das nicht.

Oh doch, das tust du.

Oh doch, echote Frankie von sehr weit oben.

Du bist ruhig!, rief ich – und zog mich am Seil hoch und warf mich irgendwie nach oben. Die Kindstrage rutschte ein Stück nach links und wollte mich wieder hinabziehen; das Pferd, bei allem missionarischen Gleichmut, wich nach rechts aus und ich schrie erschrocken und erschrak noch einmal, als der Säugling losgreinte. Über uns flatterte ein Vogel auf. Wir erstarrten. Unmöglich, dass niemand in der Siedlung diesen Schrei gehört hatte: den Schrei einer ängstlichen Frau.

Rebecca Waterhouse sprang vor mir auf, befahl Frankie und mir, sich an ihr festzuhalten, und ritt los. Misslich, wie ich hinter ihnen beiden hing, bleib mir nichts anderes übrig, als mich, so gut es ging, aufzurichten und mich den Bewegungen des Pferdes anzupassen. Ich spannte die Schenkel und meine Hinterseite an und setzte mich so aufrecht wie möglich, damit die Trage zurückrutschte und das Kind darin sich beruhigte.

Geht es?, fragte Rebecca, ohne sich umzuwenden.

Leidlich, ächzte ich, – eine sonderbare Art, sich fortzubewegen!

Du wirst dich daran gewöhnen, sagte sie, und ich hörte ihrer Stimme an, dass sie lachte. – Für eine entlaufene Pfarrersfrau schlägst du dich nicht schlecht, Goodwife Burleigh. Vielleicht sprichst du ab und zu ein Gebetswort, damit ich weiß, dass du noch oben bist und es dir nicht anders überlegt hast.

Zur Hölle mit dir, sagte ich zwischen den Zähnen. – Wenn ich dir irgendwann zeige, wie man schießt, werden wir sehen, ob du dann noch das Maul aufreißt.

Zur Hölle? Das Maul? So habe ich dich noch nie sprechen hören, ja überhaupt niemanden in englischer Sprache.

Du wirst sehen, was ich außer Gebeten noch sprechen werde, wenn wir erst einmal hier weg sind.

Ich weiß ein Gebet, sagte Frankie. – Der Herr ist mein Hirte, mir wird nichts mangeln.

***

Die ersten Stunden hindurch ritten wir ohne Unterbrechung; zuallererst mussten wir einen ordentlichen Abstand zwischen uns und die Siedler legen, denn spätestens im Morgengrauen würden sie mit der Suche beginnen.

In der Tat war es eine sonderbare Art, sich fortzubewegen. Schon bald begann meine gesamte Rückseite zu schmerzen; die Trage zog meine Schultern weit nach hinten; und obendrein musste ich Frankie gerade halten, der bald eingeschlafen war und wie ein Mehlsack zwischen mir und Rebeccas Rücken hing. Sie aber saß sehr aufrecht vor mir – obwohl, wie mir plötzlich auffiel, kein Sattel sie hielt.

Ein Sattel taugt nicht für zwei, antwortete sie auf meine Frage. – Und das Pferd ist leichter zu führen, wenn man direkt auf ihm sitzt.

Es schwitzt arg. Ich hoffe, Frankie rutscht nicht weg, sagte ich.

Wir müssen bald anhalten und ausruhen, der Braune ist so lange Strecken nicht gewohnt.

Ich sah mich um: Dunkelheit, Schatten, die gleichermaßen Bäume, Felsen oder Mauern sein mochten. Kaum zeichnete sich der Pfad vom übrigen Waldboden ab. Ich begriff nicht, woran Rebecca und das Pferd sich orientierten. Die Dunkelheit und die Wärme machten mich schläfrig, und langsam fielen meine Augen zu. Wie gut, dass der Säugling nach wie vor ruhig war. Ich wollte auch gern in einer Trage liegen, statt auf diesem Packpferd herumzusitzen, ohne rechtes Ziel vor Augen.

War es nicht ganz und gar widersinnig, diese Reise anzutreten? Was würde Miss Cleave sagen, wenn sie mich am Morgen nicht mehr vorfand? Ja, es war ein wenig langweilig zwischen uns geworden – aber dass ich mich gar nicht mehr an ihrem hellen Gesicht, dem Schimmer ihres Haars erfreuen sollte, war ein trauriger Gedanke. Und ich hatte das Gemeindebuch im Stich gelassen, das so viel Mühe und Arbeit gekostet hatte. Wie viel Befriedigung es mir verschafft hatte, die Seiten umzuwenden, die ich beschrieben hatte, ich allein!

Das Pferd stolperte und riss mich aus meiner Grübelei. Es schien nach links auszubrechen, geradewegs ins Unterholz. Frankie und Rebecca umklammernd rief ich: Das Pferd geht uns durch!

Sie wandte kaum den Kopf: Wir verlassen den Tschero-kesenpfad. Wir brauchen ein Versteck, um auszuruhen, möglichst weit weg von diesem Weg, den alle kennen.

Ich sagte nichts. Das Pferd stolperte weiter, schwankte, fing sich wieder, trotz der kalten Luft dampfte es vor Schweiß. Kurz darauf ließ Rebecca es anhalten.

Anscheinend befanden wir uns in einer kleinen Talsenke: Als ich abstieg, schlugen mir Gräser ans Bein, und der Boden war steinig. Hier war es noch kälter als auf dem Pfad. Am Horizont, zwischen den Bäumen, zeichnete sich ein Streifen fahlen Morgenlichts ab.

Wo sind wir?, fragte ich müde.

Ich weiß nicht – ein gutes Stück fort von allem, hoffe ich.

Ich stellte die Trage ab, meine Schultern taten einen schweren Seufzer. Dann stand ich einfach da.

Hilf mir, Anne.

Wobei?, fragte ich zurück und die Müdigkeit überwältigte mich. Doch als der Säugling sich zu regen begann, ging ich, ohne zu überlegen, zu ihm hin, befreite ihn aus seinen Bändern und gab ihn seiner Mutter. Dann hockte ich mich nieder, den schlafenden Frankie in den Armen, und schloss die Augen.

Du kannst jetzt nicht sitzen, rief Rebecca. – Mach uns ein Lager aus allem, was wir haben. Im vorderen Bündel ist eine Decke, breit sie aus und leg alle Kleider darauf, die du in die Hände bekommst.

Ich tat wie geheißen. Die Decke war dicht gewebt, viel steifer und gewichtiger als die Decken in Burleighs Haus. Ich bettete Frankie auf dieses Lager, legte mich neben ihn und glitt sofort in einen Dämmerzustand. Ganz am Rand nahm ich wahr, dass Rebecca das Pferd trockenrieb, womit, wusste ich nicht. Ich wusste gar nichts mehr. Vielleicht hatte ich zu viel frische Luft geatmet im letzten halben Jahr, vielleicht war mein Kopf zu leicht, um überhaupt noch einen Gedanken zu fassen. Aber darüber würde ich morgen nachdenken.

***

Als ich aufwachte, weil Frankie an mir rüttelte, war die Schwere nicht verschwunden. Ich merkte es nicht gleich, des hungrigen Kindes wegen und weil die Sonne warm auf uns herabschien. Außerdem geschah es zum ersten Mal, dass ich neben Rebecca Waterhouse erwachte. Ihr Kleines im Arm und ohne Haube wie bei unseren verschwiegenen Treffen, lag sie in tiefem Schlaf, versunken und schön wie das Pferd, das einige Meter entfernt auf der taufeuchten Wiese stand und Gras kaute wie die erste Kreatur auf Gottes grüner Erde. Wie viel stiller der Morgen hier draußen war als in der Hütte mit all den Kindern.

Ich suchte Brot, Käse und den Wasserschlauch und schnitt Frankie und mir selbst einige Bissen zurecht. Das Kind dehnte und streckte sich und erkundete alle Ecken der Senke, in der noch etwas Nebel hing. Wir mochten etwa drei Stunden geschlafen haben.

Er kam zurück, trank in langen Zügen, nahm sein Brot und sah mich an: Wohin reisen wir, Mutter? Kannst du es mir jetzt sagen?

Wir reisen an einen besseren Ort, Frankie. Frag nicht weiter, wehrte ich ab, als er erneut zu sprechen begann. – Wir müssen noch herausfinden, in welcher Richtung das liegt.

Hast du eine Karte? Vater sagt, Reisende brauchen Karten, nur Tscherokesen nicht.

Mrs. Waterhouse war früher Tscherokesin.

Ja?, sagte Frankie. – Dann haben wir Glück. Warum kommen Vater und Bradford, Josie, Georgie und Anne nicht mit? Und Jamie und Mr. Waterhouse?

Die Reise ist eben nichts für Kinder, entgegnete ich. – Auch dich hab ich nur mitgenommen, weil du lauter dumme Fragen gestellt hast. Aber wenn du nicht damit aufhörst, schickt Mrs. Waterhouse dich gleich zurück.

Dafür bin ich nicht zuständig, sagte hinter uns Rebecca.

Sie setzte sich nieder, mit unordentlichem Haar, das ihr weit den Rücken hinabhing, und dem Kind an der Brust: ein Anblick, der eigentlich ihrem Ehemann vorbehalten war. Frankie sah sie mit rundem Mund an, und auch ich empfand etwas wie Beklemmung. Bisher war sie meine rätselhafte, etwas strenge Nachbarin gewesen, auch während unserer Treffen im Wald. Sie war Mrs. Waterhouse geblieben, Missionarsfrau wie ich selbst, nur bereichert um ein köstliches Geheimnis. Jetzt erkannte ich sie kaum wieder. Sie gefiel mir, und zugleich erschreckte mich ihre weibliche – ihre mütterliche Blöße.

Rebecca, dachte ich, plötzlich angsterfüllt, – wer bist du, und wohin führst du mich?

Sie fing meinen Blick auf und sah zur Seite und schlug einen Zipfel des Tuchs, in das Laurie gewickelt war, über den Ansatz ihrer Brüste. Ich reichte ihr rasch ein Stück Brot.

Wir aßen schweigend.

Dann legte sie das Kind zur Seite, griff in eins der Bündel, die das Pferd getragen hatte, und holte ein langes, silbrig glänzendes Ding heraus: James Waterhouse' Flinte, auf die er so stolz war.

Du sagtest, du weißt, wie man damit umgeht.

Ich lachte überrascht.

Ich wusste es einmal. Das ist lange her, und ich weiß nicht, ob ich noch schießen kann.

Frankie rief: Ein Gewehr! Pass bloß auf, Mutter, wenn Vater oder Mr. Waterhouse dich damit sehen. Mr. Waterhouse hat Josie eine gepfeffert, als der sein Gewehr genommen hat, weißt du noch? Seine Backe war ganz rot, du hast ihm einen kalten Lappen gemacht. Kinder dürfen keine Gewehre anfassen, und Frauen auch nicht.

Halt den Mund, befahl Rebecca, und Frankie verstummte sofort. – Wir sind nicht mehr in der Mission, und du wirst dich daran gewöhnen müssen, dass eine Frau diese Flinte trägt und dich beschützt. – Also, was ist, Anne? Zeig mir, wie man damit umgeht.

Unschlüssig blickte ich auf meinen Sohn und sagte: Ich weiß wirklich nicht, ob ich wieder zum Gewehr greifen möchte. Ich bin nicht mehr dieselbe wie damals.

Du meinst, du hattest kein vorwitziges Kind, das dich gemaßregelt hat?, spottete sie.

Dann lehnte sie sich vor: Hör zu. Ich bin geritten, obwohl ich dreizehn Jahre lang kaum ein Pferd unter mir hatte. Wie du siehst, haben wir es gut überstanden. Du hast dich selbst oben gehalten. Genauso wirst du schießen können, wenn du nur musst, und du wirst es mich lehren.

Ich weiß nicht, ob ich recht darin tue … Ich kann doch nicht vorgeben, als hätte es all diese Jahre hier oben nicht gegeben.

Hör auf, so fromm daherzureden, ich bin nicht dein verdammter Burleigh!

Davon gehe ich nicht aus!, rief ich hitzig.

Ich glaube doch. Du spielst dich auf, als gäbe es nichts Wichtigeres als dein heiligmäßiges Gewissen, während du dich im Wald versteckst wie eine Räuberbraut. Ich weiß nichts von deinen Zweifeln, und solange wir uns nicht verteidigen können, sind sie mir auch völlig gleichgültig.

Gut, sagte ich und spürte, wie mich die Schwere überkam, – ich werde dich nicht mit meinen Zweifeln belangen.

Sie seufzte: Versteh mich richtig. Ich brauche dich hier, mit allem, was du kannst. Ich kann nicht alles übernehmen, ich schaffe das nicht allein.

Ich denke, du weißt den Weg zu deiner Familie?

Ungefähr. Wenn wir hinunter ins Tal kommen, werde ich ihn schon finden. Aber es ist ein beschwerlicher Weg, und wir haben nur ein einziges Pferd und die zwei Kleinen. Ich kann nicht für alle Dinge zuständig sein. Erwarte keine Anweisungen von mir.

Ich sah sie lange an. Ich konnte mich nicht erinnern, dass schon einmal jemand auf diese Weise zu mir gesprochen hätte: in diesem verheißungsvollen, aber etwas anstrengenden Tonfall. Mir wurde nicht ganz klar, was sie von mir verlangte: Dass *ich* Anweisungen erteilte, etwa im Schießen? Dass es in manchen Dingen gar keine Anweisungen gab? Es war undeutlich und ohne fest umrissene Gestalt, was sie verlangte, es war offen nach allen Seiten und schimmerte nur schwach. Sie selbst war mir rätselhafter denn je.

Da spürte ich, wie das ungläubige Lachen in mir aufstieg. Weit, weit fort reiste ich mit Rebecca Waterhouse – wer immer das war –, zwei Kinder, ein Pferd und eine Flinte im Schlepptau, einfach, um fortzukommen und mir bei den Tscherokesen die Sonne auf den Pelz brennen zu lassen. Es war nicht die schlechteste Aussicht.

Ich sprang auf, riss mir die Haube vom Kopf und lief zum nächsten großen Ahorn.

Nimm das Gewehr, rief ich laut, – halt es gerade und ziel auf den Lumpen, den ich dir an den Zweig binde.

2

Tatsächlich lernte sie das Schießen ebenso schnell wie ich
das Reiten. Wir beschlossen, noch einige Meilen zurückzu-
legen, ehe wir Schüsse losließen. Am frühen Abend hielten
wir wieder Rast, und obwohl ich kaum gehen konnte, weil
meine Beine mich deutlich daran erinnerten, dass das Reiten
eine ungewohnte Sache war, wies ich Rebecca im Schießen
an. Ich zeigte ihr, wie man das Gewehr hielt, und staunte, wie
schnell mein eigener Körper in die richtige Haltung zurück-
fand: den Kolben an der Schulter, die linke Hand am Lauf,
die rechte am Abzug. Rebecca lachte über meine zusammen-
gekniffenen Augen und nahm dann meine Hände zwischen
ihre und betrachtete sie, als wollte sie wortlos herausfinden,
ob Blut an ihnen klebte.

Sie besaß ein scharfes Auge und ruhige Hände und lernte schnell; nach wenigen Versuchen schoss sie meine Haube
vom Baum wie ein erfahrener Jäger. Nur stellte sich heraus,
als das Gewehr leergeschossen war, dass sie nicht daran gedacht hatte, Munition mitzunehmen. Gewehrkugeln gehörten also zu den Dingen, die wir dringend brauchten, neben
Brot und einer Hose und Strümpfen für Frankie. Wie sein
Zwilling hatte Frankie bisher keine Hose besessen; aber als
Reisender sollte er kein Kind im Kittelchen mehr sein.

Während der nächsten Tage studierte ich, wie Rebecca sich
auf dem Packpferd bewegte – Bewegungen, die mich angenehm an andere Augenblicke mit ihr erinnerten –, und versuchte, es ihr gleichzutun. Schnell gewann ich Freude daran,
auf dem Pferd zu sitzen. Der Wind kühlte meine Wangen
und bauschte mir die Haare auf eine Weise, als hätten sie, der
Haube ledig, darauf gewartet. Einen Kamm hatten wir beide
nicht mitgebracht. Ich erinnerte mich nicht, dass mein Haar
sich auf See so stark verknäuelt hätte – obwohl es damals natürlich kürzer gewesen war. Von beiden Seiten meines Schei-
tels flogen die Knäuel durch die Luft, wenn ich auf dem Pferd
saß und zwischen seinen steilen Ohren übers Land sah.

Dem Pferd, das ein gewöhnlicher Brauner mit Blesse war, schien die Reise gutzutun. Es wurde etwas schmaler, fraß aber, sobald wir rasteten, ohne Unterlass Gras und Wurzeln in sich hinein und fiel dann stehend oder liegend in einen tiefen Schlaf, aus dem es gestärkt erwachte. Wir lachten über das schlafende Pferd, dem die Ohren zuckten. Wenn es erwachte, war es unternehmungslustiger als am Anfang und wetteiferte mit Frankie darin, uns zu wecken und um uns herumzutänzeln, bis die Reise weiterging.

Es fiel mir schwer, das neue Abenteuer an der Seite von Rebecca Waterhouse mit meinen verblassten Erinnerungen an vergangene Abenteuer zusammenzubringen. Der lange tägliche Ritt, der hungrige Frankie, die verknäuelten Haare nahmen mich in Anspruch. Nachts schlief ich traumlos und wie tot, sofern Laurie nicht schrie, was er glücklicherweise nicht allzu häufig tat.

***

Nach ungefähr einer Woche gelangten wir allmählich, in weiten Serpentinen, talabwärts. Den Tscherokesenpfad hatten wir längst verlassen; andere Wege gab es nur wenige, meist waren sie so überwuchert, dass sie keine große Hilfe boten. Ich begriff weniger denn je, warum Vater Isaac Eden, möge er in Frieden ruhen, diesen Flecken Erde ausgewählt hatte, um auf der gottverlassensten Anhöhe von allen seine Mission zu errichten.

Wir hielten uns in der Nähe eines Flusses, der eher ein Bächlein war, aber frisches Wasser und einiges an Fisch bot. Rebecca suchte sich einen größeren Zweig, den sie unter Flüchen immer wieder abbrach und mit Steinen bearbeitete, bis er spitz zulief. Auch ein Messer gehörte zu den Dingen, die wir dringend brauchten. Den Stock im Anschlag, stellte sie sich ans Flussufer und wartete reglos, um mit einem Mal die Wasseroberfläche zu durchstoßen und einen zappelnden Hundsfisch herauszubefördern – unter Frankies hingerissenen Blicken, der es ihr nachtun wollte und bald brüllend im Wasser lag.

Ich weidete den Fisch aus, tat ihn zurück auf seinen Spieß und briet ihn überm Feuer. Ich hatte Hundsfisch nie sehr gemocht; aber gefüllt mit einigermaßen wohlschmeckenden Kräutern, die das ganze Jahr über wuchsen, half sein fades Fleisch gegen den Hunger.

Ansonsten fanden wir nicht viel, um uns zu nähren. Im April war keine Frucht reif, zum Jagen fehlte uns die Munition, und wir sehnten uns nach Brot und Brei. Nach dem dritten Hundsfisch weigerte sich Frankie, weiterhin welchen zu essen, und weinte bitterlich. Rebecca trug Sorge, dass ihre Milch versiegen und der Säugling verhungern würde. Wir mussten so schnell wie möglich zu den Tscherokesen gelangen, gleichgültig, wie sie uns empfangen würden; wir hatten gar keine andere Wahl.

Dass wir nicht ohne andere Menschen zurechtkamen, bedrückte mich.

Nicht allein der beschwerliche Weg, der Hunger und die Kinder verlangsamten unsere Reise, sondern auch unsere Vorsicht. Rebeccas und meine Angst, den Missionaren in die Hände zu fallen, war groß. Sicherlich waren sie noch auf der Suche nach uns. Was für ein Alptraum: halbverhungert plötzlich vor Ronnie Moores Söhnen zu stehen! Zu Burleigh heimgeholt zu werden, vorbei an Mrs. Eden, die sicherlich maßlos enttäuscht von mir wäre, und an den Damen Moore! Zu sehen, wie Mr. Waterhouse Rebecca zurückführte, wie sie wieder in seinem Haus verschwinden würde – nachdem sie doch mit *mir* fortgegangen war, ehe ich's mich versah. Nein, das sollte nicht geschehen; und so reisten wir am liebsten nach Einbruch der Dunkelheit bis tief in die Nacht hinein und rasteten dann bis zum Mittag, der Stunde, wenn die Puritaner aßen und beteten.

Einmal erwachte ich am späten Vormittag, weil Regen fiel; Rebecca war schon aufgesprungen und rollte Frankie und mich unsanft von der schweren Decke, um sie mittels Ästen wie ein Zelt über uns aufzuspannen. Ich richtete mich auf und konnte mir nicht helfen: Die Schwere brach über mich herein. Wir waren Ausgestoßene im Wald, wir hatten nichts zu essen und es regnete in Fäden auf uns herab. Durch die graue Regenwand sah ich Josie auf der Lichtung stehen und kalt auf mich blicken. Ich ermannte mich, vertrieb meinen Ältesten aus meinem Kopf und stand eilig auf, um Rebecca zur Hand zu gehen.

Es beschämte mich etwas, wenn Rebecca liebevoll von ihren Kindern sprach. Sie grämte sich sehr um Rachel und Jamie, besonders das Mädchen schien ihr zu fehlen. Am dritten oder vierten Tag saß sie mit starren Augen am Feuer, über dem ich mit mäßigem Erfolg ein paar magere Wurzeln briet, und begann, von Rachel zu sprechen. Sie hoffe, die viele Hausarbeit werde ihr nicht zu schwer, sie sei doch kaum zwölf Jahre alt; sie hätte sie mitnehmen sollen.

Ich dachte bei mir, dass Rachel Waterhouse uns gerade noch gefehlt hätte. Hätten wir das langbeinige Ding am Schwanz des Braunen festbinden sollen? Und sie hätte Josie gegenüber alles ausgeplaudert und vielleicht gegenüber ihrem Vater, daran bestand kein Zweifel.

Ich ging hinüber und strich Rebecca übers Haar, als wäre sie selbst ein Kind: ein wunderliches Gefühl. Dann gab ich ihr Laurie in die Arme, der suchend das Köpfchen hin und her wandte. Sie hatte ihn, und ich hatte Frankie. Alle anderen hatten wir hinter uns gelassen; es nützte nichts, ihretwegen ins Feuer zu starren, und Punkt. Im Geist setzte ich mit schwarzer Tinte einen Endpunkt aufs Papier, nicht zu dick und nicht zu zart, wie ich es bei Miss Cleave gelernt hatte.

***

Am Ende dieser entbehrungsreichen Woche erreichten wir das Dorf der Aniwaya. Zuerst erkannten wir Mais- und Bohnenfelder, die sich durchs Tal erstreckten. Als wir näherkamen, richteten sich einige Frauen auf. Rebecca wurde sehr still und stieg ab, ich folgte ihr. Sie ging auf die Frauen zu und näherte sich ihnen mit offenen Händen. Dann fingen alle gleichzeitig an zu sprechen, einige umarmten Rebecca. Im Redeschwall erklang immer wieder das Wort Immokali: Rebeccas Tscherokesenname, der bei Gericht gefallen war, erinnerte ich mich.

Die Frauen führten uns ins Dorf. Es war viel größer als die Missionssiedlung. Die länglichen Hütten bestanden nicht aus Brettern, sondern aus Flechtwerk, mit Lehm verputzt. Aber ihre Dächer waren aus Stroh wie christliche Dächer. Zwischen den Hütten lagen Gemüsegärten, in denen weitere Frauen und ein paar Männer arbeiteten. Davor saß ein Grüppchen Frauen und kochte, verheißungsvolle Gerüche stiegen mir in die Nase. Aber es irritierte mich, dass sie auf der Erde hockten wie Räuber oder Kinder, auch alte Frauen hockten dort ohne Stuhl und Kissen – dass sie sich nicht den Tod holten dabei! Frankie vergaß seine Manieren und lief mit ausgestreckten Händen zur Kochstelle, wo ihm eine der Frauen ein Stück Maisbrot gab, das mit Gemüse gefüllt war. Er hockte sich dazu, kaute und schluckte und achtete nicht darauf, dass sich immer mehr tscherokesische Kinder um ihn versammelten und ihn eingehend betrachteten.

Rebecca war unterdessen zu den Frauen gegangen und hatte jede Einzelne mit Gesten und mit Worten begrüßt. Wieder schien es, dass fast alle sie erkannten. Sie deutete auf mich, und ich näherte mich zögernd und bezeigte Ehrerbietung, in der Hoffnung auf gefülltes Maisbrot. Und tatsächlich erhielt Rebecca ein großes Stück, das sie im Stehen mit mir teilte. Es war köstlich, enthielt aber einige merkwürdige Gewürze. Nach wenigen Bissen – viel zu wenigen – legte sie ihr Brot zur Seite, rieb sich das Gesicht und sagte: Wir gehen jetzt zur Mutter.

***

Rebeccas Mutter saß in einem der Häuser. Auch hier drinnen gab es keine Tische und Stühle, aber immerhin war der Boden, auf dem sie zusammen mit anderen älteren Frauen und auch einigen älteren Männern saß, reich mit Decken und Fellen ausgeschlagen. Im Halbdunkel erkannte ich Ziegen- und Hirschfelle.

Dichter Rauch erfüllte die Hütte. Obwohl der Raum höher war als alle, in denen ich mich während der letzten Jahre aufgehalten hatte, trübte mir der Rauch die Sicht. Die Frauen hatten Lappen aus Stoff und Leder in der Hand, offenbar nähten oder reparierten sie Kleidungsstücke und rauchten Pfeife. Die Männer rauchten Pfeife und taten nichts dazu.

Rebecca eilte auf eine ältere Frau mit zwei dünnen Zöpfen zu, in der ich Mrs. Salali erkannte, die vor nicht allzu langer Zeit vor meinem Haus gestanden hatte. Obwohl sie auf der Erde saß, wirkte sie hier noch größer und ehrfurchtgebietender. Sie stand auf und schloss Rebecca in die Arme, und beide schienen sehr bewegt zu sein. Ich hatte selten eine so innige Geste gesehen – fast machte sie mich eifersüchtig. Aber immerhin handelte es sich um Rebeccas Mutter.

Sie gab mir einen Wink, Laurie vom Rücken zu nehmen, den ich ganz vergessen hatte; dann überreichte sie ihn Mrs. Salali, die sich sehr über ihn freute. Bedächtig sah sie den Säugling an und nickte dazu, während Rebecca im Raum umherging und wieder jeden einzeln begrüßte. Dann deutete sie auf mich und sagte: Anne Burleigh.

Erneut bezeigte ich meine Ehrerbietung und versuchte, nicht zu husten und nicht zu schwanken vom Rauch, der mir Schwindel verursachte wie dem kleinsten und magersten Schiffsjungen. Als Seemann hatte ich mir nicht viel aus Tabak gemacht, und unter Puritanern war er verboten.

Die Versammelten nickten mir zu und sprachen Worte, die recht freundlich klangen. Ich hoffte, es handelte sich um Segens- und Gesundheitswünsche, nicht um Namen, die ich im Kopf behalten musste, und lächelte freundlich zurück.

Rebecca flüsterte: Hol Frankie, und ich stolperte hinaus, rang einige Augenblicke lang um frische Luft und zog das Kind mit hinein. Rebecca nahm ihn bei der Hand und präsentierte ihn ihrer Mutter; und Frankie senkte den Kopf und hielt die Hände eng an den Seiten, wie er es gelernt hatte, und grüßte: Wie geht es Ihnen, ehrenwerte Leute?

Salali nickte ihm zu, rümpfte zugleich die Nase und sprach in tadelndem Tonfall zu Rebecca. Ich fand nicht gut, dass sie gleich etwas an meinem Sohn auszusetzen hatte. Sicherlich, wir waren alle vier etwas verschmutzt und ausgehungert, und Frankie sah nicht sehr einnehmend aus in seinem Nachtkittel, den er seit sieben Tagen und Nächten ununterbrochen trug und der neben verschiedenen Schmutz- auch frische Gemüseflecken aufwies. Aber davon abgesehen war er ein recht vernünftiges Kind.

Rebecca zeigte noch einmal auf mich, und die Anderen im Raum lachten ungläubig, ich verstand nicht, warum. Salali zeigte auf mein Haar – das schwarz und grau gesträhnt war wie das der alten Tscherokesen, nur etwas verknäuelter – und dann auf Frankies hellen Schopf und lachte wieder. Ich verstand. Was hatte ich ausgerechnet Frankie mitgenommen, das blondeste aller Burleigh-Kinder! Dennoch war er unzweifelhaft mein Kind, und es konnte mir gleichgültig sein, was diese Leute von mir hielten. Ich hatte keine Lust, ihnen länger zuzuhören, noch dazu in dieser Räucherhöhle.

Glücklicherweise bedeutete mir Rebecca kurz darauf hinauszugehen. Unter Hinterlassung Lauries verließen wir Salalis Haus.

***

Wir kamen in einer benachbarten Hütte unter, in der zwei andere Frauen nebst Kindern und jungen Frauen wohnten. Die uns einließ, trug den Namen Woya, Rebecca nannte sie ihre Schwester Woya; aber ich war mir nicht mehr sicher, ob sie damit eine leibliche Schwester meinte. Woya war ungefähr fünfzehn Jahre älter, und Rebecca konnte unmöglich mit dem ganzen Dorf verschwistert sein. Auch bei Salali, die sie Mutter nannte, konnte es sich ebenso gut um eine Großmutter oder Großtante handeln. Sowieso fiel es mir in diesem Dorf schwer, Verwandte zu erkennen. Seit Monaten hatte ich mit wachsender Zärtlichkeit Rebeccas Züge studiert; jetzt verwirrte es mich, den Schnitt ihrer Augen, den Ton ihrer Haut und die spiegelnde Glätte ihres Haars an so vielen anderen Leuten wiederzufinden.

Woya bereitete uns eine Ecke mit Matten, die durch einen Vorhang vom Rest der Hütte abgetrennt war. Ich wollte Frankie darauf betten, ehe ihm die Augen ganz zufielen. Aber Woya hielt mich zurück und sagte etwas zu Rebecca.

Meine Schwester Woya schlägt uns vor, ein Bad zu nehmen, bevor wir uns niederlegen.

Natürlich, sagte ich und nahm mein schmutziges Kind auf den Arm.

Woya gab Rebecca frische Tücher und Hemden. Verwundert stellte ich fest, dass es sich um Baumwolle handelte, die bei den Puritanern als teure Ware galt, gehütet und geflickt von der Frau des Hauses. Annes Schürze aus feiner Calico-Baumwolle war eine Besonderheit gewesen.

Rebecca lächelte stolz: Wir erhandeln sie von den Franzosen, seit ich denken kann. Sie bekommen Tierhäute und Mais dafür.

Im Bach, der uns bis hierher begleitet hatte wie ein treuer Hund, wuschen wir uns den Schmutz der Reise vom Körper und rieben alle Glieder trocken und warm.

Danach setzte sogleich die Müdigkeit ein, und Rebecca sagte: Komm, wir gehen schlafen.

Was ist mit Laurie?

Er bleibt bei meiner Mutter. Die anderen Frauen kümmern sich um ihn, damit ich ausruhen kann.

Sie nähren ihn auch?

Es gibt immer Frauen, die Milch übrighaben.

Ich fragte mich, ob sie dafür ein, zwei Fässchen Mais extra bekamen.

Laut fragte ich: Und die Leute haben nichts dagegen, dass wir mitten am Tag zu Bett gehen?

Warum sollten sie?

Offenbar waren wir im Paradies angekommen. Ich legte Frankie, der im Stehen schlief, an den Rand der Ecke, die Woya uns zugeteilt hatte, und zog den Vorhang hinter uns zu. Dämmerlicht umfing uns, ich freute mich: Ich war allein mit Rebecca auf weichen Matten. Ich näherte mich meiner frisch gewaschenen Geliebten, doch sie wies mich zurück.

Nicht im Haus meiner Schwester.

Warum nicht?

Das gehört sich nicht. Ich kann es nicht erklären. Aber ich bin froh, eure Sitte los zu sein, im Haus der Familie diese Dinge zu tun, eine Handbreit neben den Kindern.

Es ist nicht meine Sitte, sagte ich, – *ich* habe mir das nicht überlegt.

Natürlich ist es deine. Du hast etliche Jahre in dieser Gemeinde verbracht.

Und du noch etwas mehr.

Du warst mit dem Pfarrer verheiratet, lächelte sie.

Ich lenkte ab: Wo tut ihr diese Dinge sonst, wenn nicht im Haus?

Im Wald; am Fluss; wo sich ein schönes Plätzchen bietet. Wenn es kalt ist, auch im Haus, aber tagsüber, wenn die meisten Leute draußen sind. Schlafplatz und Vorhang einer jeden sind heilig.

Das klingt wunderbar. Darf ich dich darauf hinweisen, dass es Tag ist und ziemlich kalt?

Aber das Kind, liegt hier. Und – sie senkte die Stimme, obwohl die Anderen uns ohnehin nicht verstehen würden – meine Schwester Woya ist im Haus.

Ich fand mich ab. Nach ein paar Stunden Schlaf würde ich herausfinden, wie es sich bei den Tscherokesen mit Müttern, Schwestern, der Frage der Lust und allen anderen Dingen verhielt.

***

Ich erwachte von Stimmen, die von draußen kamen. Eine Gruppe Menschen schien direkt auf der anderen Seite der Hüttenwand zu sitzen – und zu essen. Der Geruch von frischem Brot und Fleisch drang durch die Ritzen, und Hunger und Durst rührten sich mächtig in meinem Bauch. Dennoch traute ich mich nicht hinauszugehen. Ich stieß Frankie in die Rippen, bis er sich regte, die Augen aufschlug, um sich sah und nach Frühstück verlangte.

Rebecca, flüsterte ich, – ich muss aufstehen, Frankie braucht etwas zu essen.

Sie murmelte: Dann geh raus. Aber lass dir erst von Woya einen Rock und Schuhe geben.

Woya saß draußen, bemerkte mich aber sofort, als ich im Türrahmen erschien. Sie kam hinein, und nach einem Blick auf meine nackten Beine führte sie mich zu einer Truhe am anderen Ende des Hauses, die voller Kleidung war: weiße Hemden, wie ich schon eines trug, aber auch zusammengefaltete Kleidungsstücke aus Leder. Ich nahm eines der Bündel heraus, und es zeigte sich, dass es zwei Hosenbeine waren, ledern und eng geschnitten. Vielleicht gehörten sie Woyas Mann oder ihrem Sohn. Zusammen mit einem Lendentuch, wie es die Männer hier trugen, würden sie eine angenehme Beinbekleidung bieten. Wie gut wäre es, diese Hosen anzuziehen und beide Beine weit von mir zu strecken, wenn ich mich draußen ans Feuer setzte! Aber Woya lachte, als ich bittend die Hosenbeine in die Höhe hielt, und reichte mir stattdessen einen knielangen Rock, wie sie selber einen trug.

Ich wickelte ihn mir um die Hüften und war sogleich versöhnt: Der Rock, aus ähnlich weichem Leder, trug sich tausend Mal besser als die puritanischen Kleider und würde mich kaum daran hindern, die Beine auszustrecken.

Anschließend gab Woya mir Schuhe, auch sie aus zusammengenähtem Leder, aber ohne feste Sohle. Sie ließen sich nach oben hin zubinden wie ein Stiefelschaft.

Ob das nicht Schuhe für sehr kleine Kinder seien, fragte Frankie, der sich neben mir mit großen Augen durch die Truhe wühlte; und tatsächlich waren meine Füße merkwürdig haltlos darin, weniger geschützt und getrennt vom Untergrund. Auch fehlten mir die Strümpfe. Ferner erhielt ich weder Mieder noch Unterröcke oder Unterhosen, was mich aber nicht besonders traurig machte.

Auch Frankie bekam zu seinem neuen weißen Hemd ein Röckchen und sockenartige Schuhe und war es zufrieden. Es würde noch etwas Zeit vergehen, ehe ich ihm Jacke, Hose und Strümpfe würde besorgen können.

***

Die Tage bei den Tscherokesen vergingen großenteils angenehm. Ich genoss das gute Essen und den komfortablen Schlafplatz und auch, dass Frankie sich sehr schnell den anderen Kindern anschloss und tagsüber seiner Wege ging. Anfangs konnte er nicht glauben, dass er das Haus verlassen durfte, wie er wollte, und Essen bekam, wann er wollte. Wenn er abends spät zurückkam und ich nur mit den Schultern zuckte, ihm übers Haar fuhr und ihn ins Bett steckte, sah er mich an wie eine rätselhafte Gottheit. Morgens rannte er hinaus und war verschwunden. Während die Säuglinge unter den Frauen herumgereicht wurden, waren die größeren Kinder für sich und meistens unauffindbar. Allesamt schienen sie recht wetterfest zu sein: Bei Sonne, Regen und Nebel gingen sie in den Wald, einige mit nacktem Oberkörper, wer weiß, was sie dort trieben. Arbeiten mussten sie kaum.

Meist kam Frankie erst mittags zurück und suchte mich in den Gärten oder auf dem Feld. Dann schmiegte er sich an mich und ich gab ihm Brot und Brei, und es war fast wie in der Mission. Nur das abendliche Bad im Fluss, das ich ihm angedeihen ließ, weil es allgemeine Sitte war, gefiel ihm weniger.

Nach ein paar Tagen hatte er Freundschaft mit einem älteren Mädchen geschlossen, sie mochte etwa in Josies Alter sein; an ihr hing er mit Zärtlichkeit. Morgens wartete sie vor dem Haus auf ihn, noch mit vollen Backen kauend. Frankie lief ihr entgegen, manchmal lud sie ihn auf den Rücken wie ein großes Paket, und zusammen entschwanden sie. Ich misstraute ihr ein wenig. Was halste sie sich in ihrem zarten Alter ein fremdes Kind auf?

Die meisten Frauen und Mädchen waren freundlich. Wie Rebecca schloss ich mich dem gemeinsamen Kreislauf aus Feldarbeit, Kochen, Essen und Ruhe an. Besonders Letztere schätzte ich sehr. Ich musste nicht verbergen, dass das Bücken und Hacken zwischen mannshohen Maispflanzen mich erschöpfte; stattdessen konnte ich mich unter freiem Himmel langmachen und mir von den anderen Frauen ein Brot reichen lassen, ohne Gebete oder sonstige Bußübungen ableisten zu müssen. Es schien, die Tscherokesinnen lobpriesen ihre Arbeit nicht, sie erledigten sie und gingen dann zu etwas anderem über. Was für eine Wohltat nach vielen Jahren gottgefälligen Schaffens! Wenn wir mit einem der Felder fertig waren, ließ ich mich oft gleich am Wegrand sinken und schlief, als hätte ich tausend Jahre Schlaf nachzuholen.

Die Frauen taten alle Arbeit im Dorf, entschieden aber auch alle wichtigen Dinge allein. Salali und einige weitere alte Frauen spielten eine große Rolle – obwohl sie das Haus nur verließen, um davor in der Sonne zu sitzen, zu nähen und ab und zu ein Kleines zu wiegen, vermutlich, bis es vom Tabakrauch hustete und spuckte. Die anderen Frauen näherten sich den Alten mit Respektsbezeigungen und schienen ihren Rat einzuholen; oft plauderten, scherzten und disputierten sie miteinander. Ich hörte sehr gern ihre vollen und dunklen Stimmen; Rebeccas dunkle Stimme hatte mich immer bewegt, auch als sie noch unverschämte Dinge gesagt und mir dazu ein Haar ausgerissen hatte. Die Stimmen der tscherokesischen Frauen klangen, als hätten sie etwas mehr Platz im Hals und in der Brust. Vielleicht lag es daran, dass sie nicht so eng geschnürt gingen wie die Puritanerinnen.

Ich dachte daran, wie sehr Mrs. Eden ein solches Altenteil erfreuen würde: umgeben von den Frauen des Dorfes, ganz ohne Heimlichkeit, wenn auch ohne Schnaps.

Ob Mrs. Eden tatsächlich in Burleighs Haus umherging und dort schaltete und waltete, wie es ihr gefiel? Das fragte ich mich gelegentlich; um die Frage dann schnell wieder beiseite zu schieben.

Abgesehen von den zerzausten alten Herren, die um Salali herum auf der Erde hockten – die dünnen Beine von erstaunlicher Gelenkigkeit –, hatte ich keine Vorstellung, was die tscherokesischen Männer taten. Sie kamen zu den Mahlzeiten vorbei, brachten etwas Fisch, Fleisch oder Nachrichten aus den umliegenden Tscherokesendörfern und verschwanden wieder. Woyas Mann, einen rundlichen Gesellen, hörte ich an manchen Abenden ins Haus kommen, dann blieb er wieder für ein paar Tage aus. Ich hatte kein rechtes Bild von ihm; er war nur eine Art Schatten hinter dem Vorhang zu Woyas Bettstatt.

Woya und den anderen Frauen schien es nichts auszumachen, dass ihre Männer nicht von großem Nutzen waren. Das galt auch für Rebecca. Es gab zwei oder drei, die sie Bruder nannte und freundlich begrüßte, aber die restlichen Männer schienen ihr gleichgültig zu sein. Angeheiratete Männer seien keine Aniwaya, sagte sie, und gehörten nur durch ihre Kinder zur Familie.

Einmal kam ich dazu, wie ein Mann, den ich bisher noch nicht gesehen hatte, in Salalis Altweiberrunde saß und mit großer Geste etwas erzählte. Auch viele jüngere Frauen saßen dabei, und allgemeine Erregung lag in der Luft. Rebecca saß dem Erzähler gegenüber, in einer Haltung, als würde sie gleich aufspringen und – ja, was? Als sie sprach, verstand ich die Worte nicht, hörte aber Bedrängnis in ihrer Stimme. Woya hatte einen Arm um sie gelegt. Dann sprach Salali ernste Worte, und Rebecca – Immokali – sah mit schmalen Augen zu ihr hin. Sie saß sehr gerade, aber auf ihren Fersen, die nackten Knie dicht nebeneinander, und auf ihren Schen-

keln lag Laurie, gehalten von ihren kräftigen Händen, und
schlief wie ein Kätzchen. Mir fiel auf, wie wenig sie äußerlich
noch mit Mrs. Waterhouse gemein hatte.

Kurz darauf kam sie zu mir und sagte: Es gibt Neuigkeiten
von der Mission.

***

Sie berichtete, dass die Missionare noch auf der Suche nach
uns seien. Burleigh habe versucht, über Miss Cleaves tscherokesische Schüler herauszufinden, ob die Tscherokesen
etwas davon wüssten, dass zwei Missionarsfrauen abhandengekommen waren, darunter eine gebürtige Indianerin.
Er habe Geld und Waffen für unsere Freilassung angeboten.
Der Bote, ein Onkel der drei Kinder, habe bis dahin nichts
von unserer Anwesenheit in diesem Dorf gewusst; aber seine Schwester, die ihn erst zu Burleigh geschickt habe, hätte
davon gehört, dass hier im Tal eine verlorene Tochter heim-
gekommen sei. Sie habe ihn nun beauftragt, herzureiten und
von dem Gespräch mit dem alten Missionar, der seine Frau
suchte, zu berichten.

Wessen Onkel – welche Tochter? Rebecca musste mir den
Hergang der Dinge wiederholen. Als ich begriff, dass unse-
retwegen Boten hin- und hergeschickt wurden, wurde mir
bange.

Und jetzt? Werden sie uns verraten, sind Waffen für die
Tscherokesen nicht sehr wertvoll?

Wo denkst du hin. Sie sind doch froh, dass ich wieder da
bin.

Sie riss ein paar Grashalme aus und drehte sie zwischen
den Fingern. Ihr Mund nahm einen strengen Ausdruck an,
als sie fortfuhr: Ihre Mutter habe sie großgezogen; jetzt sei
sie endlich zurückgekommen. Mit ihrem Fortgang habe sie
gegen alle Sitte ein Loch in die Familie, ins Dorf, in die Ordnung gerissen. Allein sie, die verlorene Tochter, könne diesen Verlust wiedergutmachen. Um jeden Preis müssten sie

und Laurie bei der Familie bleiben. Die Aniwaya seien übrigens auch gewillt, die sonderbare neue Frau als Schwester aufzunehmen.

Sonderbar, wieso sonderbar?, entrüstete ich mich.

Rebecca lachte. Etwas Wärme kehrte in ihre Stimme zurück, als sie sagte, die Leute hielten mich für eins der Menschenweisen, die zweigeteilten Geistes seien – ein Mann in Frauengestalt.

Wie bitte?

Du wolltest Hosen tragen, mein Lieb. So etwas bleibt hier nicht verborgen. Und in deinem Rock sitzt du da wie ein verkleideter Mann. Manchmal frage ich mich, ob dir das nicht selbst auffällt?

Nein, sagte ich verwirrt.

Und du bist ein bisschen faul auf dem Feld, wie es die Männer sind, wenn sie bei der Arbeit helfen.

Ich arbeite wie alle Anderen auch!

… und dann isst du wie ein Bär und verschläfst den restlichen Tag, sagte sie und strich mir die Knäuel aus der Stirn. – Außerdem sehen sie, dass du mich begehrst, wie eine Frau es nicht zeigen würde. Sie versuchen, sich einen Reim darauf zu machen.

Und dieser Reim lautet, dass ich zweigeteilten Geistes bin? Was bedeutet das?

Dass du wirklich nichts verstehst …

Wie sollte ich denn?!, begehrte ich auf.

Es bedeute, erläuterte Rebecca, dass ich bei den Frauen bleiben dürfe. Ich dürfe bei der Frauenarbeit auf den Feldern und bei den Töpfen helfen und in Rebeccas Bett schlafen, solange sie damit einverstanden sei. Jede Frau der Aniwaya sei meine Schwester und würde mit mir Arbeit, Nahrung und die Sorge um ihre Kinder teilen, unter Umständen auch ihren Mann.

Ihren Mann?

Man geht davon aus, dass die Zweigeteilten beides sein und beides begehren könnten, Mann und Frau. Solange du mir nicht Ärger machst und auch keiner anderen Frau, hast du jede Freiheit, dich nachts mit einem der Männer zurückzuziehen – wenn du morgens wieder auf den Feldern bist.

Ich schwieg beeindruckt: Ich bin euch also nicht Frau, aber auch nicht Mann genug.

Ihnen vielleicht, sagte Rebecca. – Mir bist du in jeder Hinsicht genug.

Dann ergänzte sie schnell: Sei froh, dass du nicht als ganzer Mann giltst, sonst müsstest du wie die anderen Männer Handel treiben und auf die Jagd gehen und könntest nicht einfach hier im Haus leben.

Aber ich darf mich mit Woyas Mann zurückziehen – beispielsweise?

Ihr Lächeln vertiefte sich: Ich rate dir nicht, Streit mit Woya anzufangen. Außerdem hast du vorläufig keine eigene Bettstatt, um dir irgendwen einzuladen.

Sie nahm meine Hand und zog mich hoch. Wir mussten uns beeilen, um in die Gärten zu gelangen, wo die anderen Frauen die Kürbisse wässerten.

Wenn du mehr über Zweigeteilte wissen willst, sagte sie noch, – schau dir Koatohi an.

***

Bisher hatte ich Koatohi für eine tscherokesische Frau wie Woya, Salali und Rebecca gehalten, sogar für eine etwas aufregende. Koatohis Stimme – auch sie war der Tabakspfeife zugetan – klang so dunkel, dass sie in meinem Brustkorb widerhallte, wenn sie dicht neben mir saß; daher setzte ich mich gern neben sie. Rebecca erzählte ich lieber nichts von dieser angenehmen Empfindung.

Koatohi reichte mir bis zur Nase und besaß breite Wangenknochen; ihr Haar war nur halblang und mit einem weißen Band aus Baumwolle zurückgebunden, das sie häufig zurechtschob. Anders als die meisten Frauen hatte sie keine Kinder. Vielleicht saß sie deshalb immer etwas im Hintergrund, als wäre sie nur zu einem Teil anwesend. Wo sich der andere Teil aufhielt, ließ sich nicht sagen. Wenn einer der Männer oder der größeren Kinder ihr etwas nachrief – was manchmal geschah –, schien sie für Momente durchlässig zu werden wie ein Farngewächs im Unterholz. Die Rufe gingen durch Koatohi hindurch, die Blätter glitten mit einer fließenden Bewegung auseinander und wieder zusammen, als wäre nichts geschehen.

In den folgenden Tagen, als ich Koatohi heimlich ansah, bedauerte ich, dass ich nicht richtig mit ihr sprechen konnte. Ich hätte gern gewusst, warum die Leute mich mit ihr gleichsetzten.

Zweifelten sie an meiner Mutterschaft? Hätschelte ich Frankie nicht genug?

Zugegeben, Koatohi war bei der Feldarbeit viel behänder als ich – so schnell wie die anderen Frauen. Daran konnte es nicht liegen, dass sie als Zweigeteilte galt.

Lag es daran, dass sie, wie ich, gern üppig aß, vor allem Gebackenes?

Ob sie auch so viel schlief?

Es dauerte etwas, bis mir einfiel, dass Koatohi einem meiner Gefährten glich, der vor vielen Jahren durch die halbleeren Zwischendecks der *Queen Anne's Revenge* gestromert war, allein und ohne einen überflüssigen Laut. Wenn dieser Matrose – beim besten Willen fiel mir sein Name nicht ein – auf dem Oberdeck saß, hatte er, in seinen weiten Seemannshosen, die Beine ähnlich schmal gehalten wie Koatohi. Auch erinnerte ich mich an den Reiz, den er für manche Männer gehabt hatte, seiner Durchlässigkeit zum Trotz: einen seltsamen Reiz, manchmal lachten sie ihn aus, dann wieder umstrichen sie ihn wie hungrige Katzen. Freilich war auf unserem Schiff keine einzige Frau sichtbar geworden, um die sie hätten herumstreichen können.

In der tscherokesischen Siedlung gab es Frauen wie Männer zur Genüge. Auch Koatohi hatte einen Mann, Gola, der nicht den Eindruck machte, als sehnte er sich nach einer Anderen. Wie die übrigen Männer tauchte er abends, wenn die Schatten länger wurden, an ihrer Seite auf und verweilte dort für einige Stunden.

Tagsüber, bevor Gola kam, setzte ich mich nun häufiger neben Koatohi. Ich ließ ihre Stimme in meiner Brust widerhallen und teilte mein Gebäck mit ihr; und Koatohi schenkte mir das dunkle teeähnliche Getränk nach, das sie jeden Tag zubereitete. Es schmeckte bitter, aber auch beerensüß, und wir lächelten einander höflich zu, wenn sie mir den Becher füllte.

***

Nach einer Weile erkannte ich einen weiteren der schattenhaften Männer, die abends zu den Frauen und zu Koatohi kamen. Es war der Jäger, den die Moores zur Zeit von Mr. Syhres Aufenthalt im Wald gestellt und verprügelt hatten. Ich schämte mich für die puritanischen Scheusale und sah den Mann kaum an, in der Hoffnung, er würde mich nicht wiedererkennen. Als ich Rebecca nach ihm fragte, sagte sie kurz, Rayetaya sei Anisahoni und mit einer ihrer Schwestern verheiratet – nein, nicht Woya, Woya habe doch Atsadi, den Rundlichen. Rayetaya und Tsula hätten drei Kinder zusammen, die er häufig besuche. Selber wohne er nicht dauerhaft hier, sondern bei seiner Mutter in einem Dorf der Anisahoni, einige Tagesreisen entfernt.

Ich wunderte mich sehr über die tscherokesischen Familienverhältnisse. Ein Burleigh, der abends zu seiner Mutter heimging und morgens mit einem erlegten Hasen und Geschichtchen für die Kinder wiederkam, das hätte mir auch gefallen. Gern hätte ich mehr gewusst, doch Rebecca sagte bloß: Hör auf, mich auszufragen wie ein Kind.

Ich verstand ihren Unmut nicht. Mit jeder Frage, aber auch einfach mit den Tagen und Wochen schien er zuzunehmen. Jemand Anderen konnte ich nicht fragen; also hielt ich die Augen auf und versuchte, mir einen eigenen Reim auf die

Dinge zu machen. Während mein Mund verstummte, wurden meine Augen größer. Aus der Ordnung von Mann und Frau war ich gefallen, ja aus jeglicher Ordnung: Ich war nichts als ein sonderbarer Gast in einem Tscherokesendorf. Am meisten ähnelte ich wohl der kleinen Anne Cormac, die vor zwanzig Jahren über die Baumwollpflanzungen South Carolinas gelaufen war, ohne Worte und ohne äußere Begrenzung. Wie damals beobachtete ich die anderen Menschen, ohne mit ihnen zu sprechen, und fühlte mich ganz behaglich dabei. Man ließ mich in Ruhe.

Am Feuer beobachtete ich, wie Rayetaya bei Tsula saß, die ihm das Haar kämmte. Vielleicht war Tsula im herkömmlichen Sinn Rebeccas Schwester: Sie war so groß wie ich, aber hager und besaß einen amüsierten Gesichtsausdruck. Rayetayas langer und obendrein halb rasierter Schädel, der nur am Hinterkopf einen kleinen schwarzen Zopf aufwies, verlieh ihm etwas Vogelhaftes. Mit hin und her ruckendem Kopf teilte er seine Aufmerksamkeit zwischen Tsula und ihrer Schwester Immokali.

Ich mochte die Sitte des abendlichen Haarekämmens. Ein sachtes Kribbeln überkam mich, wenn ich den Leuten dabei zusah, ein wohliges Gefühl, wie es auch Koatohis Stimme auslöste … Klein Anne hatte immer gejammert, wenn ich sie gekämmt hatte. Jetzt griff ich mir gelegentlich Frankie, um ihn zu kämmen und meine Finger auf seiner warmen Kopfhaut auszuruhen. Aber sein helles Haar war so beliebt, dass er täglich durch mehrere Frauenhände ging und gegen weiteres Kämmen protestierte. Wenn mein einzig verbliebenes Kind sich mir entwand, befiel mich Melancholie, und ich wünschte, Rebecca würde mir das Haar kämmen. Leider fiel ihr das nicht ein. Oft saß sie still neben Rayetaya und war stumm wie ich; vielleicht dachte sie daran, wie Rachel zu Hause die Stube ausfegte und Mr. Waterhouse den Nachttopf unters Bett schob.

Einmal überwand ich meinen Stolz und schob ihr den Kamm zu, den Koatohi zwischen sich und mich auf die Decke gelegt hatte; und meine Geliebte fuhr mit kräftigen Strichen durch mein lang vernachlässigtes Haar, das nach allen Seiten abstand. Die Knäuel ließen sich kaum mehr glätten, auch Rebeccas beherzter Versuch, meinen Scheitel wiederherzustellen, schlug fehl. Sie lachte über meine Schmerzensrufe. Ich sehnte mich danach, von ihr liebkost zu werden, doch sie bohrte mir nur zwei Finger ins Rückgrat und ich stand beleidigt auf und ging in Woyas Haus.

∗∗∗

Nachdem ich Frankie schlafen gelegt hatte, suchte ich, einer plötzlichen Eingebung folgend, in Woyas Sachen nach dem kleinen scharfen Messer, mit dem sie die Haarspitzen ihrer Schwestern und Atsadis Wangen bearbeitete. Sie war sehr gekonnt darin und besaß sogar einen Spiegel; aber ich wollte nicht auf Woya warten. Ich musste mich selbst um die Unordnung auf meinem Schädel kümmern.

Probeweise versuchte ich mich an einer widerspenstigen Strähne. Das Messer war tatsächlich sehr gut. Wie Butter glitt es durch die Knoten und Knäuel, denen ich nacheinander den Garaus machte. Danach schnitt ich auch das restliche Haar auf Kinnlänge ab, und siehe: Mein Kopf wurde immer leichter zu tragen.

Erst als mein Werk vollbracht war, stellte ich Woyas Spiegel vor mir auf und fasste die etwas wunderliche Person ins Auge, die mir daraus entgegensah. Am fehlenden Eckzahn, der auf der falschen Seite saß, erkannte ich, dass diese Anne umgekehrt worden war. Ich dachte an die beiden Buchstaben N in meinem Namen – ob ich sie noch richtig herum würde schreiben können?

Anne im Spiegel war eine nicht mehr junge Frau mit vollen Backen, etwas müden Augen und schwarzem Haar; die grauen Fäden waren im barmherzigen Kerzenlicht nicht zu erkennen. Die wunderliche Person glich keiner Tscherokesin, aber auch nicht mehr Anne Burleigh, der Missionarsfrau,

Gott sei Dank. Ihre Frisur sah in keiner Weise fraulich aus, aber noch viel weniger war es die eines Mannes; die Frisur, wenngleich schief und krumm, erinnerte an Koatohi. Natürlich: Koatohi.

Rebecca würde mich nicht unbedingt schöner finden, glaubte ich; Woya würde freundlich bleiben und in Salalis Runde tratschen, dass ich mich in nächtlichem Wahn verunstaltet hätte. Aber da sie mich ohnehin für sonderbar hielten, sollte es mir recht sein. Sorgfältig kehrte ich die abgeschnittenen Haare aus der Tür, legte Messer und Spiegel an ihren Platz, ging zu Frankie ins Bett und fiel wieder in den traumlosen Schlaf, der mich auf dieser Reise begleitete.

***

Die gestutzten Haare machten es einfacher. Es war, als hätte dieses Eingeständnis meiner Wunderlichkeit es allen erleichtert, mich einzuordnen. Ich war ein Fall von zweigeteiltem Geist: der Gefährte der verlorenen Tochter, die noch keinem Mann die Treue gehalten hatte; im Schlepptau einen weißblonden Jungen unbekannter Herkunft. Ich aß, so viel ich wollte, und bemühte mich, für alle sichtbarlich hart zu arbeiten, bevor ich mich zur Ruhe legte. Ich nahm alles hin, wie es kam an diesem sonderbaren Ort, und dachte: So zweigeteilt wie in der Mission werde ich nie wieder sein.

***

Es dauerte einige Wochen, bis ich bemerkte, dass meine Schwere nicht einfach verschwunden, sondern auf Rebecca übergegangen war. Sie sprach nur noch wenig mit mir, auch meine äußere Verwandlung entlockte ihr kaum eine Antwort. Ich hatte keine Lust, ihr lästig zu sein, und hörte ganz auf zu fragen. Für ihren Verdruss konnte ich nichts. Warum hatte sie mich hierher mitgenommen, wenn sie mich gar nicht gerne sah?

Stattdessen nahm ich ihr den winzigen Laurie Waterhouse ab, trug ihn herum und herzte ihn. Dabei stellte ich fest, dass er ein besonders hübsches und kluges Kind war. Kaum hatten wir einige Wochen hier verbracht, nahmen seine Augen die schöne tscherokesische Schwärze an und blickten drein, als würden sie die zwei Welten schon gut verstehen: die, aus der wir geflohen waren, und die, in der wir uns jetzt befanden. Tscherokesischer Sitte gemäß nahm ich ihn zur Feldarbeit mit; wenn mein Rücken zu sehr wehtat, konnte ich die Trage an eine andere Frau weiterreichen. Ich gewöhnte mich daran, wieder einen Säugling um mich zu haben.

Mit der Zeit fand ich mich auch im Tscherokesischen besser zurecht. Ich stellte die halbwegs freigeschnittenen Ohren auf und lernte, genau wie Frankie, einige zentrale Wörter: Mais, Kürbis, Bohnen, Fisch, essen und schlafen, Sonne und Regen, Nacht und Tag, Frau, Mann und Kind, Hacke, Topf und Kessel. Gern hätte ich diese Wörter aufgeschrieben, doch dazu fehlte es an Papier und Tinte.

Bei näherem Betrachten stellte ich fest, dass mir das nicht viel ausmachte. Auf den Feldern, im Haus und bei den merkwürdigen Ritualen, mit denen die Leute ihren Göttern dienten und mit ihren Vorfahren plauderten, als säßen sie noch unter uns, ließ ich die Wörter durch mich hindurchfließen wie Regenwasser. Mein Kopf war leicht und frei, ich genoss, dass es für mich, hier unter Tscherokesen, nicht so sehr auf die richtigen Wörter ankam.

3

Einmal, zur Mittagsstunde, trug ich Laurie herum, weil er unruhig war, und als ich zum Feuer zurückkam, lag Rebeccas Kopf in Tsulas Schoß, die ihr Kopf und Nacken koste. Ihre Augen waren geschlossen, als nähme sie mich nicht wahr und wollte mich auch nicht wahrnehmen. Zornig ging ich davon. Später, als wir nebeneinander auf dem Bohnenfeld knieten, fragte ich sie: Was hast du mit Tsula zu schaffen? Sprichst du deshalb nicht mehr mit mir, gehst du deshalb nicht mit mir in den Wald oder an ein anderes schönes Plätzchen?

Anne, Tsula ist meine Schwester, sagte sie, – du verstehst alles ganz falsch.

Wie denn auch nicht? Du wirfst mir einen Brocken hin und schimpfst, weil ich nicht die ganze Weisheit draus lese. Sie ist deine Schwester, und weiter? Du musst mir eure Angelegenheiten schon erklären, damit ich sie verstehe.

Sie zögerte.

In Ordnung, sagte sie dann. – Die Sache ist: Meine Mutter drängt mich, Rayetaya zu heiraten. Er möchte das gern, und auch Tsula ist dafür.

Rayetayas Frau ist dafür? Was sagst du da?

Die Geschichte ist lang …

Erzähl sie mir.

Ich habe schon einmal von früher erzählt, sagte sie mit eigenartigem Lächeln, – du saßest im Publikum.

Bitte erzähl alles noch mal, wie du es *mir* erzählen willst, nicht einem Teufel wie Mr. Syhre.

Rayetaya wollte mich schon damals heiraten, begann Rebecca, – uns beide, Tsula und mich. Dann hätte er seine Frauen und Kinder an einem Ort gehabt, und wir Schwestern hätten zusammen ein neues Haus bauen können und unsere Kinder gemeinsam durchgebracht. Es war der Winter, als alle hungerten und wir Krieg mit den Franzosen und der Anigatogewi-Familie hatten. Viele starben und viele waren krank. In solchen Zeiten bietet es sich an, dass zwei Schwestern denselben Mann heiraten und sich gegenseitig unterstützen.

Ein Mann, der zwei Schwestern heiratet! Ich dachte an Lea und Rahel, die Frauen Jakobs, die ihm viele Schafe und viele Söhne eingebracht hatten. Anscheinend dachten die Tscherokesen in schweren Zeiten ähnlich.

Weil Rebecca so bedrückt aussah, fragte ich: Du wolltest das nicht?

Ich wollte gern mit Tsula zusammenleben. Aber ohne Rayetaya.

Ihr Mund wurde wieder streng.

Sie ist nur wenig älter als ich, und wir haben fast unser ganzes Leben miteinander verbracht. Sie hat mich behütet, was auch kam. Ich habe nie ein Geheimnis vor ihr gehabt und Tsula keins vor mir. Darum fand sie es wohl eine gute Idee, wenn wir uns einen Ehemann teilen. Ich fand das nicht.

Warum nicht, wenn es sich doch anbietet?

Rayetaya war seit langem Tsulas Liebster, sagte sie. – Ich mochte ihn nicht leiden, schon als junges Mädchen nicht, als er ins Haus der Mutter kam. Ich hätte ihn eher vergiftet, als ihn in einem Haus zu dulden, das Tsula und mir gehört. Und ich wollte bestimmt kein Kind von ihm empfangen. Dann starb Ayita – sie war, was ihr wohl eine Cousine nennen würdet. Ayita war krank und schwach, sie hätte kein Kind bekommen dürfen. Alle waren wir schwach in dieser Zeit.

Ich dachte: Rebecca schwach!

Was ist dann passiert?

Nach Ayitas Tod und vor Tsulas Hochzeit ging ich davon. Ich wollte nicht allein zurückbleiben. Von einem alten Onkel, der früher herumgereist ist, um Handel zu treiben, wusste ich ein paar Wörter Französisch und Englisch. Zu den Franzosen wollte ich nicht, sie hatten die Aniwaya ein paar Mal übel verraten. Also blieben die Engländer.

Sie stieß die Luft durch Nase: Ich hatte keine rechte Vorstellung vom Puritanerleben.

Vor allem nicht, dass sie dich würden hängen wollen, dachte ich. In diesem Augenblick begriff ich recht eigentlich, was Mr. Syhre und die Moores, ja die ganze Gemeinde ihr angetan hatten. Auch ich selbst, die Pfarrersfrau Anne Burleigh, hatte schlecht von ihr geredet. Verzeih mir, Rebecca, dachte ich.

Hörst du noch, Anne?

Ja.

Ich traf auf einen Trupp puritanischer Siedler. Erst wollte ich mich verstecken, aber ich war so hungrig, dass ich nicht weit gekommen wäre, und ging mit offenen Händen auf sie zu. Sie erzählten mir von einer jungen Siedlung, in der sie vor ein paar Tagen gerastet hatten, und von Waterhouse, der ein Haus und Vieh besaß, aber keine Frau.

Du wolltest lieber Mr. Waterhouse heiraten als Rayetaya?

Lieber einen Fremden als Tsulas Mann. Ich war kaum erwachsen und ausgehungert und – wie gesagt – ich wusste nichts von den Puritanern. Ich wusste nur, dass ich Tsula und Rayetaya niemals wiedersehen wollte. Also machte ich mich auf die Suche nach der neuen Siedlung. Die alte Mrs. Moore, möge sie in Frieden ruhen, fiel fast vom Melkschemel, als ich angeritten kam und Guten Tag zu ihr sagte.

Ohne nachzudenken, setzte ich hinzu, wie ich es in der Mission getan hätte: Möge sie in Frieden ruhen – und lachte plötzlich laut heraus. Ich lachte und lachte, als hätte ich den größten Scherz aller Zeiten gehört, und keuchte: Gott habe sie selig!

Rebecca sah mich an, als wäre ich verrückt geworden. Dann stimmte sie ein und ergänzte: Sehr selig! Ganz besonders selig!

Sie warf mich um, ich fiel ins Bohnenkraut und lachte weiter. Wir lachten, bis uns Tränen kamen, ohne recht zu wissen warum und auf Kosten der verstorbenen Mrs. Moore, die weiter nichts getan hatte als zu erschrecken. Und ich lachte – aber davon musste Rebecca nichts wissen – auf Kosten von Miss Cleave, die mir diese frommen Worte ans Herz gelegt hatte. Wie mühsam ich sie niedergeschrieben hatte: Gott habe sie selig!

Ich sah Miss Cleave vor mir stehen in ihrer großen Ernsthaftigkeit. Du hast alles weggeworfen, Einsicht und Geduld und die Schrift, hörte ich meine Lehrerin sagen, indes ihr Haar golden schimmerte; und es stach mir ins Herz.

Aber im Stillen trotzte ich ihr: Einsicht, Geduld und die Schrift haben mich nicht froh gemacht. Ich wollte etwas anderes.

Laut sagte ich: Es ist keine Sünde zu lachen, und wenn doch, dann kümmert es mich nicht.

Und ich küsste Rebecca, die noch nicht aufgehört hatte zu lachen.

***

Nach dieser Unterhaltung beobachtete ich Rayetaya sehr genau: einen Mann mittleren Alters, wohlgenährt und freundlich zu seinen Kindern. Was im Himmel wollte er nach all dieser Zeit von Rebecca? Was würde aus mir werden, wenn sie ihn tatsächlich heiratete?

Wahrscheinlich würde sich nicht allzu viel ändern, vermutete ich. Rebecca war ohnehin immerzu mit den anderen Frauen zusammen, mit Tsula, Woya, den Älteren: redend, kochend, Unkraut rupfend – wie ein einziger großer Frauenkörper mit hundert geschäftigen Armen. Keine, ob verheiratet oder nicht, schien hier viel für sich zu sein.

Nur nachts waren wir allein.

Frühmorgens erwachte ich von Rebeccas Blick auf mir. Den Kopf auf die linke Hand gestützt, sah sie mich grübelnd an. Ich richtete mich auf und erwiderte ihren Blick.

Sag mir, warum will Rayetaya dich heiraten?

Anscheinend hat er die Vorstellung nie aufgegeben. Warum, glaubst du, ist er immer wieder in der Mission aufgetaucht? Um Burleigh Briefe zu bringen und sich am Ende doch vom Christengott überzeugen zu lassen?

Sie drehte sich auf den Rücken und fuhr fort, die Augen nach oben gerichtet: Es ist nicht nur Rayetaya. Meine Mutter liegt mir damit in den Ohren. Rayetaya ist ein guter Mann, sagt sie, und ich solle noch ein, zwei Kinder haben. Und Tsula führt mir vor Augen, wie gern sie mich bei sich hätte; dass sie mich behüten würde wie früher. Für sie alle wäre es die beste Lösung.

Aber du bist kein kleines Schwesterchen mehr. Und ein Kind hast du ihnen auch gebracht.

In meinem Alter ein einziges Kind, das ist der Mutter zu wenig. Ich habe den Aniwaya zwei Kinder gestohlen und sie den Engländern überlassen, jetzt ist es an mir, der Familie entgegenzukommen. Hätte ich nur Rachel und Jamie mitgenommen!

Zum ersten Mal sah ich, wie ihr von beginnendem Weinen der Mund zitterte. Mir wurde unbehaglich; schon mit den Tränen meiner Kinder hatte ich nie gut umgehen können. Ich rückte näher und legte meinen Arm um ihre Brust.

Du musst ihn nicht heiraten. Eher gehen wir von hier fort.

Das ist doch Unsinn. Wohin sollten wir gehen? Vielleicht ist es das Beste, ich heirate ihn und nehme dich und Frankie mit in Tsulas Haus …

Nein. Auf keinen Fall werde ich dorthin ziehen, erklärte ich – selbst erstaunt über meine Entschiedenheit. Aber elf Jahre mit Burleigh waren wirklich genug. Ich würde mich nicht noch einmal an einen Ehemann gewöhnen, auch nicht an Rebeccas.

Und ich möchte auch nicht, dass du jemand anderen heiratest als mich.

Sie lächelte milde – ein Lächeln, das ich nicht sehen wollte. Ich stand auf und zog meinen Rock über.

* * *

Rebecca hatte recht: Immer wieder verstand ich falsch, wie die Dinge bei den Tscherokesen lagen.

Die tscherokesischen Kinder hatten einen großen Mund, sie sagten stets, was sie dachten und wünschten, und oft genug wurde es ihnen gewährt. Auch gezüchtigt wurden sie kaum. Frankie gewöhnte sich schnell daran, Widerworte zu geben; in Burleighs Abwesenheit und unterstützt von seiner älteren Freundin, wurde er immer ungebärdiger. Eines Abends weigerte er sich, ins Bett zu gehen, als ich es wünschte, er kam nicht einmal mit ins Haus, und als ich ihn kurzerhand packte und hineintrug, schrie er: Hör auf, Mutter, ich bin doch kein Sklave wie die Yamacraw.

Ich stellte ihn zurück auf seine Füße: Du magst kein Sklave sein, aber ein Kind, das seiner Mutter zu gehorchen hat.

Frankie nickte: Ein Gotteskind. Weißt du noch, so hat Vater uns sonntags genannt. Ich bin ein Gotteskind und kein Sklave.

Was soll das mit den Sklaven?

Die Männer, die im letzten Haus vor den Feldern wohnen, sind welche. Die anderen Kinder haben gesagt, dass sie niemals hinausgehen dürfen, nicht einmal zum Essen. Ich habe das Wort nicht verstanden, und dann hat Mrs. Waterhouse gesagt, dass sie Sklaven sind.

Der schwarze Seeräuber Immanuel fiel mir wieder ein, geraubt und verschifft in der Alten Welt; Sklavenherz hatten ihn meine Kameraden genannt, bevor sie ihn töteten. Außerdem hatte ich von Sklaven gehört, die auf englischen Baumwollfeldern arbeiteten. Was hatten die freundlichen Tscherokesen damit zu schaffen? Wurden sie nicht selber von den Franzosen drangsaliert und mitunter geraubt? Frankie musste das falsch verstanden haben, sicherlich verstand er mindestens so viel falsch wie ich …

Ich bin kein Sklave, flüsterte das Kind noch einmal, entwand sich meinen Händen und rannte hinaus in die Abenddämmerung.

***

Am nächsten Tag spazierte ich zu der Hütte, von der Frankie gesprochen hatte. Auf dem Weg zur Feldarbeit war ich schon häufiger daran vorbeigekommen, aber erst jetzt sah ich, dass einer von Rebeccas Brüdern nicht zufällig davorstand, sondern dass er einen Speer trug und die Haltung eines Wächters angenommen hatte. Kein Zweifel, er bewachte etwas. Was es war, konnte ich nicht sehen, die Tür war verschlossen und die Fensterschlitze zu schmal. Aber ich hörte menschliche Stimmen in der Hütte.

In höchster Aufregung ging ich zu Rebecca, die mir sogleich Auskunft gab.

Frankie hat recht, die Leute sind Sklaven. Sie werden wohl bald an reisende Händler verkauft, die uns Töpfe, Kessel, Spiegel und Gewehrkugeln für sie geben.

Was sind das für Leute, Rebecca? Und wieso tut ihr ihnen das an, seid ihr Gesetzlose?

Sie kommen aus dem Süden, habe ich gehört. Die Männer haben sie aus irgendeinem Krieg mitgebracht. Solche Gefangenen werden an die Engländer verkauft, Tierhäute bringen nicht mehr viel ein.

Und was das Gesetz angeht, sagte sie und ihre Augen verengten sich, – so sind wir nicht gesetzloser als die Engländer, die die Leute kaufen. Außerdem schien mir, die Marter wäre dir auch nicht lieb.

Was hat die Marter damit zu tun?

Seit die Aniwaya Sklaven handeln, wird nicht mehr zu Ehren der Götter gemartert. Gefangene werden verkauft, nicht getötet. Die Alten beklagen es; was die Götter davon halten, weiß ich nicht. Mir ist beides gleich.

Es ist dir gleich, dass Menschen – Gotteskinder allemal – ihre Freiheit verlieren?

Gotteskinder, Goodwife Burleigh? Ich kenne keine Gotteskinder, ich kenne gute und schlechte Menschen und solche, die kein Glück haben, wie die Männer in der Hütte. Sie haben schlecht gekämpft und müssen dafür Leid ertragen.

Ich wusste nicht mehr, was ich sagen sollte. Sicherlich, die alberne puritanische Rede von den Gotteskindern konnte ich getrost Frankie und seinem Vater, dem Pfaffen, überlassen. Dennoch haderte ich damit, dass die Tscherokesen sich als ein Volk von Sklavenhändlern entpuppten.

Nachmittags ging ich wieder zum Gefängnis. Als ich sah, dass Koatohi, bepackt mit Brot und einer großen Schüssel Bohneneintopf, sich auf den Weg zu ihnen machte, nahm ich ihr die Maisfladen aus dem Arm und schloss mich an. Der Wächter, ein anderer Aniwaya als am Tag zuvor, entriegelte die Tür und ließ uns ein.

Im Halbdunkel der Hütte, die von der Junisonne aufgeheizt war, unterschied ich drei männliche Gestalten. Sie kamen näher und musterten erst das Essen, dann mich. Koatohi, die ohne ein Wort niederkniete und den Eintopf austeilte, kannten sie offenbar schon.

So angestarrt zu werden, machte mich verlegen, gleichzeitig wuchs meine Neugier.

Gesegnete Mahlzeit, sagte ich, um etwas zu sagen.

Du sprichst Englisch!, rief einer der Männer.

Ich war vom Donner gerührt.

Ja, natürlich, rief ich, – ihr auch? Aber ihr seid doch Indianer?!

Du nicht, meine Dame?

Es war wirklich zu dunkel in dieser Hütte. Meist standen in den tscherokesischen Häusern die Türen tagsüber offen und ließen Licht herein.

Nein, sagte ich, – das heißt, bisher …

Wir leben mit den Weißen zusammen, sagte der Gefangene. – Das heißt, bisher …

Koatohi wechselte Blicke mit dem Wächter. Sie sprachen kurz miteinander, dann bedeutete sie mir, mit ihr hinauszugehen. Ich schüttelte den Kopf, doch sie zog mich mit sich, ihr Griff war kräftig. Draußen wies sie auf einen der Fensterschlitze und ging davon. Ich würde also von hier aus mit den Gefangenen reden können.

Ich rief die Männer an und hörte, wie sie näherkamen.

Wer seid ihr und woher kommt ihr?

Die Stimme desselben Mannes drang an mein Ohr.

Wir sind Yamacraw und kommen aus der Gegend, die die Weißen die Kolonie Georgia nennen.

Ich hatte noch nie von einer Kolonie namens Georgia gehört. Wo soll das liegen?

Südlich von South Carolina, rief er zurück. – Es ist eine ganz neue Kolonie.

Das ist sehr weit weg. Wie kommt ihr hierher?

Die verfluchten Tscherokesen haben uns aufs Pferd gebunden und verschleppt, meine Dame. Aber woher kommst du? Du bist keine Tscherokesin.

Trotz seines Misstrauens mochte ich den fremden Mann. Wie wohl es tat, ihn verstehen und ihm antworten zu können. Der fremde Tonfall klang anders als Rebeccas, aber sehr angenehm in meinen Ohren.

Ich bin Anne, sagte ich nach kurzem Zögern. – Ich komme aus Charles Town in South Carolina.

Weitere Auskunft wollte ich nicht geben, daher fragte ich schnell: Warum haben sie euch gefangen genommen?

Es gab Streit um Jagdtiere, antwortete eine andere Stimme. – Es werden immer weniger Hirsche und anderes Wild, deren Häute wir den Weißen verkaufen können. Aber wir brauchen Baumwolle von ihnen und Dinge aus Kupfer und Eisen. Seit es zu wenig Häute gibt, haben die Tscherokesen angefangen, stattdessen Menschen zu jagen und zu verkaufen. So sind aus uns Jägern Gefangene geworden.

Rebeccas Brüder sollten Menschenjäger sein? Vielleicht hatten die Männer in dieser dunklen Hütte den Verstand verloren.

Kannst du uns helfen?, fragte der Yamacraw-Mann, der zuerst gesprochen hatte.

Ich bin eine mittellose Frau und nur zu Gast hier, sagte ich. – Ich kann euch noch etwas mehr zu essen bringen, aber das ist alles.

Bring uns ein scharfes Messer, sagte er bitter.

Die zweite Stimme sagte: Verfluchte Sklaverei! In Georgia wird es keine Sklaven geben, weder unter Weißen noch unter Indianern. In Georgia werden alle Menschen frei sein.

Warum sollte Georgia darin besser sein als die Carolinas?, fragte ich.

Weil Georgia die Kolonie der Freien und Gleichen ist, ohne Herren und ohne Sklaven. Das hat Gouverneur Oglethorpe den Yamacraw versprochen, und wir haben ihm Land und Schutz dafür gegeben.

Wie will der Gouverneur das anstellen – eine Kolonie ohne Sklaven?

Zusammen mit uns und allen Anderen, die Lust dazu haben, wird er eine große schöne Stadt errichten. Jeder wird ein Haus und einen Garten haben, in völliger Absehung von Stand oder Familie. Keiner soll mehr oder weniger haben als der Andere. Land und Menschen werden nicht mehr verkauft werden dürfen, wie es unter der Herrschaft der Weißen geschieht. Die Not wird ein Ende haben.

Während der Mann sprach, sah ich jemanden vom Dorf herankommen. Er ging behutsam, als wollte er nicht auffallen. Ich erkannte Rayetayas Vogelkopf. Natürlich hatten sie mir jemanden hinterhergeschickt, und natürlich handelte es sich um Rayetaya, den Einzigen im Dorf – Rebecca ausgenommen –, der etwas Englisch verstand.

Ich erhob mich rasch und fragte: Aber ist Gouverneur Oglethorpe nicht auch ein Weißer?

In Georgia wird es keine Rolle mehr spielen, ob einer weiß ist oder indianisch.

Weil er das sagt, vertraut ihr ihm?

Wir haben keine andere Wahl, gab die erste Stimme zu. – Die Spanier sitzen uns im Nacken. Niemand will unter den Spaniern leben.

Inzwischen stand Rayetaya fast neben mir. Er hatte seinen und Tsulas Ältesten an der Hand, einen Jungen von elf Jahren, und lächelte unergründlich.

Rasch fragte ich: Wo soll die neue Stadt liegen?

Zwischen den Mündungen der Flüsse Altamaha und Savannah. Geh hin, meine Dame, und sage Tomochichi, dass seine drei jüngeren Brüder wohl nicht wiederkehren.

***

Rebecca runzelte die Stirn, als ich ihr vom Plan des Gouverneurs Oglethorpe erzählte.

Erinnerst du dich an Syhres Rede vom Neuen Jerusalem?

Das war etwas anderes, sagte ich. – Franziskus Syhre war ein puritanischer Geschichtenerzähler, der Hexen und Lüstlinge verbrennen wollte. Oglethorpe geht es nicht ums Verbrennen. Er glaubt, dass alle ein gleich großes Haus bekommen sollen, Weiße, Schwarze und Indianer, wahrscheinlich auch Lüstlinge und Hexen.

Warum?

Wahrscheinlich nimmt er an, dass alle Menschen gut und friedlich sind, wenn sie ein eigenes Dach über dem Kopf haben.

Und die Yamacraw glauben ihm?

Sie leben mit ihm zusammen in der neuen Kolonie Georgia, und er hält ihnen die Spanier vom Leib. Rebecca, können wir irgendetwas tun, damit die drei nicht verkauft werden?

Nein, erklärte sie, – den Teufel werden wir. Ich hatte heute Nachmittag meine liebe Not, der Familie zu erklären, warum du ausgedehnte Plaudereien mit den Sklaven abhältst, und keiner weiß, worüber. Salali meint, dass du eher wieder zu den Engländern zurückgehst, als eine von uns zu werden.

Ich seufzte und blickte mich um. Wir hatten es komfortabel in Woyas Haus. Niemals würde ich in die Missionsgemeinde zurückgehen. Dennoch fühlte ich Salalis, Woyas, Rayetayas und auch Koatohis aufmerksame Blicke auf mir. Je länger wir hier waren, umso häufiger stolperte ich über unsichtbare

Regeln, festgehalten in keinem Buch und obendrein in einer fremden Sprache. Noch dazu drängten sie meine Geliebte, einen der ihren zu heiraten.

Wir sind hier nicht sehr frei, Rebecca.

Aber sollen wir zurückgehen?

Nein! Wir gehen nirgendhin zurück.

Ich überlegte kurz. Dann richtete ich mich auf: Lass uns in Gottes Namen nach Georgia gehen.

Sie lachte auf: In Gottes Namen?

In wessen Namen auch immer. Im Namen der Freiheit, des Glücks, im Namen von Rebecca und Anne.

Allen Ernstes, Anne? Denk an den schwierigen Weg hierher …

Dann hellte ihr Gesicht sich auf: Unser Brauner! Gleich morgen werde ich sehen, wie es unserem Pferd ergeht. Ja, wir werden gehen. Vielleicht holen wir auch Rachel und Jamie dazu – das ist doch nicht völlig unmöglich?

Entsetzt schwieg ich. Sie wollte nicht nur unsere beiden Söhne wieder mitnehmen – nein, noch mehr Kinder mussten es sein. Meinetwegen würden wir Frankie und auch Laurie, den ich liebgewonnen hatte, durchbringen können. Aber zurück zur Mission zu gehen, um heimlich die jungen Waterhouses abzuholen – um Himmels willen!

In meiner Not wandte ich mich nach links und rechts. Hatte ich tatsächlichen einen neuen Aufbruch vorgeschlagen? Wehmütig betrachtete ich den reinlichen Vorhang vor Rebeccas Lager. Durch den Fensterschlitz kam eine Brise und bewegte ihn sacht. Auf der anderen Seite brannte noch eine Kerze; Woya und Atsadi unterhielten sich leise. Ich dachte an mein grünes Fenster, an die Stille, wenn ich abends davorsaß, allein oder mit Burleigh … Rebecca hatte mich vom grünen Fenster weggelockt und in ihr Abenteuer hineingezogen, und ich war freudig mitgegangen. Wenn meine Reisegefährtin jetzt, im Tscherokesendorf, unglücklich war, konnte ich hier auch nicht glücklich werden. Es ließ sich nicht leugnen: Ich hatte eine ganze Menge mit dieser Frau zu schaffen. Und warum sollten wir zusammen nicht einen besseren Ort finden als das Tscherokesendorf?

Lass uns die Kleinen und unsere Sachen zusammenpacken und den Braunen holen, sagte ich. – Aber auf keinen Fall gehe ich zurück zur Mission. Es wäre viel zu gefährlich, wir würden kein zweites Mal von dort wegkommen.

Rebecca schwieg für einen Augenblick, und ich meinte zu sehen, wie sich etwas in ihr verschloss.

Was sie in Georgia wohl anbauen, fuhr sie dann etwas mühsam scherzend fort, – Mais und Kürbis oder doch christlichen Weizen?

Ich zuckte die Achseln: Je nachdem, wie gut der Boden ist und ob es dort mehr Yamacraw oder mehr Engländer gibt.

Ich weiß nicht, was die Yamacraw anbauen; ich habe noch nie von ihnen gehört. Wir haben keine Ahnung, wohin wir gehen.

Nein. Alles ist ungewiss.

Damit die Aussicht nicht zu niederdrückend klang, nahm ich sie in die Arme und versuchte zu scherzen: Hoffen wir, Oglethorpe lässt auch entflohene Puritaner in seine Stadt.

Hoffen wir, dass es nicht zu viele sind, sagte Rebecca.

***

Wir planten unseren Aufbruch, ohne jemandem davon zu erzählen. Zwar wollte Rebecca nicht heimlich und ohne Abschied davonreiten, aber unser Plan sollte erst einen oder zwei Tage vorher verkündet werden, damit kein Aufruhr und keine zusätzlichen Vorwürfe entstünden. Besonders fürchtete sie sich, Salali und Tsula Bescheid zu geben. Sie sagte, bis zu unserer Abreise jeden Tag ihre enttäuschten Gesichter zu sehen, würde sie vielleicht nicht überleben. Ich fand, sie übertrieb, behielt das aber für mich.

Wann immer sich die Zeit fand, nähten wir uns neue Kleidung. Es war nicht leicht, etwas zu tun, ohne dass alle Anderen es mitbekamen und sich die Mäuler darüber zerrissen. In

Klatsch und Tratsch glichen sich Puritaner und Tscherokesen – und auch die Seeräuber auf der *Queen Anne's Revenge*, fiel mir ein. Während ich nähte, sann ich darüber nach, ob wir wohl einen Ort finden würden, wo nicht tausend Augenpaare auf uns ruhten, wo Menschen zusammenlebten, einander gernhatten und halfen, ohne sich immerzu auf die Finger zu sehen …

Auf der anderen Seite hatte sich als Vorteil erwiesen, dass alle zusammenarbeiteten und aller Besitz im Tscherokesendorf allen Dorfbewohnern zur Verfügung stand. So hatte Rebecca es gerechtfertigt, dass wir uns im großen Lager im Haus der Mutter, das dem puritanischen Gemeindehaus nicht unähnlich war, durch Kriegsbeute und Handelsware wühlten. Ohne weiter zu fragen, nahmen wir Stoffe und Garne.

Zuerst hatte ich keine Vorstellung, was ich für mich selbst nähen sollte; also begann ich mit Frankies Ausstattung. Mein Sohn sollte endlich Hosen und ein schwarzes Jäckchen haben. Seine alten Schuhe würden ihm hoffentlich noch passen. Er sollte nicht wie ein Puritaner aussehen, aber doch würdig. Ich wollte, dass er allmählich aufhörte, nachts um sich zu treten und nach Bradford und seiner Miss Agnes zu rufen. Frankie sollte ein ordentlicher Junge sein, der sich gut auf dem Pferd hielt, nicht jammerte und Laurie ein großer Bruder war.

Für mein eigenes Kleid legte ich mir dunkelrot eingefärbte Baumwolle zurück. Es war der schönste Stoff, den ich gefunden hatte, und mein Gewissen nagte, dass ich so viel davon entwendet hatte. Ich freute mich darauf, ihn zu tragen. Unter Mrs. Edens geduldiger Anleitung hatte ich beachtliche Nähkünste entfaltet und mir manches Kleid genäht, das in einer anderen Farbe als Schwarz oder Grau viel mehr hergemacht hätte. Dennoch zögerte ich. Ein englisches Kleid, ob puritanisch oder nicht, wäre in jedem Fall beengender als die Tracht der Tscherokesen, die ich jetzt trug. Ich trauerte im Voraus darum, Hemd und Lederrock abzutun und Mieder,

Kragen und Strümpfe anzulegen. Ich fühlte Trotz aufsteigen wie vor sehr langer Zeit, als Dolores Cormac mich in Kleider gesteckt hatte, die eng saßen und zwickten, wenn ich darin über die Felder lief.

Während ich so dasaß und meiner Mutter trotzte, die gewiss längst tot war, strich meine Hand über Frankies neue Hose aus grober schwarzer Baumwolle – und krachend fielen meine Scheuklappen zu Boden. Ich wollte Hosen haben, kein Kleid! Eine Hose aus genau demselben Stoff!

Ich holte mehr von dem schwarzen Stoff und machte mich sofort an die Arbeit. Nach kurzer Zeit hatte ich eine Männerhose ohne Fehl und Tadel. Nur der Knopf, den ich unter Woyas Sachen gefunden hatte, war etwas zu bunt und zu prächtig … Ich zog meine Hose über und sprang und tanzte durchs Haus; ich führte einen Räubertanz auf wie seit elftausend Jahren nicht mehr. Dann setzte ich mich wieder auf die Erde, so breitbeinig wie nur möglich, und schnitt den dunkelroten Stoff zu einem weiten Mantel, wie ihn Mr. Syhre getragen hatte. Ich nähte ihn sogar doppelt, damit er Kälte abhalten und Brüste und Bewaffnung wohl verbergen würde. In die Innentasche überm Herzen ließ ich Vaters silberne Uhr gleiten.

Und so verwandelte ich mich in einen Mann – zum zweiten Mal tat ich das. Alle Abenteuer würden leichter auszustehen sein, wenn ich sie in männlicher Verfassung durchlebte.

***

Ich ging nicht gleich zu Rebecca. Ich würde etwas Zeit brauchen, um mich an die neue Form zu gewöhnen, die ich mir zurechtschnitt und -nähte.

Als mir aufging, dass ich mir noch einmal die Haare schneiden musste, wandte ich mich an Koatohi. Zwar hatte sie mich verpfiffen, was meine Plauderei mit den Gefangenen anging, aber ich rechnete auf ihr Verständnis in dieser Angelegenheit. Koatohis halblanges Haar war tadellos geschnitten, hoffentlich von ihr selbst.

Sie folgte mir in Woyas Haus und nahm das scharfe Messer, das ich ihr entgegenhielt. Rasch ließ ich meinen Rock fallen, zog die neue Hose an, die noch kein anderer Mensch gesehen hatte, und stopfte das weiße Hemd hinein. Zum Schluss zog ich den Mantel über und strich mein Haar zurück. Mit Gesten deutete ich an, dass ich es gern abgeschnitten hätte.

Koatohi sah mich mit erhobenen Augenbrauen an und sagte etwas, was ich nicht verstand; aber es klang begütigend. Wie immer drang mir ihre Stimme durchs Brustbein und hallte darin nach. Sie rührte Schweres und Trauriges an. Ich ließ die Hände sinken und war den Tränen nah: Wie der letzte Idiot stand ich vor ihr. Nie würde ich mit ihr sprechen, ihr erklären können, was ich mit dieser Verwandlung bezweckte. Zwischen mir und Koatohi, dem anderen zweigeteilten Geist im Dorf, stand eine Mauer aus Fremdheit.

Da trat sie auf mich zu und drehte mich mit einer sanften Berührung von sich weg. Sie drückte meine Schultern nach unten, bis ich am Boden kniete, und begann, mir die Haare zu schneiden – mit leichten, kaum merklichen Schnitten. Ich hielt den Atem an und dachte noch, dass ich darauf vertrauen müsste, dass Koatohi ungefähr wüsste, wie die Haartracht eines weißen Mannes aussah. Dann überließ ich mich ihren Händen, die so sorgsam mit mir waren.

Viel zu schnell war sie fertig und zog mich wieder hoch. Mir schwindelte kurz, dann suchte ich Woyas Spiegel hervor. Diesmal war ein leidlich junger Mann mit weichen Zügen und kurzgeschnittenem Haar darin zu sehen. Stirn, Ohren und Nacken waren frei, nur ein Eckzahn fehlte. Was ich erblickte, war kein Räubergesicht, sondern das eines glattrasierten, leicht ergrauten Städters, vielleicht eines Predigers oder Schreibers, vielleicht mit indianischem Einschlag.

Glücklich wandte ich mich an meine Helferin und sagte *Danke, Schwester* auf Tscherokesisch; ich hatte es mir vorgesprochen, ehe ich Koatohi hereingebeten hatte.

Dann wartete ich auf meine Geliebte.

***

Lange wartete ich, wie eine eingesponnene Raupe darauf wartet, wieder ins Tageslicht hinaus zu dürfen. Ich verlor mein Zeitgefühl, als ich durch den Fensterschlitz beobachtete, wie die Sonne wanderte, und hungrig und durstig dabei wurde. Aber mitten in meiner Verwandlung konnte ich nicht einfach hinausgehen; und ohne Rebecca wäre die Verwandlung nicht vollständig. Als ihr Mann wurde ich neu geschaffen – das ging mir immer mehr auf, während ich dort im Halbdunkel saß. Ich gehörte zu Rebecca und sie zu mir.

Ein warmes und feierliches Gefühl erfüllte mich. Ich dachte: Dieses Leuchten wieder in mir zu haben!, und lächelte vor mich hin.

Ich konnte nicht länger als Anne Burleigh hinausgehen. Um Burleighs Namen war es mir dabei nicht leid. Aber auch meinen eigenen Vornamen dürfte ich nur noch flüsternd gebrauchen – das war der Preis.

Als Seeräuber hatte ich keinen rechten Vornamen gehabt, man hatte mich schlicht Bonnie gerufen. Aber unterwegs mit Rebecca wäre ich ein verheirateter Mann und – wie mir plötzlich einfiel – auf der Suche nach einer Anstellung, um meine Familie zu ernähren. Ich würde also einen ordentlichen Männernamen brauchen. Die Uhr meines Vaters lag schwer in meiner Tasche. Sollte ich mich nach ihm William nennen?

Da kam mir Julian Snaterbek in den Sinn, von dem ich lange nichts gehört hatte: Ein hübscher sinnenfreudiger Gesell mit beredter Zunge war er gewesen. Julian wollte ich heißen!

Julian, Raupe und halbfertiger Mann, saß in seinen neuen Hosen auf der Erde und erwartete seine Frau Rebecca.

***

Um es kurz zu machen: Rebecca war nicht froh über meine Verwandlung. Sie starrte mich an und fragte, was ich bloß getan hätte. Wieder überkam mich das Gefühl, schrecklich fehl und falsch zu liegen. Nur um Rebecca kein Schauspiel zu bieten, riss ich mir nicht Hose und Mantel vom Leib, sondern stellte mich aufrecht ihr gegenüber, atmete tief und sagte:

Ich halte es für das Beste, wenn wir als Ehepaar durch die Lande ziehen. Zwei Frauen mit Kindern, das ist zu gefährlich. Und wir können uns nicht immerzu verstecken.

Und deswegen machst du dich zum Kerl? Um mich zu beschützen?

Ich versuchte zu scherzen: Zumindest, um den Anschein zu erwecken, ich könnte es.

Und ich soll dein verdammtes Weib spielen?, rief sie. – Dich bekochen, deine Kleider waschen, als wärst du ein feiner puritanischer Herr? Niemals werde ich das!

Ich verstand ihre Wut nicht: Mr. Waterhouse hast du auch bekocht.

Ich will ganz bestimmt keinen neuen Waterhouse. Ich will keinen Mann, ich habe nie einen gewollt. Und jetzt stehst du hier und ... weißt du, wie lang es dauern wird, bis deine Haare wieder gewachsen sind?

Was tut das, sagte ich verständnislos, – ich will ja nicht zurück unter Burleighs Haube.

Aber ich soll es – unter *deine* Haube?

Ich wusste nicht mehr, was ich sagen sollte. Ich hatte uneretwillen ein Opfer gebracht, und sie schmähte mich dafür.

Als reisendes Ehepaar werden wir uns nicht am Wegrand verstecken, fuhr sie fort, – darin hast du immerhin recht. Aber du, mein tapferer Begleiter, wirst dich verstecken und verstellen müssen, mindestens so sehr wie unter Burleighs Haube. Und ich mich dazu. Ach, Anne! Ich hatte gehofft, wir könnten unsere Reise ganz anders angehen.

Jetzt platzte mir der Kragen: Ganz anders? Was meinst du bloß damit? Wo ist der Weg, den zwei Frauen – eine weiß, eine indianisch – ohne Schaden gehen könnten? Wo wäre der phantastische Ort, an dem das nicht mehr gilt: Frau und

Mann, englisch und indianisch? Es gibt ihn nicht – oder nur in der Nacht, in den Wäldern, aber nicht unter Menschen.

Außerdem, fuhr ich fort, – wird es Zeit, dass ich dir ein paar Dinge erzähle …

Und ich erzählte ihr die ganze Geschichte von der Seeräuberei. Ich öffnete die Truhe weit und erzählte alles, was ich dort aufbewahrte. Weil es alte und abgestandene Geschichten waren, musste ich sie neu einfärben und einige Kleinigkeiten dazu erfinden, damit die Dinge klarer würden. Ich wollte, dass Rebecca genau verstand, dass ich mich in solchen Dingen auskannte: dass ich mich als Mann durchschlagen konnte und dass ich wusste, auf welches Versteckspiel ich mich einließ.

Als ich geendet hatte, schwieg sie.

Du warst ein Räuber und Mörder und beschwerst dich, dass die Tscherokesen Sklaven halten?, fragte sie dann.

Seeräuber halten keine Sklaven, sagte ich, aber der Boden, auf dem ich dabei stand, schwankte.

Und die andere Frau, Mary … Sie ging auch als Mann gekleidet?

Ja. Wir hatten keine andere Wahl.

Wie seltsam, Mary Reeds Namen aus Rebeccas Mund zu hören – ihn aus irgendjemandes Mund zu hören, nach all den Jahren. Ich fühlte mich, als wäre ich an zwei Orten gleichzeitig: auf der *Queen Anne's Revenge* und in Woyas Hütte, mit meiner jeweiligen Geliebten streitend. Ich war nackt und bloß – und zugleich großartig wie nie zuvor. Alles war zusammengeflossen, *ich* war zusammengeflossen zu einer neuen Person, dem Abenteurer Julian!

Du könntest auch als Mann gehen, schlug ich vor. – Dann müsstest du keine Ehefrau sein.

Bestimmt nicht. Es gibt genügend Durcheinander. Ich habe mich gerade dran gewöhnt, dass ich nicht wieder unter Tscherokesen leben kann. Ich bleibe Rebecca und meinetwegen eine Ehefrau. Wir machen alles so, wie du es wünschst.

Ich widersprach nicht.

Ich werde mich Julian nennen, sagte ich nur.

In Ordnung.

Um sie aufzuheitern, ging ich vor ihr auf die Knie.

Mir fehlt noch dein Jawort. Nimmst du mich als deinen Ehemann an, Rebecca Waterhouse?

Nicht noch einmal Waterhouse, sagte sie, – nein, *Winehouse*. Winehouse wollen wir heißen.

Ich schmunzelte: Was weißt du vom Wein?

Nur das, was die Heilige Schrift berichtet. Aber danach zu urteilen, muss er ein recht wohltuendes Getränk sein.

So sollte es sein: Julian und Rebecca Winehouse nebst Pferd und Kindern. Und ich hoffte, Rebecca würde mir, wenn sie erst wieder besserer Laune wäre, ab und zu den Namen Anne ins Ohr sagen.

$$***$$

Während ich mich in Julian Winehouse verwandelte, hatte Rebecca sich ein dunkelgrünes Kleid genäht, in dem sie wundervoll aussah. Ihre Haut stach dagegen ab wie Ahornholz, und wenn sie ihr Haar zurückbinden und einen Hut aufsetzen würde, wäre sie nicht ohne weiteres als Indianerin zu erkennen – zumindest nicht hier, im Dorf der Tscherokesen. Anders sähe es vermutlich aus, wenn sie neben mir und Frankie stünde mit unseren milchweißen, immer wieder sonnenverbrannten Gesichtern. Aber wer wusste, unter welcher Art Menschen wir uns zukünftig aufhalten würden?

Laurie, der hübsche schwarzäugige Säugling, konnte sowohl als Tscherokese gelten wie als Engländer. Anders als Frankie war er noch nicht einmal als Junge zu erkennen. In gewissem Sinn war der Säugling Winehouse der Offenste von uns vieren: offen für andere Orte, andere Sprachen, und wenn es sein musste, für andere Götter.

Rebecca stellte fest, dass wir ein zweites Pferd brauchen würden. Als sie den Braunen aufgesucht und festgestellt hatte, dass er in guter Verfassung war, legte sie ihr Augenmerk auf einen Schimmel mit dunklen Tupfen, der etwas höher als der Braune war. Er sehe unternehmungslustig aus und leicht zu führen, erläuterte sie. Ich solle aber den Braunen nehmen, der sei englische Schenkel gewohnt. Ich willigte ein. Der Getupfte schien mir etwas hochmütig zu sein; sein weißer Hals und die hellen Wimpern erinnerten mich an Miss Cleave.

Die geplante Übernahme des Getupften ließ Rebecca nicht schlafen. Die Aniwaya hätten in diesem Tal nur wenige Pferde, sie seien sehr kostbar. Stoffe und ein Messer an sich zu nehmen, wenn man die Dinge brauche – das gehe in Ordnung. Aber der Familie ein Pferd zu entwenden, sei im Grunde unverzeihlich. Wenn sie nur etwas hätte, um ihnen das Tier zu bezahlen! So klagte sie. Sie nehme nur und gebe der Mutter und den Schwestern nichts, gar nichts …

Ich erinnerte Rebecca daran, dass sie uns gleich nach unserer Ankunft Mr. Waterhouse' Gewehr abgenommen und es weggestellt hatten; ich hatte es nicht wieder zu Gesicht bekommen. Rebecca hatte mir erklärt, dass die Männer alle Gewehre zur Jagd und zur Kriegführung beanspruchten. Solange wir hier seien, gehöre es der Familie, nicht ihr oder mir.

Wir lassen ihnen das Gewehr und nehmen das Pferd, schlug ich vor. – Dann reisen wir ohne Schulden. Es ist ein großes Opfer, ohne Gewehr aufzubrechen.

Sie war einverstanden.

***

Sehr früh am nächsten Morgen brachen wir auf. Da es Juli war, stand die Morgensonne schon rötlich am Himmel, als ich Frankie weckte.

Warum soll ich aufstehen?, murmelte er. – Es ist zu früh, meine Schwester wird noch nicht wach sein, und Woya auch nicht …

Sei still und zieh deine Schuhe an. Hier hast du eine Hose und eine Jacke. Ich habe sie extra für dich genäht.

Oh!, sagte er, setzte sich auf und schlüpfte andächtig in die neuen Kleider.

Rebecca schnürte Laurie ein und band ihn sich auf den Rücken. Wir nahmen unsere Bündel und gingen über die taufrische Erde zur Weide, die etwas weiter bergauf lag, damit die Tiere nicht die Gärten zertrampelten. Im Morgennebel sahen die Pferde wie verträumt aus. Leise rief Rebecca den Braunen, der sogleich antrabte; sie gab ihn mir zu halten und band ihm zwei Bündel auf den Rücken. Dann hob ich Frankie hinauf.

Der Getupfte ließ sich nur ungern fangen. Er schüttelte den Kopf und schnappte nach Lauries Trage – weit weniger willig als erhofft. Rebecca sprach auf ihn ein, und schließlich stand er still und ließ sich beladen. Dann stiegen wir beide auf. Ich genoss das kühle Fell des Braunen unter mir, und auch Frankie schien sich zu freuen, wieder zu Pferde zu sein.

Reisen wir nach Hause, Mutter?

Erst einmal reisen wir, Kind.

Rebecca wollte nicht gehen, ohne sich zu verabschieden, also hielten wir auf die Häuser zu. Als wir herankamen, war das halbe Dorf auf den Beinen und starrte uns an. Ich hatte mich nicht daran gewöhnen können, dass die Tscherokesen Ohren wie Spitzmäuse hatten.

Woya, Tsula und Salali – mit ihrer versammelten Altweiberrunde – sahen uns an wie eine übernatürliche Erscheinung. Ich bedauerte nur, dass Rayetaya nicht unter ihnen war, um zu sehen, dass Rebecca nie im Leben seine Frau werden würde.

Salali sprach Rebecca an; Rebecca nickte und antwortete. Aber sie stieg nicht ab, und so tat ich es auch nicht. Steif und stumm saß ich auf dem Braunen. Aber Frankie, in seinem würdigen neuen Aufzug, erinnerte sich seiner alten Manieren.

Leben Sie wohl, ehrenwerte Leute!, rief er vom Pferderücken hinunter.

So begann die Reise des Ehepaares Winehouse.

4

Diesmal hatten wir ein Messer, aber das Gewehr war uns abhandengekommen. Während wir durchs Tal ritten, Rebecca auf dem Getupften einige Fuß voran, spürte ich die silberne Uhr in der Manteltasche über meiner Brust. So schnell wie möglich mussten wir sie zu Geld machen oder gleich in ein Gewehr umtauschen.

Mir fiel ein, dass wir auch eine Karte und einen Kompass gebrauchen könnten. Nicht, dass ich mit Karten und Kompassen hätte umgehen können; das hatten immer Andere für mich getan. Auf See hatte Kapitän Calico die Karte gelesen, unterstützt von ein, zwei Matrosen, die darin Erfahrung hatten; abends lauschte ich seinen Reden über die Reichtümer und paradiesische Schönheit der Insel Tortuga, die er ansteuern wollte. Den Weg von Charles Town über die Berge hatte Burleigh für mich gebahnt, zusammen mit ein paar anderen Siedlern und Soldaten, die westwärts reisten. Ich war ihnen gefolgt, ohne mir viele Gedanken darüber zu machen.

Jetzt hatte ich niemanden zur Seite außer Rebecca, die in ihrem Leben nicht weiter gekommen war als vom Tscherokesendorf bis zur Mission und wieder zurück. Ich hatte nur Rebecca und die ungefähre Vorstellung, dass wir nach Osten reiten müssten, zum Meer, wo die großen Hafenstädte lagen und sicherlich auch die beiden Flussmündungen, von denen die Yamacraw gesprochen hatten. Hoffentlich würden wir bald einer Menschenseele begegnen, die sich unserer annehmen würde.

Gegen Mittag war das Tal zu Ende und eine neue Bergkette erhob sich vor uns: dicht bewaldet und schattig wie die, von der wir herabgestiegen waren. Rebecca hielt ihr Pferd an und drehte sich um. In ihren Augen stand das Zögern, das ich selber deutlich spürte. Nicht wieder in die Wälder hinein, auf die schlechten gefährlichen Wege, ins Düstere!

Immerhin ist Sommer, sagte sie.

Vielleicht sind es die letzten Berge, bevor wir ins Flachland kommen, sagte ich.

Wir halten uns an den Bach, sagte Rebecca. – Solange neben ihm ein schmaler Weg bleibt, kommen wir gut voran. Und er läuft, glaube ich, in Richtung einiger Anigatogewi-Dörfer.

Vielleicht mündet er sogar ins Meer, sagte ich.

Also vertrauten wir uns dem Bach an. Weiter gingen meine Pläne und Gedanken nicht, Rebeccas vermutlich auch nicht. Wir ritten den Bach entlang, und alles, was uns geschehen würde, würde nacheinander geschehen: hübsch geordnet in gestern und heute und morgen und nach der Anzahl der Meilen, die wir zurücklegen würden. Die Dinge hatten wieder eine Ordnung – wie ein Flüsschen, dem jedermann folgen kann, der Lust dazu verspürt, mit oder ohne Kompass und Karte. Der Chronistin wäre es eine Freude gewesen. Schade, dass ich keine mehr war.

***

Die Kinder brachten diesen schönen Lauf der Dinge durcheinander. Wenn sie nur ein wenig erschöpft waren, weinten sie; Laurie verlangte Milch, Brei und saubere Windeln; und wenn Frankie auf dem Pferd einschlief, kostete es mich viel Kraft, ihn über Meilen hinweg zu stützen. Manchmal klagte er über Bauchweh; mal erbrach sich einer der beiden oder bekam Fieber, dann mussten wir rasten und trösten und hoffen, dass es nichts Schlimmes wäre. In allem, was unsere kindlichen Reisegenossen anging, drehten sich die Dinge im selben endlosen Kreislauf wie vorher, als wir Hausfrauen und Mütter gewesen waren. Zumindest konnte ich meinen Sohn ab und zu Rebecca übergeben und stattdessen die Trage mit Laurie schultern, die tatsächlich meine Arme freigab – und mir die Schultern nach hinten zog, dass sie knackten.

Unterdessen näherten wir uns einer tscherokesischen Siedlung, wo Angehörige der Anigatogewi-Familie lebten – darunter Wohali, Woyas Sohn, der hierher geheiratet hatte. Sie gaben uns zu essen und einen Schlafplatz und nahmen es freundlich hin, dass Rebecca mich als Julian Winehouse vorstellte, ihren englischen Ehemann und Vater zweier Aniwaya-Kinder. Nur Wohali sah verwirrt drein; er war ein-, zweimal bei seiner Mutter gewesen, als wir ihre Gäste waren, und erblickte uns nun in ganz anderem Gewand.

Niemand würde mich hier für eine Zweigeteilte halten.

Während wir unseren Proviant auffrischten, hielt mir Rebecca vor, dass es nicht länger anginge, dass Frankie mich Mutter nannte – weder auf Englisch noch auf Tscherokesisch.

Soll er mich Vater nennen?, prustete ich.

Ja. Du wolltest ein Ehemann und Vater sein, also teile es dem Kind mit.

Ich wurde ernst: Und zu dir soll er Mutter sagen?

Notgedrungen.

Aber er ist *mein* Kind – das einzige, das ich noch habe!

Das bleibt er auch. Nur dass du künftig sein Vater bist, zumindest der Maskerade nach.

Frankie!, rief ich; und als er herangekommen war, sagte ich ihm, dass ich künftig sein Vater wäre und Rebecca seine Mutter; dass Laurie sein einziges Geschwisterchen sei; und dass wir alle vier Winehouse heißen würden. Ob er das verstanden habe?

Frankie sah uns nacheinander an und verschränkte langsam die Hände auf dem Rücken.

Ja, sagte er dann, – ja, Vater.

Zum Glück hatte ihm die puritanische Erziehung beizeiten das Warum ausgetrieben, wenn er merkte, dass es um wichtige Dinge ging.

Nachts schrie er nach mir – das heißt, nach seiner Mutter – und ich umschlang ihn hastig, bevor er das ganze Haus aufwecken würde, in dem wir zu Gast waren.

Ist gut, Frankie. Alles ist in Ordnung.

Frankie Winehouse, schluchzte er, – ich werde es nicht vergessen. Lasst mich nicht hier, Mutter und Vater, bestimmt nicht? Ich will immer, immer gut sein.

Ich glaub es dir ja.

***

Wohali erbot sich, uns ein Stück weit zu begleiten. Obwohl er sehr jung war, kannte er durch Jagd und Krieg die Gegend aufs Beste. Als ich ihm verdeutlichte, dass wir nach Osten wollten, zur Mündung der Flüsse Savannah und Altamaha, sagte er, von diesen Flüssen hätte er noch nie gehört; aber er wolle die alten Männer fragen.

Als er zurückkam, schüttelte er den Kopf und fragte Rebecca, ob wir wüssten, wie elend weit der Fluss Altamaha entfernt sei. Kaum ein Tscherokese habe je einen Fuß dahin gesetzt. Ich musste lächeln über sein rundes besorgtes Gesicht; wie sehr er Woya ähnelte, die uns so lange beherbergt hatte.

Rebecca sah mich an: Wir wollen trotzdem hin, mein Lieber, richtig?

Mein Lieber.

Ich nickte wortlos.

Sie übersetzte Wohali, dass wir nach wie vor zur Mündung des Altamaha gelangen wollten und uns über seine Begleitung freuen würden; und keine Stunde später hob Woyas Sohn den aufgeregten Frankie vor sich aufs Pferd, und wir setzten die Reise fort.

Es stellte sich heraus, dass die beiden Flussmündungen viel eher im Süden lagen als im Osten, offenbar in der Richtung von South Carolina. Wohali und Rebecca sprachen lange über diesen Umstand; später erklärte sie mir, dass sich nach tscherokesischem Glauben der Charakter einer Reise in den Osten wesentlich von dem einer Reise in den Süden unterscheide. Erstere stehe unter dem Zeichen von Erfolg und Sieg, Letztere führe in den Frieden.

Beides schöne Dinge, sagte ich, und Rebecca erwiderte, mit einem kleinen Lächeln: Das findet Wohali auch, daher kommt er mit uns, auch wenn wir in den Süden reisen. Nur in den Westen würde er nicht gehen, in die schwarze Richtung, die für den Tod steht.

Ich verstand ihr Lächeln nicht recht: Und was denkst du, Rebecca?

Ich denke gar nichts. Ich habe mit der Übersetzung deiner und seiner Gedanken zu tun.

Wichtiger als die Frage nach der Himmelsrichtung fand ich den Umstand, dass sich durch die südliche Route die Strecke bis zum Meer verlängern würde – aber was half es? Wir mussten Wohali und den alten Anigatogewi vertrauen.

Ich ritt gern hinter Wohali. Zuerst fürchtete ich, der neue Begleiter würde mir lästig sein, aber das war nicht der Fall. Ich mochte die Sicherheit, die seine Ortskunde uns gab, und die freundliche Miene, mit der er sie anbot. Dank Wohali konnte ich für eine Weile ohne das Kind reiten. Außerdem gefiel mir, dass er so geschmeidig ritt wie Rebecca, meine tscherokesische Ehefrau, nun wieder im hochgeschlossenen Kleid. Als Wohali am Nachmittag, nachdem die Kraft der Sonne verblasst war, sein Hemd auszog, betrachtete ich seinen glatten gebräunten Rücken. Ich schwitzte unter meinem Umhang und dachte: Noch einmal ein Jüngling sein. Noch einmal zur See gehen oder über die Berge reiten, mit freien Armen und geraden Schultern in die Ferne sehen und auf nichts und niemanden Rücksicht nehmen … Gar nicht sonderbar fand ich diese Phantasien. Was ein Paar Hosen doch ausmachte!

Am späten Abend rasteten wir und legten die Kinder schlafen. Dann saßen wir ums Feuer, Wohali entzündete seine Pfeife, die er bereitwillig herumgab. Mir fiel auf, dass er Rebecca auf Tscherokesisch als Tante anredete; das ergab natürlich Sinn, wenn Woya Rebeccas Schwester war. Ob mich das wohl zum Onkel dieses Jünglings machte?

Dem Rauch konnte ich noch immer nichts abgewinnen, daher lehnte ich die Pfeife ab. Dann schwiegen wir alle drei, und eine melancholische Stimmung senkte sich über unser Lager.

Als wir uns niederlegten, flüsterte Rebecca, Wohali sei traurig, weil er das Aniwaya-Dorf und die Familie vermisse.

Bei der Familie seiner Frau habe er wenig zu suchen, er überlege, auf einen längeren Besuch zurückzugehen. Sie habe ihm geraten, lieber gleich als später zu gehen, ehe sein erstes Kind geboren wäre. Man lasse keine Kinder zurück.

Ich war besorgt, dass sie kurz vor dem Einschlafen in dieses Fahrwasser geriet; aber sie zog mich an sich und küsste mich und machte sich daran, meine dunkelrote Verkleidung abzutun.

Ich flüsterte: Denk an Wohali.

Du musst leise sein, sagte sie.

Ich spähte hinüber: Der letzte Schein des Feuers beschien Wohalis rundes Gesicht, seine Augen waren geschlossen. In den kleiner werdenden Flammen knackten das Holz und die Knochen des Truthühnchens, das wir gegessen hatten.

Ich werde sehr leise sein, versprach ich, – der leisestmögliche Ehemann.

Du solltest wissen, dass das Wörtchen Ehemann mich dir nicht gewogener macht. Lass es also lieber weg, Anne …

Anne, flüsterte sie, und die Hosen waren vergessen unter ihren Händen.

* * *

Es war angenehm, mit einem Jäger unterwegs zu sein. Dem Truthühnchen folgte eine Anzahl schmackhafter Fische und sogar ein zartfleischiger Hirsch, auf den Wohali sehr stolz war. Er betonte, Hirsche seien selten geworden in diesem Teil der Berge.

Ich dachte an das Böckchen, das Josie geschossen hatte, um Rachel Waterhouse zu gefallen, im Frühjahr vor einem Jahr – eine beachtliche Leistung für einen Neunjährigen.

Der fremde Jüngling nannte mich nicht Vater oder Onkel, aber unsere Kinder, die er für Aniwaya hielt, redete er als kleine Brüder an. Frankie hing bald zärtlich an Wohali; daher kümmerte ich mich immer mehr um Laurie, der mit jedem Tag liebreizender wurde. Ich konnte mich nicht erinnern, bei irgendeinem anderen Säugling so lange Wimpern, so schwarze Augen, so eine ruhige, bisweilen glucksende Zufriedenheit mit der Welt gesehen zu haben. Sein Köpfchen war mit einer weichen dunklen Frisur bedeckt, die längst kein Flaum mehr war. Wer konnte sagen, was einmal aus diesem Menschlein werden würde!

Obwohl er keinem anderen Säugling glich, erinnerte mich das Glück, das ich über ihn empfand, an Mary Burleigh; und auch die alten Bilder von Klein Mary stiegen wieder auf. Gerade solche schwarzen Augen hatte sie gehabt … Manchmal, wenn ich mit Laurie allein war, nannte ich ihn leise Seeräuberkind und geriet über seinem Anblick ins Träumen. Rebecca erzählte ich lieber nichts davon.

Es gab einige Dinge, die ich Rebecca nicht erzählte: die Freude über Wohalis nackten Rücken; die Eifersucht, wenn sie lange mit ihm sprach und ich nichts davon verstand. Mich wunderte, dass ich so viel darüber nachdachte, was ich Rebecca berichtete und was nicht – als hätte sie ein Anrecht auf meine innerlichen Erzählungen. Vielleicht weil sie nicht nur meine Reisegefährtin, sondern auch meine Geliebte und meine einzige Freundin war, überkam mich immer häufiger der Wunsch, ihr vieles zu erzählen und zu warten, ob sie nickte oder den Kopf schüttelte und was sie mir erwidern würde. Aber ich hielt mich gerade und zügelte die Schwatzsucht hinsichtlich meiner Träume und Erinnerungen. Sie waren dem Fortgang der Reise nicht dienlich; und zu wehrlos wollte ich nicht sein vor meiner Geliebten.

Dank ihrem Neffen Wohali hatten wir ein Gewehr. Es gehörte ihm, und er überließ es mir nur ungern. Solange er uns Fleisch schoss und im Notfall Räuber vertreiben würde, war mir das recht. Aber in manchen Augenblicken wurmte es mich. Auf dem ersten Teil von Rebeccas und meiner Reise hatte *ich* die Waffe getragen. Dass ich damit umgehen konnte, wusste Wohali: Er war Zeuge gewesen, als ich eines Tags mit seinem Gewehr ein paar Enten vom Himmel geholt hatte. Warum überließ er es mir trotzdem nicht?

Manchmal wurde ich zornig über die forschenden Blicke, die Wohali mir zuwarf, als zweifelte er daran, dass ich ein Mann war wie er. Ich gab mir große Mühe, meinem neuen Mannestum gerecht zu werden. Bis wir wieder unter Menschen wären, musste ich mich ganz sicher darin bewegen. Wenn die Leute herausfänden, was es mit Rebeccas und meiner Ehe auf sich hatte, würden sie uns hängen – nein, wahrscheinlich würden sie uns einfach nacheinander schänden und am Wegrand liegen lassen. Oder sie würden uns auf dem Marktplatz der nächsten Stadt ausstellen und mit endlosen Predigten, Schimpfreden und Schlägen traktieren und die Kinder ins Waisenhaus sperren. In meinem Hals saß der alte Blutgeschmack, wenn ich daran dachte: Nein, so durfte unsere Reise nicht enden.

Eines Tages stolperte Wohalis Pferd, und er stieg ab, um nachzusehen, ob die Fesseln Schaden genommen hätten. Dabei glitt ihm das Gewehr über die Schulter, die an diesem Tag bekleidet war. Während er mit Rebecca besorgte Rufe austauschte, stellte ich mich dicht neben ihn und sagte hilfreich und mit geöffneten Händen: Das Gewehr.

Doch er winkte ab und bat mich stattdessen, Wasser zu holen; er deutete an, dass er die Vorderhufe benetzen wollte. Wütend ging ich mit einem Blechnapf davon und wünschte beinah, Wohalis Pferd wäre so verletzt, dass er auf der Stelle umkehren müsste. Glücklicherweise aber hatte das Tier keinen Schaden davongetragen, und wir ritten weiter. Wohali trabte, sang und schoss wie ein junger Sommergott, zu Frankies großer Freude. Und mein Kind fand den neuen großen Bruder interessanter als seinen neuen, leider unbewaffneten Vater.

Wenn Wohali von seinem Heimweh geplagt wurde, schickte er Frankie zurück zu Rebecca oder zu mir. Wieder schwiegen wir alle drei, während Frankie halblaut die Lieder übte, die Wohali ihn gelehrt hatte.

***

Nach und nach begriff ich, wie groß das Gebiet der Tscherokesen war. An immer neuen Dörfern kamen wir vorbei, manchmal trafen wir Jäger oder Kinder, die im Bach schwammen und sich versteckten, sobald wir uns näherten. Weiße Siedlungen schien es hier nicht zu geben. Ich begriff, wie weitab von der christlichen Welt wir in der Missionsgemeinde gelebt hatten – und wie vergeblich das Opfer gewesen war. Keiner, dem wir begegneten, sah aus, als warte er auf Erlösung durch den Heiland. Keiner sah aus, als litte er einen größeren irdischen Mangel als die Puritaner in ihrer Mission. Die tscherokesischen Felder standen in Saft und Kraft.

Ob Simplicity Moore irgendwo in diesen Dörfern lebte? Der Gedanke kam mir öfter; schließlich teilte ich ihn Rebecca mit. Schwerlich, sagte sie. Ein Mädchen ohne Familie, ohne Dorf, ohne Land, was gäbe es Vorloreneres auf der Welt? Sie müsste darauf hoffen, von einer Familie aufgenommen zu werden, sonst wäre sie ebenso verloren wie später ihre Kinder. Soweit Rebecca wisse, sei ein solcher Fall bei den Aniwaya noch nicht vorgekommen.

Aber sie kann sich doch verheiraten, dann ist sie nicht verloren. Du bist auch nicht verloren, sondern Mrs. Winehouse, Frau von Julian Winehouse.

Das gilt nur für Engländer, sagte sie ein wenig verächtlich, – hast du das noch nicht begriffen? Egal, wen ich heirate, ich bleibe eine Aniwaya, mein Lieber.

Und doch bist du von ihnen weggegangen, meine liebe Frau, gab ich zurück.

Trotzdem bleibe ich eine Aniwaya. Anders als ihr Puritanerinnen habe ich eine Familie, die niemals verloren geht.

Das haben wir gesehen. Mich wundert, dass Salali nicht zwischen uns im Bett saß, und Woya und Tsula dazu.

Weißt du überhaupt, wo deine eigene Mutter ist? Hast du eine Schwester gehabt, die immer an deiner Seite war?

Nein. Und nein.

In Wirklichkeit bist *du* verloren, weil du nichts weiter bist als Burleighs entlaufenes Weib.

Immerhin bin ich entlaufen, rief ich hitzig, – auf deinen Wunsch hin! Und auch von deiner Familie sind wir weggegangen, vergiss das nicht! Dein Stolz, ein tscherokesisches Muttertöchterchen zu sein, ist doch etwas merkwürdig.

Wir hatten immer lauter gesprochen, schließlich fast geschrien. Wie wütend ich auf sie war: Sollte sie doch in ihr verdammtes Dorf zurückkehren, auf der Stelle!

Wohali hielt sein Pferd an und blickte von einer zur Anderen. Zum Glück verstand er nichts von unserem Streit. Frankie, der zwischen seinen Knien saß, fing an zu heulen.

Es ist alles gut, Kind!, rief ich auf Englisch, während Rebecca auf Tscherokesisch unseren Gefährten beruhigte.

Für den Rest des Tages sprachen wir nur das Nötigste miteinander.

***

Ich fragte mich, wie sich Wohali in den endlosen Wäldern zurechtfand. Es gab die Sonne, natürlich, und den Bach, von dem wir ohnehin nicht abweichen konnten, ohne sofort in steiles Gelände zu gelangen. Es gab die Sterne; aber da wir uns schlafen legten, sobald die Dunkelheit hereinbrach, glaubte ich nicht, dass Wohali die Sterne zur Hilfe nahm.

Rebecca riet, da ich offensichtlich nichts vom Wegefinden verstünde, sollte ich einfach ruhig und zufrieden sein; auf Wohali sei Verlass.

Ich war ruhig und zufrieden und wünschte mir weiterhin heimlich Kompass und Karte. Wenigstens hätte ich gern gewusst, in welcher Kolonie wir waren, und ob wir uns dem Gelobten Land Georgia näherten.

Zudem gerieten wir langsam an die Grenzen des Gebiets, in dem Wohali sich auskannte; ich sah es an seinem besorgten Gesicht, wenn er sich mit Rebecca beratschlagte. Später übersetzte sie mir, dass wir uns dem Land der Muskogee näherten, deren Sprache weder sie noch Wohali verstünden. Die Anigatogewi pflegten teils gute Handelsbeziehungen zu den Muskogee, auch hielten diese es gleichfalls mit den Engländern, nicht mit den Franzosen; aber Wohali und sie, Rebecca, könnten das Risiko nicht recht einschätzen. Es sei bekannt, dass die Muskogee sich in nur zwei Familien unterteilten statt in sieben wie die Tscherokesen, weshalb sie vermutlich eher schlichte Leute seien. Wohali schlage vor, wir sollten vorsichtig weiterreiten, uns für alles offenhalten und weder einen gefährlichen noch einen wehrlosen Eindruck machen.

Ich stimmte zu.

Meine Aufregung war groß, als wir kurz danach auf einen einzelnen Mann stießen, der offenbar kein Indianer war, sondern ein ehemaliger Soldat in abgerissenem Gewand. Er kniete am Bach und trank; dann sah er auf, sprang in die Höhe und richtete sein Gewehr auf uns.

Ich gebot meiner Frau und unserem Begleiter, mit den Kindern im Hintergrund zu bleiben, hielt langsam die Hände in die Höhe und sagte so würdevoll wie möglich: Ruhig Blut, junger Freund. Wir kommen nicht in räuberischer Absicht.

Der Soldat musterte uns. Selber war er entsetzlich schmutzig und entsetzlich mager. Ich hoffte sehr, dass er Englisch verstand.

Und tatsächlich ließ er das Gewehr sinken, grüßte und stellte sich als Harry Winkle vor.

Frankie beäugte ihn: Sind Sie ein Puritaner?, fragte er freudig.

Der Fremde lachte: Um Gottes willen, nein. Ich bin Schotte.

Was ist das, ein Schotte?, fragte Frankie.

Schottland liegt in der Alten Welt, sagte Winkle, – kennst du wohl nicht?

Wir reisen in die Alte Welt, nicht wahr – Vater?

Statt meiner antwortete Winkle: Da könnt ihr lange reisen. Lohnt sich auch bloß nicht. Die Alte Welt ist nicht besser und nicht schlechter. Meinen Herrn bin ich losgeworden, die Prügel und den Hunger nicht. Und wer seid ihr?

Julian Winehouse, sagte ich, – nebst Frau, Kindern und meinem Neffen.

Du hast eine Indianische geheiratet? Das sollte mir auch mal passieren. Hab noch kein freundliches Gesicht gesehen, seit ich hier herumwandere.

Höflichkeit Frauen wie Männern gegenüber würde helfen, mein Herr, hörte ich Rebecca hinter mir sagen, – und auch, sich zu waschen.

Winkle starrte sie an, als hätte er eher erwartet, dass eins der Pferde Englisch spräche, als meine Frau.

Ich wollte nicht, dass er in Zorn geriet. Auch abgesehen von seinem Gewehr: Vielleicht konnte er uns wichtige Auskünfte geben.

Komm, Winkle, lass uns zusammen essen.

Ich bedeutete Wohali, ein Kaninchen oder etwas Ähnliches zu fangen, und bat Rebecca, es zuzubereiten. Ich sah, wie sie ohne ein Wort meiner Bitte nachkam, und es versetzte mir einen Stich; aber wie sollte ich mich sonst angesichts eines weißen Mannes wie Harry Winkle verhalten? Als Familienvater, hielt ich mir vor, konnte ich weder Essen zubereiten noch mich um Laurie kümmern, während Rebecca es tat. Also legte ich den Säugling behutsam auf meinen Mantel und schenkte meine Aufmerksamkeit dem Feuer. Als es ordentlich brannte, ließen Winkle und ich uns daran nieder, und Frankie hockte sich zu uns.

Man sieht ihm die Indianermutter nicht an, bemerkte Winkle.

Das kommt mal so, mal so. – Erzähl, wo sind wir hier? Bist du den Fluss hinaufgeritten? Was liegt hinter dir?

Was geht's dich an, woher ich komme?

Ich will nur wissen, wohin der Weg führt, von dem du kommst.

Wohin wollt ihr überhaupt?

Es war mühsam, mich mit diesem misstrauischen Mann zu unterhalten und dabei allein – ohne Rebecca und ohne Wohali – unsere Sache zu vertreten, nur mein Söhnchen zur

Seite, das versonnen Blätter und Käfer ins Feuer warf. Sollte ich, in meiner neuen Gewandung als Familienvater, fortan allein für solche Gespräche zuständig sein?

Immerhin erfuhr ich, dass wir uns noch etwa siebzig Meilen auf dem Territorium von North Carolina bewegen würden, bevor wir nach South Carolina kämen. Die Grenze werde durch ein paar Pfosten angezeigt; aber er, Winkle, wolle nicht garantieren, dass sie noch da seien, vielleicht habe sie längst jemand verfeuert. Überhaupt, Land vermessen in dieser riesigen Einöde, wo Grenzpfosten nichts bedeuteten, das müsse die traurigste Arbeit sein; lieber wolle er als Zöllner im alten Schottland dienen, unten an der Grenze zu England. Dort könne er Schurken erschießen und sich vom König dafür entlohnen lassen und als Wegzoll ab und zu ein wohlgenährtes Schaf kassieren. Vielleicht hätte er zu den Grenzsoldaten gehen sollen, statt nach Amerika überzusetzen, um in Heerformation durch menschenleere Gebirge gehetzt zu werden und madiges Brot zu essen …

Ich unterbrach ihn: Wir wollen in die neu gegründete Kolonie Georgia.

Wo soll das sein?

Südlich von South Carolina, zwischen den Mündungen der Flüsse Savannah und Altamaha.

Davon hab ich noch nie gehört. Ich dachte, da unten ist immerzu Krieg mit Spanien.

Wie kommen wir dorthin?, fragte ich verzagt.

Der Savannah-Fluss ist ein ganzes Stück im Süden, aber da müsstet ihr durch die Berge, meine ich. Ist auch alles Indianerland. Haltet euch lieber an den Wateree, der liegt nur ein paar Tagesreisen südwärts von hier. Dem könnt ihr bis zu seiner Mündung folgen. Da gibt's zwar auch Indianer, aber immerhin eine nette Anzahl englischer Forts. Am Ende müsst ihr über Charles Town reisen. Aber am Meer entlang sind die Wege besser.

Ich nickte, während mir der Kopf summte: Charles Town!

Gibt es noch einen anderen Weg?

Nein. An Charles Town führt kein Weg vorbei. Ist ein hübsches Städtchen, da findest du Arbeit und kannst alles kaufen, was du nur willst: Ware aus Europa und jede Menge billige Sklaven für die Felder.

Rebecca kam mit dem Kaninchen, es duftete köstlich. Sie und Wohali aßen stumm, während Winkle weiter von seinen Missgeschicken als Soldat erzählte; Rebecca entfernte sich zwischendrin, um Laurie die Brust zu geben.

Als sie die Schüsseln zusammenstellte, sagte unser neuer Gefährte: Ich beneide dich. Wo hast du sie gefunden?

Er schien vergessen zu haben, dass Rebecca ihn verstand. Ohne eine Antwort abzuwarten, fuhr er fort: Etwas Land, eine Hütte, eine passable Frau und ein paar Kinder – das ist alles, was ich will. Ist doch nicht zu viel verlangt? In der Alten Welt konnte ich das nicht haben, hier sollte es wohl möglich sein!

Ich nickte höflich.

Stoßen wir darauf an, mein Freund, sagte Winkle.

Er holte ein blechernes Schnapsfläschchen aus der Tasche. Der Rum war abgestanden und schmeckte nach Metall – aber es war Rum, echter Rum, der mir warm die Kehle hinunterrann. Endlich! Mir ging auf, dass ich mitten in einem neuen großen Abenteuer steckte.

Auf dein künftiges Glück, Winkle!

Wir tranken erneut, und etwas löste sich in mir – als wäre Winkle einer meiner lieben alten Räuberfreunde, mit denen ich trinkend und scherzend auf dem Oberdeck zu sitzen pflegte. Eine gewaltige Sehnsucht befiel mich: nach der Sonne im Pelz, nach Würfelspiel und Gesang.

Ich rief: Frankie! Komm her und sing uns *Es freue sich der Himmel*, das kannst du doch?

Ich hätte selber gern gesungen, aber meine Stimme hätte mich verraten.

Frankie sah mich unverwandt an.

Na, was ist? Fang an: Es freue sich der Himmel und die Erde sei fröhlich …

Und Frankie sang. Er war kein geborener Sänger wie ich oder Goodwill Moore, aber natürlich beherrschte er Vers und Melodie, die er in seinen vier Lebensjahren oft genug gehört hatte.

Winkle war ergriffen.

Du hast ein Glück, Winehouse, ein Glück …

Das wirst du auch bald haben. Noch ein Schluck, mein Freund.

Die Flasche ist leer. Nun ja, hoffen wir, dass sie sich bald aufs Neue füllt. Ich werde nun weiterziehen. Hab Dank.

Ich schüttelte ihm herzlich die Hand.

Wohali übersehend, verbeugte er sich vor Rebecca: Werte Dame.

Gute Reise, Mr. Winkle, erwiderte sie kühl.

Das ernüchterte mich etwas. Ich hieb ihm auf die Schulter: Jawohl, eine gute Reise wünschen wir dir! Sei freundlich, Winkle und wasch dich ab und zu.

Winkle zog weiter.

Er hinterließ eine schwer erklärliche Missstimmung über unserem Lager. Wir brachen es ab, um ein neues zu suchen, obwohl es bis Einbruch der Dunkelheit nur noch wenige Stunden waren.

Die Tage werden schon kürzer, bemerkte ich zu Rebecca, die den Getupften bepackte. Sie mied meinen Blick.

Sag etwas, bat ich.

Es wäre schön, sagte sie, – wenn du nicht einen dahergelaufenen Mann über mich reden ließest, als wäre ich nicht zugegen.

Du kannst doch selbst etwas sagen.

Sie antwortete nicht; ich schulterte Laurie, der vor sich hin gluckste, und ging zum Bach, um die schmutzigen Windeln zu waschen. Was konnte ich für den Redefluss dieses armen Reisenden, der ganz allein unterwegs war. Immerhin wussten wir jetzt, dass wir nach dem Fluss Wateree suchen mussten.

Im Augenwinkel sah ich, dass Wohali mich beobachtete, aufmerksamer denn je.

***

Ausgerechnet Charles Town. Als wir in Amerika angekommen waren, vor unendlich vielen Jahren, hatte sich mein Vater in Charles Town niedergelassen. Dort hatte ich den Trunkenbold James Bonnie und, einige Jahre später, Pfarrer Burleigh geheiratet; von Charles Town aus war ich in die Piraterie und in den Puritanismus aufgebrochen. Vielleicht sollte ich einen neuen Aufenthalt dort besser vermeiden. Aber wenn kein Weg daran vorbeiführte?

Ein Gewehr, eine Karte und einen Kompass würden wir in Charles Town jedenfalls bekommen.

5

Langsam waren wir ins Flachland gekommen. Der Bach verbreiterte sich, links und rechts erschienen erste Baumgruppen: Bäume, die sich nicht am Hang festkrallen mussten, sondern still und freundlich auf der Ebene standen. Wir ritten durch offenes sonnenbeschienenes Land, die Pferde gingen leichter. Auch wurde die Luft feuchter, und in den Abendstunden umschwirrte uns das Ungeziefer. Mir war heiß unter meinem Umhang, aber wenn ich ihn ablegte, zerstach es mich im Handumdrehen. Rebecca hatte weniger Stiche, aber Frankies Arme und Beine waren davon übersät. Ich verbot ihm, abends Jacke und Hose auszuziehen, und er weinte vor Hitze, fügte sich aber. Dafür ließ ich ihn tagsüber in den Bach springen, so oft er wollte. Er hüpfte durchs Wasser und durchs Unterholz und brachte alle möglichen Beeren und Wurzeln, die wir nach kurzer Musterung aßen oder lieber nicht. Wohali nannte Frankie Dustu, Fröschlein, und das Kind lachte und freute sich.

Wohali schoss Vögel; Rebecca fing Fische – keine Hundsfische mehr, sondern Barsche und sogar dicke Welse. Ich zerschnitt Knollen und kochte Suppe daraus. Immer häufiger regnete es, und wir mussten zuerst einen Unterstand fürs Feuer bauen. Das war unbequem, aber ich gewöhnte mich daran. Der Regen brachte Kühle und leichten Wind, in dem unsere Sachen schnell trockneten.

Wenn wir gegessen hatten und schläfrig wurden, stopfte Wohali seine Pfeife, deren Geruch ich allmählich liebgewann: Es war nicht mehr der Geruch von Salalis Altweiberrunde, sondern der Duft dieses Sommers unterwegs. Als der Bach immer zügiger auf einen Fluss zulief, bei dem es sich, Harry Winkle zufolge, um den Wateree handeln musste, dachte ich: Möge dieser Sommer nicht so schnell zu Ende gehen.

***

Verglichen mit dem Bach, war der Fluss Wateree gewaltig; obendrein verband er eine Reihe Seen, an denen wir nacheinander vorbeikamen. An ihnen siedelten die Muskogee, das Volk, das in nur zwei Familien zerfiel. Dennoch suchten wir ihre Dörfer auf, getrieben vom schlimmer werdenden Hunger nach Brot. Rebecca, Laurie im Arm und Frankie an der Hand, näherte sich einer Gruppe Frauen; ich wartete mit Wohali und den Pferden im Hintergrund und beobachtete, wie sie miteinander gestikulierten; dann winkten sie uns heran.

Wir aßen das Brot der Muskogee, die uns aufmerksam dabei zusahen. Auch hier landeten die Blicke und die Hände schnell auf Frankies blondem Schopf. Noch kauend, versuchte er, einige tscherokesische Grußworte anzubringen; als er keine Antwort bekam, sagte er, sein Name sei Frankie Winehouse, er sei ein Aniwaya wie sein Bruder Wohali, und wie es den ehrenwerten Leuten gehe. Die Leute lachten, es war nicht sicher, ob ihn jemand verstand, aber amüsant fanden ihn alle.

Während ich mit Lust das Maisbrot aß, zu dem man uns einen würzigen Bohneneintopf reichte, überkam mich eine eigentümliche Dankbarkeit dem Kind gegenüber. Frankies Geplauder enthob mich der Mühe, mich als Familienvater hervorzutun. Ich durfte einfach nur sitzen und essen, während Frankie sein Scherflein beitrug. Er bekam einige weitere Brotfladen geschenkt und ein Paar kleine Lederschuhe mit aufgestickten Mustern in Rot und Weiß.

Frankie zog sie an und verbeugte sich, und wir brachen auf.

Nun trägt er Muskogee-Schuhe, sagte Rebecca, als wir das Dorf hinter uns gelassen hatten.

Seine alten Schuhe sind ihm längst zu klein geworden, sagte ich.

Aber seltsam ist es doch? Das Kind ist kein Muskogee.

Er ist überhaupt kein Indianer.

Solange er mein Sohn ist, ist er ein Aniwaya, erinnerte mich Rebecca. – Ich lasse nicht noch einmal zu, dass eins meiner Kinder zum Engländer erklärt wird – oder zum Muskogee.

Gut, sagte ich friedlich, – ein halber Aniwaya und ein halber Engländer, solange er Frankie Winehouse heißt.

Es gibt keine halben Aniwaya. Entweder einer gehört zur Familie oder nicht.

Ich meine, für die Leute.

Die Leute, an die du denkst, sind Engländer mit merkwürdigen Vorstellungen von ganzen und von halben Menschen.

Ich blickte auf Wohali, der schräg vor mir ritt. Dicht an seinem rechten Schenkel war eins von Frankies Füßchen zu sehen. Der Schuh, in dem es steckte, war gut gearbeitet, und die roten und weißen Zickzacklinien nahmen sich sehr hübsch aus.

In der Wildnis mag er sie tragen, schlug ich vor. – In Charles Town kaufen wir ihm neue Schuhe. Und bis dahin erzählen wir allen, die es hören wollen, von der Gastfreundschaft und den schönen Geschenken der Muskogee, die sie den Aniwaya und den Engländern zukommen lassen.

Rebecca murmelte, sie sei heilfroh, dass Salali und Woya Frankies neues Schuhwerk nicht zu sehen bekämen, gab sich aber zufrieden.

***

Die Dinge lagen nicht immer einfach auf unserer Reise – ob ich nun Hosen trug oder mein Sohn Muskogee-Schuhe. Oft genug sehnte ich mich nach festen Regeln, festen Rollen, die uns sicherlich weniger Streit beschert hätten.

Auch als meine Ehefrau behielt Rebecca ihren eigenen Kopf und ihren Stolz sowie ihre scharfe Zunge. Das hatte ich nicht bedacht in all den Jahren als Pfarrersgattin, in denen ich davon phantasiert hatte, mit einer schönen Frau auf und davon zu gehen.

Mit Mary Reed hatte ich nicht so viel gestritten wie mit Rebecca Winehouse; allerdings hatten wir auch nicht viel miteinander zu bereden gehabt. Als Mitglieder von Calicos Mannschaft hörten wir auf seine Befehle und unterliefen sie, wenn wir uns heimlich trafen. Aber wir hatten keinen geteilten Kochtopf, keine Kinder, kein Gepäck und keine Pferde, die wir zusammen durchbringen mussten. Wir hatten nicht einmal ein geteiltes Bett ... Nun ja, auch das Ehebett mit Rebecca war bisher meist ein Lager in der Wildnis gewesen. Aber es gab niemanden, der uns sagte, wie wir die Segel zu setzen hätten, Rebecca und ich.

Mit Miss Cleave hatte ich nicht gestritten, natürlich nicht; ich hatte sie im Geheimen verehrt und die feurigen Gedanken sorgfältig in meiner Truhe abgelegt. Kochtopf und Bett waren auch hier nie der Fall gewesen, und Seite an Seite hatten wir uns im Gemeindehaus über Richtig und Falsch belehren lassen. Kein Wunder, dass es mir leichtgefallen war, mit Jelena Cleave Frieden zu halten.

Langsam begriff ich, dass die Liebe zu Rebecca etwas ganz anderes war, und ich bekam Angst, dass dieses Andere meine Kräfte übersteigen könnte.

Mit niemandem hatte ich je so viel gestritten wie mit ihr. Ich konnte es Rebecca nicht recht machen. Erteilte ich Anweisungen, gefiel ihr das nicht; war ich folgsam und sah dabei zur Seite, als gingen mich die Dinge nichts an, wurde sie zornig. Alles blieb in Bewegung zwischen uns, nichts war selbstverständlich.

Meine Reisegefährtin war so groß wie ich und sah mir folglich direkt in die Augen. Sie war meine Geliebte, und doch hatte ich keine Möglichkeit, ihr entgegen zu träumen. Sie war so irdisch wie Frankie, sie hatte Hunger und Hoffnung und üble und dann wieder gute Laune und suchte nachts meine Nähe. Manchmal kam mir ihre Anwesenheit wie ein beständiger Angriff vor. Vielleicht, dachte ich, musste ich mich erst daran gewöhnen, dass sie immerzu an meiner Seite war und zu allem, was ich sagte oder tat, Wörter wie spitze Pfeile auf mich abschoss. Wenn sie mir arg zusetzte, dachte ich rachsüchtig: Wenn ich stattdessen mit Miss Cleave unterwegs wäre … Dann musste ich lachen über das Bild in meinem Kopf: Miss Cleave mit ihren Büchern auf dem unruhigen Getupften, unterwegs ins Gelobte Land!

Es hatte schon seine Richtigkeit, dass ich – von allen Menschen auf der Erde – ausgerechnet mit Rebecca Waterhouse auf Reisen gegangen war. Meist war ich froh, dass sie meine Frau und an meiner Seite war. Solange keiner hinsah, teilten Rebecca und ich uns die alltäglichen Arbeiten – Hose und Kleid zum Trotz. Ich liebte den Ernst, mit dem sie aufgriff, was ich sagte, und ihre nächtliche Nähe.

Auf eine Weise gefiel es mir, dass wir in den Augen der Welt – die vorläufig aus der Wildnis der Carolinas bestand – ein reisendes Ehepaar darstellten. Zusammen mit Wohali und den Kindern bildeten wir eine Reisegruppe, die es gut miteinander aushielt auf ihrem Weg nach Georgia.

***

Das änderte sich, als wir das erste der englischen Forts erreichten, von denen Harry Winkle gesprochen hatte. Unweit des Flussufers taten sich hohe Palisadenzäune vor uns auf, ergänzt von Wachtürmen, die ebenso bemannt waren wie das geschlossene Tor aus schweren Stämmen. Zwischen den Türmen ragten die Spitzen mehrerer Hausdächer auf, und über allem wehte, wie auf einem Schiff, die englische Fahne.

Wir beratschlagten, ob wir lieber einen Bogen um das Fort machen sollten. Ich fand, mit Vertretern der Obrigkeit zu sprechen gebe nur Ärger: Kein Seemann, der auf sich hielt, wäre je freiwillig in eine Soldatenburg marschiert. Aber Rebecca erinnerte daran, dass wir Brot brauchten, und Wohali blickte mit brennender Neugier auf den Palisadenzaun. Also lenkten wir die Pferde in Richtung des Forts und stiegen kurz davor ab.

Auf Frankie war Verlass. Er ging als Erster auf den Wachmann zu, einen leicht gebückt stehenden Graubart in Uniform, verbeugte sich und nannte seinen Namen. Der Graubart lachte und sah zu uns hinüber.

Wer außer Frankie Winehouse begehrt noch Einlass?

Ich näherte mich, beschämt über meine Schüchternheit, und sprach mit fester Stimme: Julian Winehouse nebst Familie.

Allesamt Christen und dem König Georg ergeben?, fragte der Graubart.

Jawohl, sagte ich.

Wir wurden hineingelassen. Drinnen sah das Fort wie ein gewöhnliches Dorf aus: Hütten, Gärten, in der Mitte ein ausgetretener Pfad, auf dem Kinder spielten und Hühner umherliefen. Aber das größte Haus war keine Kirche, sondern ein langer Bau mit vielen schmalen Fenstern, vor dem eine Menge rotberockter Soldaten saßen. Von diesem Dach war die blaurotweiße Fahne gehisst. Die Soldaten wie auch die einfachen Leute sahen kaum auf, anscheinend waren sie Gäste gewohnt.

Mir fiel auf, dass einige der Soldaten wie auch der Frauen, die geschäftig hin und her liefen, offenbar indianischer Abkunft waren.

Der Graubart führte uns ins Soldatenhaus und bat uns zu Tisch. Er schenkte Wein aus, den Wohali nicht anrührte, aber zu meinem Erstaunen griff Rebecca nach dem Becher, nippte erst und prostete mir dann zu. Ihre Lippen formten die Worte: *Mr. Winehouse.* Ich erwiderte ihren schönen spöttischen Blick.

Dann fragte ich unseren Gastgeber nach dem genauen Tag, und er sagte, es sei der 5. August des Jahres 1733. Wie gern hätte ich dem Gemeindebuch hinzugefügt: Am 5. August 1733 erreichten Mr. Julian Winehouse, Abenteurer, nebst Frau, zwei kleinen Söhnen und seinem tscherokesischen Neffen das erste Fort nach mehrwöchiger Reise durch unbefestigtes Land.

Bald erschien die Frau des Graubärtigen mit dampfenden Schüsseln. Nachdem wir uns eine Zeitlang auf indianische

Weise verköstigt hatten, schmeckten die englischen Speisen etwas versalzen; mir machte es weniger aus als Rebecca und Wohali. Letzterer faltete bald die Hände zusammen und sah grüblerisch aus dem Fensterschlitz auf die Soldaten, die in der Sonne saßen. Wahrscheinlich bekümmerte es ihn, dass er sich nicht am Gespräch beteiligen konnte.

Wir bekamen zwei Zimmer für die Nacht, eines für Rebecca, den Säugling und mich, das andere teilte sich Wohali mit Frankie. Nachdem Laurie gesättigt und eingeschlafen war, freute ich mich, Rebecca für mich allein zu haben. Sie war gelöst vom Wein, ich auch, und wir hatten große Freude aneinander.

Am Morgen stand ich in Hochstimmung auf und suchte Frankie; ich fand ihn vorm Haus, zusammen mit Wohali und einigen Soldaten und zwischen ihnen übersetzend. Er sah unglücklich aus, obwohl sichtlich um Tapferkeit bemüht.

Vater, sagte er, als er mich sah, – mein Bruder Wohali möchte bei den Soldaten bleiben. Das darf er doch nicht, oder? Das verbietest du ihm?

Wie bitte?

Wohali sah mich an, dann Frankie, der mit dünnem Stimmchen sagte: Er will für eine Weile hierbleiben und Englisch lernen und Soldat werden. Er will dem König Georg dienen.

Was für ein Unsinn!, entfuhr es mir. – Was weiß er von König Georg?

Wohali blieb bei seinem trotzigen Blick.

Verbiete es ihm!, rief Frankie.

Was soll dein Vater verbieten?, fragte Rebecca, die zu uns getreten war.

Frankie, das doppelzüngige Kind, antwortete ihr auf Tscherokesisch.

Sag Wohali, dass das Unsinn ist, forderte ich sie auf.

Sie sah mich an: Sie werden ihn versklaven.

Nein, sagte ich, – siehst du nicht, dass sie indianische Soldaten haben und indianische Ehefrauen? Sie heißen jedermann willkommen, sich für den König von England tot-schlagen zu lassen.

Er soll an seine Mutter denken, sagte Rebecca.

Dann redete sie lange und eindringlich auf Wohali ein. Ich beobachtete die beiden: Rebecca wütend, Wohali mit verschränkten Armen und den Kopf schüttelnd. Sie rief ihm seine Mutter Woya und seine junge Frau bei den Anigatogewi ins Gedächtnis. Im Fortgang ihrer Rede umfasste sie seine Schultern und rüttelte daran; doch Wohalis Entschluss, das war deutlich zu sehen, stand fest.

Schließlich ließ Rebecca von ihm ab. Sie setzte sich nieder und sagte erschöpft zu mir: Er will nicht weiter in den Süden oder Osten reisen, aber auch nicht umkehren. Daher wird er für eine Weile im Fort bleiben. Ich kann es ihm nicht ausreden. Aber er verspricht, vor dem Spätherbst, wenn sein Kind geboren wird, zu den Anigatogewi zurückzukehren.

Ich bezweifelte, dass Wohali dieses Versprechen einhalten würde.

Und sie nehmen ihn auf?

Die anderen Soldaten wollen ein gutes Wort für ihn einlegen. Und er muss sich taufen lassen und einen Eid auf den König schwören.

Ein Eid auf König Georg, den Unbekannten. Wenn ich einem Mann die Treue gelobt hatte, hatte ich ihn in allen Fällen zumindest gekannt. Andererseits würde König Georg von England weder Bett noch Festung mit Wohali teilen – insofern war er als Brotherr vielleicht doch keine schlechte Wahl.

Dann müssen wir ihn gehen lassen, sagte ich.

***

Am nächsten Tag wohnten wir Wohalis Taufe und Vereidigung bei: zwei schmucklose Ereignisse, denen ich so wenig Aufmerksamkeit schenkte wie möglich. Ich dachte daran, wie unsere Reise zu viert aussehen würde. Wohali würde sein

Pferd behalten wollen, das lag nahe; aber sein Gewehr könnte er uns getrost überlassen. Er durfte uns nicht unbewaffnet weiterziehen lassen.

Ich dachte mit Sehnsucht an dieses Gewehr.

Nach der Vereidigung ging ich zuerst zur Frau des Graubärtigen und bat sie, die übliche Gastfreundschaft voraussetzend, um etwas Brot für die Reise.

Sie zögerte und nannte dann eine Summe Geldes, die sie dafür haben wollte. Auf meinen erstaunten Blick antwortete sie: Sie verstehen, Mr. Winehouse, wir können nicht alles Brot an Vorüberziehende verschenken. Wir haben die Soldaten zu versorgen und bekommen nur ab und zu Lieferungen mit dem Nötigsten.

Ich hatte mich so lange an Orten aufgehalten, wo die Leute von der Hand in den Mund lebten, dass ich fast vergessen hatte, dass anderswo die Dinge in Penny und Pfund aufgewogen wurden. Kurz überlegte ich, nachts in die Vorratskammer zu gehen und das Brot einfach zu stehlen. Aber es waren zu viele Soldaten in der Nähe; und ich wollte dem armen Wohali, der sich ihnen in den Rachen warf, keine zusätzlichen Schwierigkeiten aufhalsen.

Also versuchte ich es mit Bitten: Auch nicht ein, zwei Laibe für die nächsten Tage? Meine Frau und ich haben kleine Kinder zu versorgen …

Die Frau schnaubte: Hören Sie auf, wir sind keine Missionare.

Ich verstehe schon. Es ist nur, dass ich keinen Penny bei mir habe.

Sie sah mich prüfend an: Haben Sie sonst etwas zu verkaufen?

Ich zeigte ihr Cormacs silberne Uhr.

Ich rede mit meinem Mann.

Nach wenigen Augenblicken kam sie zurück und sagte: Zwei North-Carolina-Pfund könne sie mir dafür geben – das heißt, ein Pfund, 19 Schillinge, neun Pennys und zwei Laibe frisches Brot.

Aber wir sind nah an der Grenze zu South Carolina, nicht wahr?

Dort kriegen Sie das Geld auch los, vorausgesetzt, Sie können die Händler von der Unterschrift des Gouverneurs von North Carolina überzeugen.

Ich nahm an.

Mit dem übrigen Geld ging ich stracks zu Wohali und bot ihm ein ganzes Pfund für sein Gewehr. Ihm weniger anzubieten, traute ich mich nicht, aus Angst, Rebecca könnte eingreifen. Ich glaubte zwar nicht, dass sie sich mit Geld auskannte; andererseits machte sie sich ihren Reim auf alle möglichen Dinge.

Wohali war einverstanden. Er überreichte mir das Gewehr und schenkte Frankie eins seiner Amulette und sein Hemd. Er würde ohnehin neue Kleider bekommen, darunter einen roten Soldatenrock.

Frankie schluchzte; Wohali hob ihn auf, wiegte ihn wie ein kleines Kind und nannte ihn zärtlich Dustu. Nachdem er sich von Rebecca verabschiedet hatte, wandte er sich mir zu.

Auf Wiedersehen, lieber Freund, sagte er auf Englisch, sein rundes Gesicht so entschlossen wie bedrückt; und plötzlich kamen auch mir die Tränen.

Mein Gewehr über der Schulter, kniete ich mich zu Frankie und wischte ihm mit Wohalis viel zu großem Hemd die Bäckchen ab.

Immerhin ist Sommer, sagte Rebecca, als wir die Pferde bepackten. Ich reichte ihr die Trage mit Laurie und küsste sie schnell. Es ziemte sich nicht recht, war aber auch nicht verboten: Ein Ehemann küsst seine betrübte Frau.

Mr. Julian Winehouse, setzte ich innerlich hinzu, verließ das Fort ohne seinen tscherokesischen Neffen.

***

Zu viert reisten wir den Wateree hinunter durch South Carolina. Es war eine merkwürdige Reise durch die Zeit, als führen wir rückwärts: Das Land wurde älter, verbrauchter. Die Wege wurden breiter, je weiter wir in den Osten kamen, die Wälder lichter und die Forts kleiner. Eines der letzten Forts, an denen wir vorbeikamen, bestand aus sehr grauem, von Würmern und vom Wetter zerfressenem Holz. Sein Palisadenzaun, der an manchen Stellen ausgebessert war, musste in den ersten Tagen der englischen Eroberer gebaut worden sein. Noch nie hatte ich so ein altes Gebäude gesehen. Es musste älter sein als Moores Hütte – bestimmt über fünfzig Jahre.

Die Bedenken der Tscherokesen, in bestimmte Richtungen zu reisen, fielen mir ein. Während Wohali keinesfalls in den Westen hätte gehen wollen, waren die Weißen vom Osten in die Neue Welt gekommen, übers atlantische Meer. Je weiter wir ostwärts kämen, umso älter würden ihre Häuser sein. Es ergab keinen rechten Sinn, in den Osten zurückzufahren, ins Alte und Ergraute. Es drehte die Dinge um, veränderte die Koordinaten, nach denen ich mich stets gerichtet hatte.

Das Tor des grauen Forts war unbewacht und stand offen. Die Bewohner, die wir danach fragten, winkten ab: Hier habe sich lange kein Feind mehr hergetraut, auch die Franzosen und Spanier seien weit entfernt.

Wir setzten uns mit ihnen zu Tisch, aßen und tranken Wein. Rebeccas Wangen röteten sich, sie lachte und ihre schwarzen Augen blitzten, womit sie die Verwalterin der Vorräte so bezauberte, dass wir unser Brot umsonst bekamen und ich den Rest des Uhrengeldes sparen konnte. Ich dachte daran, wie Rebecca – damals noch Mr. Waterhouse' Frau – in Mrs. Edens Stube nicht lange gezögert hatte, den Schnaps der Versöhnung zu trinken, und dann mit Geschichtchen aufgewartet hatte, in denen die alte Mrs. Waterhouse nicht gut wegkam. Jetzt nahm ich ihr übel, dass sie den Kummer um Wohalis Abschied so schnell vergaß und mit der Verwalterin schäkerte.

Die sagte, als sie uns die Laibe überreichte: Sie müssen noch durch das Gebiet der Wateree-Indianer, Madame, dann ist es nicht mehr weit bis Charles Town.

***

Die Wateree siedelten am Lauf dieses herrlichen Flusses, der ihren Namen trug. Er glitt fischreich und blinkend im Sonnenlicht dahin; zunehmend begleiteten uns mächtige Stämme von Tannen und Fichten, die aus den höher gelegenen Wäldern hinuntergeflößt wurden. Die Dörfer der Wateree lagen etwas abseits des breiten Wegs, ausgetreten von Soldaten- und Siedlerkolonnen. Immer mehr Reisende kamen uns entgegen, darunter fliegende Krämer, die neben Brot auch Butter, Salz und Rum veräußerten, und bald war ich das restliche Geld los. Also näherten wir uns, in der Hoffnung auf eine Mahlzeit, der nächsten Wateree-Siedlung. Doch bevor wir die Hütten erreichten, traten uns bewaffnete Männer entgegen und zwangen uns zur Umkehr – auch als wir die leeren Hände zeigten und auf unsere Münder und Bäuche wiesen. Selbst Frankie, den ich schnell vorschob, konnte nichts ausrichten. Offenbar wollten diese Leute nichts mit Fremden zu tun haben.

In der Nähe des nächsten Dorfes, das einige Meilen entfernt lag, verhielt es sich genauso. Uns fiel auf, dass die Bewaffneten selber abgezehrt aussahen. Auch das Dorf wirkte ärmlich und halb verfallen; zwischen den Hütten war niemand zu sehen. Wir kehrten um.

Das dritte Dorf sah nicht besser aus, also versuchten wir gar nicht erst, uns zu nähern. Die Wateree schienen allesamt in ärmlichen Siedlungen zu leben, die vielleicht sogar in Feindschaft miteinander standen: Im Vorüberziehen beobachteten wir, dass auch die Felder dieser Leute mit Spähern besetzt waren.

Als wir uns zurückzogen, rief plötzlich jemand hinter uns her: eine junge Wateree-Frau, auch sie mager und schäbig gekleidet. Schnellen Schritts kam sie näher und streckte nun ihrerseits die Hände aus. Dabei wies sie auf das winzige Brustkind, das sie an den Leib gebunden trug. Ich weiß nicht, was sie erwartete; vielleicht war sie geblendet von den wohlgenährten Pferden und den roten und grünen Gewändern des Ehepaares Winehouse.

Ich schüttelte den Kopf, wir hatten nichts, was wir ihr geben konnten. Selbst das Restchen Brot, das wir zurückbehalten hatten, um Laurie daraus Brei zu bereiten, war aufgezehrt. Rebecca wurde zornig und befahl mir, auf der Stelle in den Wald zu gehen und Fleisch zu besorgen. Ich nahm mein Gewehr und zog los: Aber der Wald besaß kaum noch Unterholz, nur Baumstämme und kahle Erde; es machte keinen Sinn, sich hier auf die Lauer zu legen. Da ging Rebecca hinunter zum Fluss und fing einen hübschen Barsch. Die fremde Frau sah ihr zu und sagte etwas, das besorgt klang. Sie wies auf einen Mann, einen bewaffneten Weißen, der mit langen Schritten näherkam, und setzte zur Flucht an. Vorher wandte sie sich noch einmal Rebecca zu und rieb bittend die Fingerspitzen der rechten Hand aneinander; Rebecca schüttelte den Kopf, wir hatten tatsächlich keinen einzigen Penny mehr.

Der Mann schickte der Wateree-Frau grobe Worte hinterher und starrte dann Rebecca an, die in der Tat einen bemerkenswerten, weil zwitterhaften Anblick bot: im englischen, aber hochgebundenen Kleid barfuß am Ufer stehend, den noch zuckenden Barsch zwischen ihren kräftigen und gebräunten Händen. Ich stellte mich vor sie, das Gewehr sichtbar zur Seite.

Der Mann sagte zu mir: Dieser Flussabschnitt ist Eigentum der Holz- und Transportfirma Hagenström. Es ist untersagt, ihm Fische zu entnehmen.

Es war nur einer, sagte ich sanft. – Wir brauchen etwas zu essen für unsere Kinder.

Sie, mein Herr, müssen das Eigentum der Firma Hagenström ebenso respektieren wie die verdammten Indianer.

Rebecca ließ den Fisch sinken.

Inwiefern, fragte sie, – hindert Sie dieser Fisch daran, Ihr Holz zu flößen?

Der Mann ignorierte sie.

Sie können froh sein, dass Sie nur mir begegnen, sagte er zu mir. – Wenn die patrouillierenden Soldaten Sie mit Diebesgut erwischen, haben Sie schnell eine Kugel im Kopf.

Das möchten wir nicht, sagte ich.

Genau. Und jetzt nehmen Sie den Fisch und passen Sie besser auf Ihre Frau auf.

Er nickte, ich nickte zurück, und er schritt von dannen.

Was für ein Scheusal!, rief Rebecca, kaum dass er fünf Baumlängen entfernt war.

Ein hässlicher Kerl, stimmte ich ihr zu, – was schadet es ihm, uns einen Fisch abzutreten? Alle kann er ohnehin nicht fangen.

Ich meine die Frau, sagte Rebecca.

Was, die Hungernde?

Rebecca sagte, sie habe nie vorher eine Indianerin gesehen, die sich nicht zu schade war, aus dem Haus ihrer Familie zu laufen, um Reisende anzubetteln. Kannte sie keinen Stolz?

Offenbar wusste sie keinen besseren Ausweg, sagte ich, – sie hatte Hunger und obendrein dieses mausgroße Kind, das sicherlich auch nahe am Verhungern war.

Sie wollte Geld von uns, kein Essen.

Weil sie wusste, dass es hier keine Jagdtiere mehr gibt und alle Fische im Fluss der Firma Hagenström gehören.

Was zum Teufel ist hier los?, rief meine Gefährtin. – Wir müssen einen anderen Weg nehmen. Rayetaya hatte Recht.

Womit?

Sobald die Weißen in der Überzahl sind, gerät alles aus der Ordnung. Die Leute hungern, weil ein Mr. Hagenström, den niemand je gesehen hat, die Herrschaft über den Fluss beansprucht. Und die Frauen rennen aus ihren Häusern und fragen Reisende nach Geld, statt ihnen Brot und ein Bett anzubieten.

Ich hörte nicht sehr auf Rebeccas Räsonieren. Aber das Elend der Wateree war auch mir an die Nieren gegangen.

Wir müssen weiter, Liebste. In Georgia wird es anders sein.

Woher weißt du das?

Die Yamacraw haben es gesagt. Und wir können nicht zurück.

Rebecca schwieg. Sie briet den Barsch, und ohne Schmuck und Beilage stopften wir ihn in unsere leeren Mägen. Niemand konnte sagen, wie lange diese Mahlzeit vorhalten musste.

Die Wateree-Frau mochte uns für reich gehalten haben – in Wirklichkeit hatten unsere neuen Sachen während der mehrwöchigen Reise einiges an Schönheit eingebüßt. Mein Umhang und Rebeccas Kleid glänzten speckig, Frankies Hose hatte mehrere Risse, und alle vier waren wir nicht eben dicker geworden. Der Säugling, dem das bisschen Muttermilch, das er bekam, nicht genügte, schrie, so laut er konnte. Nur der Braune und der Getupfte hatten die Bäuche voll Gras und strebten fröhlich voran.

Am Ende eines langen schweigsamen Tages hielten wir die beiden auf einer Hügelkuppe an. Der Wind, der uns entgegenkam, schmeckte frisch und salzig, mein Herz tat einen Sprung. Ich wiegte den schmerzlich weinenden Laurie im Arm, Rebecca rüttelte Frankie wach; und zusammen blickten wir hinab auf Charles Town und die Küste des atlantischen Ozeans.

6

Der Ozean – das atlantische Meer –, unendliche Flächen Blau in eine unabsehbare Ferne hinein: Nach so vielen Jahren sah ich das Meer wieder. Wie schön es war, immer gewesen war! Wo sollte der ganz andere Ort zu finden sein, wenn nicht am Meer, das frische Luft in meine Lungen blies? Waren dort draußen, hinten im Dunst, nicht Seeräuberschiffe zu sehen? Mir schien, als hätte die lange Reise mit all ihren Beschwerlichkeiten nur diesem heimlichen Ziel gedient: zum Meer zurückzukehren.

Seht doch!, rief ich meinen Reisegefährten zu.

Groß und weit, sagte Rebecca.

Ihre Stimme kam von unten; sie hatte sich hingehockt, die Hände auf der Erde, als wollte sie sich fester im Boden verankern.

Frankie fragte, ob er in diesem blauen Wasser baden dürfe; ich bejahte und zog ihn an mich und barg mein Gesicht in seinem Haar.

Dann wandte ich mich Laurie zu, hob ihn aus der Trage und hielt ihn vor meine Brust, das Gesicht nach vorn gewandt. Von der Seite sah ich zu, wie mein Kindchen das Meer zum ersten Mal erblickte. Seine schwarzen Wimpern warfen zarte Schatten über die Bäckchen. Er war nun fünf Monate alt – älter als Mary Burleigh bei ihrem Tod. Das beruhigte mich. Er würde auch nicht mehr so zart sein, wenn wir erst wieder genug zu essen hätten. Die nahrhaftesten Happen würde ich ihm in Charles Town kaufen!

Lauries Blick ging über die gewundene Küste; die sich öffnenden Flussläufe, eifrig von Booten befahren; die zahlreichen Straßen, die auf die Stadt zueilten; schließlich auf Charles Town selbst, die starken Mauern, die die Stadt umgaben. Von hier oben sah sie aus wie ein sehr großes Fort. Ich hatte Charles Town weniger festungsähnlich in Erinnerung. Freilich, dachte ich, – es hat eine offene Flanke zum Meer und muss sich vor Piraten schützen.

Der Hafen. Das Meer. Was für eine grauenvoll lange Zeit hatte ich in den Bergen verschwendet.

Ich richtete mich auf.

Das ist die Stadt Charles Town, erklärte ich Rebecca und den Kindern, – hier bin ich aufgewachsen, und hier werden wir für eine Weile bleiben, um uns mit allen notwendigen Dingen zu versorgen.

Das legst du fest, Julian Winehouse?, fragte Rebecca.

Es liegt nahe, richtig? Wir brauchen Brot und bald auch sauberes Zeug. Und wir müssen den Weg nach Georgia erfragen.

Richtig. Es liegt nahe. Komm, gib mir Laurie, damit die Leute sich nicht wundern, warum ein Kerl wie du einen Säugling mit sich herumschleppt.

***

An einem Sonntag Ende August des Jahres 1733 erreichten wir die Stadt. Am Läuten der Kirchenglocken erkannte ich den Sonntag; es mochte an den Glocken liegen, dass mir feierlich zumute wurde, als wir vor dem Stadttor standen.

Julian Winehouse, Sohn dieser Stadt, nebst Familie, sagte ich dem Wächter.

Frankie Winehouse, ergänzte mein Kind, – wie geht es Ihnen, mein Herr?

Der Wächter achtete nicht auf ihn.

Beruf und Begehr?, fragte er mich.

Ich schwankte kurz.

Schreiber, sagte ich dann, und: Ich will mir nach langer Reise eine Anstellung suchen.

Sein Blick verweilte auf Rebeccas indianischen Zügen und auf unseren ungesattelten Pferden, doch er ließ uns durch.

Es lag nicht eben sonntägliche Ruhe über der Stadt. Die Straßen waren so geschäftig, dass wir absteigen mussten. Die Pferde am Zügel, gingen wir langsam durch die Straßen.

Charles Town hatte sich verändert, seit ich es zum zweiten Mal verlassen hatte. Es war größer und bunter geworden – oder hatte sich mein Auge verkleinert, das über zehn Jahre lang nur Hütten und bewaldete Hänge gesehen hatte? Wie gut, Häuser aus Stein zu sehen, die in verschiedenen Farben gestrichen waren, und alle mit Fenstern, Läden und geziegelten Dächern ausgestattet.

Ich erinnerte mich, wie Burleigh zum Hafen gegangen war, um mir mein Brautgeschenk zu kaufen: das grüne Stubenfenster. Unter Ächzen, begleitet von einem Laufjungen, hatte er es nach Hause geschleppt, der gute Pfaffe Burleigh. Damals waren die Straßen Charles Towns noch nicht gepflastert gewesen. Jetzt war der Weg glatt und sauber, ob es regnete oder nicht.

Frankie hüpfte in seinen Muskogee-Schuhen auf dem Straßenpflaster auf und ab.

Obwohl auch jetzt einige Wolken am Himmel standen, sah Rebecca aus, als würde die Sonne sie blenden: Sie hielt sich eine Hand vor die Stirn, fast vor die Augen, und schwankte ein wenig.

Was ist?, fragte ich sie.

Es ist einfach alles sehr viel.

Setz dich aufs Pferd.

Sie tat wie geheißen, und ich ergriff die Zügel beider Tiere und wies Frankie an, dicht bei mir zu bleiben. Dann wandte ich mich wieder dem Treiben zu.

Herren ritten auf prachtvollen Pferden spazieren, begleitet von eleganten Damen. Anscheinend ließen sich mit Baumwolle und anderen Handelsgütern noch einträglichere Geschäfte machen als in meiner Kindheit. William Cormac hatte sich zu früh aus Charles Town davongemacht.

Ich betrachtete die Damen mit seidenen Hüten, nach deren Bekanntschaft es meine Mutter so sehr verlangt hatte. Unbedingt sollte Rebecca auch einen seidenen Hut besitzen; ob ich einen dunkelgrünen für sie finden würde, mit schwarzen und goldenen Ziernähten?

Es gab viel mehr schwarze Menschen in der Stadt als früher. Die meisten waren an ihrer ärmlichen Kleidung und den Herren und Damen, die sie beaufsichtigten, als Diener und Sklaven erkennbar, vielleicht arbeiteten sie auf den Baumwollpflanzungen. Einige trugen aber auch Hüte und vornehme Kleider und mochten mit verschiedenen Geschäften erfolgreich sein.

Dann stießen wir auf den Sklavenmarkt. Es war nicht der erste, den ich sah – fast jede karibische Insel hatte ihren eigenen Sklavenmarkt –, aber der weitaus größte. Der Platz, den ich schwach als Marktplatz in Erinnerung hatte, war voll von Händlern und ihrer unglücklichen Ware. Die Sklaven standen an Händen und Füßen, manchmal auch am Hals zusammengebunden: Wenn sie Glück hatten, mit Seilen, andernfalls mit Eisenketten. Sie standen gruppenweise, ihre bedrückten oder reglosen Gesichter ließen mich allesamt an Immanuel denken. Die meisten waren abgemagert, die dunkle Haut spannte an den Knochen. Frauen umklammerten ihre Kinder. Dazwischen spazierten die weißen Kunden, musterten sie, fassten den Leuten an die Oberarme oder zwischen die Rippen. Die Händler überboten sich gegenseitig mit besonderen Angeboten: Die Kunden waren wählerisch angesichts der großen Auswahl. Auch einige der umliegenden Häuser schienen als Sklavenquartier zu dienen.

Und schließlich entpuppten sich auch die Schiffe, die ich aus der Ferne für Seeräuberschiffe gehalten hatte, als Sklavenschiffe: Am Kai wurden die Unglücklichen verladen. Mir schwindelte bei ihrem erbärmlichen Anblick.

Frankie stand mit offenem Mund neben mir.

Ich erläuterte: Sie sind Sklaven wie die Yamacraw-Männer, erinnerst du dich?

Müssen Sklaven sonntags nicht zum Gottesdienst, Vater?

Ich glaube nicht.

Können wir nicht zum Gottesdienst gehen – oder woandershin?

Jemand stieß mich am Arm. Ich sah auf und blickte in die freundliche Miene eines Händlers.

Mein Herr, was suchen Sie? Eine tüchtige Magd oder einen kräftigen Jungen?

Er präsentierte mir zwei Sklaven, die er am Band mit sich führte, vielleicht Mutter und Sohn.

Nein, danke. Ich sehe mich nur um.

Machen Sie mal. Ich bin ohnehin fast fertig für heute.

Er fing an, seine Pfeife zu stopfen.

Da fragte Frankie mit dünner Stimme: Verkaufen Sie auch Yamacraw?

Indianer aus dem Süden, erläuterte ich.

Indianer? Nee, das lohnt sich kaum noch. Ich handle nur mit Schwarzen, die kommen in rauen Mengen hier an und machen weniger Ärger.

Rauchend sagte er, die Indianer im Umland hätten sich mittlerweile darauf spezialisiert, geflohene Schwarze einzufangen und zurückzubringen. Einige hätten es selbst als Sklavenhändler zu Wohlstand gebracht, die meisten seien aber – nach wie vor – Lumpengesindel.

Er verbeugte sich in Rebeccas Richtung: Sie entschuldigen schon, Madame.

Rebecca, oben auf dem Getupften, murmelte etwas. Es schien ihr tatsächlich nicht besonders gut zu gehen.

Sagen Sie, wo finde ich ein Bett für die Nacht?, fragte ich den Händler.

Ah, Sie sind neu in der Stadt? In der Nähe gibt es anständige Hotels und weniger anständige Schänken.

Der Sklavenhändler musterte mich, meine tscherokesische Frau, unsere speckige Kleidung: Kommt auf Ihren Geldbeutel an.

Um der Wahrheit die Ehre zu geben, sagte ich, – ich habe noch kein Geld. Ich will mir morgen eine Anstellung als Schreiber suchen …

Der Händler lachte: Woher kommt ihr denn, aus dem Schlaraffenland? Nein, ein kostenloses Bett kann ich dir leider nicht empfehlen.

Er schüttelte den Kopf: Phantast. Will ein Bett und hat kein Geld.

Dann klopfte er an seine Pfeife, zog am Seil, das ihn mit seinen zwei Sklaven verband, und ging seiner Wege.

Ich setzte Frankie auf den Braunen und verließ mit meiner Familie Charles Town. Der Wächter sah kaum hoch, als wir zum zweiten Mal an diesem Tag durchs Stadttor zogen.

***

Wir lagerten auf einem Hügel in der Nähe der Stadtmauer. Es war kein sehr hübscher Ort, der Boden war zerfurcht von Hufen und Wagenrädern und gänzlich baumlos. Ich ließ die Pferde auf einem schmalen Wiesenstück zwischen zwei Feldern grasen. Sie waren von dichten Hecken umgeben, sodass wir nicht an das Korn herankamen. Außerdem patrouillierten hier tatsächlich Soldaten, die offenbar die nähere Umgebung Charles Towns im Blick behielten. Ob sie sich vor Indianerangriffen fürchteten? Mir stellten sich die Nackenhaare auf, wenn ich die roten Röcke und weißen Hosen dieser Königsknechte nur aus der Ferne sah.

Der Weizen war ohnehin noch nicht reif.

Rebecca war zu Tode erschöpft und kaum in der Lage, Laurie die Brust zu geben. Sie wiederholte, es sei alles sehr viel gewesen in der Stadt: der Lärm, die Gerüche, die vielen Leute. Ich bettete sie auf meinen Umhang auf das feuchte Gras und bat sie, die Augen zu schließen und an das Land Georgia zu denken.

Frankie weinte schon wieder vor Hunger. Ich versprach ihm, dass ich morgen aufs Neue in die Stadt gehen und Brot und Fleisch besorgen würde. Als er nicht aufhörte, zu weinen wie ein ganz kleines verzweifeltes Kind, hätte ich ihn schlagen mögen.

Noch nie, schien es, hatten wir solchen Mangel gelitten wie vor den Toren Charles Towns.

***

Nachts träumte ich von meinem grünen Fenster, weit weg in den appalachischen Bergen. Erst war es ein schöner Traum, getragen vom Stolz, ein eigenes Fenster zu haben, noch dazu ein meisterhaft gefertigtes aus Europa. Dann sah ich Klein Annes Gesicht hinter der Scheibe, merkwürdig verzerrt von den gläsernen Rundungen und Spiegelungen. Richtig, dachte ich im Traum, Anne ist noch oben in den Bergen, hinter meinem Fenster. Sie späht hinaus, vielleicht will sie nachsehen, ob ich nicht wiederkäme. Ich versuche, ihren Blick zu fangen, doch es gelingt mir nicht. Ich kann nicht erkennen, ob meine Tochter größer und geschickter geworden ist, welche Schürze sie trägt und wie lang ihre Zöpfe mittlerweile sind. Ich kann nichts erkennen. Ich habe sie verlassen; jetzt ist es Anne, die verschwindet, im grünlichen Licht und in der rabenschwarzen Tiefe von Burleighs Stube.

Ich fuhr auf und bemerkte, dass Rebeccas Hände auf meinen Schultern lagen.

Ruhig, Anne. Was ist los?

Ich habe von zu Hause geträumt, sagte ich, ohne nachzudenken.

Was hast du geträumt?

Von meiner Tochter, sagte ich und bereute schon, es gesprochen zu haben. Jetzt würde sie wieder von Rachel anfangen und so schnell nicht aufhören.

Aber sie tat nichts dergleichen und nahm mich stattdessen in die Arme, dass ich an ihrer Schulter und Halsbeuge ruhte. Dort war es warm und gut.

Was denkst du, fragte sie, – wie ergeht es deiner Anne?

Ich weiß nicht, sagte ich unwillig. – Ich habe genug damit zu tun, mich zu fragen, wie es Frankie und Laurie geht, die nichts zu essen haben.

Rebecca antwortete erst nicht. Nach einer Weile, als ich fast wieder eingeschlafen war, sagte sie: Wäre Laurie nicht geboren worden, wär ich wohl nicht weggegangen.

Was meinst du?

Sie erzählte von der Schwangerschaft. Waterhouse habe nun endlich ein weiteres Kind gewollt, sagte sie, das letzte war seit anderthalb Jahren unter der Erde. Sie sollte sofort aufhören, etwas gegen eine neue Schwangerschaft zu tun.

Kannst du denn etwas dagegen tun?, fragte ich.

Natürlich. Es hat mich immer gewundert, dass die puritanischen Frauen von diesen Dingen nichts wissen wollten – abgesehen von Mrs. Eden, in bestimmten Augenblicken …

Wie geht das? Ich meine, was hast du gemacht?

Ein Sud aus Wacholder und Engelwurz ist die einfachste Möglichkeit. Er verhindert, dass der Samen sich einnistet; notfalls lässt er die Frucht abgehen.

Und Waterhouse hat das gewusst?

Er hat es mir unterstellt – ich habe geleugnet. Nach Rachel und Jamie kam ja länger keins, während ihr Anderen warft wie die Hasen. Ich wollte nicht mehr als zwei, höchstens drei Kinder zur Welt bringen, und niemals in Notzeiten. So habe ich es von meiner Mutter gelernt. Dass der Christengott von seinen Gläubigen hungrige Kinder fordert, scheint mir unnötig grausam.

Aber ist er grausamer als die Götter der Tscherokesen? Du hast gesagt, dass du Rayetaya heiraten solltest, um Kinder zu bekommen, obwohl es Hunger und Krankheiten gab.

Wir hatten viele Notzeiten, sagte sie, ein wenig ärgerlich. – Wenn die Angst umgeht, dass die Familie ausstirbt, haben die Frauen ein Auge aufeinander und wissen genau, wer ohne Mann bleibt und wer sich hütet, ein Kind auszutragen. Das kannst du ihnen nicht vorwerfen.

Gut, beschwichtigte ich, – zurück zu Laurie. Du bist wieder schwanger geworden, weil Waterhouse keine Ruhe gab?

Ja. Es war in der Zeit der Befragung. Waterhouse stand mir und unseren Kindern bei, zum Glück. Aber nachts drängte er sich mir auf, häufiger als sonst und rücksichtsloser. Er sagte, er werde mir ein neues Kind machen und ich hätte mich zu fügen. Und tatsächlich habe ich mich in diesen Tagen nicht getraut, in den Wald zu gehen und die richtigen Kräuter zu suchen.

Und dann ging es schnell?

Wie zum Hohn, sagte sie. – Und ach, wie freundlich sie plötzlich alle waren. Mrs. Eden, du, Jelena Cleave, sogar Edwina Moore, alle kamt ihr vorbei und brachtet mir Gewürzkuchen. Und die Schwangerschaft war leicht, auch das war wie zum Hohn. Ich hatte sogar Lust und Kraft, meine Nachbarin aufzusuchen, wenn sie allein zu Hause war …

Glücklicherweise, sagte ich. – *Das* geschah nicht wie zum Hohn.

Nein, das nicht.

Ich freute mich, dass ihre Stimme weich war, als sie das sagte.

Auch die Geburt war, wie du weißt, erträglich – abgesehen davon, dass ihr Puritanerinnen mich wieder zum Liegen zwangt, statt mich hocken zu lassen. Und abgesehen davon, dass Waterhouse vor der Tür auf und ab streifte wie ein toller Schwarzbär.

Es wird die Aufregung gewesen sein, sagte ich.

Geburten gehen einen Mann nichts an!, erwiderte sie heftig. – Er hätte abwarten sollen, bis ich bereit war, ihm das Kind zu zeigen. Stattdessen stürmt er in die Stube, entreißt mir *sein* Kind, *seinen* Sohn, den er der Hexe abgerungen hat, und zeigt ihn überall her, noch ehe ich selbst gewaschen und frisch gekleidet bin. Die anderen Kerle schlagen ihm anerkennend auf die Schulter, und schließlich ist es Rachel, die mir den Säugling zurückbringt, weil er vor Hunger schreit. Nebenbei erfahre ich, dass Waterhouse ihn Laurence taufen lassen will, nach seinem verstorbenen Bruder.

Immerhin hat er nicht Ronnie Moore gefragt, der hätte sicherlich noch einen schöneren Vorschlag gehabt.

Verstehst du mich, Anne? Und dazu das Getuschel, die bald wieder aufflammenden Anschuldigungen, bis hin zur kleinen Devotion Moore. Ich konnte nicht länger bleiben, wo man so mit mir umgeht.

Ja, es war nicht einfach bei den Puritanern. Andererseits war nichts sonderlich Neues dabei, oder?

Ich möchte nicht in einer Welt leben, sagte sie, – wo man so mit Frauen umgeht oder überhaupt mit Menschen.

Deshalb gehen wir nach Georgia, sagte ich. – Dort wird es anders sein.

Und wenn nicht?

Dann müssen wir es anders machen. Mit den Frauen und mit den Männern auch, sagte ich.

Indem ich ihnen die Sache mit Wacholder und Engelswurz erkläre?

Vielleicht ist das ein Anfang.

Wir schwiegen.

Dann fasste ich mir ein Herz: Eins möchte ich dich noch fragen.

Ja?

Wie stand es um dich und Miss Cleave?

Ich spürte förmlich, wie sie in der Dunkelheit zu lächeln begann.

Was meinst du, meine liebe Anne?

Ich meine – ich möchte wissen, wie es um dich und Miss Cleave stand. Ich habe gehört, wie ihr euch beim Vornamen nanntet.

Wir waren gute Freundinnen.

Weiter nichts?

Dass du mich das fragst! Weil du selbst in sie verliebt warst wie ein kleines Mädchen in seine Lehrerin?

In Ordnung!, rief ich. – Sag mir nichts. Lass uns schlafen.

Rebecca sagte: Ich hätte Lust darauf gehabt. Aber Jelena Cleave ist, nun ja, in anderen Sphären zu Hause. Bei den Aniwaya hätten wir eine Wandlerin zwischen den Welten in ihr gesehen und sie nach nächtlichen Gesichten befragt.

Das konnte ich mir gut vorstellen. Mir wurde ganz leicht zumute, beinah musste ich lachen. Mochte Miss Cleave, klein und ordentlich im Gemeindebuch verzeichnet, in Frieden leben!

Und wie viel kleiner noch war Mary Reed geworden in ihrer lang verstaubten Truhe. Ich war Tag und Nacht mit Rebecca zusammen, gemeinsam hatten wir zwei Kinder und zwei Pferde durchzubringen: Das waren die vordringlichen Angelegenheiten. Sie ließen nicht viel Platz für eine goldumrandete Wandlerin und eine Räuberin, die längst tot und verscharrt war.

Rebeccas Griff um meine Schulter ließ langsam nach, ihr Atem wurde schwerer. Ich steckte den Umhang um ihren Körper fest.

Es wird anders sein in Georgia, flüsterte ich ihr noch einmal zu.

Während ich den Schlaf meiner Geliebten hütete, dachte ich weiter an Mary Reed – und an Kapitän Calico und mich. Calico hatte mir ein Kind gemacht, Klein Mary. Aber es hatte über ein Jahr gedauert, ehe ich von ihm schwanger wurde. Ich hatte damals kaum darüber nachgedacht – wie auch hätte der Seemann Bonnie allen Ernstes ein Kind erwarten können? Der Gedanke war absurd. Wenn ich jetzt darüber sann, fiel mir auf, dass Calico häufig den Akt beendet hatte, bevor sich sein Samen in mich ergoss und fruchtbar werden konnte. Wenn ich darüber unmutig wurde, hatte er gemahnt, wir müssten vorsichtig sein. Ich hatte mich damals nicht sehr darum gekümmert und es als eine seiner Kapitänsmarotten abgetan. Aber offenbar war der alte Calico weniger versessen darauf gewesen, seiner heimlichen Geliebten Kinder zu machen, als Joseph Burleigh seiner Frau. Und für eine lange Zeit hatte seine Vorsicht mich vor einer Schwangerschaft auf See bewahrt, ohne dass ich mir recht im Klaren darüber war.

Ein vorzeitiges Ende oder ein Sud aus Engelswurz und Wacholder: Ich prägte mir diese Mittel gut ein. Auch wenn ich noch einmal in die Verlegenheit geriete, mit einem Mann das Bett zu teilen: Ich würde mir kein Kind mehr machen lassen.

***

Der Hunger weckte mich zeitig, und ich machte mich auf in die Stadt. Ich mochte mir nicht noch einmal Frankies Weinen nach Brot anhören, und wer weiß – vielleicht würde ich ihm schneller den Frühstückstisch decken als gedacht. Vielleicht würde sich Charles Town als Vorort von Georgia erweisen, wo schon einige gute Dinge möglich waren.

Ich wusch mir am Fluss Gesicht und Hände, um klare Augen und eine forsche Haltung zu bekommen; dann schwang ich mich auf den Braunen, der neben mir in tiefen Zügen trank. Am Stadttor saß derselbe Wächter wie am Tag zuvor. Wieder stellte ich mich als Julian Winehouse vor, arbeitssuchender Schreiber, und wurde hineingelassen.

Langsam ging ich durch die Straßen, den Braunen am Zügel, und versuchte, nicht zu verzagen. An wen in aller Welt sollte ich mich wenden? Wie kam ich überhaupt darauf, mich als Schreiber verdingen zu wollen? Ich hatte, unterwiesen von einer Dorflehrerin, einige Psalmen abgeschrieben und eine Dorfchronik verfasst. Wen wollte ich damit beeindrucken?

Ich stieß auf einen Markt – einen gewöhnlichen, wo man Milch, Hühner, Äpfel und Besen kaufen konnte, keine Menschen. Vielleicht würde ich mit jemandem ins Gespräch geraten, der mir weiterhelfen könnte.

Aber mein Magen dachte lauter als mein Hirn. Gierig stürzte er sich auf all die feinen Gerüche, und die Esslust wurde größer als jeder andere Gedanke. Schon begann ich, nach rechts und links zu sehen; alle Sinne schärften sich. Ich mochte nicht viel können, aber was ich lang und ausdauernd ausgeübt hatte, war die Räuberei. Mitten auf dem Markt stand eine Bude mit geräuchertem Fisch, der so köstlich roch, dass ich mich nicht mehr zusammennehmen konnte. So schnell, dass ich es selbst kaum bemerkte, griff ich nach einer Schnur, an der zwei mittelgroße Barsche aufgehängt waren, und ließ sie unter meinem Umhang verschwinden. Dann ging ich langsam weiter, ein berittener Herr in Weinrot – kein Straßenjunge und kein Lumpenweib, denen man einen solchen niederen Diebstahl jederzeit zugetraut hätte.

Daher ging ich fast ruhig zu einer Bäckerin, grüßte und besah ihre Ware, und als sie sich nach der anderen Richtung wandte, öffnete ich wieder meinen Mantel und stahl nicht weniger als fünf kleine Laibe.

Der Erfolg begeisterte mich. Ich sah mich um, ich wollte eine Flasche Wein dazu finden und Zuckerwerk für die Kinder; aber als ich mich umdrehte, rollte der erste Brotlaib unter meinem Mantel hervor. Erschrocken raffte ich meinen Mantel, bestieg den Braunen und trabte weg vom Markt und aus der Stadt hinaus.

An unserem Lager erwarteten mich Rebecca und Frankie. Rebecca seufzte vor Erleichterung, als sie den Fisch sah, und Frankie setzte dem ersten Brotlaib nach, der zu Boden fiel. Sofort riss er große Brocken heraus, stopfte sie sich in den Mund und versuchte, auch Lauries Mündchen mit Brot zu füllen, der sich heftig zur Wehr setzte.

Rebecca nahm es ihm ab. Während sie für den Säugling Brotstücke in Wasser einweichte, fragte sie, womit ich Geld verdient hätte.

Ich habe Arbeit für einen Tag gefunden, sagte ich.

Was für Arbeit?

Verkaufslisten schreiben für einen Händler am Hafen.

Ich wusste selbst nicht, woher diese Antwort kam.

Und kannst du morgen wieder hingehen und Essen kaufen?, fragte sie weiter.

Ich werde es versuchen, versprach ich, – ich werde auch Frankie mitnehmen. Er kann kleine Hilfsdienste verrichten und wird mir helfen, das Essen zu tragen.

Oder soll ich gehen? Ich kann kochen, backen und nähen, Mais und Kürbis anbauen. Vielleicht braucht jemand bei diesen Arbeiten meine Hilfe.

Nicht in der Stadt, wehrte ich ab. – Geld verdienen ist Sache des Mannes, daran müssen wir uns schon halten.

Also warte ich hier draußen mit Laurie?

Es ist nur für ein paar Tage, tröstete ich sie und leerte einen unserer ledernen Beutel.

***

Am nächsten Tag ritt ich mit Frankie zum Markt und lehrte ihn stehlen. Kleine Kinder sind darin allemal erfolgreicher als ausgewachsene Männer, auch wenn sie einen weiten Umhang tragen. Allerdings stellte sich heraus, dass für meinen Sohn und mich die umgekehrte Vorgehensweise besser passte: Frankie sprach und ich stahl.

Ich erklärte ihm, dass sein Hilfsdienst darin bestünde, sich der Händlerin vorzustellen und nach Kümmelbrot für seine kranke Großmutter zu fragen, nach der Ankunft von Schiffen aus Port Royal oder nach seiner kleinen schwarzen Katze, die er auf dem Markt verloren habe.

Sag, was du willst, Frankie, du musst nur den Händler ablenken. Er wird sich freuen, was für ein kluges Kerlchen du bist.

Frankie wunderte sich, und am Brotstand – dem ersten, den wir aufsuchten – war er noch schüchtern. Er musste die Worte *meine kleine schwarze Katze* wiederholen, weil er zu leise gesprochen hatte. Aber er sah hübsch und wunderlich aus mit seinem weißblonden Haar, das sich mittlerweile in Stirn und Nacken ringelte, dem schwarzen Anzug, über dem Wohalis Amulett hing, und den Muskogee-Schuhen; und als die Herrin der Brote sich dichter zu ihm beugte, nahm ich rasch zwei große Laibe an mich.

Dann ergriff ich Frankies Hand und sagte: Lass die Frau, sie hat deine Katze nicht gesehen. Auf Wiedersehen!

Als wir weitergingen, sah das Kind mich an.

Ist das deine Arbeit, Vater? Lügen erzählen?

Ja. Wir besorgen Essen für uns alle, und du bist mir eine große Hilfe. Aber sag deiner Mutter lieber nichts davon.

Sie würde schimpfen, weil Lügen des Teufels sind.

Essenslügen nicht, Frankie. Schau, es ist nicht recht, dass wir Hunger leiden sollen. Wir haben schließlich nichts Böses getan, deine Mutter, dein Brüderchen, du und ich. Wir haben hier kein Land, auf dem wir unser Essen anbauen können. Daher müssen wir mit kleinen Lügen arbeiten, um an Essen zu kommen. Der Teufel hat damit nichts zu tun.

Frankie grübelte immer noch. Ein wenig tat er mir leid, dass er sich ständig neuen Koordinaten anpassen musste, klein und puritanisch, wie er war.

Hier geht es zum Fisch, sagte ich aufmunternd, – sei so gut und frag die Händlerin, ob sie deine Katze gesehen hat …

Und so ging es weiter. Wir nahmen so viel mit, dass es für wenigstens zwei Tage reichen würde. Nach Brot und Fisch rollten einige rote Äpfel in unseren Beutel, ein Stückchen Butter, ein halbes Dutzend Eier, drei Kringel Fettgebäck, ein paar Talgkerzen und zuletzt die Flasche Wein, die ich gestern hatte zurücklassen müssen.

Am Abend hielten wir ein großes Gelage. Rebecca machte ein Omelett mit Äpfeln, von dem auch Laurie eifrig aß, dann verspeisten wir alles Übrige. Als die Kinder schon schliefen, leerten wir die Weinflasche. Ich hatte lange nicht mehr so viel getrunken; mein Kopf geriet ins Schwimmen und Träumen.

Komm, wir gehen zum Fluss, sagte Rebecca mit etwas schwerer Betonung, – so spät werden keine Soldaten mehr umherstreifen.

Wir gingen ins Wasser, das angenehm kühl war. Hier unten im Flachland war es noch nicht zu kalt, um baden zu gehen. Nackt ließen wir uns ein Stückchen treiben und schwammen dann wieder flussaufwärts. Es war stockdunkel; Rebecca hatte glücklicherweise eine Kerze an der Stelle hinterlassen, an der wir ins Wasser gestiegen waren. Wir ließen uns noch einmal treiben, ich hielt ihre Hand, um sie im Dunkeln nicht zu verlieren.

Erinnerst du dich, sagte ich träumerisch, – an Mr. Syhres Rede vom Mutterschiff, das Vater Bradford in die Neue Welt brachte?

Anne! Was hat Mr. Syhre hier zu suchen?

Ich meine nur – dieses seltsame Wort. Als wäre es möglich, dass eine Mutter ein Schiff besteigt, um von einer Welt in die andere zu reisen, ein Schiff, das sogar nach ihr heißen würde, Mutterschiff nämlich …

Warum sollte es nicht möglich sein? Die Engländer haben doch viele Schiffe, und Frauen haben sie auch.

Als ich zur See gefahren bin, hätten meine Gefährten sich vor Lachen in die Hose gemacht, wenn eine Mutter begehrt hätte, bei uns mitzufahren. Ich auch, im Übrigen …

Aber es ist gar nicht so schwer, antwortete sie mit träger Stimme, – sieh doch! In diesem Augenblick, hier im Fluss, sind wir beide Mutterschiffe.

Aber im schwarzen Flusswasser waren unsere Körper kaum zu erkennen. Einige Meilen vor uns schwappte das Meer an die Küste. Davor zeigte ein schwaches gelbes Leuchten die Stadt Charles Town an.

7

Nachts begann ich mich schlecht zu fühlen, weil ich Rebecca belog. Wir litten Not, daher war es kein Unrecht zu stehlen; aber meine Frau zu belügen, die den ganzen Tag vor der Stadt saß und wartete, war ein Unrecht, da biss die Maus keinen Faden ab. Ich wälzte mich hin und her, bis Frankie, der an meiner rechten Seite lag, murrte, und nahm mir vor, am nächsten Tag nicht wieder zu stehlen, sondern Arbeit zu suchen, und wenn es auch sehr unbequem wäre.

Als ich mich am Morgen zurechtmachte, fragte Rebecca: Was gehst du arbeiten, wir haben doch noch volle Bäuche. Es reicht, wenn du morgen gehst.

Der Händler hat gesagt, er braucht mich heute, weil ein Schiff mit neuen Waren ankommt. Aber Frankie werde ich bei dir lassen. Er soll sich ausruhen und mit Laurie spielen.

Hastig zog ich los. Am Stadttor glaubte ich ein Grinsen im Gesicht des Wächters wahrzunehmen, als wolle er fragen: Na, Winehouse, immer noch auf der Suche nach Arbeit?

Ich ging zum Hafen. Vielleicht gab es dort tatsächlich einen Händler, der Schreibdienste gebrauchen konnte. Mit aufmerksamem Blick durchstreifte ich erst den Fisch- und Gemüsemarkt, dann den Sklavenmarkt. Keiner der Händler beachtete mich. Keinen sah ich mit einer Feder und einer Rolle Papiers herumsitzen, auf der Suche nach einem Schreiber.

Auch der Hunger meldete sich wieder. An einer stillen Ecke setzte ich mich an den Kai, ließ die Beine hängen und starrte trübsinnig ins Wasser. In meinem Rücken tobten die Rufe und Missgerüche des Sklavenmarkts. Ob ich einige Sklaven befreien, mich zu ihrem Kapitän setzen und davonsegeln sollte? Was für ein guter Christenmensch wäre ich dann, ein Rächer der Geschundenen – und endlich wieder Seemann!

Meine Phantasien erhielten geistlichen Beistand: Hinter mir gingen ein Mann und ein Junge auf und ab und disputierten über die Sklavenfrage.

… deshalb ist es nicht recht, wenn ein Christ Andere versklavt, seien sie Christen oder nicht. Der Taufe ungeachtet haben sie freie Seelen, die Abbilder des göttlichen Geistes sind. Man kann darüber streiten, ob die Heiden Belehrung nötig haben – Versklavung gewiss nicht.

Aber sie sind dumm, Meister Korinth, Sie verstehen nichts und taugen nur für körperliche Arbeiten, begehrte der Junge auf. Er war groß, recht dick und trug gutgearbeitete Kleidung, anders als der zierliche Herr in schwarzen Halbschuhen, der neben ihm schritt und dessen schwarzer Samtrock ziemlich schäbig war.

Jeder ist dumm, solange sich seine Nächsten nicht die Mühe machen, ihn zu bilden, antwortete der Zierliche. Für einen Augenblick glaubte ich, der Wein vom Abend zuvor flösse noch rot in meinen Adern. Eine Taube flog auf vor diesem Bürger Charles Towns: seinen präzisen englischen Betonungen, seinem Spazierstock, mit dem er den leicht nach vorn geneigten Gang unterstützte, obwohl er nicht alt war, höchstens vierzig Jahre.

Nathan Korinth, rief ich aus.

***

Der fremde Mann drehte sich um.

Ja, bitte?

Nathan, stammelte ich, – Nathan, ich bin es – Anne Burleigh, Anne Bonnie, Anne Cormac, Anne, die deine Schülerin war, vor vielen Jahren auf William Cormacs Pflanzungen.

Erstaunt sah er mich an.

Mrs. Burleigh, ich hätte Sie schwerlich wiedererkannt.

Mir fiel ein, dass ich als Mann vor ihm stand, und ich prustete.

Das glaube ich. Aber ich habe dich gleich wiedererkannt, Nathan … Darf ich Nathan sagen?

Er zögerte, nickte und wandte sich dann seinem Schüler zu: Geh nach Hause, Henry, und mache deine Aufgaben. Grüß den Vater recht herzlich.

Der Junge verabschiedete sich und ging davon.

Du bist immer noch Lehrer, Nathan.

An einer höheren Knabenschule. Die Jungen sind reich und verwöhnt, haben aber mitunter ein offenes Ohr für die Thesen des Hagestolzes, der durch sie sein Brot verdient. Und manchmal laden mich ihre Eltern an den reichgedeckten Mittagstisch. Das macht die Thesen weniger radikal.

Er lachte. Es war wirklich Nathan Korinth, obwohl er so zierlich war, kleiner als ich selbst.

Oh, Nathan, sagte ich, – wie lange ist das alles her. Erinnerst du dich an das Buch von Sappho, das du mir geschenkt hast?

Wieder lachte er auf: Sappho ist nicht sehr gefragt bei den Knaben. Und die Dichter, die mir kein Brot einbringen, habe ich alle vergessen.

Sein Lachen verwirrte mich; so verächtlich hatte Nathan früher nicht gelacht.

Wie geht es Mrs. Korinth?, fragte ich.

Ausgezeichnet, sagte er. – Sie ist guter Hoffnung, aber die Mädchen stehen ihr bei.

Dann, als fiele ihm etwas ein: Du hast Pfarrer Joseph Burleigh geheiratet, der mit den Missionaren in den Westen gezogen ist, richtig? Schade drum, Burleigh war hier am Platze. Und er war um einiges älter als du; lebt er noch?

Ach, es ist viel geschehen, mehr, als ich auf der Straße erzählen kann.

Immerhin bist du wieder in Charles Town.

Wie du, Nathan.

Was soll ich sagen. Charles Town ist ein Ort, an den man zurückkehrt.

Ich komme jeden Morgen hierher, weil ich Arbeit brauche. Kannst du mir helfen? Ich kann gut schreiben und Listen führen, in christlichen wie in kaufmännischen Dingen.

Wieder lachte er: der puritanische Einfluss, nicht wahr? Aber gut schreiben können nicht viele, am wenigsten die Reichen, die sich ihre Rückseite auf gepolsterten Schulbänken breit gesessen haben … Kurz, ich werde beim Schulherrn nachfragen, ob sie einen Verwalter brauchen. Tatsächlich geht es etwas durcheinander, was die Anmeldungen der Schüler, ihre Gebühren und verschiedene Anschaffungen betrifft. Auch mein Unterricht leidet darunter.

Danke, sagte ich.

Komm mit, sagte er, – wir wollen gleich fragen.

Was für ein glücklicher Zufall! Ich nickte und strich meinen Umhang glatt. Hoffentlich würde Nathan und dem Schulherrn nicht auffallen, dass er am Kragen speckig glänzte.

Mein Name ist Julian Winehouse, sagte ich.

Du musst mir alles erzählen, erwiderte Nathan Korinth vergnügt.

***

In der Tat, Nathan brachte mir Glück: Der Schulherr, ein besorgter Mann namens Toad, der hinter einem überladenen Schreibtisch saß, stellte mich sogleich ein. Er ließ mich zur Probe drei Namen schreiben und sagte dann: Leserlich, wenn auch etwas langsam, aber nun gut.

Dann sollte ich drei Summen im Kopf zusammenrechnen, was mir ohne Schwierigkeiten gelang. Ich hatte mein Leben lang im Kopf gerechnet, auf dem Papier wäre es mir schwerer gefallen; das wusste der Schulherr aber nicht.

Kommen Sie morgen früh um sieben, Mr. Winehouse. Sie können an dem kleinen Sekretär dort sitzen.

Mein Freund hat noch keine Wohnung in Charles Town, sagte Nathan. – Ist in Ihrem Haus Logis für ihn – vorübergehend?

Mr. Toad runzelte die Brauen: Ist Mr. Winehouse nicht *Ihr* Freund?

Mein Haushalt ist klein. Mr. Winehouse hat, wie ich, Familie, und wie Sie wissen, kommt meine Frau bald nieder.

Heißt das, Sie kampieren vor der Stadt?

Leider, nickte ich.

Vorsichtig fragte er: Wie viele Kinder haben Sie denn?

Zwei, mein Herr. Ruhige und freundliche Kinder, der Ältere kann im Stall zur Hand gehen.

In Ordnung. Meine Frau wird eine Dachstube für Sie freiräumen lassen.

Er fand seine gute Laune wieder: Ich will ja nicht, dass Sie da draußen von Indianern gefressen werden, mein Bester. Finden Sie sich gegen Abend nahe der Bastei Granville ein – ganz im Süden der Stadt. Mein Haus ist das hellblaue mit den gelben Läden.

Wir verließen das Schulhaus. Ich hätte Nathan gern umarmt. Er hatte sich um mich gekümmert, als wäre ich noch die kleine Anne Cormac. Am liebsten hätte ich mich in der Tasche seines schwarzen Samtrocks zusammengerollt.

Er legte eine Hand auf meine Schulter: Frau und Kinder hast du also, Julian Winehouse? Das klingt nach einer köstlichen Geschichte, lass uns zusammen essen.

In der nächsten Gaststätte lud er mich auf Bier und Krapfen ein, und ich erzählte. Auch hier kam mir zugute, dass ich meine Geschichten gut sortiert hielt. Die Piraterie ließ ich aus, im Grunde war es dieselbe Geschichte, die ich einst Burleigh erzählt hatte: Nach dem Krankheitstod meines ersten Mannes sei ich mittellos nach Charles Town zurückgekehrt. Danach berichtete ich ihm, wie ich als Burleighs Frau in die appalachischen Berge gezogen und schließlich davongelaufen war, weil das Leben dort gar zu schwer war – zusammen mit einer anderen Frau aus der Missionssiedlung und zweien unserer Kinder. Sicherheitshalber gäben wir uns als Ehepaar aus.

Nathan hörte gut zu und fragte nach immer neuen Einzelheiten. Also sprach ich von unseren Reiseerlebnissen: von gefährlichen Indianern und waffenklirrenden Forts. Dabei schmückte ich die Gefahren ein wenig aus.

Köstlich, rief mein Zuhörer und lachte und lachte.

Ich erfand ein paar Überfälle und Bärenangriffe dazu; und versuchte, nicht an Rebeccas hochgezogene Augenbrauen zu denken.

Das ist zu köstlich!

Begeistert drückte er meine Hand, und die Taube flatterte wieder auf.

Mein werter Julian, was für Abenteuer! Ab jetzt musst du mir immer Geschichten erzählen.

Ja, Nathan, sagte ich.

Dann brach ich auf, um Rebecca und die Kinder zu holen. Ich konnte es kaum erwarten, ihr von all dem Glück zu erzählen. Ich verabschiedete mich von Nathan, stahl im Überschwang einen geräucherten Aal vom Markt und holte den Braunen ab, der am Hafen auf mich gewartet hatte.

∗∗∗

Du hast deinem alten Lehrer alles gesagt?, fragte Rebecca ungläubig.

Er verrät ja nichts. Schau, er hat mir eine Arbeit und ein Zimmer besorgt. Von dort aus können wir weitersehen.

Aber war es nötig, dass du dich dafür offenbarst? Wozu die ganze Verkleidung, wenn du vor dem ersten Kerl auf der Straße den Mantel aufreißt und rufst: Siehe, ich bin Anne Burleigh, entlaufenes Eheweib des Pfarrers Burleigh, an den sich die Leute offenbar gut erinnern?! Glaubst du nicht, dass in Charles Town das eine oder andere Mitglied der *Gesellschaft zur Verbreitung der christlichen Botschaft* lebt und eifrig Briefe schreibt? Bist du wahnsinnig?

Ich schwieg verstimmt, pulte die letzten Fleischfetzen vom Rückgrat des Aals und gab sie Frankie, der nicht genug bekam von der fetten Mahlzeit.

Ich war so überrascht, ihn zu sehen, nach all den Jahren, sagte ich. – Außerdem hätte er mir sonst vielleicht nicht geholfen.

Du musst dich besser zusammennehmen, beharrte sie.

Das zänkische Weib! Ich hatte uns Arbeit und einen Aal beschafft, und sie saß da und keifte!

Du hast dich auch nicht sehr zusammengenommen, als wir ins Tscherokesendorf kamen, zischte ich. – Lagst in Tsulas Schoß und hast dir den Kopf kraulen lassen. Und ich soll nicht frei mit einem alten Bekannten sprechen dürfen, nach allem, was mir zugestoßen ist.

Sie senkte den Kopf und atmete tief, als wollte sie Anlauf holen. Ihre Stimme klang dunkel, als sie brummte: Tsula ist meine Schwester, von ihr ging keinerlei Gefahr aus.

Nathan Korinth war mein Lehrer, er hat mir viel beigebracht.

Dass du es mit den Lehrern hältst, wissen wir ja. Immer diese klugen Leute, die du auf ein Treppchen setzen kannst – während ich mit den Kindern draußen vor dieser verdammten Stadt sitze und von Soldaten angestarrt werde wie ein Stück Fleisch. Du solltest noch einmal nachdenken, wem du etwas schuldest.

Wie bitte? Ich stelle Nathan auf kein Treppchen. Obwohl er – hier musste ich lachen – tatsächlich kleiner ist als ich …

Rebecca, sagte ich und das Lachen schlug um, – ich kann nicht immer, in jedem Augenblick, Julian Winehouse sein.

Müde entgegnete sie: Du musst aber.

Ich nahm Frankie auf den Arm, der schon wieder heulte und sich mit den fischigen Fingern das Gesicht rieb. – Ist gut, Kind, wir streiten nicht mehr.

Anne, sagte Rebecca, – ich war hart zu dir. Lass uns in die Stadt gehen, bevor es dunkel wird.

Wir packten zusammen. Der Wächter war schon dabei, die Tore zu schließen, damit in der Nacht kein Sklave hinaus- und kein Indianer hereinkäme.

Julian Winehouse nebst Familie, rief ich ihm zu, – seit heute Schreiber an der Knabenschule zu Charles Town.

***

Das hellblaue Haus an der Bastei Granville war nicht zu ver-
fehlen. Es stand direkt an der Straße hinter der Stadtmauer,
im Süden erhob sich die kastenförmige Bastei – ein Solda-
tennest, von dem uns glücklicherweise die Mauer trennte –,
und aus den vorderen Fenstern musste ein herrlicher Blick
übers Meer gehen.

Die Dachkammer, zu der die Toad'sche Magd uns den Weg
leuchtete, ging freilich nach hinten hinaus. Immerhin, sagte ich zu Rebecca, sei es dadurch weniger zugig; außerdem
hörten wir hinterm Haus einen Quell plätschern, der uns mit
frischem Wasser versorgen würde, ohne dass wir die Hausfrau darum bitten müssten.

Die Kammer enthielt zwei Betten, einen Tisch mit vier
Stühlen, einen Kleiderschrank und ein Bord mit Waschge-
schirr. Obwohl sichtlich eine Dienstbotenkammer, waren die
Möbel solide und das Bettzeug war reinlich. Rebecca seufzte:
Endlich wieder ein richtiges Bett!

Sie öffnete die gelben Läden und sah hinaus in den Hof.
Die letzte Abendsonne drang ins Zimmer und verfing sich
in ihrem akkurat gescheitelten Haar. Ich dachte daran, wie
schön sie war, trotz allem; ich würde ihr ein neues Kleid und
einen Hut kaufen, mit Ziernähten und vielleicht einer Feder
… Dann warf ich mich auf eins der Betten und schlief ein.

Ich erwachte im Morgengrauen, voll Angst, dass es längst
um sieben wäre. Da ich keine Uhr mehr besaß, zog ich meinen Umhang über und ging hinaus. Am Quell, wo ich mir
das Gesicht wusch, gab mir das Dienstmädchen Auskunft,
dass an der Seefahrerkirche am Hafen eine Uhr hinge. Ich
hastete hin und stellte fest, dass es erst halb sechs war; also
ging ich zurück zum Kai, setzte mich und sah aufs Meer hinaus. Im Grunde genommen war es nur eine Flussmündung;
aber was machte das, ich roch Salz, sah die vertäuten Kähne auf den Wellen schaukeln und verlor mich in Gedanken.
Wenn ich viel gearbeitet hätte, könnte ich mir ein Schiff kau-

fen und davonsegeln. Sollte ich zurück in die Karibik segeln? Nein, nach Georgia wollten wir, ins Gelobte Land. Ich hatte eine Arbeit und ein Zimmer, heute Nachmittag würde ich meiner Familie Essen kaufen …

Als ich das nächste Mal an die Uhr dachte, aufstand und hinging, war es schon halb acht. Diese Uhr war ein vertracktes Ding, das wenig mit dem Stand der Sonne, meinem Nachtschlaf oder dem Knurren meines Magens zu tun hatte; ich würde mich erst daran gewöhnen müssen.

Ich lief zum Schulhaus und in die Schreibstube, bereit für entschuldigende Worte; aber das Zimmer war verlassen. Ich setzte mich an den Sekretär. Er war nicht sehr bequem – kein Vergleich mit meinem Küchentisch in den Bergen. Einige Bögen Papier lagen darauf, teils zusammengeheftet, teils stark geknickt; darauf waren in verschiedenen Handschriften Listen verzeichnet. Es war nicht leicht, sie zu entziffern. Ich nahm einen Bogen und hielt ihn dicht vors Auge und gegen das Fenster – ein erfolgloses Unternehmen, das nur bewirkte, dass ein zweiter Schriftzug von der Rückseite des Blattes durchschien. Er war in die andere Richtung gekippt. Was für ein seltsamer Anblick: Als redeten zwei gleichzeitig und strebten dabei voneinander weg.

Jemand trat ein, und ich ließ den Bogen sinken.

Guten Morgen, Nathan, sagte ich froh.

Guten Morgen, nickte er. – Mr. Toad lässt ausrichten, du sollst die Listen daraufhin durchsehen, wer in diesem Jahr noch kein Schulgeld gezahlt hat. Die Aufzeichnungen sind leider etwas wüst; bisweilen hat Mrs. Toad sich daran versucht, aber ihr sind, scheint es, häufig die Kochtöpfe dazwischengekommen.

Ich sehe es mir an. Und was machst du?

Ich lehre englische Literatur: Milton. Bete für mich, dass der Gesang des Erzengels in der Klasse nicht auf gänzlich taube Ohren stößt. Das verzeiht er nicht leicht, der Erzengel. – Wir sehen uns zwölf Uhr auf ein Mittagbrot!

Den Dichter Milton kannte ich nicht. Ich stellte mir einen hochgewachsenen Engel mit Miss Cleaves goldenem Haar und Nathans kluger Rede vor. Am liebsten hätte ich ihm hinterhergerufen: Nimm mich mit und erzähle mir von Milton! Aber ich nahm mich zusammen. Schlag zwölf Uhr würde ich Nathan wiedersehen.

Und ich hoffte sehr, dass er mich wieder auf einen Krapfen einladen würde. Noch keine Stunde hatte ich gearbeitet, und mein Magen knurrte so übel, als hätte ich seit Wochen nichts gegessen.

***

So vergingen die nächsten Tage. Ich entzifferte Listen, ordnete und schrieb sie neu; nachdem sich herausgestellt hatte, dass vier Elternhäuser noch kein Schulgeld gezahlt hatten, verfasste ich Briefe, die teils Mr. Toad, teils Nathan mir in die Feder diktierten. Sie enthielten so viele Grußformeln und sorgsam gesetzte Wendungen, dass ich fürchtete, meine Buchstaben wären zu behäbig, um diese schönen Worte den Empfängern vorzutanzen. Aber nach den ersten Briefen, die mir viel Kraft abnötigten, gewöhnte ich mich daran. Statt *Der Herr sei gepriesen*, wie ich es als Chronistin getan hatte, schrieb ich jetzt *Die ergebensten Wünsche für Euer Haus und Eure Gesundheit, wohlgeborener Herr*. Ob ich den Herrn im Himmel oder den wohlgeborenen Herrn adressierte, machte keinen großen Unterschied – wenn ich einmal heraus hatte, welche Wörter klein und welche groß geschrieben wurden und wo ein H oder ein O oder ein U saßen, obwohl man keines hörte. Ich lernte auf eigene Faust; Mr. Toad und auch Nathan hatten wenig Zeit für meine Fragen.

Was Nathan anging, schmerzte mich das ein wenig. Ich verstand, dass er seine Schüler zu unterrichten hatte, nicht mich. Die Knaben waren es, deren Schulgeld ihn ernährte. Gern wäre ich ein solcher Knabe gewesen, um Nathans Aufmerksamkeit auf mich zu ziehen: reich und ausgestattet mit einem hellen Kopf und seidenen Gewändern.

Am dritten Tag begann ich heimlich Verse zu lesen, die seine Schüler gelernt und aufgeschrieben hatten. Die Älteren durften auf richtigem Papier schreiben, das auf Nathans Tisch in einem ordentlichen Stapel lag. Ich zog ein Blatt mit einer recht großen Handschrift heraus.

Miltons Verse handelten vom Erzengel Raphael, der im Paradies mit Adam speist und spricht. Obwohl ich mich mit Erzengeln auskannte, waren die Verse nicht leicht zu lesen. Es war wieder eine andere Art, die Worte zu gebrauchen, als die Rede vom wohlgeborenen Herrn.

… ob du
Zu Fall kommst oder stehest, liegt an deiner
Freien Entscheidung. Da du in dir selbst
Vollkommen bist, so suche außerhalb
Dir keine Hilfe; widerstehe selbst
Jeder Versuchung, das Gebot zu brechen.

Was hatten Raphaels Worte zu bedeuten? Dass es keine Hilfe von außen geben sollte, schien mir ein etwas trostloser Ratschlag zu sein. Adam saß und hörte schöne Worte über die Freiheit, während Eva, der zweite Mensch, Paradiesfrüchte zusammentrug, ihm ein Lager bereitete und ihn dort mit ihrem schönen Leib erfreute. Schätzte der Erzengel das nicht zu gering? Ärgerlich dachte ich: Wahrscheinlich hatte er, der Geflügelte, nie eine weite Reise zu Fuß und Pferde tun müssen, dass er die einsame Vollkommenheit so pries.

Während ich weiter über die Predigt des Raphael nachdachte, spürte ich plötzlich Nathans Blick auf mir. Ich hob den Kopf, und als meine Augen seinen begegneten, lachte er: Hast du Feuer gefangen für Milton? Ausgerechnet über der Abschrift des jungen Risley, der keinen korrekten Vers schreiben kann, ohne zu stümpern und zu klecksen.

Ich hatte nicht mehr gewusst, dass Nathans Augen so hell waren, hell wie das Licht einer anderen Zeit.

Ich konnte es ganz gut lesen, sagte ich.

Weißt du, fuhr er fort, – dass Milton Puritaner war wie du? Beinahe hätte es ihn das Leben gekostet.

Ich bin kein Puritaner. Ich bin schon lange fertig mit den Göttern.

Er hob die Augenbrauen: Julian Winehouse, du harter Hund. Liest Milton und sagst nebenbei, dass du mit den Göttern fertig bist.

Dann fuhr er mir durchs kurze Haar, als wäre ich tatsächlich einer seiner Knaben. Die Geste hatte etwas Heftiges, das mir gefiel und doch wieder nicht. Sah er nicht, dass ich schon ergraut war, dass meine Schultern breiter waren als seine?

Die Seefahrerglocke schlug zwölf.

Ich muss nach Hause, sagte ich hastig, – meine Frau wartet.

Komm bald zu Besuch, sagte Nathan, – meine Frau würde sich freuen.

Ich rannte: erst in Richtung des Toad'schen Hauses, dann schlug ich einen Bogen über den Sklavenmarkt zu den Bäckerinnen, um zumindest einen Laib Brot mitzubringen. Rebecca drängte mich seit Tagen, Mr. Toad auf die erste Lohnzahlung anzusprechen; doch jetzt war ich weggelaufen, noch ehe er ins Schreibzimmer gekommen war. Also musste ich wieder stehlen. Doch ich war unaufmerksam, stieß mehrere Laibe vom Tisch, und fluchend schlurfte die Bäckerin heran. Ich entschuldigte mich und kam hungrig zu meiner hungrigen Familie.

Beim Anblick des kleinen Laurie, der mir auf den Dielen entgegenkroch, brach ich in Tränen aus. Ich hatte nichts für das arme Kind, kein Geld und kein Brot. Ich war weder Mann noch Mutter und erst recht kein reicher Knabe, der Miltons Verse las und schrieb.

Mutter ist ausgegangen, sagte Frankie aus der anderen Ecke der Kammer, – ich soll Laurie hüten.

Ist recht, sagte ich und schickte ihn zum Gucken auf die Straße. Dann legte ich mich mit dem Kleinen ins Bett, und während seine Händchen gegen meine Schulter patschten, schlief ich ein.

$$***$$

Ich träume von meinem Lehrer Nathan Korinth, der mir die Bücher gezeigt und mich dann verlassen hat. Im Traum bin ich wieder zwölf Jahre alt und kein reicher Knabe, aber zumindest eine reiche, wenn auch verwilderte Jungfer. Ich bin allein auf den Pflanzungen – bis mein Vater Nathan einstellt, auf dass die Jungfer Cormac noch ein wenig lesen und schreiben lerne, bevor sie verheiratet würde. Wenn man eine Mitgift von einigen Quadratmeilen Baumwolle hat, sollte man seinen Namen schreiben und die geläufigsten Sprichwörter aus Bibel und Altertum anwenden können; so erklärte es mein Vater.

Im Traum liege ich in den Baumwollfeldern, die einmal meine Mitgift sein werden, zwischen langen Reihen dorniger Sträucher mit weißen Bällchen daran; über mir spannt sich der blaue Himmel Charles Towns. Im Haus und auf den Feldern habe ich nichts zu tun, ich schwebe durch die Tage, allein und fremd zwischen den Sträuchern und den Schwarzen, die für ihre Pflege zuständig sind. Dann kommt Nathan Korinth, ein junger helläugiger Mensch mit vielen Büchern, und wird mein Lehrer. Lange vor Miss Cleave zeigt Nathan mir die Bücher und die Wörter.

Er breitet sie vor mir aus, wie ich dort ausgestreckt in den Feldern liege, und malt bunte Figuren und Geschichten in den Himmel von Charles Town. Er spricht von Europa und den Kolonien, er lässt mich Liebesgeschichten und Abenteuererfahrten und Historien aus der Alten Welt lesen, alles auf einmal, und belohnt jedes gelesene Wort mit einem kleinen Lächeln, das mir allein gilt. Und ich verwandle mich in ein Wolfsjunges und heule vor Hunger, einem nie zuvor gekannten Hunger nach den Wörtern und nach Nathans Lächeln. Mit gelben Wolfsaugen verfolge ich, wie er ANNE COR-MAC auf Josies Tafel schreibt und vor mich hinlegt. Dann geht er seiner Wege, die nichts mit mir zu tun haben, und überlässt mich meinem Hunger.

Nathan geht mit der rothaarigen Magd Trine auf und davon und kommt nicht mehr zu mir zurück. Meine Pfoten kratzen auf der Tafel, nie wieder werde ich ein Wort schreiben ohne Nathan. Vielleicht ist er auch im Wald verschwunden oder zur See gefahren … Was weiß ich von Nathan? Ob er von mir geht, weil er ein pelziges Ungetüm gesehen hat, das sich nicht zur Schülerin eignet? Was weiß ich – zwölfjährig, wölfisch, ohne Freund und Verehrer in der Welt – von Nathan Korinth?

Anne Cormac kauert mit zwei mausfarbenen Zöpfen zwischen den Baumwollsträuchern und heult, und vor ihr liegt zerrissen Nathans Geschenk, das Buch mit Versen der Griechin Sappho. Nathan aber sitzt mit Miss Cleave am Rand der Baumwollfelder, und zusammen essen sie große Stücke Fleisch. Nathan – auch Miss Cleave ist etwas größer als er – reicht ihr ein frisches Stück, rot und saftig ist es, vermutlich Hirsch aus den appalachischen Wäldern. Gierig greift sie zu und der Saft rinnt ihr das Kinn herab, er rinnt über ihr Mieder und seinen Samtrock. Danach holt er Krapfen aus seiner Tasche, die vor Fett und Zuckerguss triefen. So halten sie ihr Mahl zusammen, während mein Wolfsmagen knurrt. Wie ungerecht, denke ich im Traum: Mir haben sie nur die Buchstaben gegeben.

***

Ich erwachte verwirrt und so hungrig wie seit Jahren nicht mehr. Mein Blick fiel auf Lauries verschattete Bäckchen. Wie lange hungerten wir nun schon! Ich hatte ihm bisher keine nahrhaften Happen kaufen können. Wenn er starb, wäre es meine Schuld.

271

Die Tür öffnete sich und Rebecca trat ein, Frankie im Schlepptau, der an einer Brotrinde kaute.

Steh auf und lass uns essen, sagte sie. – Ich habe Brot, ein Huhn und ein Säckchen der weißen Körner gekauft, die sie Reis nennen. Ich kann immer noch nicht glauben, dass man für diese einfachen Dinge Geld bezahlen muss, aber ehe mir die Kinder verhungern, gehe ich eben Geld verdienen.

Ihre Ärmel waren bis zum Oberarm aufgeknöpft; sie feuerte den Ofen an und begann, eine Suppe zu kochen. Aufgestört aus meinen Träumen, konnte ich kaum glauben, dass dort Rebecca stand, stark wie eh und je, und mir zu essen geben würde. Sicherlich war es bald zwei Uhr. Sobald ich mein Bett verließ, würde ich in Mr. Toads Knabenschule gehen und Nathan wiedersehen müssen. Ich war nicht sicher, ob meine Beine mich dorthin tragen würden.

Womit hast du das Geld verdient?, fragte ich.

Ich habe bei Mrs. Toads Freundin, die heute Morgen herkam, Wäsche gewaschen. Ihr Haus ist genauso groß wie das hier. Sie hat mir einen Schilling und ein altes Laken gegeben. Es liegt dort drüben, schau, wir können Frankie ein neues Hemd und Laurie ein Kittelchen draus machen.

Oder du nähst mir ein Leichentuch, Liebste.

Was ist passiert?

Ich habe schlecht geträumt, sagte ich dumpf. – Ich kann das Bett nicht verlassen. Gib den Kindern zu essen und lass mich hier liegen.

Rebecca stemmte die Arme in die Seite: Anne, nimm dich zusammen!

Ist schon gut.

Sei so freundlich und nimm das Huhn aus.

Beschämt stand ich auf und ging zum Tisch hinüber. Das Charles Town meiner Kindheit verblasste, als ich die Füße auf die Dielen unserer Kammer setzte, ganz oben in Mr. Toads hellblauem Haus an der Bastei Granville.

8

Am Tag, nachdem ich von Nathan geträumt hatte, ging ich zu Mr. Toad und erwirkte, dass er mir ein Pfund und zehn Schillinge Arbeitslohn auszahlte. Rebecca sollte nicht für andere Leute arbeiten, während ich jeden Morgen in die Knabenschule ging und für Geld Briefe schrieb und Bücher beschaffte. Sie sollte zu Hause bleiben und alles erledigen, wozu ich keine Zeit mehr fand – etwa, den Kindern Hemdchen nähen und unsere eigene Wäsche reinhalten. Angesichts der gutgekleideten Schüler durften meine Hosen und mein weinroter Umhang nicht mehr speckig glänzen. Zumindest wollte ich gleichauf mit Nathan sein, dessen Rock an den Ellenbogen abgeschabt, aber immer sauber war.

Doch wie so oft durchkreuzte Rebecca, was ich für gut befand. Sie sagte, sie denke nicht daran, tagein, tagaus mutterseelenallein unter diesem Dach zu hocken, zu kochen und zu nähen. Nie habe sie in so großem Unglück gelebt: ohne Haus, das ihr gehöre, und ohne Land und Werkzeug, um Mais, Bohnen und Kürbis anzubauen. Fern ihrer Familie habe sie nichts, sei sie nichts und werde den Teufel tun, in Mrs. Toads Kammer abzuwarten, dass ich Geld nach Hause brächte. Dafür sei sie nicht aus der Mission weggegangen, weg von ihren beiden Kindern.

An diesem Punkt begann sie zu weinen und von Rachel und Jamie zu erzählen.

Rachel ist sehr gelehrig, sagte sie, – sie hat mir in allem geholfen. Als die alte Mrs. Waterhouse gestorben und Rachel etwas größer war, habe ich kein schlechtes Leben gehabt. Und mein kleiner Jamie, er ist ein zärtlicher Junge, ganz anders als sein Vater … Er erinnert mich an einen meiner Brüder. Wer weiß, was einmal aus Jamie wird? Ich hoffe, Waterhouse prügelt ihn nicht zu sehr.

Ich hielt sie im Arm und grub die Nase in ihr schönes Haar. Die Freude daran, sie im Arm zu halten, war mir ein wenig abhandengekommen in den hastigen Tagen in Charles Town.

Sie hob den Kopf und fragte etwas feindselig: Dir macht es nicht viel aus, nicht wahr? Dass du deine Kinder zurückgelassen hast?

Ich schämte mich. Was sollte ich ihr sagen?

Ich bin, sagte ich, sorgfältig die Worte setzend, – sehr viel lieber mit dir, Frankie und Laurie in Charles Town als mit allen anderen in der Mission. Zwei Kinder sind bei Weitem genug, findest du nicht? Und ich kann meine Geliebte im Arm halten, hier am Fenster, und zur Not auch unten auf der Straße. Ich teile mit dir ein Bett, notfalls ein Lager draußen vor der Stadt. Wenn ich nachts aufwache, liegt meine Hand an deiner Hüfte. Wie gern ich deine Hüfte berühre! Nie wieder will ich mit dem Rasseln aus Burleighs Nase aufwachen.

Sie lachte, noch etwas verschnupft. Ich spürte, dass ich Land gewann.

Sag, Liebste, willst du mich gegen Waterhouse eintauschen? Bin ich nicht eine recht gute Partie, verglichen mit seinem Poltern und seinen Prügeln? Du sagtest auch, er habe nicht allzu gut gerochen …

Du treibst mich in die Enge, sagte sie.

Du lässt mir keine andere Wahl.

Das ist eins der Dinge, die ich an euch nicht verstehe, sagte Rebecca. – Es muss immer das eine oder das andere sein: eine Ehe oder ein traurig kleines Hüttchen allein; keine Kinder oder nichts als Haus und Kinder. Als ob es nicht andere Möglichkeiten gäbe, ein anderes Gleichgewicht der Dinge …

Ich sagte: Dafür, dass es keine anderen Möglichkeiten gibt, haben wir es doch gut getroffen. Wir haben die Kinder bei uns, wenn auch nicht alle; wir sind zwei Frauen und doch Ehemann und Ehefrau. Gefällt dir das nicht mehr? Willst du lieber zu Waterhouse zurückkehren?

Sie seufzte und drückte ihren Kopf gegen meine Schulter.

Sag mir's, Rebecca: Was ist dir lieber?

Als sie nicht antwortete, zog ich ihr Gesicht an mich heran und küsste sie. Ich wusste doch, dass sie mich bevorzugte – warum zögerte sie mit ihrer Antwort? Warum ärgerte sie mich, nachdem ich den ganzen Tag lang hatte arbeiten müssen?

Anne, nicht so …

Rebecca … bitte …

Ich hielt sie enger an mich gedrückt und tastete mich langsam zu ihrem Schoß. Sie hielt erst still, als wäre ich tatsächlich ein Ehemann, der sich zu seinem Recht verhalf; darüber erschrak ich ein wenig und verlangsamte meine Küsse und meine Hand. Schließlich erkannte ich an ihrem Atmen, dass sie es genoss, und schickte Frankie zum Gucken auf die Straße.

***

Den Freuden des mit Rebecca geteilten Betts zum Trotz: Es hatte seine Schattenseiten, ein Familienoberhaupt zu sein. Die Knechterei bei Mr. Toad war nicht leicht auszuhalten. In der Schreibstube Nathan sehen, ab und zu ein paar Verse lesen – das entschädigte mich nicht dafür, dass ich jeden Morgen kurz vor sieben losrannte wie ein kopfloses Huhn. Auch in der Missionssiedlung war ich beim ersten Hahnenschrei aufgestanden, aber damals hatte es zumindest keine Uhr gegeben, deren Zeiger erbarmungslos voranschritten, ungerührt aller sonstigen Ereignisse. Die Schule und die Feldarbeit der Männer begannen, wenn die Sonne aufgegangen war. Ich hatte meistens zu Hause bleiben können; das hatte durchaus etwas für sich gehabt.

Und damals hatte ich nur ein wollenes Kleid samt Schultertuch, Umhang und Unterzeug anziehen müssen. Das Puritanerinnengewand war zwar lange nicht so bequem wie die Kleidung der Tscherokesinnen – aber kein Vergleich zur alltäglichen Notwendigkeit, mir die Brüste flachzubinden.

Als Matrose hatte ich es getan, ohne zu klagen, ganz natürlich hatte die Brustbinde zu meinem Räubertum gehört. Wie stark und schön ich gewesen war mit meinem Löwenhaupt, den dicken Oberarmen und der flachen Brust! Ich erinnerte mich nicht an so viele Entzündungen und blaue Flecken, wie ich sie jetzt vom Binden davontrug. Obwohl ich etwas abgemagert war auf unserer Reise: Die Jahre machten es schwieriger, meine Brüste zu verbergen. Sechs – nein, sieben Kinder hatten daraus getrunken, und sie waren, wie mein Bauch und meine Schenkel, ein ganzes Stück fülliger geworden. Außerdem liebte ich es, wenn Rebecca meine Brüste liebkoste. Sie hatten ihre Ruhe und ihre Lust verdient, es tat mir leid, sie zu pressen wie zwei Würste.

Ich dachte an Koatohi, die zwar keine Brüste besaß, aber mit dürren Männerbeinen am Feuer der Frauen saß. Ich sah sie dort sitzen und ihren Tee brühen, der dunkel und bittersüß wie ihre Stimme war. Gern hätte ich mich dazugesetzt, gern wäre ich, hier in Charles Town, wieder ein wenig wie Koatohi gewesen. Am liebsten hätte ich alles gleichzeitig gehabt: Rebeccas Hände auf meinen Brüsten, das Geld von Mr. Toad, Laurie im Arm und Hosen an den Beinen. Womöglich hätte ich mir, im warmen Herbstwetter der Küste, auch die Schuhe ausgezogen. Aber dazu bestand nicht die Möglichkeit. Zweigeteilte Geister gab es in Charles Town ebenso wenig wie in der Mission. Das mussten wir beide einsehen, Rebecca und ich.

Ich fand nicht, dass Rebecca es hier so schwer hatte wie in der Mission. Ihr dunkelgrünes Kleid war schöner und großzügiger geschnitten als die puritanischen Kleider, und ich war kein Ehemann, ich sah nur wie einer aus. Trotzdem blieb sie unzufrieden und gereizt. Einmal schickte sie Frankie zur Schule, als ich am Mittag nicht wie gewünscht nach Hause kam, um Laurie zu hüten, damit sie in Ruhe zum Markt gehen konnte. Ich wollte ihrem Wunsch nachkommen, aber Nathan hatte sich zu mir gesetzt, und ich konnte ihn doch nicht sitzen lassen.

Frankie kam heran, grüßte Nathan ehrerbietig und sprach dann artig: Mutter sagt, du sollst jetzt kommen, damit sie einkaufen gehen kann. Ich darf mit zum Markt gehen und Eier aussuchen. Also komm bitte schnell.

Er streckte mir die Hand hin.

Nathan lachte und lachte: Die Frauen, Julian! Deine macht dich zum Pantoffelhelden. Aber was für ein erfreuliches Knäblein.

Er ging zu Mr. Toads Zuckerschale und reichte Frankie ein paar Stückchen. Das Kind bedankte sich.

Zornrot stand ich auf. Frankie anzuweisen, sich zu trollen, hätte meine Blamage nur vergrößert, also zog ich mit ihm von dannen. In der Dachkammer schrie ich meine Frau an, sie schrie zurück und eilte dann mit dem Marktkorb davon und ließ mich mit den heulenden Kindern zurück. Als sie zurückkam, bat ich um Verzeihung und war froh, als Rebecca sie mir gewährte.

***

An den darauffolgenden Tagen wiederholte Nathan seine Einladung, zu ihm nach Hause zu kommen; zu gern wolle er meine Frau kennenlernen und seine Kinder mit dem wortgewandten Knäblein bekanntmachen.

Ich wich aus. Ich scheute mich, Trine wiederzusehen. Wusste Nathan nicht mehr, dass seine Frau, die verdammte Trine, mit der er mich verlassen hatte, das Dienstmädchen der Cormacs gewesen war? Was hatte ich im Hause Korinth zu suchen?

An einem Morgen nicht lange danach kam er hochgestimmt ins Schreibzimmer: Seine Frau habe in der Nacht einen Knaben geboren, der gesund und rosig sei und überdies sein erster Sohn. Er bestehe darauf, dass ich der Familie meine Aufwartung mache.

Ich saß in der Falle. Es blieb mir nichts übrig, als den Knaben Korinth zu besichtigen, der wahrscheinlich fuchsfarben und sommersprossig wie seine Mutter war. Links und rechts des Wochenbetts würden die Mädchen stehen, von denen Nathan am ersten Tag gesprochen hatte: ein halbes Dutzend klatschsüchtige kleine Trinen mit roten Zöpfen. Und in der Mitte der Bühne läge die Wöchnerin, gedunsen, im Vollgefühl ihres Triumphs über mich, die arme wölfische Jungfer Cormac. Es würde nicht auszuhalten sein.

Genauer gesagt war Trine die Magd meiner Mutter gewesen. Es hatte nichts Besonderes mit ihr auf sich, sie kochte, wusch und schwatzte über alles Mögliche, was ihr zu Ohren kam. Weil ich auf den Feldern herumstreunte und Haus und Küche mied, hatte ich wenig mit Trine zu tun – bis mein Lehrer Nathan anfing, Gedichte auf sie zu schreiben. Er las sie mir vor: wohlgesetzte Worte an ein Mädchen, das sein Herz bewege und dem er folgen würde bis ans Ende der Welt, wenn sie ihn nur erhörte. Er las mir Gedichte vor, die *mir* hätten gelten sollen, weil er doch *mein* Lehrer war – und sah dabei Trine an. Und Trine wartete, bis alles schlief, schnürte ein paar Stücke von Mutters weißer Wäsche zusammen und ging mit Nathan auf und davon.

Vielleicht würde ich sie kurzerhand abstechen, Wochenbett hin oder her.

Rebecca nickte und sagte: Gehen wir also zu deinem Lehrer.

Sie brachte Laurie zum Dienstmädchen und steckte Frankie in sein neues Hemdchen, und wir machten uns auf.

Eine Magd öffnete die Tür.

Die Hebamme ist gerade gegangen, sagte sie, – Sie sollen gleich zur Frau gehen, der Herr ist auch drinnen.

Wir gingen ins Schlafzimmer, meine Ohren sausten und die Taube schlug mit ihren Flügeln gegen das Innere meines Brustkorbs, als ich das hohe Bett mit der Wöchnerin darin erblickte.

Sie hat keine roten Haare mehr, war mein erster Gedanke, – ganz brünett ist sie geworden.

Die Frau stützte sich auf. Nathan löste sich vom Fensterrahmen und kam mit geöffneten Händen auf uns zu.

Mrs. Winehouse, sagte er zu Rebecca, – es ist mir eine große Freude. Darf ich Ihnen meine Frau und meinen Sohn Jonathan vorstellen. Er ist gestern getauft worden.

Rebecca erwiderte seine Begrüßung und die Frau, die nicht Trine war, lächelte schwach.

* * *

Das Söhnchen der brünetten Mrs. Korinth war ein gewöhnlicher Säugling mit Spitzkopf und eingedrückter Nase, und bei den Töchtern handelte es sich um zwei gewöhnliche Mädchen, die kein Wort sagten und Erfrischungen brachten. Die ältere, die die Hausfrau vertrat, bat uns schließlich, im Vorderzimmer Platz zu nehmen, es gebe gleich Abendessen.

Es wäre schwer, meine Erleichterung zu beschreiben. Die Fischsuppe mit Reis und Kraut schmeckte sehr gut, und als Nathan Wein kommen ließ, trank ich in tiefen Zügen. Auch Rebecca sprach Fisch und Wein zu, während Nathan mit Frankie schäkerte und ihn zu diesem und jenem befragte, worauf Frankie, wie es seine Art war, mit Ernst einging.

Einen klugen Sohn haben Sie, Mrs. Winehouse, sagte er. – Mein Jonathan soll sich ein Beispiel an ihm nehmen. Allerdings – und hier blitzten seine Augen – kommt er nicht sehr nach Ihrer Familie, nicht wahr?

Rebecca hob ausdruckslos das Glas an ihre Lippen.

Sie kommen aus dem Westen, aus den Bergen, richtig? Sind die Indianer dort hellhaariger, als man es von hier kennt?

Das kommt mal so, mal so, sagte ich. Warum er das frage?

Man wird doch Offensichtliches feststellen dürfen, sagte Nathan scheinbar begütigend, aber das Blitzen hörte nicht auf.

Erzählt mir mehr von eurer Reise.

Nun, begann Rebecca, – das meiste haben Sie sicherlich schon von Mr. Winehouse gehört …

Ich möchte auch etwas von Ihnen hören. Wissen Sie, ich bin seit zehn Jahren nicht mehr von Charles Town weggekommen. Im Grunde erlebt man hier jeden Tag dasselbe.

Wo warst du vorher?, fragte ich. – Ich meine, bevor du nach Charles Town zurückgekommen bist.

In Boston. Ich wollte lieber Literaten um mich haben als Anbaupflanzen und, schlimmer, Pflanzer. Universitätsgelehrter wollte ich werden, sagte Nathan und füllte die Gläser neu. – Aber an der ehrbaren Universität sahen sie nicht ein, warum sie einen Anglikaner ausbilden sollten. In Boston ist man auch puritanisch strengen Sinnes, Julian, wusstest du das? Aber die anderen Glaubensrichtungen nehmen es dafür nicht ernst genug mit der Bildung.

Dann wollte ich zur Zeitung, fuhr er fort. – Allerdings hatten sie auch dort wenig Sinn für Gedichte. Sonderbar, nicht? Also wurde ich Lehrer an der Lateinschule und traktierte reiche kleine Jungen. Nach einer Weile fiel mir auf, dass ich das ebenso gut in Charles Town tun könnte, und folgte Mr. Toads Einladung, in seine Dienste zu treten.

Wo hast du deine Frau getroffen, Nathan?, flüsterte ich.

Rebecca sah mich von der Seite an.

Ich habe sie aus Boston mitgebracht, sagte Nathan. – Es war keine ganz einfache Brautwerbung, darum kam mir Mr. Toads Brieflein ganz recht …

Aber nun zu euch!, rief er. – Mrs. Winehouse, bitte erzählen Sie. Wie haben Sie Ihren Mann kennengelernt?

Es gab keine Geschichte für solche Fälle, also sagte Rebecca nichts dazu. Sie fing an, von der Reise zu plaudern, vom schönen Fluss Wateree, der aus der appalachischen Berglandschaft herausführte. Wieder staunte ich über ihr rednerisches Geschick.

Aber warum brachte Nathan Rebecca – uns – in Verlegenheit? Er hatte mich verlassen, genauso wie Trine. Was erlaubte er sich, Rebecca dumme Fragen zu stellen?!

Ich schluckte das aschige Gefühl hinunter und rief die ältere Tochter: Maude hatte Nathan sie vorhin genannt. Sie mochte acht Jahre alt sein – so alt wie Klein Anne. Ein brauner Haarkranz rahmte ihr blasses Gesicht, in dem ich Spuren von Nathans gehässigem Sinn zu erkennen glaubte. Wahrscheinlich kam das Kind nicht oft hinaus.

Hol noch eine Flasche Wein, Maude, sagte ich.

***

Der Abend nahm seinen unglückseligen Lauf. Nathan schickte Maude und ihre Schwester ins Bett, Rebecca schickte Frankie hinterher. Zu dritt tranken wir die Flasche aus und dann noch eine; die Frau im Schlafzimmer, die Nathans Sohn geboren hatte und seinen Samtrock wusch, hatte ich vollständig vergessen. Nur ab und zu greinte der Säugling, aber sein Stimmchen war schwach.

Rebecca, an diesem Abend ohne Säugling, machte Ernst mit dem Namen Winehouse. Ich hatte sie noch sie so viel trinken sehen. Besonders nachdem Nathan bemerkt hatte, er sei davon ausgegangen, die Indianer tränken nicht und erst recht nicht die Indianerinnen, schien sie es darauf angelegt zu haben, das Gegenteil zu beweisen. Sie trank, als hätte sie es heimlich geübt, und beobachtete dabei Nathan aus schmalen Augen.

Er war bester Laune. Immer wieder hob er das Glas zu Ehren des kleinen Jonathan.

… und zu Ehren Ihres Mannes, Mrs. Winehouse! Julian ist ein sehr guter Schreiber – mit der geschmackvollen Handschrift eines Fräuleins.

Er schreibt recht gut, bestätigte Rebecca. – Einen Mann mit einer weniger geschmackvollen Hand hätte ich nicht genommen.

Nathan lachte und genoss das Spiel.

Er muss eine gute Schulbildung genossen haben. Ich hörte, hier in Charles Town gibt es eine erstklassige Knabenschule, genannt die Toad'sche Anstalt …

Ich war an keiner Schule, sagte ich. – Ich hatte einen Lehrer für mich allein, der aber fortging. Kein halbes Jahr blieb er bei mir.

Und doch hast du recht gut lesen und schreiben gelernt, sagte Nathan.

Wieder kroch die Asche meine Kehle hinauf; ich spülte sie mit Rotwein hinunter und antwortete stumm: Ich habe nicht bei dir schreiben gelernt. Hast du vergessen, Nathan, dass ich damals nichts gelernt habe, weil ich wollte, dass du mir immer weiter vorliest?

Unter meiner Verkleidung krümmte ich mich vor Schwindel und einem alten Schmerz. Nathan, das war zu sehen, ahnte nichts davon. Er war sternenweit von mir entfernt.

Von dir habe ich viel über die Welt erfahren, sagte ich, um die Unterhaltung aufrechtzuerhalten, – über Europa und die alten Griechen.

Du warst ein Geschichtenerzähler von Anfang an, sagte Nathan. – Weißt du noch, all die Geschichten von der Seeräuberei? Du konntest nie genug davon hören.

Wie kamt ihr darauf?, fragte Rebecca.

Ich weiß nicht mehr, sagte Nathan. – Was war es wohl, Julian? Ein Buch, ein Theaterstück? Auch die Zeitungen waren voll davon, es war eine große Sache damals …

Ich dachte an die Zeitungen meines Vaters, die Nathan mir auf den Schoß gelegt hatte: Lies, Anne, wenigstens die großen Überschriften.

Hatte in Cormacs Zeitungen etwas von Seeräubern gestanden?

Ich weiß es nicht mehr, sagte ich.

Wir schwiegen. Dann wandte Nathan sich wieder Rebecca zu: Sie sprechen unsere Sprache sehr gut, Madame. Vielleicht hilft Ihnen Ihr geschickter Mann, eines Tages auch das Lesen und Schreiben zu erlernen? Erwachsenen fällt es nicht leicht, aber wenn Sie sich Mühe geben, können Sie in ein, zwei Jahren die Heilige Schrift lesen. Sicherlich haben Sie keine religiöse Erziehung genossen …

Meine Erziehung lassen Sie bitte meine Angelegenheit sein!, rief Rebecca. Sie stand auf und stützte sich mit beiden Händen auf den Tisch. Ihre Stimme hatte wieder den tiefen, fast brummigen Ton angenommen: Für wen halten Sie sich, Mr. Korinth? Wie ich erzogen worden bin, wie viel ich trinke oder wie hellhaarig mein Sohn ist – das alles ist nicht Ihre Angelegenheit. Und bleiben Sie mir mit der Heiligen Schrift vom Hals!

Sie wandte sich mir zu: Komm jetzt, ich möchte gehen.

Nathan starrte sie an, halb eingeschüchtert und halb amüsiert: Sieh an, Winehouse. Was für ein Weib hast du dir da gesucht.

Mit weichen Knien stand ich auf.

Da ist er wieder, der Pantoffelheld, sagte Nathan.

Rebecca schloss die rechte Hand zur Faust und stieß sie Nathan ins Gesicht. Es gab ein dumpfes Geräusch, dann kippte der zierliche Mann seitlich vom Stuhl, während er noch versuchte, sich an der Tischkante festzuhalten.

Reglos sah Rebecca zu. Auch sie war nicht mehr allzu fest auf den Beinen. Dann drehte sie sich um und ging hinaus.

Ich rannte die Treppe hinauf und zerrte Frankie aus dem Bett der Korinth-Kinder. Als ich am Schlafzimmer vorbeikam, murmelte ich: Entschuldigen Sie bitte, Mrs. Korinth.

Dann folgte ich Rebecca in die Nacht hinaus.

***

Sie war nur einen Häuserblock weit gekommen, Richtung Meer, auf die Hafenmauer zu. Dort war sie drei steinerne Stufen hinaufgestiegen und erbrach sich hinunter ins Wasser.

Ich hatte Angst, sie könnte das Gleichgewicht verlieren, und stellte mich hinter sie und hielt sie fest, während sie schwer atmend fortfuhr, sich von dem Übermaß an Wein zu erleichtern.

Ich wünschte, ich könnte es ihr gleichtun, doch vergeblich. Schwindel und Übelkeit saßen fest in meinen Eingeweiden verkrallt.

Es tut mir leid, Rebecca, sagte ich, – ich weiß nicht, was mit Nathan los ist.

Ich weiß nicht, was mit dir los ist, brachte sie hervor. – Was ist das nur für eine Hölle, dieses Charles Town? Ich kann nicht atmen – nicht arbeiten – nicht schlafen – nicht einmal mit fremden Leuten zu Abend essen. Lieber bleibe ich eingesperrt in der Kammer, mit dem Lärm und dem Gestank der Unglücklichen auf dem Sklavenmarkt und der ungewaschenen Leute unterm Fenster …

Damit tat sie Charles Town Unrecht, fand ich und sagte: Das Meer bringt frische Luft, spürst du das gar nicht?

Das Meer hat keinen Anfang und kein Ende, erwiderte Rebecca. – Mir schwindelt, wenn ich hinaussehe. Mir ist, als müsste eins der Kinder drin ertrinken, wenn wir hier bleiben, oder ich selbst. Wir müssen fortgehen, Anne, wie wir aus dem Dorf meiner Mutter fortgehen mussten. Lass uns nach Georgia reisen.

Ich kann noch nicht nach Georgia reisen, sagte ich, – ich habe hier noch zu tun …

Was hast du zu tun?, rief sie. – Listen schreiben, wie viele Bücher und Anzüge einem deiner jungen Herren zustehen?

Ich kann von hier nicht weggehen, Rebecca, ich kann jetzt nicht nach Georgia gehen.

Warum nicht? Sag es mir!

Ich kann einfach nicht, sagte ich und krümmte mich vor Magenschmerzen.

***

Die Übelkeit war auch am nächsten Morgen nicht vorbei. Ich ging hinaus und bewegte mich in einem zweigeteilten Charles Town; die zwei Städte flossen ineinander, überlappten, überlagerten einander, als hätte ich dauerhaft zu viel Rotwein getrunken. Zuweilen verschwamm alles vor meinen Augen, und ich musste mich hinhocken oder am Sekretär festhalten, bis der Schwindel vorüberging.

Als Kind hatte ich außerhalb der Stadtmauern gelebt, in einem schmucken, einsam gelegenen Haus zwischen den Feldern meines Vaters; bloß sonntags und an hohen Tagen war ich in die Stadt gekommen. Daher waren mir die Straßen, die Häuser und die Menschen von Charles Town neu und fremd. Nicht einmal die Bastei erkannte ich wieder. Nur an die katholische Kirche mit dem großen weißen Holzkreuz erinnerte ich mich und an das puritanische Gemeindehaus, wo ich zweimal geheiratet hatte: erst James Bonnie, den Taugenichts, und später Pfarrer Burleigh selbst.

Auch die Stadtmauer mit ihren Festungstürmen kannte ich nicht; vielleicht war sie erst später gebaut worden. Sie gehörte zum heutigen Charles Town, in dem ich, ein Mann in den Dreißigern, für Mr. Toad arbeitete und dann zu Frau und Kindern nach Hause ging. Viel besser erinnerte ich mich an die festgetretene schwarze Erde in den Straßen. In der Stadt dampfte sie nicht so sehr vor Feuchtigkeit und Wärme wie draußen auf den Feldern, wo sie wie ein großer Körper war, auf dem ich barfuß umherlief und lag und in den Himmel sah. Wenn ich morgens kurz vor sieben in Mr. Toads Schule rannte, sah ich auf den Boden unter meinen Füßen und bekam Sehnsucht nach der Schwarzerde unter dem neuen Pflaster. Ich wollte mich hinwerfen und alle Glieder ausstrecken.

Ähnlich erging es mir mit Nathan. Ich hatte es mit zwei Nathans zu tun, und es bereitete mir Mühe, sie voneinander zu trennen. Der alte Nathan, mein jugendlicher Lehrer, floss in den neuen, der verächtlich lachte und Ellbogen aus abgeschabtem Samt besaß, der mir im Schreibzimmer gegenübcrsaß und bei einem Glas Wein meine Frau beleidigte.

Er hatte das plötzliche Ende unseres weinseligen Beisammenseins – wie er es nannte – bedauert und dann viel über die erstaunlichen Fähigkeiten des kleine Jonathan berichtet, die sich jetzt schon zeigten.

Der kleine Jonathan war mir herzlich gleichgültig, ebenso seine Mutter, von der ich nicht einmal den Vornamen wusste. Mit ihnen wollte ich nichts zu tun haben. Aber manchmal hasste ich die Knaben, die Nathan über Milton belehrte. Dann wurde der alte Wunsch lebendig, dass Nathan zu mir allein sprechen möge, Verse am besten, und dabei seine hellen Augen auf mir ruhen lasse; und meine Schultern zogen sich zusammen, weil ich für Nathan klein und liebenswert sein wollte. Der tägliche Umgang mit ihm war nicht ganz einfach – es waren ja nicht nur zwei Nathans im Raum, sondern auch zwei Annes, dazu eine in männlicher Kostümierung. Zum Glück wusste Mr. Toad nicht, dass sich in seiner Schreibstube vier bis fünf Personen tummelten und einander auf die Füße traten.

Wieder überlegte ich, ob es nicht ganz falsch gewesen war, in den Osten zu reisen, an meinen Ausgangspunkt. Es drehte die Dinge um, brachte sie durcheinander und damit die ganze Geschichte ins Stocken. Ich hätte in den Westen reisen sollen, wie alle vernünftigen Leute es taten – und wenn ich dabei den Franzosen in die Hände gefallen wäre. Aber dagegen hätte sich Rebecca wohl gesträubt, eingedenk der tscherokesischen Lehre, dass im Westen der Tod warte.

Ich fragte sie nicht, was sie mittlerweile von tscherokesischen Lehren hielt. Ich empfand Scham darüber, dass Rebecca und ich im freien Charles Town mehr denn je daran erinnert wurden, dass sie einmal Tscherokesin gewesen war. Was wussten Mr. Toad und all die anderen Leute, die sich abfällig über Indianer äußerten, von meiner Geliebten: ihrer scharfen Zunge, der Entschlossenheit, mit der sie ihre tscherokesische Familie verlassen hatte – zweimal sogar; was ahnten sie von der Lust, die sie mir bereitete? Was wussten sie über den Streit zwischen Rebecca und ihrer Mutter, Rayetaya betreffend, und die schnell fortschreitende Bibelkundigkeit der jung verheirateten Rebecca Waterhouse, die sogar Burleigh erstaunt hatte? Es war nicht viel über Rebecca erörtert, wenn die einzigen Wörter, die man in Charles Town für sie fand, INDIANERIN und EHEFRAU waren.

Überdies, vermutete ich, konnten Leute wie Mr. Toad wohl kaum einen Tscherokesen von einem Muskogee unterscheiden, dessen Volk sich in lediglich zwei Familien unterteilte.

Was Rebecca Winehouse über mein Verhältnis zum alten und zum neuen Nathan dachte, wollte ich lieber nicht wissen. Auf ihre Weise war sie ein ähnlich zwei- oder dreigeteilter Geist wie ich; manchmal verursachte der Spiegel, den sie bot, mir neuen Schwindel.

***

Wieder sehe ich mich im Traum: in einem dieser unordentlichen Träume, die nur die ganze Geschichte aufhalten. Was durch sie in die Welt kommt, ist nicht nützlich für unsere Reise – ob nun Klein Anne mich vorwurfsvoll ansieht oder Burleigh sich in Kapitän Calico verwandelt, vor dem ich zu Land und zu Wasser fliehen muss, oder Miss Cleave aus dem atlantischen Ozean auftaucht, tropfnass und mit Erzengellächeln. Manchmal nehme ich mir im Traum, was mir nicht gehört, wie es Seeräubersitte war: alle geräucherten Heringe und Aale, nach denen es mich gelüstet, Berge von Krapfen und kandierten Früchten und einen Nathan, der den schrecklichen Schmerz zurücknimmt, der in Charles Town Teil von mir ist.

Im Traum bin ich wieder zwölf Jahre alt und viel kleiner als der ausgewachsene Jüngling Nathan Korinth. Ich bin so klein, dass ich alles, was um mich passiert, vom Rücken einer Taube aus beobachten kann. Ich sehe Nathan Trine umfangen: auch sie eine ausgewachsene Frau. Die Magd Trine ist arm und hat ein ansehenswertes, wenn auch sommersprossiges Dekolleté, und sie arbeitet für Mutter, die oft melancholisch ist. Außer mir, meiner Mutter und der Köchin sieht Trine alltags keinen Menschen – bis mein Vater Nathan einstellt, auf dass die Jungfer Cormac noch ein wenig lesen und schreiben lerne, bevor sie verheiratet würde.

Vom Rücken meiner Taube aus sehe ich Trine aufspringen, als Nathan seine Hand nach ihr ausstreckt. Sie sieht nach links und rechts, ihre Wangen sind rot. Trine trägt die Züge von Simplicity Moore, als sie schließlich ein Bündel packt, Nathans Hand ergreift und auf und davon geht, in den Wald hinein und über alle Berge. Man wird sie nicht wiedersehen. Anders als Simplicity hat Trine keine Familie, die sich um ihren Verlust grämen würde. Meine Mutter empört sich über die Stücke weißer Wäsche, die Trine hat mitgehen lassen.

Unwahrscheinlich, dass Nathan und Trine aus Hass auf die Jungfer Cormac fortgehen. Unwahrscheinlich, dass ihre Hände für immer ineinander liegen bleiben – ja, hinter dem nächsten Berg schon wird Nathan Trines Hand loslassen. Aber das, mutmaße ich zwischen Taubenflügeln, ist ein anderer Verrat, der mich nichts angeht.

***

Am nächsten Tag, nach getaner Arbeit, fasste ich mir ein Herz und fragte Nathan, was aus Trine geworden sei.

Trine?, fragte er zurück.

Die Magd Trine, mit der du damals fortgegangen bist.

Oh, Kathrine meinst du, sagte er. – Mit Kathrine, das war nichts Rechtes. Sie ist in Boston geblieben.

Und was ist aus ihr geworden?

Das weiß ich nicht, sagte er erstaunt. – Glaubst du, Kathrine wäre in der Lage, mir einen Brief zu schreiben? Wahrscheinlich hat sie sich eine neue Anstellung gesucht.

Er lachte: Obwohl das puritanische Boston kein leichtes Pflaster für gefallene Mädchen ist.

Hast du sie geschwängert, Nathan?

Genau kann man's nie wissen, richtig?, sagte er und errötete leicht. – Verzeih, ich vergaß, mit wem ich spreche …

Die Röte wich, und wieder blitzte es in seinen Augen wie in denen eines lüsternen alten Katers. Es war ein düsteres Blitzen. Streng genommen waren Nathans Augen nicht hell, sondern bräunlich wie Pfützen.

Um Kathrine mach dir keine Sorgen. Sie wird sich früher oder später einen Ehemann geangelt haben, einen wackeren Knecht oder Krämer oder einen Geistlichen. Sie wäre nicht die Erste, nicht wahr, mein lieber Julian?

Nein, wäre sie nicht, sagte ich und ging davon.

Auf dem Weg zurück zur Bastei Granville war es mir, als liefe ich in der Zeit vorwärts. Immer weiter blieb der Wolfspelz der jungen Anne Cormac hinter mir zurück. Immer weniger blieb von dem alten Nathan, der mir Geschichten erzählt und Gedichte vorgelesen hatte und mit vollem Ernst ein Mädchen liebte, wenn auch nicht mich. Nur Staub und Asche blieben von diesem Nathan, dessen Bild ich so lange mit mir herumgetragen hatte: über den Ozean bis hinauf in die Berge und zurück nach Charles Town; Asche und Staub und eine große Übelkeit. Die Übelkeit verlangte, dass ich endlich diese Stadt verließ.

Ich musste nur auf meine Reisegefährtin warten. Rebecca war bei Mrs. Toads reicher Freundin, die sie Madame nannte – mit der hintergründigen Ehrerbietung, die sie als Mrs. Waterhouse so oft an den Tag gelegt hatte –, und machte ihr für einen Hungerlohn die Wäsche. Davon hatte ich sie nicht abbringen können. Aber sicherlich würde sie vor Einbruch der Dunkelheit heimkehren.

Ich saß still in unserer Kammer und stellte mir vor, wie Nathan in ein Grab fiel, das bereits ausgehoben war. Ich würde den Deckel über ihm zumachen und eine marmorne Taube draufsetzen. Ich betrachtete die Taube, die nicht mehr flattern würde, und wartete. Als Rebecca mit einem wahren Fass von Wäschekorb eintrat, sprang ich ihr entgegen.

Gut, dass du ordentlich viel Wäsche mitbringst. Es wird Zeit, dass wir unsere Sachen packen und nach Georgia gehen.

Sie stellte den Korb ab und musterte mich. Dann sagte sie spöttisch: Heißt das, du bist fertig mit allem, was du hier zu tun hattest?

Ich nickte. – Und du willst auch, dass wir Charles Town verlassen, nicht wahr?

Lieber heute als morgen.

Dann lass uns sofort aufbrechen.

Mit Madames Wäsche?

Wir werden einiges brauchen: Laken und Unterzeug, und die Kinder sind auch gewachsen … Sind vielleicht Hosen und Kleider dabei?

Ein Rock ihres Mannes. Schau, er ist aus gutem Stoff und sogar gestreift … Bei Madame gibt es so viel Kleidung und

Weißzeug, sie würde einen Korb voll kaum entbehren. Aber dir ist klar, dass wir uns nie wieder in Charles Town blicken lassen könnten?

Natürlich, sagte ich. – Wir brennen nach Georgia durch und leben dort ruhig und zufrieden, nicht zuletzt dank Monsieurs gestreiftem Rock. Ich will mit dir an einen Ort reisen, der uns beiden Glück bringt. In Georgia werden wir nicht mehr streiten.

Warum glaubst du das?, fragte sie zweifelnd.

Weil wir ein eigenes Haus haben werden. Weil wir wieder für uns selbst arbeiten werden, nicht für jemand Anderen und nicht für Geld. Meinst du nicht?

Das wäre schön, sagte Rebecca.

Sie ergriff meine Hände, und froh sahen wir einander an.

Eins noch, sagte sie dann, – wir werden wieder zu fünft reisen.

Was meinst du?

Meine Freundin Fatu Kinte wird uns begleiten.

Deine Freundin? Wo hast du eine Freundin gefunden?

Auf dem Markt. Sie will so rasch wie möglich die Stadt verlassen.

Ich nickte: Hauptsache, wir kämen bald von hier weg. Der Trubel um unseren Aufbruch würde helfen, die Verwirrungen von Charles Town hinter mir zu lassen. Aufschreiben, auf einem Bogen Papier ablegen konnte ich sie nicht; dafür war kein Platz in Mr. Toads Ablagen und auch nirgendwo sonst.

9

Es stellte sich heraus, dass Fatu Kinte eine versklavte Schwarze war, die sich aus Charles Town würde herausschmuggeln müssen.

Sie arbeitete im Gefangenenquartier am Rand des Sklavenmarkts, wo sie auf Geheiß der Händler den Neuankömmlingen Wasser und Brei verabreichte, sie wusch und von Kopf bis Fuß mit Öl einrieb, damit sie das Auge erfreuten. Sonst würden die Schwarzen, geschunden und krank, wie sie seien, bloß die Käufer verschrecken, sagte Rebecca. Ihre Freundin arbeite dort, seit sie als ganz junge Frau nach Charles Town gekommen sei.

Während Rebecca unsere Sachen zusammenpackte, erzählte sie mir, wie sie am Markt – demjenigen, auf dem man Essensdinge kaufte – auf Fatu gestoßen war: Sie habe zwei große Säcke Maismehl gekauft, und Rebecca habe nicht fassen können, dass diese kleine Frau sie alleine tragen sollte, ohne die Hilfe einer Tochter oder Nichte. Also habe sie ihr einen Sack abgenommen und gefragt, wohin sie gehe. Fatu habe sie schief angesehen und gesagt: Zum Sklavenquartier am Hafen. Erst da sei Rebecca, aufgegangen, dass die schwarze Frau selbst eine Sklavin sein musste.

Warum hilfst du mir tragen?, habe Fatu gefragt, und sie habe geantwortet: Ich denke an meine Mutter, die weit weg von hier lebt und ohne meine Hilfe auskommen muss.

Seit diesem Tag habe Rebecca Fatu immer wieder Mehlsäcke abgenommen und als Dank ein Fläschchen Schnaps aus den Vorräten der Sklavenhändler erhalten, das Fatu ihr zusteckte. So seien sie Freundinnen geworden.

***

Ich war mir nicht sicher, was ich von der Sache halten sollte. Seit Immanuels Verschwinden von der *Queen Anne's Revenge* war ich nicht mehr mit einem Schwarzen unterwegs gewesen. Lag es an Immanuels erbärmlichem Tod, dass der Gedanke, mit Rebeccas Freundin auf Reisen zu gehen, mich beunruhigte? Aber wenn es nun ihr Wille war …

Nachdem wir alle unsere Sachen verpackt hatten – darunter Monsieurs gestreiften Rock –, ging sie zum Hafen, holte ihre Freundin ab und brachte sie herauf in unsere Kammer.

Sie kam hinter Rebecca die Stiegen herauf und trat ins Licht trat: barfuß wie die meisten Schwarzen in der Stadt, die Kinder und die Armen; und ich konnte nicht abschätzen, ob sie dreißig oder sechzig Jahre zählte. Sie war klein und sehnig, trug ihr graues Haar sehr kurz und hatte nicht mehr viele Zähne. Ihre dunkle Haut war wie gegerbt und schien sie unverwundbar zu machen. Überhaupt schien Fatu Kinte aus Eisen und Knorpel und Widerspruch zu bestehen.

Sie erzählte, der Gedanke an Flucht sei das Feuer, das sie seit ihrer Jugend begleite. Zweimal habe sie versucht zu fliehen. Sie hätten sie mit Hunden gejagt, gepeitscht und schließlich ins Gefangenenquartier verkauft. Darüber habe sie für viele Jahre den Mut zu einer neuen Flucht verloren; bis Rebecca gekommen sei und von Georgia berichtet habe. Seither sei es ihr einziger Wunsch, ins Gelobte Land zu gehen und frei zu sein.

Aber ich habe die Augen und die Ohren offengehalten, fuhr sie fort. – Kein Schwarzer kommt ungeprüft aus der Stadt heraus. Auch die freien Schwarzen müssen sich am Stadttor ausweisen, und doch wird ihnen oft genug nicht geglaubt und sie landen im Kerker, bis irgendjemand beweist, dass ihre Bescheinigung, dass sie Freie sind, nicht gefälscht ist.

Von uns haben sie am Tor nichts verlangt, nur den Namen, sagte ich.

Fatu funkelte mich an.

Das kommt daher, dass Sie ein Weißer sind, mein Herr. Aber wenn wir zusammen durchs Tor hinausspazierten, würde man von Ihnen eine Bescheinigung verlangen, dass Sie mich rechtmäßig gekauft haben. Es werden viele Sklaven gestohlen oder unter der Hand verkauft, ohne Steuer für den weißen König Georg.

Und wenn du mit mir allein hinausgingest?, fragte Rebecca.

Dich würden sie erst recht untersuchen, sagte Fatu. – Deinesgleichen sind es, die die geflohenen Schwarzen einfangen wie entlaufene Kaninchen und ein gutes Geschäft damit machen.

Höflich, aber mit brummiger Stimme antwortete Rebecca: Die hier Sklavenhandel treiben, gehören zu den Yamasee, vielleicht sind auch Wateree darunter. Sie sind nicht meinesgleichen.

Schon gut, Kind, du willst mir ja helfen.

Aber wie bekommen wir Sie aus der Stadt?, fragte ich. – Immerhin haben Sie den Vorteil, winzig klein zu sein. Vielleicht ist in Madames Wäschekorb noch etwas Platz …

Mein Scherz verfing nicht.

Du wirst ihr eine Bescheinigung ausstellen müssen, Julian.

Ich?

Natürlich. In Mr. Toads Schule findest du sicherlich feines Papier und Tinte dazu.

Fatu ergänzte: Und ein Siegel. Alle diese Bescheinigungen tragen Siegel aus rotem Wachs.

Ich soll also, memorierte ich, – auf feinem Papier schreiben und besiegeln, dass Fatu Kinte eine Freie ist. Unter welchem Namen soll ich das tun?

Die beiden Frauen schwiegen.

Dann sagte Rebecca zögernd: Wahrscheinlich ist es am glaubhaftesten, wenn du deinen eigenen Namen verwendest – wenn du schreibst, dass du derjenige bist, der Fatu in die Freiheit entlässt. Das kannst du am Stadttor bekräftigen.

Unbehaglich sah ich Fatu Kinte an. Dass ich, in Gestalt von Julian Winehouse, meine Geliebte zur Ehefrau erklären musste, war eine Sache; nun sollte ich außerdem zum Sklavenbesitzer werden, mit dem Ziel, mir und den Meinen einen gänzlich fremden Menschen aufzuhalsen.

Ich werde das Schreiben gleich nachher aufsetzen, sagte ich – hauptsächlich, damit die Fremde unsere Kammer verließ.

Warum willst du sie mitnehmen?, fragte ich Rebecca, als sie gegangen war.

Sie ist meine Freundin, die einzige in dieser Stadt, und sie muss gehen, wie ich aus der Missionsgemeinde gehen musste.

Aber ich bin es, die Mr. Toad bestehlen und die Wachen am Stadttor belügen soll.

Wer sonst wäre dazu in der Lage?

Ich vertrug ihren kühlen Tonfall nicht gut und schwieg.

Hör zu, Anne, sagte sie, – ich kann nicht wie du immer alleine losrennen und den Kopf in den Wolken haben. Ich brauche Freundinnen, Schwestern, wenigstens eine ältere Tante, mit der ich den Tag und alles Schwere teilen kann.

Aber du hast doch mich!, rief ich.

Ihre Worte brannten auf meiner Haut. Waren wir nicht Gefährtinnen, Eheleute, ja Liebende? Wozu brauchte sie andere Freundinnen? Warum sagte sie nichts, ging nur hinüber zum Fenster, um Frankie hinaufzurufen und ins Bett zu schicken?

Ich tröstete mich mit dem Gedanken ans Gelobte Land, in dem es zwischen uns endlich keine Zwietracht mehr geben würde.

***

Ich hatte gehofft, Mr. Toads Schreibstube hinter mir gelassen zu haben; jetzt kehrte ich im Dunkel des Novemberabends in sie zurück. Mit dem Schlüssel, der stets im Eingang seines eigenen Hauses am Haken hing, schloss ich die große Schultür auf, ging in die Schreibstube und zündete eine Kerze an.

Rebecca hatte recht gehabt: Hier war alles beisammen für mein Fälscherhandwerk. Ich zog einen neuen Bogen Papier aus dem Schrank und breitete ihn sorgfältig vor mir aus. Wie eine solche Bescheinigung wohl aussah? Wohl kaum größer als ein Viertelbogen, wenn ein Freigelassener damit auf Wanderschaft gehen sollte; also trennte ich mit einem scharfen Lineal sorgfältig ein Viertel ab. Auch eine Rolle Siegelwachs fand ich, und als Siegel würde ein Flaschenhals mit einigen verwischten Griffelabdrücken darin sicherlich ausreichenden Dienst tun.

Dann setzte ich mich an meinen Platz, nahm die Feder und tauchte sie ins Fässchen. Zur Übung schrieb ich FATU KINTE auf ein Stückchen Schmutzpapier – ohne zu wissen, wie man den fremden Namen eigentlich buchstabierte.

Dennoch überkam mich tiefe Ruhe, sobald ich die Feder zwischen den Fingern hielt; die Dinge fügten sich in eine heilige Ordnung, in der eins nach dem anderen kam, nur mithilfe von Papier und der rabenschwarzen Flüssigkeit, die zusammen Buchstaben hervorbringen konnten. Meine teuren Buchstaben, Bindeglied zu Nathan und Miss Cleave – sie würden mir fehlen!

Aber sie sind Hexenwerk, dachte ich plötzlich. Hier ging es um die Freilassung einer versklavten Menschenseele. Die Buchstaben würden mir helfen, sie freizulassen – oder aber, sie fehlerhaft zu benennen oder gar zu meinem Eigentum zu erklären. Dass sie das vermochten, dieselben Buchstaben, mit denen ich Psalmen und Briefe an die hochverehrten Väter von Mr. Toads Schülern geschrieben hatte! Einige Augenblicke lang sann ich der teuflischen Dreiheit von Papier, Tinte und schreibkundiger Hand hinterher. Ihre Freundin per Bescheinigung zu meinem Eigentum zu machen, das wäre eine schöne Rache für Rebeccas unfreundliche Miene. Glücklicherweise war ich durchströmt vom Gefühl, etwas Gutes und Heiliges zu tun, und schrieb das Brieflein wie gewünscht.

Hiermit bestätige ich, Julian Winehouse, Bürger von Charles Town, dass ich Mrs. Fatu Kinte nach mehrjährigem treuem Dienst in die Freiheit entlasse. Mrs. Kinte hat in meinem Haushalt als rechtmäßige Sklavin gearbeitet und war allzeit zur Stelle. Von nun an soll sie keinem mehr gehören, sofern es ihr nicht gefällt zu heiraten.

***

Früh am nächsten Morgen ging Rebecca auf die Straße, holte Fatu Kinte mit einem sehr kleinen Beutel herauf, verlas die Bescheinigung und Fatu nickte. Rebecca drängte ihr noch einige Stücke aus Madames Wäschekorb auf.

Die Reiselust kehrte zurück in meine Glieder, und ich drängte zum Aufbruch: Es war fast sieben, die Tore würden bald öffnen. Rebecca weckte Frankie und erklärte ihm, dass unsere Reise weitergehe. Er nickte, dann sah er Fatu Kinte und freute sich.

Tantchen Fatu! Erzählst du mir wieder Geschichten aus Kaabu?

Anscheinend hatte er die Fremde hinter meinem Rücken gut kennengelernt. Es stieß mir säuerlich auf, doch ich nahm mich zusammen.

Unten im Stall steckte ich Laurie in seine Trage. Befriedigt stellte ich fest, dass er mit den dicken Beinchen, die er in Charles Town bekommen hatte, kaum mehr hineinpasste. Dann setzte ich Frankie auf den Getupften. Wenn ihre Freundin mit auf dem Braunen reisen sollte, musste Rebecca eben beide Kinder nehmen.

Ein etwas schwerfälliger Trupp setzte sich in Bewegung, um die Stadt und mit ihr Nathan Korinth zu verlassen – für immer, hoffte ich so sehr wie Fatu, die hinter mir hin- und herschwankte.

***

Der Wächter sah auf, als wir herankamen und ich mit ernster Stimme meinen Namen nannte. Er musterte unser Trüppchen.

Sie haben viel Gepäck bei sich, womit handeln Sie?

Kein Handel. Das ist Hausrat, wir verlassen die Stadt.

Wohin geht die Reise?

Richtung Boston, sagte ich. – Ich möchte dort an der Universität arbeiten.

Die Sklavin gehört zur Familie?

Ja ... Das heißt, nein ... Ich habe sie zu diesem Anlass freigelassen, und sie reist noch ein Stück mit uns, bis sie eine neue Anstellung findet.

Ich spürte, wie sich Fatu Kinte hinter mir reckte: Ich bin Freie und gehöre niemandem.

Der Wächter beugte sich zu herüber und leuchtete ihr mit seiner Lampe direkt ins Gesicht: Kannst du das beweisen?

Fatu gab ihm den Viertelbogen, und er studierte ihn gründlich und mit flüsternden Lippen. Ich geriet ins Schwitzen.

Können Sie die Richtigkeit dieses Schreibens bezeugen, mein Herr?

Ja, natürlich.

Sie müssen verstehen, sagte er entschuldigend, – es wird viel Betrug und Schabernack getrieben mit diesen Bescheinigungen.

Er zog die Tore auf und wir ritten davon, während sich Fatus Hände unangenehm in meine Seiten krallten.

Wir ließen uns über das Flüsschen übersetzen, das südwestlich von Charles Town lag, und reisten dann einige Meilen weit. Ich wusste nur, dass wir uns südwärts halten mussten, das Rauschen des Ozeans zur Linken. Die Straße war ausgetreten; wahrscheinlich handelte es sich um einen der alten Indianerpfade, die mit Bedacht festgelegt und von vielen Wagenrädern breitgefahren waren. Im trüben Morgenlicht erkannte ich, dass das Gelände ringsum sumpfig war. Schilfgras bog sich im Wind, der salzig schmeckte.

An einem Birkenwäldchen hielten wir Rast und wagten langsam wieder zu sprechen.

Warum haben Sie's nicht früher auf diese Weise versucht?, fragte ich Fatu.

Hat mir keiner ein Schreiben aufgesetzt.

Jedenfalls bin ich froh, dass es gut gegangen ist, sagte Rebecca. – Lasst uns gleich ein Feuer machen und frühstücken. Danach musst du lernen, dich auf einem Pferd zu halten.

Fatu rollte sorgsam die Bescheinigung zusammen und verstaute sie in ihrem Beutel.

Wir werden unterwegs Leuten begegnen, die sich vielleicht wundern über eine Schwarze hoch zu Pferde. Halten Sie die Freilassung bereit, sagte ich.

Dann fiel mir siedend heiß ein: Wir hätten Ihnen einen neuen Namen geben müssen, falls jemand nach Ihnen sucht.

Das tut nicht Not, sagte Fatu, – im Quartier nannten sie mich Suzie.

Sie schnaubte.

Suzie! Dort weiß niemand, dass mein Name Fatu Kinte ist!

Wer hat dir diesen Namen gegeben?, fragte Rebecca.

Meine Mutter hat mir eingehämmert, niemals zu vergessen, dass ich aus der Familie Kinte vom Volk der Mandinka stamme, die im Reich Kaabu leben, dem Land am Großen Fluss.

Fatu sprach die fremdartigen Wörter wie ein Gebet. Während der Reise nach Georgia wiederholte sie sie so häufig, dass sie sich mir einprägten bis ans Ende meiner Tage. Als ich sie zum ersten Mal hörte, dachte ich an Immanuel und fragte, ob das Reich Kaabu in der Nähe vom Land der Somalier liege. Soweit ich mich recht erinnerte, hatte Immanuel von den Somaliern mit derselben Inbrunst gesprochen wie Fatu von den Mandinka.

Davon habe ich nie gehört, sagte Fatu, – aber die Alte Welt ist groß.

Dann wollte sie von Rebecca wissen: Warum behältst du deinen Sklavennamen? Rebecca ist ein weißer Name. Wie ist dein richtiger Name?

Rebecca dachte nach.

Mein Name ist Rebecca, sagte sie dann. – Meine Mutter hat mich anders genannt. Aber ich habe festgestellt, dass ich nicht zu diesem Namen zurückkehren kann.

Und nun bist du in deinem weißen Namen so heimisch wie Herr Julian in seinem?, spottete Fatu.

Genauso wie er, sagte Rebecca mit einem kleinen Schalk im Augenwinkel, den Fatu nicht sah. Ich liebte sie sehr dafür.

✳✳✳

Als Fatu sich auf dem Braunen halten konnte, wechselten wir einander ab: Zwei ritten, eine lief. Wenn wir von ferne andere Menschen sahen, achtete ich darauf, dass ich, als Oberhaupt der Reisegruppe, zu Pferde saß. Dann ging Fatu neben mir im Straßenstaub, Frankie an der Hand, und ich hörte zu, wie sie ihm Geschichten aus dem Reich Kaabu erzählte: von gebratenen Antilopen und Schmuck aus Elefantenhorn und schillernden Muscheln, die wie Münzgeld getauscht wurden. Wenn sie damit fertig war, erzählte sie vom Land Georgia, wo alle genug zu essen hatten und friedlich zusammenlebten, ob schwarz oder weiß, Mann oder Frau, Christ oder nicht.

Christ oder nicht?, fragte ich erstaunt. – Was soll das heißen?

Es stellte sich heraus, dass Fatu kein Christenmensch war, noch verehrte sie Ahnen und Ernteglück wie die Tscherokesen, sondern überhaupt nichts.

Meine Mutter sprach von einem Gott der Alten Welt, sagte sie, – Fatu war die Lieblingstochter seines größten Propheten. Aber das ist lange her.

Es gibt keinen größten Propheten, sagte Frankie bestimmt. – Es gibt nur Jeremia, Jesaja, Ezechiel und Daniel, die sind alle gleich groß. Jeremia hießen auch ein alter Mann und ein ganz kleiner Junge bei uns zu Hause. Er war höchstens eine Handbreit größer als Laurie.

Unsinn!, murmelte Fatu. Dann fuhr sie fort: Die Erinnerungen seien im Lauf der Jahre verblasst. Dass ihr der Gott ihrer Vorfahren abhandengekommen war, sei aber kein Grund, sich dem Christengott an den Hals zu werfen.

Sie wandte sich an Rebecca: Warum erzählst du deinem Sohn vom Gott der Weißen und seinen falschen Propheten?

Soll ich ihm lieber vom unbekannten Gott deiner Vorfahren erzählen?

Was weiß er vom Gott *seiner* Vorfahren?

Nun ja, Frankie hat verschiedene Vorfahren …

Und du willst ihn dem Gott seines Vaters überlassen, der ein Sklavenhaltergott ist?

So ging es fort und fort. Ich gewöhnte mir an, einige Schritte vorauszureiten, um frei und leicht wie ein Jüngling auf dem Pferd zu sitzen, ohne Frau und Kinder und Verpflichtungen, die mir die Schultern beugten, dass sie knackten.

***

Es war November, als wir Charles Town verließen – keine glückliche Jahreszeit für eine Reise. Zum Glück war der Spätherbst an der atlantischen Küste zwar feucht, aber nicht kalt. Wieder bauten wir unser Nachtlager unter dicht gewebten tscherokesischen Decken, und Rebecca fing Fische und Flussratten, die es hier in großer Anzahl gab. Sie besaßen große gelbe Zähne, die gefährlich werden konnten, wenn man den Tieren nicht schleunig den Hals brach; aber ihr Fleisch war schmackhaft und das Fell, wenn es erst getrocknet war, wunderbar weich. Aus dem Pelz der ersten Flussratte, die wir aßen, machte ich Frankie eine Mütze, die ihm sehr gut stand: Sie war glänzend dunkelbraun, und der Schwanz reichte hinunter in Frankies helle Locken.

Fatu war von Rebeccas Jagderfolg ebenso angewidert wie von Frankies Mütze. Es widerstrebe ihr, ein Tier zu essen, das eben noch im Schlamm gewühlt habe, sagte sie. Wir sollten lieber Rind- und Hühnerfleisch von vorüberziehenden Händlern kaufen.

Wir haben kaum Geld, erwiderte ich, – insgesamt nur etwa drei Pfund. Mehr habe ich nicht sparen können.

Drei Pfund sind mehr, als ich je in den Händen hatte! Davon können wir eine Kuh kaufen und täglich melken.

Was uns fehlt, ist bestimmt keine Kuh hinten an unserem Tross, sagte ich.

Wer bestimmt denn, was wir von dem Geld kaufen?

Ich natürlich, ich habe es ja verdient.

Und Ihre Frau und ich, wir gehen leer aus?

Sie tun Ihre Arbeit und ich meine. Dass Sie dafür kein Geld bekommen – Rebecca fürs Rattenfangen und Sie fürs Zetern –, dafür kann ich nichts.

Von meinem Herrn habe ich Geld für Maismehl bekommen, manchmal sogar für Fleisch, beharrte Fatu. – Es ist ungerecht, dass Sie Ihres für sich behalten.

Ich bin kein Herr und Sie sollen nicht für mich einkaufen!, rief ich zornig. – Helfen Sie Rebecca beim Kochen oder geben Sie acht, dass die Pferde beim Saufen nicht auf der nassen Wiese einsinken. Geld gibt es nur in den Städten, in der Wildnis muss man für sich selbst sorgen!

Fatu, das sah ich ihr an, traute mir kein Stück weit.

Bei aller Plackerei und allen Prügeln habe ich doch immer zu essen bekommen und Geld, um für alle einzukaufen und zu kochen.

Und im Muschelreich Kaabu, hatten Sie da auch einen Herrn, der mit Geld um sich warf?

Wieder funkelte sie mich an, antwortete aber nichts. Dann nahm sie Frankie bei der Hand und ging mit ihm den Pferden hinterher, die zwischen Schilfgräsern Wasser suchten.

***

Die Straße in den Süden war belebter als alle Wege, die wir vorher gegangen waren. Wir kehrten in keine Siedlung ein. Zwar sahen wir von weitem einige Dörfer, einmal sogar ein Städtchen – Beaufort nannte es einer, der uns entgegenkam –; aber ohne zu zögern, führte Rebecca ihr Pferd weiter gen Süden.

Dennoch begegneten wir vielen Leuten: fliegenden Händlern mit überladenen Karren, Reichen in Kutschen und Armen zu Fuß, und manchmal einem Zug Sklaven, scharf bewacht und immer zu dreien aneinandergefesselt. Sie mochten auf dem Weg zu den Reisfeldern sein, von denen es in South Carolina eine ganze Menge gab.

Ich dachte daran, wie mein Vater sich vor vielen Jahren geweigert hatte, Reis anzubauen wie alle Anderen. Stattdessen wollte er unbedingt Baumwollfelder haben – trotz der Prognosen, wonach der amerikanische Süden zu feucht für Baumwolle wäre. Folglich hatte er sehr viel Kopfzerbrechen darauf verwendet, die verdammte Schwarzerde auszutrocknen. Dass schließlich die Pflänzchen sprossen und Cormac über die Jahre zum reichen Herrn machten, hätte nicht gelingen können ohne seine schwarzen Arbeiter, die schon in der Alten Welt Baumwolle angebaut hatten. Ich erinnerte mich an ihre rissigen Hände, mit denen sie jäteten und pflückten, aber nicht an ihre Namen. Sie waren einfach um mich herum gewesen wie die Baumwolle selbst, und manchmal hatte ich sie geärgert und sie parieren lassen …

Ich fragte Fatu, ob sie im Reich Kaabu auch Baumwolle angebaut hatte.

Manche wurden extra deswegen verschifft, hat meine Mutter erzählt.

Aber Sie nicht?

Ich bin sicherlich nicht als Baumwollsklavin geboren!, wies sie mich zurecht.

Ich habe doch nur wissen wollen …

Lass sie in Ruhe, Julian, sagte Rebecca.

Ach, es gab manches auf diesem neuen Abschnitt unserer Reise, was ich nicht verstand. Erkundigten wir uns bei anderen Reisenden nach dem Weg, bekamen wir mitunter seltsame Auskunft. Manche Leute, die aus dem Süden kamen, sagten, sie hätten nie von einer Kolonie Georgia gehört. Andere prusteten los: Georgia – wo der Spinner Oglethorpe mit seinen Indianern Pfeife raucht und weiße Männer Sklavenarbeit verrichten? Viel Erfolg wünsch ich! Wieder Andere wandten sich an Rebecca: Drehen Sie lieber um, Missis, in Georgia gehören Sie nicht mehr Ihrem Mann, sondern allen Männern! Oder auch: Glückwunsch, Mister, mit einer Schwarzen und einer Indianerfrau haben Sie genau das richtige Format für Savannah!

Savannah ist doch ein Fluss?, fragte ich zurück.

Und eine indianische Siedlung, die Gouverneur Oglethorpe zur Stadt ausbaut. Soll mal die Hauptstadt von Georgia werden. Dort suchen sie noch Siedler, die mit anpacken.

Rebecca nickte aufmerksam, und noch am nächsten Tag erinnerte sie sich an jedes Wort der weitschweifigen Wegbeschreibung, die der Händler uns gegeben hatte.

Überhaupt blühte Rebecca auf, je weiter wir uns von Charles Town entfernten: Sie genoss die langen Ritte auf dem Getupften, der ihr aufs Wort gehorchte, und klopfte ihm zärtlich den Hals. Der strenge Zug um ihren Mund verlor sich ein wenig. Unterwegs sah sie nach links und rechts, als könnte sie sich nicht sattsehen an den Wiesen und Wäldern; wenn wir an ein Wasser kamen, sprang sie sofort hinein. Sie lehrte Frankie das Schwimmen, und bald hüpfte er nicht mehr in Ufernähe umher wie noch im Sommer, sondern schwamm wie ein Otter. Sogar den drallen Laurie tauchte Rebecca ins Flusswasser, wenn auch nur kurz, und lachte über sein Quietschen und Spritzen. Dann reichte sie ihn mir oder Fatu und schwamm weit hinaus. Wenn sie endlich herausstieg, freute ich mich über meine nackte Geliebte mit den bläulichen Lippen. Gern hätte ich mich zu ihr gesellt, aber das ging nicht, wenn Fatu mich weiterhin für Julian Winehouse halten sollte.

Eines Abends saßen wir am Ufer, die Bäuche voll gebratenem Fisch, den Fatu mit Reis zubereitet hatte. Die Sonne war längst untergegangen, alles Licht, das wir hatten, kam vom Feuer. Frankie war in meinem Schoß eingeschlafen und Rebecca gab Laurie die Brust, als sie plötzlich erstarrte und dann leise rief: Indianer, und es sind viele.

In ihrer Stimme mischten sich Vorsicht und Erregung. Ich sah nur Schwärze um uns herum, griff aber, über Frankie hinweg, zum Gewehr; und dann kamen sie auch schon, von drei Seiten gleichzeitig. Im rötlichen Schein des Feuers zeichneten sich acht oder zehn Männerkörper ab, angetan mit weißen Hemden, ledernen Beinkleidern und Schusswaffen. Ihre Schädel waren halb rasiert, auf eine Weise, die ich noch nie gesehen hatte. Keiner sagte ein Wort. Wie im Traum dachte ich: Das ist also einer dieser Indianerüberfälle, von denen immer wieder die Rede war, in der Missionssiedlung ebenso wie in Charles Town. Sie werden uns töten und die Kopfhäute abziehen und sie zu Wunderpillen für die Manneskraft zerreiben, die sie dann nach England verkaufen.

Ich saß starr vor Angst.

Rebecca redete die Männer auf Tscherokesisch an, aber niemand antwortete.

Ich weiß nicht, wer diese Leute sind und was sie wollen, sagte sie zu mir und Fatu.

Wir haben euer Feuer beobachtet und wollen einmal nachsehen, ob ihr keine geflohenen Sklaven seid oder welche dabeihabt, sagte einer – auf Englisch mit fremdem Beiklang.

Die Männer sahen Fatu an.

Ich räusperte mich und sagte, ich sei Julian Winehouse nebst Familie und einer Freigelassenen.

Die Sklavin hier gehört dir also nicht?

Sie gehört niemandem mehr. Ich habe sie vor fünf Jahren in Boston gekauft, nach der Geburt meines Ältesten – ich wies auf Frankie, der immer noch schlief –, und sie vor Kurzem freigelassen. Sie begleitet uns noch ein Stück, bis sie eine Anstellung findet.

Hast du eine Bescheinigung?, fragte der Sprecher Fatu.

Natürlich, sagte Fatu und zog die Bescheinigung aus ihrem Beutel, den sie nie ablegte.

Der Mann entrollte den Bogen und betastete das Siegel. Ich bezweifelte, dass er meine Zeilen lesen konnte. Die Anderen richteten ihre Gewehrläufe etwas mehr in unsere Richtung.

Wenn ich in Charles Town nach der Alten frage, bist du sicher, dass keiner sie dort vermisst?

Niemals lassen sie dich durchs Stadttor, schoss es mir durch den Kopf. Laut sagte ich: Ganz sicher, denn ich habe Fatu in Boston gekauft und vor Kurzem freigelassen.

Dazu strich ich über das Gewehr, das an meinem Knie lag, gleich neben Frankies Köpfchen.

Der Mann wechselte Blicke mit dem Kumpan, der ihm am nächsten stand. Dann drehten sie sich um und verschwanden in der Nacht.

Wir saßen noch eine Weile und hielten den Atem an. Ich dankte den himmlischen Mächten, dass Frankie das Schauspiel verschlafen hatte und Laurie noch zu klein war, um zu verstehen, dass man gerade Waffen auf uns gerichtet hatte.

Rebecca räusperte sich: Was waren das bloß für Leute? Haben sie keinen Stolz, Frauen am Feuer zu überfallen?

Fatu sagte nichts, zitterte aber am ganzen Körper.

***

Der Überfall schien sie tief verängstigt zu haben. Bei jedem unerwarteten Geräusch, ja bei bloßer Anrede schreckte Fatu auf und begann wieder zu zittern. Dann befühlte sie die länglichen Narben an ihren Armen und Händen und murmelte: Sie kriegen mich doch.

Ich dachte an Julian Snaterbek und hätte Fatu gern versichert, dass sie sie nicht kriegen, solange wir uns leidlich an die Spielregeln hielten und auf unser Glück vertrauten. Wenn sie nur ein wenig freundlicher zu mir gewesen wäre!

Aber oft genug blickte Fatu mich an, als würde ich ihr im nächsten Moment einen Sack über den Kopf stülpen und sie zu Markte tragen und verkaufen. Dabei reisten wir seit einer ganzen Reihe von Tagen zusammen und teilten Essen und Nachtlager miteinander. Dabei vertraute ich ihr die Kinder an. Dabei kannte ich die Angst, dass sie mich doch noch kriegen und hängen würden. Dabei steckte ich in einer heiklen Kostümierung und musste selber zittern, nicht entdeckt zu werden. Warum ahnte Fatu nicht das Geringste von *meinen* Leiden?

Obendrein ärgerte mich, dass Rebecca sich Fatus Ängsten mit weit größerer Geduld widmete als meinen. Sie war zur

Stelle, wenn Fatu nachts schreiend auffuhr, und hörte sich alle Geschichten aus dem Reich Kaabu bis hin zu Flucht und blutiger Verfolgung noch einmal an. Tagsüber ließ sie sich unablässig Rezepte für den Kochtopf und fürs Krankenbett wiederholen und überwachte dabei, dass ihre Freundin, gefangen in Erinnerungen, nicht vom Pferd rutschte. Missvergnügt sah ich zu, wie meine Geliebte mit Fatus Nöten und Kauzigkeit die leere Stelle in ihrem Herzen stopfte, wo Salali, die Tanten, die älteren Schwestern ihr fehlten: Fatu musste Rebecca die ganze Pfeife rauchende Altenrunde im Tscherokesendorf ersetzen.

Wenn Fatu auf dem Braunen saß, musste ich mit dem bockigen Getupften vorliebnehmen. Dann überließ ich den beiden Frauen die Kinder und sprengte voraus und genoss den wilden Trab und das Reißen in meinen Schenkeln.

Daran, meine Geliebte nachts einmal für mich allein zu haben, war in Fatus ständiger Gegenwart natürlich nicht zu denken.

***

Nach anderthalb Wochen erreichten wir einen Fluss, der an Breite und Schönheit dem Wateree ähnelte. Blau und grünlich blinkte er uns schon von Weitem entgegen, große Flöße mit Holz und allerlei andere Kähne fuhren Richtung Meer. An der Stelle, an der unser Weg auf den Fluss zulief, stand ein amtlich aussehendes Häuschen. Ich fürchtete mich vor einer neuen Befragung, doch als wir näherkamen, stellte sich heraus, dass kein Zöllner oder Soldat das Häuschen bewohnte, sondern ein Fährmann.

Er war ein dünnes graubärtiges Männlein wie aus Spinnweb, aber seine Fähre war beachtlich – groß genug, um eine Kutsche mit vier Pferden oder fünfzig Sklaven über den Fluss zu bringen. Ich hoffte, er würde keine allzu saftige Gebühr verlangen.

Wo genau sind wir hier, mein Herr?

Sie befinden sich am Grenzfluss Savannah. Hier endet die Kolonie South Carolina und damit das Rechtsgebiet des Gouverneurs von South Carolina sowie – falls Sie größere Mengen Geldes mit sich führen – jede Garantie für das South-Carolina-Pfund …

Mir wurde gesagt, Savannah sei eine Stadt in der Kolonie Georgia!

Der Fährmann nickte: Was die neue Kolonie angeht, habe ich noch keine seriöse Kunde. Jedenfalls wurden hier länger keine vagabundierenden Spanier mehr gesehen. Dieses Savannah, erzählen die Leute, soll etwas zwischen Baustelle und Indianerdorf sein.

Wie komme ich dorthin?

Sie überqueren den Fluss und reiten dann etwa fünfzehn Meilen stromaufwärts.

Als ich mich zu Rebecca umdrehte, befiel mich das Gefühl, dass es noch nicht an der Zeit wäre, die Grenze nach Georgia zu übertreten. Etwas hielt mich davon ab, ohne dass ich hätte sagen können, was genau.

Lass uns noch eine Nacht hier in der Nähe rasten, sagte ich.

Rebecca stimmte zu und wendete den Getupften. Ich verabschiedete mich vom Fährmann und folgte ihr langsam, Fatu zu Fuß an meiner Seite, bis wir einen stillen Seitenarm erreichten.

Als das Feuer brannte, sagte Rebecca feierlich: Es ist nur eine halbe Meile bis Georgia. Wie lange wir schon unterwegs sind …

Seit Mittsommer, sagte ich, – gerechnet den Zeitpunkt, als man uns zuerst vom Gelobten Land erzählte. Jetzt ist es bald Dezember. Ich muss gestehen, dass ich etwas Angst habe, Rebecca. Zum ersten Mal kommen wir an einen Ort, an dem noch keiner von uns war.

Sie lächelte mich an: Und er wird besser sein als die alten Orte. Keine Mütter, keine Ehemänner – außer dir natürlich –, keine scharfen Augen über allem, was wir tun.

Kein Pfarrer und kein endloser Gottesdienst, ergänzte ich, – keine Winterkälte und kein Nebel.

Gar kein Gottesdienst?, erkundigte sich Frankie. – Ist das nicht schlecht fürs Seelenheil?

Vielleicht kriegst du ab und zu einen Gottesdienst, sagte ich seufzend. – Was wünschst du dir noch in Georgia, Frankie?

Alle Tage Kuchen, sagte er.

Das klingt prächtig, sagte Rebecca, – ob der Kuchen nun auf den Bäumen wächst oder wir ihn selber backen müssen. Was hoffst du, Fatu?

Mir ist alles recht, solange ich keinem gehöre.

Aber Sie müssen doch eine größere Hoffnung haben, sagte ich. – Denken Sie sich Georgia wie das Reich Kaabu? Oder ganz anders?

Was weiß ich von Kaabu?, sagte da Fatu. – Ich war nie dort und werde nie dort sein. Ich wollte bloß immer weg aus dem Quartier. Ich hab keine Hoffnung auf irgendwas.

Verblüfft sah ich sie an: Aber was ist mit all Ihren Geschichten von der Alten Welt? Waren die bloß erfunden?

Sie stand auf und verschwand in der Dunkelheit. Rebecca sah mich mit hochgezogenen Brauen an.

Was ist? Wusstest du, dass sie uns Lügenmärchen erzählt?

Sie hat es schwer gehabt, sagte Rebecca. – Sie sagte mir einmal, dass sie auf einer Reispflanzung im Landesinnern geboren wurde und früh von ihren Eltern weg musste, um in der Großküche zu arbeiten. Als ihr Besitzer sie in Schanden verkauft hat, hatte sie Hundebisse und Peitschenstriemen am ganzen Körper, und wer weiß, was er noch mit ihr gemacht hat.

Das heißt, ihrer Geschichte zufolge, sagte ich.

Ich glaube, diesen Teil der Geschichte würde sie weglassen, wenn er nicht wahr wäre. Was ich sagen will: Fatu hat lange in diesem schrecklichen Quartier gearbeitet und alles Mögliche gesehen, was sie vielleicht lieber nicht gesehen hätte. Kein Wunder, dass sie auf ihrem Land Kaabu besteht. Sei nicht so hart, Anne. Denk dran, was sie ihr angetan haben. Die Sklaverei ist unerträglich.

Die Schwarzen auf den Feldern meines Vaters, fiel mir plötzlich ein, waren keine freien Arbeiter gewesen, sondern Sklaven. Sie gehörten meinem Vater wie die Baumwolle selbst. Sie waren dünn und sprachen nicht viel und litten an Hunger und verschiedenen Krankheiten, und manchmal hörte ich, wie er erwog, ihre Anzahl zu vergrößern oder einen, der störte, zu verkaufen. Wie hatte ich das vergessen können? Anne Cormac, die Herrentochter, war zwischen den Sträuchern und den Sklaven ihres Vaters hin- und hergelaufen; um Arthurs dürre Knie war ich herumscharwenzelt, bis er mich vertrieben hatte. Ja, es hatte Arthur gegeben und Rosie und noch einmal Rosie und viele Andere, und irgendwann verbot mein Vater ihnen, mit mir zu reden, obwohl ich sonst keinen Menschen kannte.

Mein Vater war ein Sklavenhalter gewesen wie die Männer auf dem Sklavenmarkt zu Charles Town und wie Rebeccas Familie. Der Reichtum meines Vaters, der mich auf seinen Pflanzungen einsperrte, bis jemand käme, um mich zu heiraten und seinen Reichtum noch zu vergrößern, stammte aus den Händen der afrikanischen Sklaven, die unablässig für ihn arbeiteten. Wie hatte ich das vergessen können?

Freilich: Cormac schlug sie nicht, wie Calicos Männer Immanuel geschlagen hatten. Er sperrte sie ein und verkaufte sie weiter; aber er schlug weder die Sklaven noch seine Frau und sein Kind. Er war kein so schlimmer Herr wie Fatus ehemaliger Herr, befand ich, und hat niemanden mit Hunden gejagt; keine Sklavin ist ihm je weggelaufen. Auch ich habe den Sklaven nichts Ernsthaftes zuleide getan – wie ich Immanuel nichts zuleide getan habe. Mich trifft keine Schuld!

Mit diesen Worten versuchte ich mich von den alten Geschichten zu befreien, die ich lieber wieder vergessen hätte. Sie nützten mir nichts und auch sonst niemandem. In welche Chronik hätten die Namen ARTHUR, ROSIE und SUZIE gehört? Wir mussten nur endlich nach Georgia gelangen, ins Land ohne Herren, Väter und Ehemänner, die einsperrten und schlugen.

***

Früh am nächsten Morgen sprang ich in den Seitenarm des Savannah-Flusses. Ich schwamm einige Züge und verbiss mir den Kälteschmerz, der den Kopf ganz frei machte. Danach ging ich nackt und nass zu Fatu Kinte, die schon am Feuer saß, und sagte: Mein Name ist Anne.

Fatu ließ ein Reisküchlein ins Feuer fallen. Dann langte sie mit der bloßen Hand in die Flamme, holte ohne einen Lidschlag das Küchlein wieder heraus und reichte es mir. Ohne einen Lidschlag aß ich das verkohlte Ding und schmeckte die Süße unterm krustigen Rand.

Dann kleidete ich mich an, setzte mich Fatu gegenüber und erzählte ihr Rebeccas und meine Geschichte, von der sie sicherlich schon die Hälfte kannte. Ich erzählte ihr fast dieselbe Geschichte wie Nathan: beginnend mit meiner zweiten Heirat in Charles Town. Wie Nathan gegenüber ließ ich aus, dass Rebecca und ich anders denn als Freundinnen zusammenlebten; denn was sollte Fatu – obwohl sie sicherlich die kürzesten Haare hatte, die ich je bei einer Frau gesehen hatte – von zweigeteilten Geistern verstehen? Dafür war ich versucht, von den väterlichen Sklaven zu sprechen oder von Immanuel, an dessen Tod ich keine Schuld trug. Im letzten Augenblick ließ ich den Gedanken als sinn- und zwecklos fallen.

Dennoch war es eine ganze Menge, was ich ihr preisgab.

Fatu hörte mir zu und nickte: Ich verstehe, Anne.

Ich kann nicht sagen, dass ich mich hernach nie wieder über sie ärgerte. Aber ich hielt mich im Zaum – und Fatu, glaube ich, hielt sich auch im Zaum. Auf diese Weise vertrugen wir uns.

10

Einträchtig beluden wir nach dem Frühstück die Pferde und machten uns bereit, nach Georgia überzusetzen.

Der graubärtige Fährmann erwiderte unseren Gruß. Ich besah ihn mir gründlich, entdeckte aber kein Zeichen, dass er den Eintritt in ein Land gewährte, in dem alles anders und besser war. Auch die Uferlandschaft sah von der anderen Seite genauso aus wie in South Carolina: grasbewachsen mit einem feuchten Wind von Osten her. Ohne viele Worte zogen wir flussaufwärts.

Nach einer halben Stunde Wegs kamen wir in einen Wald, der ganz anders war als in den appalachischen Bergen: üppiger, dichter belaubt, durchzogen von Tümpeln und sonderbaren Lauten, die sich weder Mensch noch Tier zuordnen ließen. Aber ich erkannte Fenchelholz und Tulpenbäume, die ich so gern hatte, weil sie den Frühling anzeigten. Die Tulpenbäume von Georgia waren riesig und besaßen Blätter so dunkelgrün und fest wie Lorbeer. Reglos standen sie in der linden Waldluft. Wir hatten das Meer hinter uns gelassen.

Rebecca, Laurie auf dem Rücken, ritt voran, zügiger als sonst; ich ging zu Fuß und musste beinah rennen, während der Braune mit Fatu und Frankie seinem getupften Bruder nacheilte. Die Strecke nach Savannah legten wir in einem einzigen Tag zurück: Am Nachmittag sahen wir die Siedlung in der Ferne liegen. Ich konnte kaum noch einen Knochen rühren und bestand darauf, dass wir rasteten und aßen.

Rebecca war voll freudiger Unruhe. Sie sprang noch einmal ins Wasser und tauchte auch die Kinder hinein; dann machte sie sich daran, die Pferde zu striegeln. Fatu zog ein neues, blendend weißes Kleid an, dessen Stoff sie Madames Wäsche entnommen hatte. Sie hatte einige Abende darauf verwendet, ihr neues Kleid zu nähen – bodenlang sollte es sein – und dazu verkündet, keinesfalls werde sie Georgia im Sklavengewand betreten.

Ich machte mich daran, unser letztes bisschen Maismehl zu Brei zu verarbeiten, und gab den Kindern zu essen. Dann putzte ich Frankie heraus: Zur schwarzen Hose, zu Muskogee-Schuhen und Rattenmütze bekam er das neue Hemdchen aus angegrautem Leinen, das Rebecca ihm in Charles Town genäht hatte. Ich krempelte ihm die Ärmel bis zum Oberarm auf und befahl ihm, sich auf keinen Fall im Dreck zu suhlen. Er zog einen Flunsch und sah endlich nicht mehr aus wie ein Missionarskind.

Als Nächstes wandte ich mich Laurie zu, der im Kittel durchs Laub kroch. Ich säuberte ihm das breiverschmierte Gesichtchen und freute mich an seinen dicken Armen und Beinen und daran, wie dicht ihm das dunkle Haar wuchs. Wie hübsch dies Söhnchen war!

Heute reiten wir ins Land, in dem Milch und Honig fließen. Mach dich bereit, Laurie Winehouse!

Laurie gluckste, seine schwarzen Augen spiegelten meine Feststimmung.

Rebecca hatte ihr grünes Kleid wieder angezogen. Gewaschen und ausgestattet mit einem neuen Unterrock aus schwarzgefärbter Baumwolle sah es aus wie ein Hochzeitskleid. Dazu hatte sie sich in Charles Town elegante Damenschuhe gekauft, ebenfalls in Schwarz. Ihr schönes Tscherokesenhaar, streng gescheitelt, aber nur lose aufgesteckt, glänzte in der Nachmittagssonne von Georgia.

Ich beeilte mich, es ihr gleichzutun, und widmete mich meinen eigenen Kleidern. Nach kurzer Überlegung tat ich den roten Umhang beiseite und legte Monsieurs Rock an. Er war zwar nicht aus Samt, aber aus einem recht feinen Stoff, schimmernd in grauen und blassblauen Streifen. In den Hüften und an der Brust saß er etwas eng, aber Rebecca tröstete, dass er ausgezeichnet die Farbe meiner Augen hervorbringe.

Ich strich mir die Haare glatt und erwiderte ihr Lächeln. Wie schön und herzensgut sie war! Als Fatu zu uns trat, so hoch aufgerichtet wie nur möglich, entdeckte ich, dass auf ihrem weißen Kleid sogar Stickereien prangten. Prachtvoll sahen wir aus, alle miteinander!

***

Die ganz neue Stadt Savannah lag auf einer Bank des Savannah-Flusses, in leicht erhöhter Lage, sodass alle ankommenden Waren und Baumaterialien mit einem Kran hinaufgezogen werden mussten. Vom Kran aus wurden sie über einen breiten Uferstreifen aus feinstem Sand geschleppt, bis endlich die erste Häuserreihe begann.

In der Tat war es eine Reihe ganz gleichartiger Holzhäuser, die Savannah zum Fluss hin begrenzte. Als wir näherkamen, stellte sich heraus, dass die Siedlung nach dem Muster eines Spielbretts errichtet wurde: solide Häuschen auf einem genau umzäunten Grundstück; dazwischen ein recht breiter Weg, dann die nächste Häuserreihe und immer so fort.

Es war deutlich, dass Savannah sich mitten im Aufbau befand. Manche Häuser waren bereits fertig und mit einem schlichten Palisadenzaun versehen; von anderen standen nur die Stützbalken; manche Grundstücke waren erst mit Pfosten abgesteckt, Schnüre verbanden sie zu jeweils gleich großen Rechtecken.

Auch die Straßen waren noch nicht befestigt. Auf der breiten Trasse, die die Siedlung pfeilgerade von Nord nach Süd durchzog, waren die Stümpfe abgehauener Bäume zu erkennen. Der gerodete Boden war dunkel und lehmig wie in South Carolina, aber hier, im Gelobten Land, schien er mir etwas sandiger zu sein.

Es duftete nach frischem Holz, und an allen Ecken und Enden herrschte lebhaftes Treiben. Die Haupttrasse war, den Stümpfen zum Trotz, eifrig von Karren, Pferde- und Ochsengespannen und vereinzelt auch von Kutschen befahren. Am Kran wurden immer neue Pakete und Gerätschaften hinaufgezogen: Schaufeln, Pflüge, sogar Kühe. Und überall waren Männer unterwegs, die Pakete, Baumstämme und fertige Bretter trugen, auf Karren oder der bloßen Schulter; während Frauen auf den gerade entstandenen Hinterhöfen Wäsche aufhängten oder unter freiem Himmel in den Töpfen rührten. Kinder, Hunde und Ziegen wimmelten umher. Mir fiel auf, dass keine Indianer zu sehen waren. Ich hatte mir Georgia immer als ein buntes Gemisch von Yamacraw, Tscherokesen und Weißen vorgestellt; seit Fatu bei uns war, hatte ich im Geist einige Schwarze ergänzt.

Als wir näherkamen und die Rufe der Männer und Kinder zunehmend verstanden, sagte Rebecca entsetzt: Das sind alles Engländer.

Sie hatte recht. Die Bewohner Savannahs ähnelten denen der Mission – wenn man davon absah, dass hier die einheitliche puritanische Tracht fehlte. Rebecca griff nach meiner Hand, ich spürte kalten Schweiß; aber ich war zu sehr in Anspruch genommen vom Treiben dieser merkwürdigen Engländer.

Ein Mann im verschwitzten Hemd näherte sich. Er war klein und spillerig, vielleicht hatte er als Kind hungern müssen. Er lüftete den Hut: Seid ihr neu angekommen?

Ich nickte und stellte mich vor.

Tipkin, sagte der Mann und schüttelte fest meine Hand. – Ich gehe mit rüber und melde euch Gouverneur Oglethorpe.

***

Was die Leute nur immer sagen – ich bin kein Gouverneur.

Das waren die ersten Worte, die wir von Oglethorpe vernahmen: Ich bin ein Bürger Englands, der sich in den Dienst von Weisheit, Gerechtigkeit und Mäßigung gestellt hat. Willkommen in Georgia, der Kolonie der Freien.

Dies sprach er in einem rotweiß gestreiften Zelt in der Nähe des großen Krans, worin er residierte wie ein General; dabei wohnte Oglethorpe – wie uns Mr. Tipkin versichert hatte – in einer Holzhütte wie die anderen Bewohner Savannahs. Das Zelt musste also eine Art Befehls- und Schreibstube sein.

Obwohl er kein Gouverneur war, trug Oglethorpe einen langen roten Soldatenrock, Kniehosen und schlammbespritzte Stiefel, dazu eine pudellockige Perücke. Sein Gesicht war sehr lang. Er mochte etwa in meinem Alter sein. Während er sprach, ging er auf und ab, die Hände hinterm Rücken verschränkt. Er sah aus wie einer, der nicht gut schlief.

Wieder stellte ich mich und meine Reisegefährtinnen vor. Oglethorpe hielt inne und musterte der Reihe nach mich, Rebecca und Fatu. Seine Augen öffneten sich etwas weiter, als erblickte er etwas Interessantes.

Woher kommen Sie?

Aus den Bergen North Carolinas.

Das ist weit!

Wir wollten unbedingt nach Georgia kommen.

Warum?, fragte Oglethorpe erwartungsvoll.

Aufs Geratewohl sagte ich: Wir wollten in Ruhe von unserer Hände Arbeit leben, ohne Herren und ohne allzu heftigen christlichen Eifer.

Er lächelte: Dann seid ihr hier am rechten Platz. Savannah ist jung und braucht fleißige Hände. Wisst ihr Bescheid über die besondere Beschaffenheit dieser Kolonie?

Nein, sagte ich beklommen.

Oglethorpe fing wieder an, Runden zu laufen: Georgia ist eine Gründung von Treuhändern des Königs Georg, denen er diese Kolonie anvertraut hat. Treuhänder sind – aber das ist für euch vielleicht nicht wichtig.

Schmunzelnd sah er mir ins Gesicht, das wahrscheinlich nicht viel Verständnis ausdrückte.

Wichtig ist, dass dies eine Siedlung würdiger Armer ist. In England haben wir eine große Anzahl kräftiger Männer, die aber völlig ohne Grund und Boden sind. Die Alte Welt hat nicht verstanden, dass man den Leuten nicht den Boden nehmen darf, auf dem sie ihr eigenes Brot anbauen. Sobald sie völlig von Lohnherren abhängig sind, verdummen und zerlumpen sie, stehlen das Brot, das sie nicht kaufen können, und die Besseren unter ihnen, die nicht stehlen wollen, verschulden sich … Sie werden, wenn man's so sagen kann, schuldlos schuldig und landen im Gefängnis, wo sie ein kümmerliches Leben führen und der Krone zur Last fallen. Dabei handelt es sich um kräftige Männer, die, ausgestattet mit einer eigenen Parzelle Land, ihrem König sehr nützlich wären. Mein lieber Tipkin war einer von diesen armen Schuldnern. Heute steht er in Saft und Kraft!

Rebecca neben mir spannte sich.

Heißt das, die Bewohner von Savannah bekommen eigenes Land?

Richtig. Jeder Siedler erhält fünfundvierzig Acker Neuland, wovon die Familie versorgt werden soll. Je nachdem, wie klug ihr wirtschaftet, könnt ihr die Überschüsse verkaufen. Ihr mögt euch Vieh, bessere Geräte oder ergiebigeren Samen kaufen, so viel ihr wollt. Verboten ist allerdings der Kauf, der Verkauf sowie die Teilung des eigenen Landes; sonst wären wir hier in Savannah bald in derselben misslichen Lage wie die englischen Städte.

Wir werden klug wirtschaften, sagte Rebecca.

Dazu – was für die Hausfrau von besonderem Interesse sein dürfte – erhaltet ihr fünf Acker bestes Gartenland. Auf den Gemeindeflächen sollen bald Gärtnereien entstehen, in denen ihr Samen für Gurken, Bohnen und Mais bekommen könnt, daneben Apfel- und Birnbäumchen, Oliven, Maulbeeren, Wein- und Pfirsichstauden. In Savannah soll alles gedeihen, was es in der Welt an guten Dingen gibt, dank der guten und gerechten Zusammenarbeit kräftiger Männer und Frauen.

Ich hatte noch nie von Gurken oder Maulbeeren gehört – aber was machte das! Oglethorpe versprach uns Genüsse, die wir noch nicht einmal dem Namen nach kannten. Er gab mir schöne Worte und Rebecca fünf Acker Gartenland, ohne etwas dafür zu verlangen als Güte und Gerechtigkeit. Ehrfürchtig standen wir vor dem großen Mann, von dessen Pudellocken ein Strahlen auszugehen schien.

Er sonnte sich in unserer Freude, die aber seinen aufmerksamen Blick nicht trübte. Oglethorpes Augen, unter denen sich bläuliche Verdickungen befanden, studierten mein Gesicht, dann Rebeccas.

Ihre Gesichter gefallen mir, Mr. und Mrs. – Winehouse, sagten Sie?

***

Der Gouverneur, der keiner war, fuhr fort: Die wichtigsten Regeln in Savannah lauten – keine Herren, keine Sklaven, kein Schnaps und kein Papismus. Solange ihr mit dem katholischen Götzen der Spanier nichts zu schaffen habt, könnt ihr glauben, was ihr wollt.

Er legte eine kleine Pause ein, sah zu Fatu hin und dann wieder zu mir.

Sie fuhr auf: Mit dem Papismus habe ich so wenig zu schaffen wie mit jedem anderen Gott.

Es geht mir um die Sklaverei, werte Frau.

Ich bin keine Sklavin, sagte Fatu, nun sehr ruhig. – Ich bin nach Georgia gekommen, um hier als Freie zu leben und mein eigenes Gemüse zu ziehen, gerade so wie Mrs. Winehouse.

Sie machte sich daran, ihre Bescheinigung hervorzuziehen, aber Oglethorpe winkte ab: Was zählt, ist, dass Sie schwarz wie eine Sklavin sind. Die Nachbarschaftsvorstände wollen hier lieber keine Schwarzen, damit die Frage der Sklaverei sich nicht stellt.

Ich mag schwarz sein, aber ich bin keine Sklavin, wiederholte Fatu. – Ich bin Fatu Kinte und ich gehöre niemandem, bitte sehen Sie, ich habe es schriftlich.

Ich verstehe, sagte Oglethorpe.

Dann, zu Rebecca gewandt: Wir haben einige Indianerinnen, die uns wertvolle Dienste tun und die Grundsätze des Unternehmens Georgia vollauf begreifen. Warum also keine Schwarze. Ich werde das mit den Vorständen besprechen.

Er blickte zurück zu Fatu: Dennoch wird es Schwierigkeiten geben. Sie gehören niemandem – gut, das ist selbstverständlich in Georgia. Aber *zu wem* gehören Sie, werte Frau? Sind Sie verheiratet?

Nein, sagte Fatu. – Ich bin ledig und möchte meine eigene Parzelle Land.

Sie gehört zu uns, sagte Rebecca.

Oglethorpe hörte nicht auf sie, stattdessen sah er mich an.

Was fangen wir mit ihr an, Winehouse? Wenn sie verheiratet wäre oder einen erwachsenen Sohn hätte … Als alleinstehende Frau würde sie unter die Vormundschaft eines Vorstandsmannes fallen und in seinem Haushalt leben. Das ist zumindest das Vorgehen, das wir für Witwen und Waisen festgelegt haben.

Nein, sagte Rebecca rasch, – wir nehmen sie zu uns als eine liebe Tante, und mein Mann wird ihr Vormund sein.

Warum soll sie nicht ihre eigene Parzelle haben, widersprach ich, – vielleicht ein kleineres Stück Land und Platz für eine bescheidene Hütte?

Ich kann meinen eigenen Reis anbauen, sagte Fatu.

Ausgeschlossen, sagte Oglethorpe. – Wo kämen wir hin, wenn jede alte Jungfer ihr Fleckchen Land bestellte? Zersplitterung bekämen wir und neue Not. Nein, Savannah ist ganz auf Familien hin ausgelegt.

Rebecca wiederholte: Wir nehmen sie zu uns.

Oglethorpe wandte sich wieder an mich: Dann möchte ich von Ihnen eine Zusicherung, dass die werte Frau ein vollwertiges Mitglied des Haushalts ist – in keinem Fall eine Sklavin. Wahrscheinlich müssen Sie diese Zusicherung vor der Versammlung der Vorstände wiederholen. Im Zweifelsfall werden auch Ihre Frau und Ihr Sohn befragt.

Ich nickte.

Frankie verbeugte sich und sagte: Ehrenwerter Herr, Tantchen Fatu ist eine sehr gute Tante.

Oglethorpe lachte: Und jetzt raus mit euch, Bürschchen. Sagt Tipkin, er soll euch ein Grundstück zuweisen. In seinem Zehnerblock sind noch welche frei.

***

Tipkin, der uns herumführte, erklärte, was ein Zehnerblock war: eine Doppelreihe von je fünf Grundstücken, die einen gemeinsamen Vorstandsmann stellte; er selbst bekleidete diesen Posten in seinem – in unserem Block. Vier Zehner-blocks bildeten eine Nachbarschaft, die einen viereckigen Platz umschloss.

Der Platz soll allen Nachbarn dienen, erläuterte Tipkin, in-des er über die nackte, eben erst gerodete Fläche wies, – für Märkte, Spaziergänge, Versammlungen. Das ist noch ganz offen. Freilich darf man sich befestigte Wege, Blumen und hübsch beschnittene Bäume vorstellen …

Links und rechts des Platzes, wo keine Häuser standen, befanden sich die Gemeindeflächen, von denen Oglethorpe gesprochen hatte. Neben Gärtnereien sollten hier Getreide-mühlen und Spinnereien gebaut werden, die von allen ge-nutzt werden könnten.

Sie müssen bedenken, sagte Tipkin, – dass wir erst seit ungefähr sieben Monaten bauen. Viel schneller hätte es der Herrgott auch nicht geschafft, eine neue Stadt zu errich-ten. Oglethorpes Plan für Savannah sieht eine Bauzeit von anderthalb Jahren vor. Auch danach kann die Stadt in alle Richtungen erweitert werden – immer demselben Muster folgend, zu dem Oglethorpe den Grundstein gelegt hat.

Unter dem Hut, der seinen rosigen Nacken vor der Son-ne schützte, hatte er das gutmütigste Gesicht der Welt: voll Glauben an den guten und gerechten Bürger Oglethorpe, der vielleicht kein Gouverneur war, gewiss aber ein Wohltäter großen Ausmaßes.

Vorsichtig erkundigte ich mich nach Gotteshäusern.

Tipkin sagte, der Platz für die Kirche sei bereits festgelegt, aber damit eile es Oglethorpe nicht sehr. Gottesdienste wür-den im Gemeindehaus abgehalten, das gleichzeitig als Ge-richt diene.

Er zeigte auf ein größeres Haus unweit von Oglethorpes Zelt, vor dem nicht weniger als zwanzig Kanonen thronten, die – wie Tipkin versicherte – unsere Freiheit verteidigten, vor allen Dingen gegen die Spanier. Neben dem Gemeindehaus wehte eine Flagge mit einigen golden gestickten Wörtern darauf. Ich kniff die Augen zusammen und buchstabierte, während der Stoff sich im Wind bewegte: *Weisheit – Gerechtigkeit – Mäßigung.*

Falls ihr es nicht wusstet, sagte Tipkin etwas leiser, – Oglethorpe hält keine großen Stücke auf Gottesdienste. Er ist Freimaurer.

Ach so, sagte ich, wieder aufs Geratewohl.

Fatu fragte: Ist das eine besondere Sorte Christen?

Es bedeutet, dass er an die menschliche Vernunft glaubt.

Und an Weisheit, Gerechtigkeit und Mäßigung, sagte ich.

Das ist erfreulich, sagte Fatu.

Was bedeutet Mäßigung?, fragte Rebecca.

Kein Bier, kein Wein, kein Schnaps, sagte Tipkin fromm. – Das Trinken ist der Vernunft und dem Fleiß abträglich.

Sie sah ihn an, als hätte der rosige Tipkin sich vor ihren Augen in Joseph Burleigh verwandelt oder gar in Franziskus Syhre.

Das Verbot ist wichtig, verteidigte er sich, – ich habe viele gute Männer am Schnaps zugrunde gehen sehen.

Ich nickte höflich und dachte, dass wir die weite Reise der Sonne im Pelz wegen angetreten hatten – nicht, um uns zu mäßigen.

Tipkin sah sich um und senkte wieder die Stimme: Ein Gläschen in Ehren kriegt ihr allemal. Fast jedes Schiff, das hier ankommt, hat ein paar Fässchen Wein dabei. Und im Schottendorf flussaufwärts wird ordentlich Schnaps gebrannt, Oglethorpe braucht das nicht zu wissen. Vom Trunkenbold sind wir hier alle weit entfernt!

Aber seht, unterbrach er sich, – jetzt sind wir an eurem Grundstück angelangt. Hier ist mein Haus, und da wird eures stehen.

Wir starrten auf das genau abgezirkelte Rechteck zwischen Tipkins Haus, das schon fertig gebaut war, und einem weiteren Rechteck, auf dem nichts stand als ein behelfsmäßiges Zeltdach, worunter eine junge Frau ihre Ziege molk. Das Rechteck war von beachtlicher Größe. Auch wenn wir darauf ein anständig großes Haus bauen würden, mit einem Anbau für Fatu, wäre noch ein großer Hinterhof übrig.

Wie groß es ist, Mr. Tipkin!

Nicht wahr, sagte er stolz, – die Grundstücke sind groß genug, um Platz für Kleinvieh, die Hauswirtschaft und vielleicht sogar ein Handwerk zu bieten.

Es ist wundervoll, sagte Rebecca. – Vielen Dank!

Verlegen wehrte er ab: Fangt lieber gleich ein, eine Schlafstatt zu errichten, ehe es dunkel wird. Hier im Süden geschieht das schneller, als man denkt. Und morgen kommen Sie zu mir, Mr. Winehouse, und ich teile Ihnen Holz für den Hausbau zu.

Er lüftete noch einmal seinen Hut und ging zurück zu seiner Arbeit.

✳✳✳

Wir konnten es kaum fassen, Rebecca und ich – Fatu, glaube ich, auch nicht. Immer wieder gingen wir das Rechteck ab, auf dem sich die gute Erde des Gelobten Landes abzeichnete, bedeckt nur von etwas Gras und verstreuten Zweigen, an denen sich die Pferde gütlich tun könnten. Ich stand auf und suchte unter den Holzresten, die überall lagen, einen ausreichend großen Pflock, rammte ihn in den Boden und band den Braunen und den Getupften an.

Währenddessen hatte Fatu von der Nachbarin, die selbst noch unterm Zeltdach saß, ein Säckchen Reis bekommen, und Rebecca war mit Frankie zum nächsten Tümpel gegangen, um einen Fisch zu fangen. Etwas besorgt dachte ich, dass hoffentlich niemand Zeuge würde, wie die Frau des neuen Nachbarn – die Indianerin im grünen Kleid – Fische mit der Hand fing. Ich wusste noch nicht viel von den Sitten Savannahs, fand aber, wir sollten zusehen, dass wir sie uns so schnell wie möglich aneigneten. Wir würden alles tun, um uns als der Kolonie Georgia würdig zu erweisen.

Aber es musste etwas geben, was unsere Ankunft festschrieb. Ob sie in Savannah ein Gemeindebuch hatten? Vielleicht brauchten sie noch jemanden, der eins führte?

Der Gedanke ließ mir keine Ruhe. Ich ging zu Tipkins Haus und klopfte zaghaft. Er saß mit seiner Frau und vier Kindern beim Abendessen – in der Stube lag ein häuslicher Geruch nach Bohnen und Fleischbrühe –, bat mich aber herein.

Ich wollte bloß fragen, ob es hier etwas wie ein Büchlein gibt, eine Liste mit allen Bewohnern der Stadt … mit Hochzeiten, Geburten und Todesfällen, besonderen Ereignissen, und den Grundstücken, die ihnen gehören. Ich dachte, vielleicht müssen wir uns irgendwo eintragen.

Tatsächlich hat jeder Zehnerblock ein Verzeichnis aller Bewohner, sagte Tipkin. – Es liegt beim Vorstandsmann, also bei mir. Ich werde Sie und Ihre Familie umgehend eintragen.

Oh, darf ich es selbst tun? Ich möchte es lieber gleich erledigen als später.

Freundlich erstaunt hob er die Brauen, nickte aber und holte ein Büchlein vom Regal.

Während ich schrieb, aßen die Tipkins weiter ihr Bohnengericht und sahen mir zu. Sorgfältig, wie ich es bei Miss Cleave gelernt hatte, schrieb ich unsere fünf Namen nieder und gab als Herkunft North Carolina an. Wenn Fatu Kinte Teil meines Haushalts sein wollte, musste auch sie aus North Carolina kommen.

Sie schreiben sehr hübsch, Mr. Winehouse, sagte Tipkin. – Das sollten Sie Oglethorpe melden, sicherlich kann er Ihre Schreibkünste gut gebrauchen. Die meisten Leute hier können nicht lesen und schreiben. Und eine Schule wird erst errichtet, wenn alle ein Dach über dem Kopf haben.

Ich freute mich, dass er das sagte. Die Namen in Mr. Tipkins Liste einzutragen, war erhebend; es verlieh unserer Ankunft in Savannah ebenso viel Festigkeit und Glanz wie das Anpflocken der Pferde auf unserem Land.

Später, während wir aßen, ließ Rebecca immer wieder ihre Schüssel sinken und drehte ungläubig den Kopf nach links und rechts: Ein eigenes Stück Land – und Garten und Felder gleich dazu! Das hätte ich nicht zu träumen gewagt.

Ich auch nicht, sagte Fatu, – auch wenn ich es mit euch teilen muss.

Was grämst du dich darüber?, fragte Rebecca ungeduldig. – Alleine kann man kein Feld bestellen.

Ich hätte einfach gern ein Häuschen für mich alleine. Warum sollte das im Gelobten Land nicht möglich sein?, beharrte Fatu.

Ich sagte: Du kannst dir im Hof gern eine Ecke abstecken und darauf dein Lager errichten und drei Halme Weizen säen.

Ich habe noch nie einen einzigen Halm für mich gehabt!

Wozu auch? Ein einziger Halm ergibt kein Brot.

Hört auf zu streiten, sagte Rebecca. Müde lehnte sie ihren Kopf an Fatus sehnige Schulter. Ich schob Frank, dem schon die Augen zugefallen waren, ein wenig zur Seite, und schmiegte mich von der anderen Seite an sie heran. Meine Geliebte, die mich mittlerweile sehr gut kannte, seufzte.

Eine Stadt voller Engländer, Herr im Himmel, murmelte Rebecca, – aber ein paar Halme und ein Gläschen in Ehren kriegen wir allemal. Sei jetzt ruhig, Anne, und denk dran, im Gelobten Land gibt es keinen Streit.

11

Am Morgen geleitete uns Tipkin auf ein großes Gelände südlich der großen Baustelle, wo Gärten und Felder liegen sollten. Auch hier wurde gerodet, überall lagen Stapel frisch gehauener Stämme, während andere Arbeiter das Unterholz abbrannten. Auf den fertigen Flächen, die freilich etwas armselig aussahen, waren ein paar Männer damit beschäftigt, weitere Rechtecke abzustecken – sehr viel größere als diejenigen in der Siedlung.

Das Gartenland, erläuterte Tipkin, – liegt nah an der Stadt, damit es nicht zu Überfällen auf Frauen und Kinder kommt.

Rebecca ging das nächstbeste Gartenstück ab und erkundigte sich, wie wir das verschwenderisch abgesteckte Land zu dritt bebauen sollten.

Freundlich zuckte Tipkin die Schultern. – Ganz genau kann ich's Ihnen nicht sagen. Niemand weiß, wie fruchtbar der Boden ist, daher hat Gouverneur Oglethorpe die Landstücke großzügig angesetzt. Außerdem sollen Sie ja von Ihrer Hände Arbeit leben und nur wenig dazukaufen müssen. Schauen Sie, hier beginnen die Felder.

Wir standen am Rand einer riesigen Brache, auf der sich die paar Fleißigen, die mit dem Ochsengespann ihr Land bestellten, wie Ameisen ausnahmen. Genauso wie in der Mission schien die Feldarbeit in Savannah Aufgabe der Männer zu sein. Mir schwante, dass ich binnen kürzester Zeit Herr eines unabsehbar großen Feldes wäre, dem ich Brot für fünf Münder abzuringen hätte. Wie viel Mühe und Schweiß erwarteten mich hier draußen! Anders als Rebecca hatte ich nie in meinem Leben ein Feld beackert. Das bisschen Feldarbeit bei den Tscherokesen hatte mich längst nicht in die Geheimnisse von Aussaat, Bewässerung und Fruchtfolge eingeweiht. Ich konnte zum einen rauben und stehlen, zum anderen einen Haushalt führen; außerdem verfügte ich über eine hübsche Handschrift.

Sie bauen tatsächlich Reis an, bemerkte Fatu.

Oglethorpe hat den Reis aus dem fernen Indien nach Georgia gebracht, sagte Tipkin. – Für dieses warme Land ist er die einträglichste Anbaupflanze. Auch die Indianer bauen ihn an und müssen endlich nicht mehr hungern und herumvagabundieren.

Wieder dachte ich an die üppigen Felder und Gärten der Tscherokesen, schwieg aber und hoffte, dass auch Rebecca schweigen würde. Tipkin meinte es nur gut.

Reis macht viel Arbeit, aber wir werden davon satt, sagte Fatu.

***

Bevor es mit der Feldarbeit losging, mussten wir uns ein Haus bauen. Am späten Vormittag lieh ich mir Tipkins Karren und holte die erste Fuhre Bauholz. Dazu musste ich zum Sägewerk gehen, wo Männer arbeiteten, deren Haus fertig und deren Feld bestellt war. Weil ich kein Geld hatte, um sie zu bezahlen, schrieb ich an: Anderthalb Georgia-Pfund schuldete ich dem Sägewerk, die ich auch in drei Tagen Arbeit dortselbst ableisten könnte.

Dann setzten wir uns auf unseren Grund und Boden und machten einen Plan fürs Haus. Mich verdross, dass Rebecca sich gegen einen Anbau für Fatu aussprach.

Wenn du Fatu in einen Anbau steckst, wie willst du den Leuten verdeutlichen, dass sie keine Sklavin ist, sondern Familienangehörige?

Erinnerst du dich an das Kämmerchen, das Ronnie und Samuel Moore außen an ihr Haus gebaut haben, damit Miss Cleave drin wohnen konnte? Niemand hat das als Herabsetzung verstanden, entgegnete ich.

Natürlich haben sie das. Sie haben nur gewartet, dass jemand sie heiratet und zu sich nimmt. Dann hätten sie die Ziegen dort einziehen lassen.

Fatu sagte, in einem überraschenden Schwenk: Ich möchte gerne mit am Herdfeuer sitzen, nicht in einem zugigen Kämmerchen.

Ich verstehe nicht, warum du ein eigenes Kämmerchen plötzlich nicht mehr als Ort der Ruhe und Einkehr verstehst, wo dich niemand stören kann.

Wenn du die Ruhe so sehr schätzt, Julian, nageln wir dir ein Kämmerchen zurecht!, rief Fatu, und Rebecca lachte.

In Ordnung, sagte ich böse. – Was haltet ihr davon, wenn wir keinen Anbau, sondern eine Hütte mit zwei Schlafzimmern bauen? Ich meine: zwei Kammern im Innern des Hauses, die beide mit einer Tür von Herd und Tisch getrennt sind?

Rebecca sagte, davon habe sie noch nie gehört: ein Raum innerhalb einer Hütte, der durch eine Tür abgetrennt wäre wie ein Haus vom Hof.

Ich wies sie darauf hin, dass wir in Mr. Toads Haus auch eine Kammer mit einer Tür zum Rest des Hauses gehabt hatten – schließlich hatten wir beim Kochen und Schlafen nicht in Mr. und Mrs. Toads Stube gesessen.

Die Toads waren eine andere Familie, und sie waren reich. Ich verstehe nicht, warum wir innerhalb unserer Familie Türen errichten sollten.

Damit auch innerhalb der Familie Ruhe und Einkehr möglich sind!, rief ich. – So ähnlich wie durch die Vorhänge, mit denen bei euch im Dorf die Betten abgetrennt waren.

Vorhänge sind keine Wände.

Versteht doch, sagte ich, – Rebecca, wir sind fortgegangen – aus der Mission wie aus dem Tscherokesendorf –, weil die Familie uns keine Ruhe gelassen hat. Jetzt haben wir die Möglichkeit, es anders zu machen. Auch wenn du Teil der Familie bist, Fatu, muss ich nicht in deinem Schoß einschlafen.

Fatu entgegnete, das entspreche auch nicht ihrem Wunsch.

Im Stillen fügte ich hinzu, dass ich nicht die weite Reise mit meiner Geliebten auf mich genommen hatte, um unsere

Schlafkammer mit einer Dritten zu teilen. Rebecca und ich hatten, so fand ich, endlich unsere eigenen trauten Wände verdient.

Und die Kinder?, fragte Rebecca.

Die müssen wir wohl mit in unsere Kammer nehmen …

Warum eigentlich?, sagte sie nachdenklich. – Wir können ihnen eine Schlafbank nah am Feuer bauen, dann hält die Glut sie nachts warm.

Vielleicht lasse ich auch meine Tür offen stehen, damit die Glut mich nachts warmhält, sagte Fatu.

Jederzeit, sagte ich und dachte daran, dass es im lieblichen Georgia wohl nicht viele kalte Nächte gab. Selbst jetzt, um den ersten Dezember herum, war es so mild, dass wir draußen kaum froren.

* * *

Am frühen Abend erzählte ich Tipkin von unserem Plan; heimlich hoffte ich auf seine Hilfe. Er machte große Augen.

Ungewöhnlich, aber sicherlich nicht unmöglich, sagte er. – Es wird bloß um einiges mehr Arbeit machen, ein Haus mit zwei abgeteilten Räumen zu errichten. Und drei Türen sind natürlich teurer als eine, und sie herzustellen kostet viel Zeit.

Gibt es nicht genügend Zimmermänner in Savannah?

Drei oder vier. Aber sie haben ordentlich zu tun. An eurer Stelle würde ich mich mit einer Haustür begnügen und später weitersehen. Noch ist nicht die Zeit für Extrawürste.

Mutlos kehrte ich zu unserem kahlen Rechteck zurück, wo Rebecca im Feuer stocherte und den nächsten Fisch briet.

Wie sollen wir das anstellen, Rebecca? Ich bin genauso wenig ein Zimmermann wie Fatu und du.

Ich weiß es nicht – es ist anstrengender, als ich dachte. Alles müssen wir neu erfinden wie der erste Mensch.

Ich nickte.

Und dennoch, sagte sie, – sind wir in Georgia, Anne! Wir bauen unser Haus mit den zwei Kammern, bringen Vorhänge an den Türöffnungen an und sehen dann weiter, ganz wie Tipkin es gesagt hat.

***

Und so geschah es. Nicht nur Tipkin half uns, auch die Newmans, unsere Grundstücksnachbarn zur Rechten, die ihr Häuschen zur selben Zeit errichteten wie wir unseres. Beruhigt stellte ich fest, dass es in Savannah nicht ungewöhnlich war, dass die Frauen beim Häuserbau mithalfen. Obwohl sie eine Ehefrau und so spillerig wie Tipkin war, nagelte Kat Newman Bretter zusammen und stieg an den Wänden empor, um ihre Kräfte mit denen ihres Mannes, der breitbeinig unten stand, zu vereinen. Nur zu zweit konnten sie die Dachbalken in den richtigen Winkel setzen. Die Newmans, die noch keine Kinder hatten, bauten ein einfaches Haus mit einem einzigen Raum; trotzdem konnten wir einander gut helfen. Mrs. Newman, Rebecca und Fatu wechselten einander mit dem Kochen ab; Frankie wurde zum Laufburschen für die kleinen Dinge; und auch Laurie war mittlerweile groß genug, dass er nicht immerzu herumgetragen werden musste, sondern auf einer Tscherokesendecke neben der Baustelle abgelegt werden konnte, wo er herumrollte und Grashalme kaute.

Die Newmans waren Schotten und bezeichneten sich als Anglikaner. Nach getaner Arbeit begossen sie den Feierabend mit einem harten Getreideschnaps, der im Schottendorf flussaufwärts gebrannt wurde. Ich mochte die kurzen Abendstunden mit den Newmans, an denen wir zuerst im Gras hockten, dann auf dem Lehmfundament unseres Hauses, dann in Newmans Rohbau mit den akkurat gesetzten Dachbalken. Unsere Nachbarn erzählten von der Alten Welt, und als ich erwähnte, dass mein Vater aus Irland herübergekommen war, hob Connor Newman begeistert sein Glas: Durch unsere Adern fließt dasselbe Blut, Winehouse! Nieder mit den Engländern, ausgenommen unseren guten Gouverneur Oglethorpe!

Ich stieß gern mit ihm an, obwohl der Getreideschnaps mir nicht zusagte. Er war bitter und ging in den Kopf wie ein Schwerthieb, ohne erst ein angenehmes Säuseln auszulösen. Auch Fatu nahm nie mehr als ein Gläschen, und auch das wohl eher, um die Newmans nicht zu verstimmen. Rebecca schüttelte sich, als sie den schottischen Schnaps zum ersten Mal trank, gewöhnte sich aber überraschend schnell daran. Für gewöhnlich trank und plauderte sie noch angeregt, wenn mir längst die Augen zufielen.

Das Haus war ein Moloch, das unzählige Arbeitsstunden und Materialien verschlang. Immer neue Bretter mussten her, dazu Lehm, Stroh, wieder neue Bretter, die Haustür und Läden für alle drei Fenster: zwei für Rebecca und mich, zwei für Fatu und zwei für den eigentlichen Wohnraum, in dem Herd und Tisch stehen sollten. An Betten und Stühle war noch gar nicht zu denken. Den ganzen Tag rannte ich herum, überall versprach ich mit meiner Unterschrift und meinem Ehrenwort Arbeitstage als Gegenleistung. Dass Arbeitstage die gängige Währung in Savannah waren, kam mir zugute, gleichzeitig schwindelte mir: Das Haus war längst nicht fertig, Garten und Felder noch gänzlich unberührt. Wann in Gottes Namen sollte ich all die zusätzliche Arbeit ableisten? Dazu kam, dass es im fortschrittlichen Savannah keinen Sonntag gab, der Christen und Heiden zur Arbeitsruhe zwang, ob sie in die Kirche gingen oder nicht. Monate würden vergehen bis zum nächsten faulen Tag. So arbeitsam hatte ich mir das Gelobte Land nicht vorgestellt.

Damit wir nach all der Arbeit etwas zu essen hätten, begann Rebecca, den Garten zu bestellen. Sie ging in die erste der eben entstehenden Gärtnereien, die für ganz Savannah Sämereien bereithalten sollten, und kam mit sehr ernstem Gesicht zurück: Sie hätten dort keinen Kürbis und keinen Mais. Gurken hätte sie haben können, doch als sie gefragt habe, ob man aus Gurken Brot und Brei herstellen könne, hätten die anderen Frauen nur gelacht. Dafür hatten sie noch nie von Kürbis gehört.

Ohne Kürbis und Mais brauche ich gar nicht erst anzufangen mit dem Garten, sagte Rebecca. – Ich werde zu den Yamacraw gehen müssen, um mir von ihnen Samen zu holen.

Ich muss auch mit den Yamacraw reden!, rief ich.

Was hast du mit ihnen zu bereden?, fragte Rebecca.

Ich muss ihrem Anführer berichten, dass seine drei jüngeren Brüder von den Tscherokesen verkauft worden sind. Das habe ich versprochen.

Sie runzelte die Brauen.

Tu das nur. Aber erst müssen wir herausfinden, wo sie überhaupt leben. Ich habe hier noch keine einzige indianische Frau gesehen.

Ich gehe zu Oglethorpe und frage ihn nach den Yamacraw, sagte ich rasch.

Den Gouverneur?, fragte Fatu. – Warum nicht einfach Mr. Tipkin?

Aber ich stand schon mit halbem Fuß in Oglethorpes Zelt.

***

Die Indianersiedlung liegt ein paar Meilen westlich, immer den Fluss hinauf, sagte Oglethorpe. – Dort wohnen die treuen Yamacraw, regiert von meinem Freund Tomochichi.

Ich fand ihn nicht im Generalszelt, sondern im Gerichtshaus. Er saß in einem großen, aber niedrigen Raum, der mit Kisten und Brettern voller Bücher angefüllt war. Dazwischen lagen Papierstapel, teils gebunden, teils nur lose Bögen, an denen die Überfahrt von der Alten Welt nicht spurlos vorbeigegangen war. In der Mitte stand – wie ausgeschnitten und hineingesetzt – ein prachtvoller, mit Schnitzereien verzierter Schreibtisch; daran saß Oglethorpe, die Locken seiner Perücke zu beiden Seiten über die Schultern geworfen. Trotz der Behelfsmäßigkeit der Ausstattung erinnerte mich der Raum an Mr. Toads Schreibstube.

Oglethorpe reckte sein langes Gesicht zu mir auf.

Was wünschen Sie von den Indianern, Winehouse?

Kürbissamen, sagte ich verlegen, – meine Frau wünscht Kürbissamen für unseren Garten.

Kürbis?

Eine indianische Anbaufrucht mit mildem Geschmack, aus der sich Brei, Suppe und Kuchen zubereiten lassen.

Ist sie nahrhaft? Gedeiht sie in diesen Breiten?

Ich denke schon.

Dann sagen Sie Ihrer Frau, dass sie Kürbissamen in die Gärtnerei schaffen soll. Wir müssen uns das landwirtschaftliche Wissen der Indianer zunutze machen, wenn Georgia blühen soll.

Jawohl, Mr. Oglethorpe.

Insofern sind Ehen mit indianischen Frauen von großem Vorteil. Ich hoffe, Ihre Familie wird den ledigen Siedlern ein Vorbild sein.

Ich freute mich sehr über sein Lob.

Ich bin auch froh, endlich hier zu sein. Wie groß unser Landstück ist, Mr. Oglethorpe! Wie schön hier alles ist – auch Ihre Schreibstube! Wie viele Bücher Sie haben!

Er stand auf und umrundete den Prachttisch, ohne mich aus den Augen zu lassen.

Können Sie lesen, Winehouse?

Ich habe die Heilige Schrift gelesen, außerdem Sappho und Milton, sagte ich geradeheraus.

Milton? Nicht schlecht. Wie hat er Ihnen gefallen?

Unbedingt wollte ich weiterhin seinen wohlwollenden Blick auf mir haben, daher sagte ich: Der Erzengel Raphael hat mir gefallen. Er spricht von der freien Entscheidung Adams. Mir scheint, Milton verachtete die Abhängigkeit und die Sklaverei. Deshalb hat er mir gut gefallen.

Oglethorpe studierte mein Gesicht. Ich war mir nicht sicher, ob ihm meine Antwort recht war oder nicht. Dann ging er zu einem der behelfsmäßigen Regale, blieb schweigend davor stehen, zog schließlich ein Buch mit einem Einband aus wasserfleckigem Leder heraus und reichte es mir.

Lesen Sie *Robinson Crusoe*. Ich möchte wissen, was Sie davon halten.

Ich wich ein Schrittchen zurück.

Ich habe keine Zeit zum Lesen, Sir. Ich muss ein Haus bauen und meine Felder bestellen.

Er stieß einen amüsierten Laut aus.

Dann ist *Robinson Crusoe* genau das Richtige für Sie.

Dick und schwer lag das Buch in meiner Hand. Ich strich über das brüchige Schweinsleder und dachte, dass ich Jahre brauchen würde, um es zu lesen.

Ein gebildeter Mann, egal welchen Standes, darf kein einseitiges Leben führen, sagte Oglethorpe. – Nehmen Sie sich jeden Abend vor dem Zubettgehen Zeit für die Lektüre – mindestens so lange, bis eine Kerze niedergebrannt ist, eine von den dünnen, versteht sich. Sagen Sie Tipkin, dass er Ihnen mehr Kerzen geben soll.

Ich nickte stumm.

Hüten Sie das Buch, und berichten Sie mir bald von Ihrer Lektüre.

***

Rebecca band sich Laurie auf den Rücken, machte sich sofort auf zu den Yamacraw und kam erst am nächsten Morgen zurück. Sie war erschöpft: Keine der Frauen habe Englisch oder Tscherokesisch verstanden, also habe sie mit einigen Männern geredet, die wiederum – da sie Männer waren – von den Kürbissorten der Yamacraw und den Besonderheiten ihres Anbaus nichts wussten. Zudem habe sie den Eindruck gehabt, dass es auch unter den Yamacraw verschiedene Sprachen und Gebräuche gab.

Ein sonderbares Volk. Eigentlich ist es gar keins, sondern ein Haufen von Leuten, die sich gegen die Engländer zusammengetan haben. Mir schien, sie haben alle viel Schlechtes erlebt. Ich weiß nicht, warum sie Oglethorpe trauen – wahrscheinlich nur, weil sie die Spanier noch mehr fürchten.

Oglethorpe ist ein weiser und gerechter Mann, sagte ich.

Oglethorpe ist Engländer und Georgia eine englische Kolonie, sagte Rebecca scharf.

Eine, in der alles anders ist. Oglethorpe hält Freundschaft mit den Yamacraw und handelt mit ihnen. Er will sie weder vertreiben noch ihnen einen Gott aufschwatzen.

Sie haben ihr Land aufgegeben, damit hier Savannah entstehen konnte.

Offenbar haben sie neues Land bezogen, wo Oglethorpe sie in Frieden leben lässt. Und jetzt schau dir bitte unser Haus an und unsere Landstücke und sage noch einmal, dass Oglethorpe kein Gerechter ist.

Das werde ich nicht tun. Trotzdem war es sonderbar bei den Yamacraw. Die Frauen wirkten misstrauisch, fast wie die Wateree, obwohl sie nicht im Elend leben. Aber sie haben mir verschiedene Samen mitgegeben.

Hast du ihnen von den Gefangenen erzählt?

Ich hatte ihnen gleich am Anfang gesagt, dass ich Tscherokesin bin, daher konnte ich schlecht verkünden, dass ihre Leute von den Tscherokesen gefangengenommen wurden. Ich fürchte, das musst du selbst tun.

Meinst du, sie hätten dich nicht mehr gehen lassen?

Was weiß ich von den Rachegesetzen der Yamacraw?

Ich wollte ihren Blick wieder auf die Schönheiten Savannahs lenken: Schau, das ist das Buch, das Oglethorpe mir gegeben hat.

Ein dickes Buch, sagte Rebecca, – warum will er, dass du es liest?

Er möchte wissen, was ich davon halte.

Weiß er nicht, dass wir Tag und Nacht schuften?

Ihre Schroffheit ärgerte mich. Ich schlug *Robinson Crusoe* in ein Hemdchen ein, das Laurie zu klein geworden war, und legte ihn unter meine Strohmatten. Ich würde ihn so gut hüten wie von Oglethorpe verlangt.

***

Als das Haus endlich stand, überkam mich ein erhebendes Gefühl. Wir schliefen auf Strohmatten, aber über uns erhob sich unser eigenes Dach, ebenfalls aus Stroh und auf starken Balken ruhend; drinnen roch es nach der neuen Tür aus Fenchelholz, die, obgleich etwas grob gehauen, duftete, wie ihr Name es verhieß. Durch die offenen Fenster fiel Sonnenlicht und bauschte die Vorhänge, die Fatu an die beiden inneren, noch leeren Türrahmen genagelt hatte. Bei diesen Behelfstüren handelte es sich um zwei einfache Laken aus Madames Wäschekorb, die luftig, aber doch sehr hübsch aussahen. Wir hatten eine Kreuzung aus einem englischen und einem tscherokesischen Haus.

An dem Tag, als wir unser Haus bezogen, zerriss Fatu Kinte die Bescheinigung, die sie zur Freien gemacht hatte, und warf sie auf den Abfallhügel hinten im Hof.

Das feine Papier!, sagte ich.

Ich brauche es nicht mehr. Ich bin eine freie Bewohnerin Savannahs, die ihre eigene Stube bezogen hat.

Aber musstest du gleich den Bogen zerreißen? So feines Papier und so gute Tinte gibt es hier nicht.

Tröste dich, sagte Fatu, – ich bin nicht mehr deine freigelassene Sklavin, aber mein Haus und mein Feld gehören immer noch dir.

Mit diesen Worten stapfte sie Richtung Garten davon.

Fatu!, rief ich ihr hinterher, – dafür kann ich nichts!

Würde ich einmal wieder an Papier herankommen, um Namen und Ereignisse aufzuschreiben? Wenn Ärger und Anstrengung überhandnahmen, träumte ich oft davon, mich in Ruhe hinzusetzen und Buchstaben wie Perlenketten aufzureihen … und mir die Leute und die Ereignisse, indem ich sie säuberlich zwischen zwei Linien einfriedete, ein Stückweit vom Leib zu halten.

***

Am nächsten Tag begannen Fatu und ich mit dem Anbau von Reis. In der Gärtnerei, wo sie vom Kürbis nichts wussten, wurden mir Reispflänzchen zugesagt, unter dem Vorbehalt, dass ich mich mit dem Reisanbau auskannte. Ich versicherte ihnen, dass das der Fall wäre, und hoffte im Stillen, dass Fatu tatsächlich so viel vom Reis verstand, wie sie angedeutet hatte.

Fatu schnitt ihr weißes Kleid kurz über den Knöcheln ab, nähte es sorgfältig um und band eine Schürze obenauf.

Es taugt ja doch nicht fürs Feld, seufzte sie.

Die ersten Tage draußen auf dem Feld waren entsetzlich: Wir gruben Baumstümpfe aus, mit Hacken, Schaufeln und den bloßen Händen, bis sie schwielig wurden und bluteten. Fatu und ich stöhnten und schwitzten und ich schrie nach Rebecca, die aus dem Garten heraneilte, die Kinder im Schlepptau, und auch nichts weiter tun konnte, als sich an der stumpfen Arbeit zu beteiligen. Auch Frankie musste mithelfen, er bekam die Aufgabe, kleinere Wurzeln zu zerstückeln und Feldsteine wegzutragen. Die Erde nahm sich gut und nährend aus; aber wie weit waren wir davon entfernt, zarte Pflänzchen hineinzusetzen und unser täglich Brot zu ernten! Ich hatte Anfälle von Verzweiflung, zumal uns fast täglich ein Regenguss durchweichte und die Glieder frösteln ließ. Manchmal stand ich kurz davor, die Hacke hinzuschmeißen und mich auf meine Strohmatte zu flüchten. Aber ich hätte mich vor Fatu schämen müssen – und vor Rebecca, die nebenbei den Garten im Auge behielt, wo die ersten Triebe von Kürbis- und Gurkenpflanzen sprossen.

Wenn der Reis kommt, müssen wir ohnehin alles fluten, sprach Fatu in ihrem Kleid, das nass von Regen und Schweiß und fast gar nicht mehr weiß war, und arbeitete weiter. Wohl oder übel tat ich es ihr nach.

Nach ungefähr acht Tagen lieh ich mir einen Pflug samt Ochsengespann, unterdrückte die Furcht vor den breiten Tieren und fing an zu pflügen. Auch das war eine harte und zugleich unendlich eintönige Arbeit. Wenn ich zu müde war, um hinter den Ochsen herzugehen, löste Fatu mich ab.

Städter, schmunzelte Tipkin, – aber ich verspreche Ihnen, man gewöhnt sich dran.

Er war gekommen, um uns höchstpersönlich die Reispflanzen zu bringen.

Solchen Reis habe ich noch nie gesehen, sagte Fatu.

Das ist der Oglethorpe-Reis, von dem ich Ihnen berichtet habe, sagte Tipkin. – Wir bauen ihn alle an.

Ich dachte: Nicht nur Land, Bretter und Bücher, sogar der Reis kommt von Oglethorpe. Er ist wahrlich kein einseitiger Mann.

***

Fatu zeigte mir, wie man die hellgrünen Setzlinge in einer langen Reihe in die Erde brachte und dann wässerte.

Bruder, schämst du dich nicht, eine Schwarze für dich schuften zu lassen?, riefen zwei, drei andere Neubauern, die links und rechts von mir ihre Felder beackerten.

Ich fuhr auf und entschuldigte mich: Mein Ältester ist noch keine fünf Jahre. Außerdem ist Fatu Kinte ein vollwertiges Familienmitglied …

Auch Fatu richtete sich auf: Meine Vorfahren haben im Land des Großen Flusses Reis angebaut, als ihr noch nichts wart als ein Hauch schlechter Luft. Also lasst uns zufrieden, und wenn ihr eine Frage zum Reis habt, stellt sie mir anständig.

So verschaffte sie sich Respekt bei den Männern Savannahs.

Ich sah zu und dachte mit einem Anflug von gekränktem Stolz: Die Männer von Savannah ahnen nicht, dass ich große starke Söhne habe. Josie war elf Jahre alt, Georgie neuneinhalb und Bradford so alt wie Frankie, der bereits Feldsteine schleppte. Ich hatte sie großgezogen – auf meinen neuen Feldern hätte ich sie gut brauchen können. Aber sie waren weit fort in North Carolina und halfen auf Burleighs Feldern statt auf meinen.

Bei Lichte betrachtet, war es kein schlechter Tausch: Fatu legte die Reihen für die Reispflänzchen so rasch an, dass ich, es ihr gleichtuend, mit meiner Reihe kaum hinterherkam. Bald begann mein Rücken zu schmerzen, und ich verschaffte mir Erleichterung, indem ich alle halbe Stunde zum Fluss schlenderte und unsere Wasserkanne neu auffüllte. Als die Sonne unterging, hatten wir ein Dutzend Reihen fertig.

Einträchtig überblickten Fatu und ich die Setzlinge, deren helles Grün im Abendlicht noch stärker leuchtete, und wieder überkam mich ein erhebendes Gefühl. Ich wünschte, ich hätte wie Tipkin ein Büchlein im Regal, eine Art Chronik des Ehepaares Winehouse, in der ich hätte vermerken können: Dies Feld wird meine Familie ernähren.

Trotz meiner Erschöpfung schlief ich in dieser Nacht nicht gut. Meine Glieder schmerzten von der Feldarbeit und einzelne Strohhalme pikten in jeden Teil meines Leibs. Ich versuchte, still zu liegen, und hörte das Laken ganz leicht gegen den Türrahmen schlagen und Rebeccas Atem neben mir. Sie war schon beim Abendessen sterbensmüde gewesen ... Ich hörte auf ihr Atmen und dachte mit nicht gemischten Gefühlen daran, was ich ihr verschwieg.

Ich hatte außer Fatus Herkunftsort noch etwas anderes umgeschrieben in Tipkins Büchlein – Lauries Taufnamen. LAUREL hatte ich ihn buchstabiert, nach den prachtvollen Lorbeertulpen, auf die wir unterwegs gestoßen waren. Laurie war nicht mehr der Sohn von Mr. Waterhouse, der ihn nach irgendeinem Verwandten Laurence benannt hatte; hier war er ein ganz neuer Mensch, ein Bürger von Savannah und genauso mein Sohn wie Frankie. In Savannah war ich Vater zweier Söhne, wenn sie auch noch zu jung für die Feldarbeit waren. Außerdem verwischte die Änderung unsere Spuren. Rebecca würde beide Gründe verstehen, wenn ich sie ihr darlegte – später, wenn wir erst Garten und Feld fertig bestellt und uns in Oglethorpes Paradies eingelebt hätten.

12

Es dauerte noch eine Weile, bis ich anfing, in Oglethorpes Buch zu lesen. Manchmal dachte ich tagsüber daran, dass es unter der Matte auf mich wartete; aber dann kam wieder der Reis dazwischen, der gesetzt, bewässert und von Unkraut befreit werden wollte; die elende Pflügerei kam dazwischen, der heulende Frankie, die erschöpfte Rebecca. Doch dann brachte Tipkin ein großes Bündel Kerzen vorbei.

Ein Geschenk des Gouverneurs, sagte er verwundert. – Das ist teure Ware, seien Sie dankbar.

Fatu freute sich, dass sie und Rebecca nun nicht mehr im Dunkeln kochen müssten.

Er hat mir die Kerzen zum Lesen gegeben, sagte ich zögernd.

Vielleicht dürfen wir deine Studierkerzen trotzdem schon zum Abendessen anzünden?, fragte Rebecca. – Dann sehen wir ausnahmsweise, was sich außerhalb des Herdfeuers zuträgt.

Dagegen war nichts einzuwenden; natürlich konnte ich die Frauen nicht im Dunkeln sitzen lassen wie bisher, weil wir für etwas so Wertvolles wie Kerzen kein Geld hatten. Innerlich beruhigte ich mich damit, dass die Kerzen hoffentlich übers Abendessen hinaus lange genug brennen würden, dass ich noch zum Lesen käme.

Am Abend versammelte ich die Familien Winehouse und Newman um mich und zog feierlich das Buch hervor.

Gouverneur Oglethorpe hat mir befohlen, dieses Buch zu lesen, damit wir keine einseitigen Menschen werden.

Frankie blickte zu mir auf: Liest du aus der Heiligen Schrift, Vater?

In seinen Augen mochte ich dem sonntäglichen Burleigh gleichen, im Kerzenschein sitzend und das Buch auf den Knien – nur dass uns Stuhl und Tisch dazu fehlten und wir auf dem Boden saßen.

Hör einfach zu, Kind.

Ich schlug die erste Seite auf. Der Schriftsatz war ungewohnt, voller Schleifen und Schnörkel. Fünf Augenpaare waren auf mich gerichtet. Ich begann zu schwitzen, dann ermannte ich mich und las, langsam und sorgfältig, das Titelblatt:

Das Leben und die seltsamen überraschenden Abenteuer des Robinson Crusoe aus York, Seemann, der achtundzwanzig Jahre allein auf einer unbewohnten Insel an der Küste von Amerika lebte, in der Nähe der Mündung des großen Flusses Orinoco; durch einen Schiffbruch an Land gespült, bei dem alle außer ihm ums Leben kamen. Mit einer Aufzeichnung, wie er endlich seltsam durch Piraten befreit wurde. Geschrieben von ihm selbst.

Connor Newman entschuldigte sich, er sei müde und müsse in die Federn. Seine Frau schloss sich ihm an, und zusammen gingen sie davon.

Warum sprichst du so langsam, Vater?, fragte Frankie. – Man schläft ja ein dabei.

Bitteschön, dann geh nur gleich auf deine Matte, sagte ich.

Rebecca nahm ihn auf den Schoß.

Fatu sagte: Ich habe noch nie vom großen Fluss Orinoco gehört.

Ich auch nicht, sagte ich, – wir werden es bald erfahren.

Ich blätterte um. Die zweite Seite war sehr viel kleiner und enger bedruckt; außerdem war die Kerze durch all das Geschwätz mittendrin schon fast abgebrannt.

Morgen lesen wir weiter.

***

Am nächsten Morgen, noch vor der Feldarbeit, ging ich zu Oglethorpe, um mich für die Kerzen zu bedanken. Er saß schon am Prachttisch, ich eilte auf ihn zu.

Ich habe gleich angefangen, *Robinson Crusoe* zu lesen, Mr. Oglethorpe! Es ist wundervoll. Keiner von uns kannte den Fluss Orinoco. Und Sie haben mir nicht gesagt, dass Mr. Crusoe Seemann war!

Was dachten Sie denn, Winehouse?, fragte er begierig.

Ich weiß nicht, ein Engel vielleicht oder ein Spanier.

Er schmunzelte und sagte, geschrieben habe die Geschichte Daniel Defoe, der auch ein großes Buch über Seeräuber verfasst habe.

Ich widersprach: Robinson Crusoe hat die Geschichte geschrieben. Auf der ersten Seite steht: Geschrieben von ihm selbst.

Winehouse, Sie rühren mich, sagte Oglethorpe. – Robinson Crusoe ist eine erdachte Figur, und Defoe tut nur so, als spräche sie für sich.

Er tut nur so? Warum lügt er?

Die Frage, ob die Dichter lügen, ist so alt wie die Menschheit, sagte der Gouverneur. – Wie schön, sie aus Ihrem unverdorbenen Mund zu hören.

Ich war verwirrt: Logen Milton und Sappho auch? Milton doch wohl nicht, wenn er von Adam und dem Erzengel Raphael berichtete, wirklichen Leuten aus der Heiligen Schrift.

Milton, sagte ich langsam und ängstlich, etwas Falsches zu sagen, – Milton lügt nicht, weil er nicht schreibt: Dies ist Adams Geschichte, geschrieben von ihm selbst.

Oglethorpe nickte: Nein, Milton tut das nicht. Es ist eine andere Art des Dichtens.

Ich traute mich nicht, ihn zu fragen, ob Sappho log, wenn sie von den trauernden Mädchen sang. Sappho gehörte nicht hierher, sie gehörte zu Nathan – dem früheren Nathan – und zu Miss Cleave.

Stattdessen fragte ich: Warum tut Defoe das? Warum schreibt er nicht: Dies ist Robinsons Geschichte, geschrieben von Defoe?

Defoe setzt voraus, dass seine Leser wissen, dass er der Dichter ist, nicht Robinson. Geübte Leser wissen das. Deshalb ist es keine Lüge.

Ich habe es so geglaubt, wie es dastand. Jetzt weiß ich nicht, ob ich Defoe trauen kann.

Nun rühren Sie mich wieder. Obwohl Sie kein Knabe mehr sind, ist Ihr Geist frisch und rein wie die amerikanische Wildnis.

Sagen Sie mir noch, warum Defoe sich jemanden wie Robinson ausgedacht hat.

Ich denke, als ein Beispiel, um die Menschen über das Gute und Gerechte zu belehren und darüber, wie es zu erreichen ist. Dass das Leben ein Ziel hat, das wir nicht aus den Augen verlieren dürfen, wie widrig die Umstände auch sein mögen.

Und das Ziel wäre das gute und gerechte Leben?

Natürlich. Es ist das Ziel Defoes wie aller großen Männer und auch das Ziel der Kolonie Georgia.

Er kam auf mich zu und drückte herzlich meine Hand: Kommen Sie bald wieder, Winehouse, und berichten Sie mir von Ihrer Lektüre.

Ein taubenartiger Vogel flatterte auf, als ich Oglethorpes Zelt verließ. Die schräge Wintersonne blendete mich, und für einen kurzen Augenblick fühlte ich mich selbst als Teil eines seltsam überraschenden Abenteuers. Wenn nun einer über mich schriebe: Julian Winehouse, ehemaliger Pirat, ehemalige Puritanerin und Mutter von fünfen, gestrandet in Savannah und schon Herr eines großen Reisfelds, Ehemann und Vater von zweien? Würde diese Geschichte vom guten und gerechten Leben handeln? War es auf unserer Reise nicht immerzu hin und her gegangen, und hatten nicht Lügen und geheime Truhen eine große Rolle gespielt? Wäre ich nicht als Julian Winehouse verkleidet, hätte ich kaum unbehelligt mit meiner Geliebten nach Savannah kommen können; Oglethorpe hätte mir kein Land gegeben und auch kein Buch, um sich mit mir darüber zu unterhalten. Die Einseitigkeit der Pfarrersgattin Anne Burleigh würde ihn und die anderen großen Männer nicht im Geringsten kümmern. Aber als Julian Winehouse, Bürger Savannahs, konnte ich offen zu ihm sprechen – und dabei vorsichtig am Rand der Lüge gehen.

∗∗∗

An den folgenden Abenden schlug ich wieder den Robinson auf. Es kränkte mich ein wenig, dass die Newmans draußen blieben und nichts wissen wollten von Robinsons Jugend und seinem Traum, zur See zu gehen.

Am dritten Abend blieb auch Rebecca bei ihnen am Feuer sitzen. Das kränkte mich noch tiefer. Ich hatte es mir schön vorgestellt, mit ihr über Robinson zu sprechen. Wir hatten nicht mehr viel Zeit, miteinander zu sprechen, seit wir ein Haus, ein Feld und einen Garten besaßen. Und obwohl wir ein eigenes Schlafzimmer hatten – ohne Kinder und ohne Fatu –, war auch für andere Dinge keine Kraft mehr übrig; meist verbrachten wir die Nacht wie zwei aneinander gelehnte Mehlsäcke.

Ich kann lesen geradeso wie du, sagte sie.

Das habe ich nicht vergessen.

Ich glaube doch. Waterhouse pflegte ebenfalls zu vergessen, dass ich neben all der Arbeit mit dem Haus und den Kindern auch noch lesen und denken konnte.

Dabei wusste er, dass Burleigh dir beigebracht hat, die Heilige Schrift zu lesen.

Ja, ich war der schönste Beweis für Burleighs Missionarskünste: die Englisch sprechende und lesende Indianerfrau, die nach und nach ein paar Engländerkinder in die Welt gesetzt hat.

Das ist doch lange vorbei, Rebecca. Ich vergesse nicht, dass du lesen kannst. Willst du das Buch lieber für dich allein lesen?

Ich will gar nichts lesen. Geh du nur mit deinem Robinson ins Haus. Ich bleibe lieber mit Fatu und Kat Newman draußen. Schau ab und zu, ob Laurie gut schläft.

Wenigstens blieb Frankie, das höfliche Kind, noch ein Weilchen bei mir sitzen. Aber er schlief schnell ein – vielleicht lag es an den Feldsteinen, die er tagsüber getragen hatte, vielleicht auch an meinem langsamen und stockenden Vortrag.

Herrgott, es war kein Leichtes, *Robinson Crusoe* zu lesen! Vielen Wörtern begegnete ich zum ersten Mal; auch sprach Robinson – oder Defoe, der sich als Robinson ausgab, wie geübte Leser gleich verstanden –, Robinson also sprach anders, als ich es kannte. Ob man in Europa so redete? Es war die erste Beschreibung der Alten Welt, die ich selber las. Ich kam nicht umhin, mir die Stadt Bremen in Deutschland, in der Robinson aufwuchs, als ein europäisches Charles Town vorzustellen, obwohl nirgends vom atlantischen Ozean oder einem Sklavenmarkt die Rede war. Was hatte es mit dieser Alten Welt auf sich, aus der Oglethorpe, der junge Burleigh und auch William und Dolores Cormac herübergekommen waren – eine Welt, die Rebecca, ich und unsere Kinder nicht kannten?

Doch, ich kannte einen kleinen Teil der Alten Welt. Ich war so alt wie Frankie gewesen, als mein Vater uns sowie einige schwere Truhen von Irland nach Charles Town verschifft hatte. Ein schattiger Gutshof mit hohen Mauern, die Hand meiner Mutter, die ich beim Kirchgang hielt, mein einsames Spiel mit Glasperlen, an denen sich die Sonne in roten, blauen und grünlichen Strahlen brach: Was hatten die undeutlichen Erinnerungen an Irland mit mir – mit uns – in Savannah zu tun? Gehörte das Land Kaabu, aus dem Fatu stammte, zur selben Alten Welt wie Irland? Was war das für eine Welt, die ohne Unterlass Menschen ausspie, Freie wie Unfreie?

Während ich *Robinson Crusoe* las und in Gedanken viele tausend Meilen ostwärts reiste, überkam mich wieder das Gefühl, dass mein Leben umgekehrt verlief, dass die Dinge auf dem Kopf standen, so sehr ich auch versuchte, sie zu ordnen.

***

Dass die tugendhaften Reden, die der alte Mr. Crusoe seinem Sohn hielt, Rebecca nicht fesseln würden, sah ich ein. Einiges an der Geschichte missfiel mir. Dafür, dass das Lesen mir immer noch Mühe bereitete und ich kämpfen musste, dass mir im anheimelnden Licht der Kerze nicht die Augen zufielen, fand ich den Seemann Crusoe viel zu geschwätzig. Nach über zwanzig Seiten, die mich drei Abende und ebenso viele Kerzen gekostet hatten, war er immer noch an Land und hörte sich die Reden seines Vaters an. Da überschlug ich einige hundert Seiten; Oglethorpe würde es hoffentlich nicht bemerken. Ich kam an einer Stelle heraus, als Robinson ganz allein auf einer Insel saß und sich Gedanken machte, was er anbauen sollte, um sich zu nähren. Auch das gefiel mir nicht; es war zu nah an dem, was Rebecca, Fatu und ich jeden Tag in Savannah erlebten. Robinson schien ein ebensolcher Sonderling zu sein wie Adam, der mutterseelenallein im Garten Eden saß. Er tat mir leid, aber ein wenig langweilte er mich auch. Robinson war weder in der Lage, in See zu stechen, noch konnte er sein Land zusammen mit Frau und Kindern bebauen.

Dennoch ließ ich mich gern auf Robinsons erdachte Insel forttragen. Die Buchstaben führten mich an einen zweiten Ort, ein Georgia, das innen lag und gleichzeitig weit draußen in der Welt. Sie verwandelten mich in Robinson, wie Defoe sich in ihn verwandelt hatte. Auf der Insel lernte ich andere Dinge kennen als während der langen Arbeitstage in Savannah: Ich erfuhr von Robinsons vergeblichem Begehren nach Sklaven, seiner Gerste, die er schließlich allein anbauen muss, seinen Ziegen und seinem Tagebuch. Die Insel wartete auf mich, sie nahm mich auf, wenn mir das Leben in Savannah zu dicht auf den Pelz rückte. Am Ende, stellte ich fest, kam ich nicht umhin, an zwei Orten gleichzeitig zu sein. Aber anders als meine geheimen Truhen ließen die gedruckten Buchstaben mich nicht in alten Geschichten verstauben und verloren gehen, sondern sie zeigten mir etwas außerhalb meiner selbst, und das war neu und aufregend.

Eine Woche, nachdem er mir die Kerzen gebracht hatte, sagte Tipkin, Oglethorpe frage, wie ich mit dem Buch vorankomme.

Ich ließ ausrichten, dass ich sehr gut vorankäme.

Mr. Winehouse, sagte Tipkin und die Röte auf seinem Gesicht vertiefte sich, – ich möchte Ihnen auch gern sagen – nicht vom Gouverneur, sondern ganz unter uns –, dass Sie bitte ein wenig mehr auf Ihre Frau achten.

Was meinen Sie?

Es gibt Berichte, nach denen Mrs. Winehouse auffahrend und häufig betrunken ist.

Eine Klammer legte sich um mein Herz.

Berichte?, fragte ich.

Nun ja, was die Leute sagen – nehmen Sie das Wort nicht zu ernst. Mrs. Winehouse weiß alles besser als die anderen Frauen, das fällt auf. Dabei ist sie sicherlich tüchtig. Aber nicht alle sind bereit, sich beim Gärtnern belehren zu lassen – noch dazu von einer Indianerin. Das müssen Sie verstehen.

Ja, sagte ich widerwillig.

Als ich Rebecca abends zur Rede stellte, sagte sie: Ich kann meinetwegen aufhören, Ratschläge zu erteilen. Aber die Leute hier machen so vieles falsch. Sie treiben einen Kult um ihre wässrigen Gurken und haben noch nicht einmal das Korn für Brot und Brei zusammen.

Dann lass sie mit ihren Gurken glücklich werden. Du kannst doch Mais und Kürbis anbauen, so viel du willst.

Sie sah mich an, doch ihr Blick blieb weit entfernt, als sähe sie durch mich hindurch: Ich kann nicht noch einmal so tun, als wüsste ich nichts und müsste alles von vorn lernen und noch dazu demütig sein.

Liebste, versuch es doch, bat ich sie.

Ich kann nicht, Julian.

Dann sagte sie plötzlich: Ich will das Pferd aus dem Dorf meiner Mutter verkaufen.

Warum?

Wir werden nicht mehr auf Reisen gehen, es wäre sinnlos, zwei Pferde zu halten. Der mit den braunen Tupfen ist ein schnelles Reitpferd, das uns einiges einbringen kann.

Die Idee leuchtete mir ein – zumal ich den Getupften nie völlig ins Herz geschlossen hatte. Er hatte etwas Bösartiges, auch wenn es nur von Zeit zu Zeit hervorblitzte.

Vielleicht tauschen wir ihn gegen zwei Ochsen?, sagte ich. – Dann müsste ich nicht immerzu ein vollständiges Gespann leihen und dafür Arbeitstage versprechen. Ich weiß ohnehin nicht mehr, wohin mit all den Arbeitstagen, die ich hundert Leuten schulde.

Einverstanden. Ich gehe morgen mit dem Pferd zum Hafen – ach nein, geh du. Ich glaube nicht, dass es den Leuten von Savannah gefällt, wenn ich Pferdehandel treibe.

Macht es dir wirklich nichts aus, Rebecca?

Nein, warum sollte es das?

Weil es das Pferd deiner Familie ist.

Hör schon auf, sagte sie.

***

Ganz geheuer war mir nicht, wenn ich über Rebecca nachdachte. Wir waren in Savannah angekommen, lebten zusammen, hatten zu essen und eine Arbeit, die uns selbst zugutekam; alles ließ sich gut an. Ich verstand nicht, warum sie schimpfte, zu viel schottischen Schnaps trank und durch mich hindurchsah, wenn sie mit mir sprach. Warum tat sie sich so schwer damit, dass auch das Gelobte Land ein wenig Arbeit und Anpassung erforderte?

Auf einmal verlangte es mich nach Oglethorpes Hilfe. Wer, wenn nicht der gerechte Gouverneur, könnte mir helfen, die Dinge zu ordnen und zu erklären?

Anderntags ließ ich mich beim Jäten immer weiter zurückfallen, und als Fatu etwa hundert Fuß weit entfernt war, stahl ich mich davon und ging zum Generalszelt. Ich wollte eintreten und schreckte zurück: Aus dem Innern waren Stimmen zu hören. Unschlüssig blieb ich stehen, bis Oglethorpe heraustrat – in Begleitung einer Frau.

Sie war etwas älter als Rebecca und ich und mindestens teilweise indianischer Abkunft. Ihre Kleidung trug die Zickzackmuster der Muskogee, und das schwarze Haar, das mit roten Bändern zu zwei straffen Zöpfen gebunden war, betonte die Strenge ihres Gesichts.

Ah, Winehouse!, sagte Oglethorpe. – Begrüßen Sie Mrs. Mary Musgrove, Händlerin und Übersetzerin meines Freundes Tomochichi, der leider kein Englisch spricht. Das ist Julian Winehouse, der kürzlich mit seiner Familie zu uns gekommen ist.

Ich verbeugte mich. Mary Musgrove nickte mir gleichgültig zu.

Um die Sache zu beenden, Mr. Oglethorpe, sagte sie in akzentfreiem Englisch, – Tomochichi und seine Männer brauchen mehr Gewehre und auch Kanonen, um die Stellung gegen die Spanier zu halten. Sie fordern einen Anteil von fünfzig Prozent jeder Waffenlieferung, die in Savannah ankommt.

Kanonen? Unmöglich!, rief Oglethorpe. – Ich habe noch nie gehört, dass jemand Indianer mit Kanonen ausgerüstet hätte.

Dann fangen Sie jetzt an, darüber nachzudenken, sagte Mary Musgrove. – Es macht nicht den Eindruck, als hätten die Spanier große Freude an der neuen Grenze, die Georgia ihnen setzt. Es ist eine Frage der Zeit, wann spanische Kanonen am Horizont auftauchen. Außerdem gibt es unter den Yamacraw einige, die gelernt haben, mit Kanonen umzugehen. Mein Bruder ist in Charles Town in allen üblichen Waffengattungen ausgebildet worden.

Oglethorpe lächelte: Ihre Familie ist etwas Besonderes, Mrs. Musgrove. Wir brauchen mehr von Ihrer Sorte in Savannah. Mr. Winehouse hat, wie Ihr Vater, eine Indianerin geheiratet. Kommen Sie später einmal wieder, Mrs. Musgrove, unser neuer Bürger hat sicherlich noch Fragen an mich.

Bitte lassen Sie uns den Gedankengang kurz beenden, Mr. Oglethorpe.

Der Gouverneur wurde ungeduldig.

Meine Soldaten und überhaupt die Bürger Georgias werden die Grenze schon zu schützen wissen. Schiffe mit neuen Siedlern sind unterwegs.

Wenn Sie meinen, sagte Mary Musgrove mit feinem Lächeln. – Aber von ihren Waffen allein werden sie nicht satt. Savannah versorgt sich noch lange nicht selbst. Im Gegenzug für die Gewehre und Kanonen sind natürlich größere Lieferungen von Reis, Mais, Bohnen und Fleisch denkbar. Was mich persönlich angeht, könnte ich mir vorstellen, Ihnen ein paar hübsche Ziegen für die neuen Haushalte zu verkaufen.

Ich werde darüber nachdenken, sagte Oglethorpe, stand auf und begann, auf und ab zu gehen. Sein langes Gesicht zeigte Ärger.

Ich lasse Ihnen morgen eine Antwort zukommen. Bis dahin entschuldigen Sie mich bitte.

Mary Musgrove nickte und machte Anstalten, ihrer Wege zu gehen. Da fiel mir mein Auftrag ein, den ich im Gefangenenhaus der Tscherokesen empfangen hatte und schon so lange mit mir herumtrug.

Entschuldigen Sie, Mrs. Musgrove, können Sie Mr. Tomochichi etwas ausrichten?

Sie drehte sich halb zu mir – Herrgott, was für eine stolze Haltung, dachte ich.

Ich soll Tomochichi etwas von drei Brüdern sagen, deren Namen ich nicht weiß – es sind jüngere Brüder von ihm. Sie sind in den appalachischen Bergen gefangen genommen und an die Engländer verkauft worden. Ich soll Tomochichi sagen, dass sie nicht zurückkommen.

Ihre Augen wurden kalt.

Haben Sie mit ihnen gesprochen?

Ja, als sie in Gefangenschaft saßen.

Wer hat sie gefangengenommen?

Die Tscherokesen.

Mary Musgrove verschränkte die Arme vor der Brust, wobei sich ihr weißlederner Umhang bauschte: Ich hoffe, sie haben einen ehrenvollen Frieden gefunden und auf dem Weg dahin ihren Stolz bewahrt.

Die Sklaverei ist ein Übel, das in Georgia und in einer freien Welt keinen Platz hat, sagte Oglethorpe.

Unser Bündnis wird dazu beitragen, sie abzuschaffen, erwiderte Mary Musgrove. – Sklaven taugen nicht, die Spanier abzuwehren. Aber den vereinten Kräften von Yamacraw und Engländern wird es gelingen.

Sie straffte sich noch einmal, nickte und ging davon.

Was heißt sie ausgerechnet Mary, dachte ich zusammenhangslos, dann nahm mich Oglethorpe beim Arm und führte mich ins Generalszelt.

Kommen Sie herein, sprechen wir ein wenig über *Robinson Crusoe*.

Ich denke, wir brauchen tatsächlich Ziegen in Savannah, Mr. Oglethorpe.

Ziegen?

Wie Mrs. Musgrove eben sagte. Robinson spricht lobend über seine Ziegen. Auch ich habe nur gute Erfahrungen mit ein, zwei Ziegen im Haushalt gemacht. Sie sind anspruchslos zu halten, brauchen kaum Weidefläche und ihre Milch ist fett.

Das ist es, was Sie von der Lektüre mitnehmen, Winehouse?

Ja, sagte ich zögernd.

Etwas hielt mich davon ab, Oglethorpe zu erzählen, dass ich mich beim Lesen in Robinson verwandelte und auf seiner Insel herumging, um mich gelegentlich den Ereignissen in Savannah zu entziehen.

Der Gouverneur lächelte: Wie Sie meinen, Winehouse. Ich werde mit Tipkin und den anderen Vorstandsmännern über die Anschaffung von Ziegen sprechen.

***

Die Begegnung mit Mary Musgrove ließ mich in einer seltsamen Stimmung zurück. Ich war mir nicht sicher, ob ich sie mochte; mich verwirrte, welches Gewicht es hatte, was Mary Musgrove sagte, ebensolches Gewicht wie Oglethorpes Wort. Dazu kamen ihre Haltung und ihr gerader Blick: Mrs. Musgrove war eine Anführerin, ein Geschäftsmann in Frauenkleidern, indianischen noch dazu.

Offenbar gab es auch in Savannah eine Art von zweigeteilten Geistern. Die Entdeckung löste kein reines Glück in mir aus: Mary Musgrove war etwas, was Rebecca und mir nicht offen stand, etwas, was für uns beide zu groß und zu seltsam war. Ich wollte nicht länger über diese Frau nachdenken, ich wollte es nicht. Wozu sollte das führen? Wenn Mary Musgrove – stellte ich mir vor – zwischen dem Handelsposten am Hafen und dem Dorf der Yamacraw unterwegs war, würde ich sie vermutlich nicht wiedersehen.

Ich hielt mich an Oglethorpes Worte und Oglethorpes Gedanken. Hell und fest umrissen bildete er den Mittelpunkt Georgias, der Kolonie der Freien, und sein langes Gesicht strahlte von Weisheit, Gerechtigkeit und Mäßigung. Ich begriff nicht ganz, warum er sich mit mir und meiner Lektüre abgab. Aber gerne nahm ich dieses Geschenk an – zumal es in unserem Haus immer ungemütlicher wurde.

Zwar kam ich durch die geteilte Feldarbeit besser mit Fatu aus, und auch mit den Kindern gab es keine Schwierigkeiten. Laurie wurde immerzu hübscher und verständiger und war der Augapfel der Newmans, was mich etwas eifersüchtig machte; gleichzeitig war es die komfortabelste Lösung. Die Newmans hatten beschlossen, ihren Garten erst im nächsten Jahr zu bestellen und sich vorerst Haus und Acker zu widmen; daraufhin vereinbarte Rebecca mit Kat Newman, dass sie Laurie tagsüber bei ihr lassen konnte, im Tausch gegen einige von Rebeccas Gartenfrüchten.

Auch Frankie fiel mir kaum noch zur Last, er arbeitete oder lief seiner Mutter hinterher und half ihr bei allem, was sie tat; ein richtiges Hündchen war er geworden.

Nein, es lag an Rebecca, dass es in meinem Haus unge-mütlich wurde. Ich konnte nicht leugnen, dass sie tatsächlich mehr trank als ich zu meiner besten Seemannszeit und dass sie reizbarer war als ein aufgestachelter Matrose, der zu viel Prügel und zu viel Sonne hatte einstecken müssen. Wenn ich sie um irgendetwas bat, bekam ich ungefähr diese Antwort:

Natürlich, Mr. Winehouse, ich werde versuchen, Ihrem Wunsch zu entsprechen, wie ich Mr. Waterhouse' Wünschen entsprochen habe.

Einmal schlug sie einem Mann aus einem anderen Zehner-block ins Gesicht – einem freien Bürger Savannahs! –, weil er sie brüderlich Beckie genannt hatte. Mr. Waterhouse habe das in gewissen schwachen Stunden getan, erklärte sie mir ihre Tat; und ich ging hin und entschuldigte mich, während Tipkin bekümmert danebenstand.

Unter Seemännern hätte ich Rebecca deutlich gesagt, was ich von ihren Launen hielt. So aber, gegenüber meiner Ehe-frau, schwieg ich und hoffte auf Besserung.

Der Verkauf des Getupften hatte ihre Missstimmung noch verschärft. Die beiden properen Ochsen, die auf unser Grundstück eingezogen waren, vermochten Rebecca nicht zu erfreuen.

Ich habe noch nie Ochsen gebraucht, um ein Feld zu be-stellen.

Hier sind die Ochsen sehr nützlich, wandte Fatu ein. – Sie helfen beim Pflügen, und wir können sie verleihen. Denk an die Betten, die der Zimmermann uns versprochen hat dafür, dass er die Ochsen für eine Woche bekommt.

Ich wüsste nicht, dass ich mich je nach einem Bett gesehnt hätte.

Doch, das hast du, widersprach ich. Unterwegs haben wir oft von einem schönen weichen Bett geträumt. Sogar im Tscherokesendorf, wo wir doch recht weich lagen, hast du dir eine hölzerne Bettstatt zurückgewünscht.

Jetzt wünsche ich gar nichts mehr, sagte Rebecca, stand auf und ging. Frankie lief ihr hinterher. Am Feuer hörten wir,

wie er sie mit schmeichelnden Worten nötigte, sich hinzu-
legen.

Liebste Mami!, rief er, wie ich es noch nie von ihm gehört
hatte. Er musste das Wörtchen von Laurie übernommen haben, der es Rebecca, mir, Fatu und Kat Newman gleichermaßen entgegenstammelte. Dann war Stille.

Rebecca wird nicht mehr froh, sagte Fatu.

Aber was soll ich tun?

Hoffen wir, dass die dunklen Schleier sie bald verlassen.

***

Die Schleier verließen sie nicht. Jeden Abend saß Rebecca
draußen am Feuer – fern von mir. Nach dem Dreivierteljahr,
das ich unausgesetzt an ihrer Seite verbracht hatte, vermisste
ich ihren Spott, ihr Fleisch, ihren Atem neben mir. Aber was
sollte ich tun?

Eines Abends kam sie besonders spät und brachte – wie
zum Hohn – eine Wolke Schnapsatem mit herein. Obwohl
die Kerze unsere Kammer erleuchtete, stieß sie mit dem Fuß
gegen meine Matte und schien nur mit Mühe ihre eigene zu
finden. Dann ließ sie sich sinken, ja sie fiel in sich zusammen
und rührte sich nicht mehr. Ich berührte ihre Schulter.

Du solltest weniger trinken, Rebecca.

Sie richtete sich ein wenig auf.

Kat Newman erwartet ein Kind, sagte sie und begann zu
weinen. Sie weinte leise und hoffnungslos, unterbrochen von
Fetzen einer langen Rede, die nicht an mich gerichtet war und
die keinen zusammenhängenden Sinn ergab; es wiederholten
sich die Namen ihrer Kinder, die sie zurückgelassen hatte.

Rachel.

Jamie.

Was tun sie ohne ihre Mutter?

Sind sie noch am Leben?

Schlägt Waterhouse den Kleinen halbtot, hat er das Mädchen mit dem Erstbesten verheiratet?

Jamie.

Rachel.

Wenn er sie nun mit Burleigh verheiratet?

Meine Kinder, meine Kinder.

Ich wusste mir nicht zu helfen – es war ja immer dieselbe Geschichte. Und Fatu würde sie schluchzen hören, vielleicht auch die Newmans. Überdies hatte ich selbst zu lesen; ein Drittel der wertvollen Kerze war noch da.

Ich rückte dicht an sie heran, strich ihr übers Haar und sagte: Sei still, Rebecca, und hör zu.

Dann las ich ihr vor, wie Robinson seine Ziegenherde, die mittlerweile eine stattliche Größe erreicht hatte, über die Insel trieb, in der Nähe der Mündung des großen Flusses Orinoco.

***

Im Morgengrauen wurde ich geweckt, weil jemand meinen Namen rief. Im Türrahmen, neben dem beiseitegeschobenen Vorhang, erkannte ich Tipkins schmale Gestalt.

Es ist sehr früh, Mr. Tipkin, murmelte ich und setzte mich auf.

Tipkin warf einen Blick auf Rebeccas verschwollene Augen und sagte, das wisse er; aber Oglethorpe wolle mich unbedingt sprechen.

Ich sprang auf, kleidete mich an und lief zum Gouverneur, der mich mit einem herzlichen Lächeln empfing.

Winehouse, mein Lieber. Ich habe die ganze Nacht über etwas nachgedacht und möchte Ihnen einen Vorschlag machen.

Ja?

Ich segle zurück nach England, um den anderen Treuhändern und dem König, der der Kolonie Georgia ihren Namen gegeben hat, von unseren Erfolgen zu berichten.

Rote und gelbe Punkte sprangen vor mein Gesicht.

Sie gehen fort, Mr. Oglethorpe?

Für ein Jahr oder zwei. Und ich möchte, dass Sie mit mir kommen.

Ich war wie vom Donner gerührt.

Ich müsse mit nach Europa kommen, sagte Gouverneur Oglethorpe, ich müsse ihm helfen, der englischen Öffentlichkeit das Anliegen der freien Kolonie Georgia vorzustellen. Es brauche Geldgeber – aber auch Bauern, Lehrer, Maurer, kurz, alle Arten würdiger Arbeiter und Armer.

Warum ich, Mr. Oglethorpe?

Weil Sie der ideale Vertreter Georgias sind: jung, aber erfahren, kräftig und dennoch gebildet und überdies verheiratet mit einem Kind Amerikas. Übrigens wird auch Tomochichi mit uns reisen und die Geschäfte der Indianer in London vertreten. England wird die tapferen Yamacraw lieben. Und auch Sie wird man mit allen Ehren empfangen.

Ich habe kein Volk, für das ich in England werben könnte.

Sie sind doch in der Alten Welt geboren?

In Irland.

Nun gut, sagte er, – davon, dass Sie Ire sind, müssen wir kein Aufheben machen. Sie haben eine kräftige Statur und helle Haut und könnten ebenso gut Angelsachse sein. Winehouse, Sie sind ein Mann so recht nach meinem Herzen – unverdorben, aber weise, ein Jüngling mit grauem Haar. In einer Hand tragen Sie eine Pflugschar, in der anderen die Literatur der Alten Welt. Fast alle Zähne haben Sie auch noch. Ich sehe Sie an Deck stehen, wenn wir in Southampton einlaufen: Das Alte und das Neue vereinen sich in diesem Anblick. Ich werde Ihren Geist weiter blühen lassen wie die Kolonie Georgia. Sie werden immer an meiner Seite sein.

Um Zeit zu gewinnen, fragte ich: Wird Mary Musgrove auch mit nach England kommen?

Oglethorpe lächelte: Mrs. Musgrove ist eine liebe Freundin Savannahs, aber doch kein federngeschmückter Indianerkönig, der in England die Leute begeistern könnte.

Ich habe hier Frau und Kinder …

Ihre Frau, die Trinkerin? Ich werde Tipkin anweisen, dass er ein Auge auf sie hat und dass die Kinder gut versorgt sind. Außerdem haben Sie Ihr Tantchen, nicht wahr?

Er war immer näher an mich herangetreten; jetzt umfasste er meine Schultern mit zartem Griff und seine Augen, die niemals schliefen, blickten eindringlich in meine.

Seien Sie mein amerikanischer Freund und Gefährte, Winehouse, sagte Oglethorpe.

Ich öffnete den Mund, um zu sprechen, blieb aber stumm wie ein Fisch.

Oglethorpe lächelte.

Gehen Sie auf Ihr Feld und kommen Sie morgen wieder her, dann besprechen wir die Einzelheiten. Unser Schiff läuft im Frühling aus.

13

Ich weiß nicht, ob es an meiner Verblüffung oder an der Ungemütlichkeit unseres Hauses lag, dass ich Rebecca nicht sofort von Oglethorpes Vorschlag erzählte. Ich ging aufs Reisfeld, als wäre nichts geschehen, holte zur Mittagszeit Wasser und Brot für Fatu und für mich und dachte immer nur: Die endlose Plackerei wird bald zu Ende sein. Oglethorpe fährt mit mir zur See! Nie wieder Feldarbeit, nie wieder Tipkins wachsame Blicke! Zur See soll ich – nach England, zu König Georg – weiter, als ich je gekommen bin!

Zur See!, sagte plötzlich Nathan Korinth. Ich erschrak; er saß dicht bei mir im Gras, wo eben noch Fatu gesessen hatte, die in der warmen Sonne eingenickt war. Er saß dort in seiner schwarzen Samtjacke und rief: Was für eine köstliche Geschichte! Du musst nach Europa fahren und mir alles erzählen. Bring mir die schönsten Worte, die erlesensten Beschreibungen! Du musst mir ellenlange Briefe schreiben!

Er sprang auf und drehte seine Flanke, als hüllte er sich in meine künftigen Abenteuer wie in prächtige Gewänder.

Ich hätte schon Lust dazu, sagte ich. – Andererseits bin ich im Gelobten Land angekommen und bliebe gern noch ein bisschen.

Angekommen!, rief er mit heller Stimme, – als ob du je irgendwo angekommen wärst! Immer bist du herumvagabundiert, in den Dörfern und in den Städten, in den Wäldern und in den Bergen. Nirgendwo hast du's ausgehalten!

Weil es an vielen Orten übel war, sagte ich, – in den Städten, in den Wäldern und in den Bergen. Hier bin ich zufrieden.

Auf dieser Baustelle, als Ackerknecht mit einer betrunkenen Frau?

Nicht wieder gegen Rebecca, Nathan!, rief ich.

Denk nur, Anne: die Alte Welt. Die Schönheiten Englands und Griechenlands; die Kathedralen, die Universitäten, die Bücher. Schau sie dir nur einmal an …

Seine Worte packten mich wie der Griff, mit dem Oglethorpe am Morgen meine Schultern umfasst hatte. Warum wollten diese beiden klugen Männer mich von Savannah fortschicken? Warum wollten sie mich und Rebecca auseinanderreißen, nachdem wir endlich am Ende unserer Reise angekommen waren? Wollten sie mir Gutes – mir oder wenigstens Julian Winehouse? Ich wusste nicht einmal genau, was die Kathedralen waren, die Nathan mir so dringlich empfahl.

Ich sehne mich nicht nach den Kathedralen und den Universitäten, sagte ich langsam, – vielleicht begleitest du Oglethorpe statt meiner?

Sei nicht dumm, rief Nathan.

Ich zitterte, rief aber zurück: Das bin ich nicht – ganz und gar nicht! Siehst du dort drüben meine Ochsen? Es sind wertvolle Tiere, wir haben sie erst seit ein paar Wochen, und sie tun ihre Arbeit, dass es eine Freude ist. Sie sind herrlich stark und dabei gefügig. Frankie – mein erfreuliches Knäblein, du erinnerst dich? – hat sie Billie und Bonnie getauft, mit Flusswasser und Gebeten wie Menschenkinder, und niemand hat ihn dafür gerügt … So frei sind wir in Savannah!, rief ich, den Tränen nah.

Diese Worte, das spürte ich deutlich, zerschnitten den letzten Faden zwischen mir und Nathan und zugleich das feine Band zu Oglethorpe. Der Schnitt ging ins eigene Fleisch und schmerzte; dennoch sprach ich weiter.

Nathan, fahr du mit nach Europa, ich gönn es dir. Halte unterwegs einen Plausch mit dem Obersten Tomochichi. Soll ich Tipkin Bescheid geben, dass er sich so lange um Mrs. Korinth und den wundersamen kleinen Jonathan kümmert?

Oh Anne, sagte Nathan mit trüben Augen; dann verschwand er langsam und gab den Blick auf die schlafende Fatu frei. Ich ließ mich hintüber fallen und versuchte, ruhig zu atmen.

***

Der Spuk war vorbei: Ich würde in Savannah bleiben. Savannah hatte mich freier gemacht als jeder andere Ort auf Erden. Ich liebte die Ochsen weniger, als ich sie Nathan gegenüber gepriesen hatte, aber ich liebte Rebecca, Frankie und Laurie und sogar Fatu; und wenn ich Ochsen und Felder brauchte, um unsere fünf Mägen zu füllen, dann ging ich eben hin und bestellte mein Feld. Es lag kein Sinn darin, noch weiter nach Osten zu reisen. Ich würde nicht wieder zum Seemann werden; ich war Landmann geworden, der nur zwei Tagesreisen entfernt vom atlantischen Ozean sein Feld beackerte und eine hübsch zusammengewürfelte Familie besaß. Hier lebte ich unbehelligt von Gott und von der Kälte der Berge.

Oglethorpe hatte mir sein Bestes längst gegeben: ein Grundstück in Savannah und obendrein Robinsons Insel. Mehr wollte und brauchte ich nicht von ihm. Ich dachte an meinen Traum in Charles Town, in dem Nathan und Miss Cleave ein Festmahl gehalten und mir nur die Schreibtafel gegeben hatten. Von Oglethorpe begehrte ich kein Festmahl; ich war zufrieden mit dem Grundstück und dem Buch. Das Festmahl wollte ich lieber mit Rebecca, Fatu und den Kindern halten und womöglich noch die Newmans dazu einladen.

Fatu schlummerte nach wie vor. Ihr weißes Kleid war von einem robusteren aus Leinen abgelöst worden, das Kat Newman ihr für die Feldarbeit genäht hatte. Dennoch sah sie nicht wie eine Bäuerin aus, sondern erinnerte mich an die Dorfälteste Salali; es mochte an ihrem länger werdenden Haar liegen, das wie ein grauweiß leuchtender Busch ihren Kopf umstand.

Auch Fatu lebte in Savannah unbehelligt von Gott und allen Herren.

Im Geist hielt ich ihr und Rebecca eine lange Rede, wie prächtig wir es getroffen hätten, und versprach beiden und auch den Kindern, stets und immer gut zu ihnen zu sein. Das Herz wurde mir groß und warm dabei. Dann weckte ich Fatu mit einem neckenden Grashalm und wir gingen zurück zum Reis.

***

Rebecca riss mir mein warmes Herz aus der Brust und drehte es durch den Reißwolf – ein großes Gerät zum Wurstmachen, von dem in jedem Zehnerblock eins bereitstand. Der Reißwolf, von dem man kleine Kinder fernhielt, zerriss jede Faser des Fleischs, das man hineinwarf, und verarbeitete es zu einer gleichmäßigen Masse, bereit, scharf gewürzt, gekocht und geräuchert zu werden.

Hätte ich es nicht erwarten müssen?

Beim Abendessen erzählte ich von Oglethorpes Ansinnen und sagte bewegt: Natürlich werde ich es nicht annehmen, sondern bei euch bleiben. Ihr seid mein Heim und meine Familie.

Rebecca sagte: Vielleicht solltest du in Ruhe darüber nachdenken. Es scheint mir eine einmalige Möglichkeit zu sein.

Ich starrte sie an, und sie sagte leise, aber bestimmt, sie werde Savannah verlassen und zurück zur Mission gehen, zu Rachel und zu Jamie.

Was erzählst du da?!

Auch Fatu und die Newmans starrten sie an.

Rebecca hat zwei ältere Kinder aus erster Ehe, beeilte ich mich zu sagen.

Danke für die Erklärung, lieber Mann, sagte sie.

Ich stand vom Feuer auf und sprach durch den Reißwolfschmerz in meinem Kopf hindurch: Lass uns zum Fluss gehen und dort alles in Ruhe bereden.

Sie willigte ein.

Es war schon ganz dunkel und das Wasser kaum zu sehen; man hörte es nur leise ans Sandufer schwappen. Keins der kleinen Lichter, die hie und da aus den Hütten und Hinterhöfen fielen, gelangte bis hierher. Auch Rebeccas Gestalt verlor sich im Dunkeln. Ich fasste nach ihrem Arm, aber sie blieb unsichtbar.

Rebecca, sagte ich gequält, – was soll dieser Wahnsinn?

Ich habe eine große Sünde begangen, als ich Rachel und Jamie zurückgelassen habe. Die Seelen meiner Kinder schreien zu mir. Ich habe meine Sünde erkannt und will sie wiedergutmachen.

Wie sprichst du denn? Eine Sünde? Seelen?

Es ist gleich, wie ich spreche. Es versteht mich ohnehin niemand. Und ich verstehe niemanden in Savannah. Ich bin zu alt und zu müde, um noch einmal eine neue Sprache zu lernen.

Was meinst du bloß – man spricht doch Englisch in Savannah?

Ich bin so müde. Ich begreife nichts mehr, nur die Last meiner großen Sünde.

Und dafür nimmst du in Kauf, in die Mission zurückzukehren?

Mir ist alles gleich, wenn ich nur meine Kinder wiederbekomme. Ob ich auf der Mission lebe oder in Georgia, spielt letztlich keine Rolle. Ob ich deine Frau bin oder die von Mr. Waterhouse, spielt auch keine große Rolle.

Was sagst du da, rief ich. – Natürlich spielt es eine Rolle! Für mich hängt die Welt dran, ob ich mit dir zusammenlebe oder mit Burleigh!

Weil du niemandes Frau mehr sein musst, sagte Rebecca.

Ich verstand beim besten Willen nicht, warum sie Waterhouse und mich in einen Topf warf. Hatte sie es nicht gut bei mir? Ihre Mutterliebe in Ehren – aber wie konnte sie die beiden Halbwüchsigen, die sie fast ein Jahr lang nicht gesehen hatte, dem Leben mit mir – mit uns – vorziehen? Hatten wir nicht ein schönes großes Haus zusammen erbaut?

Hilf Kat Newman mit ihrem Säugling, sagte die unsichtbare Rebecca. – Du kennst dich damit besser aus als Fatu. Hilf ihr auch, wenn es zu viele Schwangerschaften werden, Kat ist nicht sehr kräftig. Du erinnerst dich an das Mittel aus Wacholder und Engelswurz?

Aber komm doch wieder! Du kannst nicht gehen und für immer verschwinden! Du holst Rachel und Jamie und kommst hierher zurück!

Ich will es versuchen, sagte sie matt. – Ich komme zurück, wenn ich die Kinder mitnehmen kann.

Was ist überhaupt mit Laurie, Frau Übermutter? Du kannst unmöglich allein mit dem Kleinen die weite Reise antreten. Willst du ein Kind zurücklassen um zweier anderer Kinder willen? Das macht doch keinen Sinn, sagte ich und spürte eine kleine schwanzwedelnde Hoffnung zu meinen Füßen.

Laurie hat bei dir ein gutes Leben – das ist der ganze Unterschied. Du und Fatu, ihr werdet gut für ihn und Frankie sorgen. Versprich mir, dass du sanft zu Laurie bleibst und nicht zulässt, dass man ihn Hexenbalg oder Indianerkind schimpft. Versprich mir das, Julian.

Ich bin Anne, schrie ich, während die Tränen rannen, – Anne, Anne!

Sei still, sonst hört uns noch jemand. Ich will nicht wissen, wer hier spätabends am Hafen entlangspaziert, die Ohren weit aufgesperrt.

Das ist mir gleich! Ich bin Anne Winehouse, und du bist meine Frau!

Scht, Anne, sei still, ganz still, flüsterte sie. Sie nahm mich in die Arme und summte in mein Ohr: Liebe Anne, liebe kleine Anne …

Ich bin kein Kind, sagte ich kraftlos, – so wenig, wie ich ein Mann bin.

Oh doch, sagte Rebecca, – du bist ein Kind so gut wie ein Mann und eine Frau. Ich kenne niemanden, der gleichzeitig alles so zusammen wäre wie du.

Nicht einmal Koatohi?

Ich hörte sie leise lachen.

Koatohi ist ein ganzes Stück älter als du, würde ich sagen.

Und heißt das, ich bin sogar ein dreigeteilter Geist? Ein Wundertier sondergleichen?

Sie küsste mich, ich schmeckte Wein und die Süße ihres Mundes: Eine Ausnahme unter den Menschen, seien es Puritaner, Tscherokesen oder diese sonderbaren Oglethorpe-Verehrer mit ihren Gurken.

Und trotzdem verlässt du mich?

Ich habe versucht, mit dir zu leben – aber es geht nicht. Es gibt kein Gelobtes Land für mich, ich habe meine Kinder umsonst unglücklich gemacht. Wenigstens – eine gute Mutter …

Ihre Stimme brach. Ich dachte, wie sehr ich Rebeccas Stimme liebte: den dunklen Klang, die leise tscherokesische Färbung, die mir fast nie mehr auffiel. Brennendes Bedauern überkam mich, dass ich ihren Mund nicht sehen konnte, die Kurve ihrer Lippen und ihr starkes Kinn. Wie sehr ich ihren Anblick vermisste in dieser traurigen Unterredung unten am Wasser! Ich konnte mir nicht denken, ohne Rebeccas Anblick zu sein. Wie sollte es werden, morgens aufzuwachen und ihren Mund, ihr Haar, ihre Hüfte nicht mehr neben mir zu finden?

Ganz schwach erkannte ich die Linien ihres Gesichts dicht vor meinem. Ich tastete danach: Wo bist du, Rebecca?

Hier. Wo bist du, Anne?

Hier, bei dir.

Ich glaube dir nicht. Ich habe dich lange nicht mehr gesehen.

Und doch bin ich hier. Fühl nur, ich bin hier und ich bin dein.

Sie kam meiner Aufforderung nach und ergriff im Dunkeln von mir Besitz. Sie tat es mit raschen Bewegungen, zielgerichtet wie in unserer ersten Zeit, als die wenigen Augenblicke zu zweit so kostbar waren: wenn sie zu mir herüberkam, bevor Burleigh und die Kinder nach Hause zurückkehrten, wenn ich gegen den Rahmen meines grünen Fensters gelehnt stand mit zur Seite geschlagenen Kleidern. Wie anders die enge Stube ausgesehen hatte, betrachtet durch die Schleier der Lust, die die schöne spöttische Rebecca Waterhouse mir bereitete. Mein Leib erinnerte sich an diese Weise, das Verlangen zu stillen, und kam ihr mit Ungeduld entgegen. Und auch ihr Leib war entzündet wie lange nicht mehr. Sie fing meine Hitze auf und gab sie zurück; wir taten einander

Gutes und Schönes und Schmerzhaftes. Die aufgesperrten Ohren, die am Hafen spazieren gehen mochten, kamen ihr glücklicherweise nicht wieder in den Sinn. Während die Lust durch mich hindurchfloss bis ins kleinste Fingerglied, dachte ich: Sie könnte mein Mann sein genauso gut wie umgekehrt.

Dann hockten wir im kalten Sand und ich sagte: Kannst du dir vorstellen, wieder neben Waterhouse aufzuwachen?

Sei still.

Dann sagte sie: Du kannst mit mir kommen, Anne …

Nein.

Wir könnten wie früher leben. Du wärst meine Nachbarin, ich käme dich besuchen, und wir würden im Wald verschwinden, wie es uns gefällt. Alle unsere Kinder würden um uns sein, und Mrs. Eden, Jelena Cleave, sie alle würden auch da sein.

Unter keinen Umständen. Eher würde ich mich erschießen lassen, als noch einmal Burleighs Frau zu sein.

Deine Kinder …

Was habe ich mit Burleighs Kindern zu schaffen? Das Band ist längst zerschnitten, sagte ich unwillig. – Ich bin Frankies und Lauries Vater, auch wenn sie künftig keine Mutter mehr haben werden.

Sie antwortete nicht. Schweigend kleideten wir uns an.

***

In den nächsten Tagen passierten merkwürdige Dinge in meinem Reißwolfherzen, das Rebeccas Entscheidung kaum ertrug. Ich ging aufs Feld; mit Newman holte ich das neue Bett vom Zimmermann, in dem Rebecca nur noch ein paar Nächte schlafen würde. Als Tipkin mich zu Oglethorpe rief, erklärte ich in dürren Worten, dass ich mich nicht imstande sähe, nach Europa zu fahren, und nahm hin, dass der Vater Georgias sich enttäuscht von mir abwandte.

Als Rebecca Fatu und den Newmans ihren Plan erläuterte, stand Kat Newman die Trauer ins Gesicht geschrieben.

Sie umarmte Rebecca und sagte, sie möge recht bald wiederkommen. Ich wandte mich ab. Keinen Augenblick lang glaubte ich an Rebeccas Wiederkehr.

Nachts, als sie an meiner Seite schlief, stand mir die Umarmung wieder vor Augen: wie Rebecca ihre Wange gegen Kat Newmans Locken drückte. Bei aller Schwächlichkeit besaß unsere Nachbarin hübsche hellbraune Locken. Ob Rebecca die Umarmung genossen hatte? Hatten sie einander schon öfter umarmt, abends am Feuer, während ich mit meinem Buch drinnen saß? Ob Kat ihr Haar eigens zu Locken drehte, um Rebecca zu gefallen? Warum hatte Rebecca unten am Fluss von ihr gesprochen – obwohl sie doch mich verließ, nicht Kat Newman?

Tage- und nächtelang kreisten meine Gedanken um Kat und Rebecca. Ich kam nicht mehr dazu, über Rebeccas Abreise nachzudenken; immerzu musste ich horchen, was die beiden miteinander zu besprechen hatten. Der böse Verdacht kostete mich alle Kraft und brachte mir großes Leid.

Rebecca verbringt viel Zeit mit Kat Newman, sagte ich einmal zu Fatu – nebenbei, wie ich glaubte. Wir standen nebeneinander auf dem Feld und wässerten die Reispflänzchen, die bereits unsere Waden kitzelten. Sie gediehen prächtig, doch es gelang mir nicht, mich darüber zu freuen.

Sie kochen und waschen zusammen, sagte Fatu. – Ich bin froh, dass ich mich nicht ums Essen kümmern muss, wenn wir abends nach Hause kommen.

Trotzdem, sagte ich, – manchmal lachen sie miteinander und Kat schüttelt dazu ihre Locken …

Julian Winehouse, du dummer Kerl, sagte Fatu. Kat Newman habe wahrlich anderes im Kopf, als meine Frau zu verführen. Außerdem hätte ich in Rebecca eine treue Frau, ob ich das nicht wüsste? Sie gehe sicherlich nicht zu ihrem ehemaligen Mann zurück, weil sie ihn so sehr vermisste.

Ach, was wusste Fatu? Ich beugte mich tiefer zum Reis hinab und brummte etwas vor mich hin. Aber heimlich klammerte ich mich an Fatus Worte, wenn der böse Verdacht mit mir durchging. Rebecca, meine treue Frau, memorierte ich dann; Julian, du dummer Kerl.

Dass Rebecca es wohl nicht auf Kat Newman abgesehen hatte, sah ich bald ein. Stattdessen überkam mich, ein paar Nächte später, siedend heiß ein anderer Gedanke: Natürlich, sie würde zu Miss Cleave zurückgehen und mit ihr leben. Sie hatte Miss Cleave begehrt wie ich, das hatte sie selbst gesagt; wahrscheinlich hatte sie unsere ganze Reise über nichts anderes im Sinn gehabt, als mich in Georgia zurückzulassen und zu Miss Cleave zurückzueilen.

Die überklare Gewissheit schnitt mir ins gewolfte Herz. Im Geiste sah ich Rebecca ins Dorf einreiten, wo schon Miss Cleave mit ausgebreiteten Armen stand.

Es war recht einsam ohne dich, Rebecca.

Jelena, endlich bin ich zurück.

Rebecca würde sie täglich in der Schule und abends in ihrer kleinen Kammer an Moores Hütte aufsuchen; Anne Burleigh würde ihnen nicht mehr im Weg stehen. Miss Cleave würde Rachel bei der Hand halten, sie würden in den Wald gehen und Honig, Blumen, Beeren sammeln; Rebecca würde ihre Wange an Miss Cleaves goldenes Haar drücken und ihr schöne Dinge sagen. Ich horchte genau hin: Aber ich verstand nichts, kein Wort, so sehr ich mich auch bemühte.

Fatu, die von Miss Cleave nichts wusste, konnte mir in diesem Fall nicht helfen; ich ging unter in meinen schlimmen Gedanken und stolperte umher wie eine Schlafwandlerin, jemand, der ganz verloren ist.

***

Die zehrenden Phantasien gerieten erst in den Hintergrund, als einige Tage später Frankie vor mich trat und sagte, er werde mit Rebecca gehen.

Was redest du da!, schrie ich, sprang auf ihn zu, schüttelte ihn. – Nein! Du bist mein Kind, du bleibst bei mir!

Ich bin am meisten Mutters Kind, sagte er, – und ich will nach Hause zu Bradford und Anne und Miss Agnes und zu unserem Gemeindehaus.

Rebecca, schrie ich, – Rebecca! Hast du gehört, was Frankie sagt?

Sie kam zu uns ins Schlafzimmer und sah besorgt auf mich und das Kind.

Ich habe Vater gesagt, dass ich mit dir gehen werde, Mutter.

Du bleibst bei mir, schrie ich wieder, – ich habe dich geboren!

Rebecca nahm Frankie, der am ganzen Leib zitterte, in die Arme und wiegte ihn, wie sie unten am Fluss mich gewiegt hatte.

Das geht nicht, Frankie, sagte sie. – Die Reise ist zu weit und zu gefährlich für dich. Du bist noch zu klein.

Wir haben die Reise schon einmal gemacht, da war ich noch viel kleiner, sagte Frankie, – jetzt kann ich dich beschützen.

Du kannst mich nicht beschützen.

Ich gehe mit dir, beharrte Frankie.

Ich erinnerte mich, dass Frankie aus eigenen Stücken mit mir die Mission verlassen hatte. Er wusste, wen er am nötigsten hatte. Das war nicht mehr ich.

Was weißt du überhaupt noch von der Gemeinde, von den Bergen? Hast du nicht alles längst vergessen, Kind?

Ich will zu Mutter und Bradford und Anne und Miss Agnes, wiederholte Frankie.

Agnes Eden hat Fearnot Moore geheiratet, weißt du nicht mehr? Sie lebt jetzt mit ihm zusammen und hat wahrscheinlich ein eigenes Kind. Und Mutter wird bei Mr. Waterhouse wohnen und nicht bei dir.

Ich gehe sie besuchen.

Ich wusste, dass der Kampf verloren war. Rebecca hatte Frankie fast ein Jahr lang umsorgt; wie konnte ich von ihm verlangen, ein zweites Mal die Mutter aufzugeben? Außerdem wäre er im nächsten Monat schon fünf Jahre alt. Klein

Laurie krabbelte vergnügt durch den Hinterhof und besaß vier Mamis – eine tscherokesische, eine schwarze, eine zweigeteilte und eine schottische –; er war offen nach allen Seiten. Frankie hingegen schien innerlich dasselbe Puritanerkind geblieben zu sein, das ich vor fast einem Jahr auf den Rücken des Braunen gesetzt hatte. Wie konnte ich ihn an einem Ort behalten, wenn er woandershin wollte? Ich würde niemanden zwingen, bei mir zu bleiben.

Nimm ihn mit, sagte ich zu Rebecca.

Es tut mir so leid, Anne.

Schon gut.

Vielleicht haben wir zu wenig daran gedacht, dass er ein Zwilling ist. Im Dorf meiner Mutter habe ich einmal von zwei kleinen Mädchen reden hören, die einander nie aus den Augen ließen. Zwillinge zieht es stets zueinander zurück, hieß es.

Schon gut.

Er wird mich an dich erinnern, sagte Rebecca. – Hoffen wir nur, dass unterwegs niemand glaubt, die Indianerin hätte ein Engländerkind gestohlen.

Immerhin bleibt mir Laurie, sagte ich und ging hinaus.

Als wir Fatu vom Gang der Dinge unterrichteten, sagte sie, es tue ihr leid um den Jungen; aber zwei Kinder, zusätzlich zur Feld- und Gartenarbeit, wären doch recht viel gewesen. Ich sah sie vorwurfsvoll an: Ich hatte Fatu immer für kinderlieb gehalten. Was hatte sie gegen Frankie einzuwenden?

Bist du nicht etwas hartherzig?, fragte auch Rebecca.

Nein, sagte Fatu. – Versteht mich nicht falsch. Ich teile alle Arbeit, die in unserem Haus anfällt. Es gibt keinen anderen Ort für mich. Wenn zwei Kinder versorgt werden müssen, soll es mir recht sein. Andererseits habe ich am Abend ganz gern meine Ruhe.

Wir werden viel Ruhe haben, Fatu, sagte ich.

Warte ab, bis Laurie durch die Gegend springt, sagte sie grimmig. – Dass du mich mit dem Winzling und dem Mannsbild allein lässt, Rebecca!

Ich weiß mir nicht anders zu helfen.

In die Stille, die daraufhin einsetzte, platzte Frankie. Er kam hereingerannt und rief: Sie singen, Vater!

Wer?

Die Leute in der Kirche. Kommt mit! Tantchen Newman ist auch hingegangen.

Dem Kind zuliebe gingen wir mit.

***

Fast unbemerkt war in Savannah ein Kirchlein gebaut worden. Ein anglikanischer Pfarrer war angekommen und hatte seinen ersten Gottesdienst gehalten – nicht eben zu Oglethorpes großer Freude, nahm ich an. Aber ich hatte seit vielen Tagen nicht mehr mit Oglethorpe gesprochen. Er war nur selten zu sehen, wahrscheinlich nahmen ihn die Vorbereitungen für die große Fahrt in Anspruch.

Als wir uns der Kirche näherten, hörten wir Gesang aus frommen Kehlen. Zu einer feierlichen Melodie sangen sie Zeilen aus irgendeiner Predigt, irgendeinem Kirchenbuch:

Mit dir will ich endlich schweben
voller Freud
ohne Zeit
dort im andern Leben.

Ich hatte nichts mit den Anglikanern am Hut; dennoch ergriff mich ihr Gesang. Ich dachte an meinen eigenen Gesang im Gemeindehaus, an Godwill Moores schöne Knabenstimme und daran, wie alle Anderen einfielen, ein wohlgefügtes Ganzes bildend, das mich barg und tröstete. Im Lied musste ich keine Geheimnisse hüten, ich schwebte gemeinsam mit den übrigen Gemeindemitgliedern, die mir besser und schöner vorkamen als bei anderer Gelegenheit. An Miss Cleaves schiefe und nebelverhangene Töne dachte ich, über die ich mich manches Mal geärgert hatte, weil sie die Schönheit des

Gesangs störten, die augenblickhafte Schönheit des Wir in den appalachischen Bergen …

Es hatte nicht weit genug getragen, dieses Wir. Rebecca mochte dorthin zurückkehren; ich würde es nicht tun, genauso wenig, wie ich Oglethorpe nach Europa begleiten würde.

Tränen stiegen in meine Augen, während die Leute weitersangen, und ich sah und hörte nichts weiter, es war, als würde ich ohne Widerstand in starken und zärtlichen Wogen versinken.

Mit dir will ich endlich schweben. Wie sollte ich es hinnehmen, dass Rebecca mich verließ? Hatten wir miteinander nicht – bei allem Streit – das schönste und freieste Wir gehabt, das ich je gekannt hatte? Wo war die Verheißung hin, die ich bei unserem Aufbruch undeutlich gespürt hatte: dass nun alles anders würde, ohne Anweisungen und ehelichen Gehorsam? Wann hatten wir diese Verheißung verloren?

Endlich wieder Pfaffenworte, seufzte Rebecca.

Wir müssen mit den Worten vorliebnehmen, die wir haben, sagte ich wie im Traum.

Sie löste ihre Hand aus meiner: Komm jetzt. Ich will dir ganz genau zeigen, was du im Garten zu tun hast.

Am nächsten Morgen wollte sie aufbrechen.

***

Es war Ende Februar, die Sonne erhob sich rot und dunstig, als Rebecca Frankie vor sich aufs Pferd setzte. Da der Getupfte verkauft war, nahmen sie den Braunen, der seit unserer Ankunft in Savannah friedlich im Hinterhof gegrast hatte und wieder etwas runder geworden war. Auch von diesem Getreuen musste ich mich verabschieden.

Hier unten an der Küste war der Winter mild, aber das würde sich im Lauf ihrer Reise bald ändern; daher hatte sie sich einen Umhang mit Kapuze genäht und für Frankie ein Jäckchen aus demselben schweren schwarzen Stoff.

Angetan mit den dunklen Kleidern waren sie leicht als Mutter und Sohn zu erkennen. Rebecca küsste mich und küsste Lauries Köpfchen, Frankie tat es ihr nach. Laurie ließ ein paar süße, noch schläfrige Laute vernehmen. Ich wischte ihm das Mündchen ab und barg seinen Kopf an meiner Schulter.

Sag Klein Anne …, sagte ich und verstummte dann.

Was soll ich ihr sagen?, fragte Rebecca.

Aber mir fiel nichts ein. Das Band war zerschnitten, meine Tochter musste ohne eine Nachricht von mir auskommen.

Bitte Miss Cleave, dass sie ein bisschen auf sie achtgibt, sagte ich schließlich.

Das tut sie sicherlich.

Ich überreichte ihr das Gewehr, das ich einst Wohali abgekauft hatte.

Denk dir nur Wohalis Gesicht, wenn er wüsste, dass du gen Westen reist, flüsterte ich.

Sie sah mich nicht mehr an. Auch ich senkte den Blick: Wozu noch Worte machen? Kat Newman weinte, Fatu ergriff zum zehnten Mal Rebeccas Hände. Zum Glück schätzte meine Geliebte die kurzen Abschiede höher als die langen und stieg rasch aufs Pferd.

Auf Wiedersehen, ihr lieben Leute, sagte Frankie, dann ritten sie davon, am Savannah-Fluss entlang zum Meer.

***

Ich werde die beiden wohl nicht wiedersehen.

Frankie wird mir fehlen. Wenn einem von vielen Kindern nur ein einziges geblieben ist, hängt das Herz daran mit unnatürlicher Kraft. Manchmal phantasiere ich, dass er eines Tages zu mir zurückkommt – obwohl ich mir kaum vorstellen kann, dass Rebeca mit einem ganzen Tross Kinder den langen Rückweg antritt. Vielleicht kommt er, zum Mann geworden, aus eigenen Stücken zurück nach Savannah und lässt sich bei mir nieder? Zweifellos wird er zu einem Gelehrten heranwachsen; gleichzeitig bleibt er, dank der älteren Brüder, wahrscheinlich davon verschont, Pfarrer zu sein. Vielleicht wird ein Arzt aus ihm oder ein Dichter.

Eines Tages werde ich Frankie einen Brief schreiben – ihm und seiner Schwester Anne. Erst werde ich *Robinson Crusoe* zu Ende lesen, dann meine Schreibübungen wiederaufnehmen; irgendwann werde ich in der Lage sein, einen schönen Brief an meine Kinder zu schreiben. Vielleicht gibt es bis dahin feines Papier in der Kolonie Georgia.

Vorläufig halte ich mich an Laurie. Ich bin nicht mehr dazu gekommen, Rebecca von der Namensänderung zu erzählen. Mit ihrem Fortgang ist der Kleine endgültig von seinem alten Namen abgeschnitten und zum Bürger Savannahs bestimmt. Laurel Winehouse wird in Oglethorpes Stadt aufwachsen und groß und schön und frei sein, auf eine Art, die noch niemand kennt. Er ist weder zum Puritaner noch zum Tscherokesen bestimmt und auch nicht zum Seeräuber. Vielleicht wird eine neue Mary Musgrove aus ihm: jemand, der gewichtige Worte spricht, ohne durch und durch ein englischer Herr zu sein. Wer weiß das schon? In Gedanken ziehe ich Laurie die unterschiedlichsten Gewänder an …

Zuerst einmal braucht er jemanden, der ihm Brei macht und seine Kittel wäscht, höre ich Rebecca sagen, – überlass das nicht Kat Newman.

Ich wage es nicht, von Rebeccas Wiederkehr zu träumen. Wie sollte ich nach einem solchen Traum die Kraft finden, in den Tag und zu meiner Arbeit zurückzukehren, der Sorge für Laurie? Meine Geliebte hat mich wieder mir selbst überlassen, nun ja, das kommt vor; was nützt es, viel Aufhebens darum zu machen? Rotz und Tränen kann ich gleich in unseren Garten tragen und die Früchte damit wässern.

Ich zögere, eine neue Truhe mit der Aufschrift REBECCA WINEHOUSE aufzustellen und darin zu versammeln, was mich an sie erinnert. Schöne Bilder, schöne Worte passen schlecht zu unserer Reise, die getrieben von einem ganz und gar irdischen Hunger nach Brot und Brei und ungestörter

Umarmung war. Dann wiederum scheint mir alles, was vor Rebecca kam, nur ikonenhafter Plunder zu sein, den ich über allzu viele Jahre mit mir herumgetragen habe; und ich will sämtliche Truhen, die ich je aufgestellt habe, ins Feuer werfen und mir einen starken Grog drüber erwärmen. Liegt es an der fehlenden Truhe, dass ich an manchen Tagen nicht weiß, wohin mit meinem Zorn und der Not, ohne meine Reisegefährtin weiterleben zu müssen?

Zum Glück habe ich Robinsons Insel, auf die ich ab und zu gehen kann.

Zudem lag zwei Tage nach Rebeccas Abreise plötzlich eine alte Katze auf der Schwelle unserer Hütte. Ich konnte mir nicht denken, wo in dieser jungen Siedlung eine derart alte Katze hergekommen sein sollte. Draußen in der Wildnis würde das knochige Ding keinen Tag überlebt haben. Sie hatte dunkle Streifen wie gewöhnliche Katzen, dazu einen weißen Latz und weiße Socken; und auch die Schnurrhaare waren weiß und unterstrichen den Eindruck, dass man es mit einem steinalten Tier zu tun hatte. Zwar war ihr Fell noch weich, aber die Bernsteinaugen blickten trüb, und als ich sie streichelte, fühlte ich, wie erbärmlich mager die Katze war.

Sie rollte sich vorm Herdfeuer ein und schloss die Augen mit einer Selbstverständlichkeit, die deutlich machte: Sie würde nicht mehr fortgehen. Ich überredete Fatu, sie gewähren zu lassen: Unser Haus – das größte in Tipkins Zehnerblock – war so leer geworden, dass eine Katze nicht weiter im Weg wäre.

Die alte Katze fraß, was Fatu und ich ihr vom Abendbrot übrigließen. Später versuchte sie, sich an der Butter und am Schmalz gütlich zu tun, also brachten wir beides auf höheren Regalen unter.

Ansonsten lassen wir sie unbehelligt und sie uns. Meine Hand ruht auf ihrem Fell, wenn ich mich im Sonnenuntergang vorm Haus ausstrecke, in der Nacht tröstet mich ihr seufzender Atem, und ich nenne sie mein Hörnchen von Savannah. Es ist gut, wieder ein Hörnchen zu haben.

Mit einem harten kleinen Lachen zähle ich die Reichtümer, die ich im Gelobten Land angehäuft habe: einen Winzling, ein grimmes Tantchen, ein Paar Ochsen, einen Haufen Feldarbeit, ein halb gelesenes Buch und eine steinalte Katze.

***

Schon einige Mal hatte ich mich damit geirrt, Fatu Kinte ein Tantchen zu nennen – als wäre sie kinderlieb und ohne eigenes Begehr. Zwei, drei Wochen nach Rebeccas Abreise wurde ich wiederum eines Besseren belehrt.

Während der letzten Wochen waren einige Schwarze aus den Carolinas angekommen, um in Georgia ein freies Leben zu führen. Fatu hatte auf ihre Ankunft halb freudig, halb unruhig reagiert; wahrscheinlich fürchtete sie immer noch, erkannt und zurück nach Charles Town verschleppt zu werden. Ich glaubte, ihre Unruhe wäre nur ängstlicher Natur; bis sie, mitten in der Feldarbeit, meinen Rat hören wollte. Ein hübscher Kerl namens Michael Harris, der am Hafen arbeite, habe es ihr angetan. Er sei ehelos, freilich etwas jünger als sie; aber seine Blicke ließen darauf schließen, dass er einer näheren Bekanntschaft nicht abgeneigt sei.

Was soll ich tun, Julian?

Michael ist ein Erzengelname, sagte ich.

Verschon mich mit solchen Geschichten!

Entschuldige. Willst du ihn zu uns einladen? Sicherlich hat er noch kein eigenes Feuer, an dem er abends sitzt.

Sie schwieg ein Weilchen und fragte dann: Tue ich recht daran, Michael Harris einzuladen? Ist es vermessen, dass ich nicht mehr allein sein will?

Wen willst du fragen, ob das vermessen ist – Oglethorpe? Keinen Gott, nehme ich an? Auch bezweifle ich, dass alle, die sich hier in Savannah ein Bett teilen, ordnungsgemäß verheiratet sind.

Aber sieh, wie grau mein Haar ist!, sagte Fatu mit schmerzlicher Stimme.

Lachend erwiderte ich: Auch dass eine alte Frau noch Gelüste hat, finde ich nicht vermessen.

Fatu nickte: Dein Haar ist ebenso grau, trotzdem hattest du eine gute Frau an deiner Seite.

Was ging's mich an, dachte ich, dass sich Fatu einen Liebsten wünschte? Schön alleine würde ich herumsitzen, mit Laurie und der steinalten Katze, wenn sie Michael Harris in ihre Kammer holte …

Andererseits: Oben in den appalachischen Bergen, als ich Miss Cleave in meine Kammer wünschte, hatte ich nur einen Gehenkten zum Freund. Niemand sonst hat mir einen Rat erteilt oder mir geholfen, mit meinen Wünschen zurechtzukommen. Ich musste träumen und irregehen und Buchstaben schreiben, bis endlich Rebecca zu mir kam. Warum sollte es Fatu genauso ergehen?

Geh zu ihm, riet ich. – Ich werde Kat Newman ein gutes Stück Rindfleisch bringen, das für alle reicht.

Prüfend sah sie mir ins Gesicht, und ich fügte hinzu: Mir scheint, es bleibt uns nichts anderes übrig, als zu schauen, was in Savannah möglich ist, graue Haare hin oder her.

Ich sah zu, wie sie mit geübten Fingern ein paar Unkräuter ausriss.

Und – Fatu?

Ja?

Zieh das bestickte Kleid dazu an.

Mein besticktes Kleid hab ich auf deinem Reisfeld zerschlissen, entgegnete Fatu und ging mit einem kleinen Prusten davon.

Ärgerlich blickte ich ihr nach. Es schien, so schnell würde ich das Streiten nicht verlernen.

Gleichviel – Connor Newman und ich werden einen schottischen Schnaps mit Michael Harris trinken und sehen, wie es sich mit ihm verhält.

Ich beneide Connor Newman: einen einfachen Mann, der in seiner einfachen Hütte lebt, sein Feld bestellt und abends mit seiner schönlockigen, wenn auch etwas schwächlichen

Frau zu Bett geht – während auf mich nur *Robinson Crusoe* wartet.

Ich wäre gern Rebeccas Ehemann geblieben.

Meine Namen sind: Anne, geborene Brennan, legitimierte Cormac, zum Ersten verheiratete Bonnie, zum Zweiten verheiratete Burleigh; Julian Winehouse, verlassen und verwitwet. Seit Rebecca nicht mehr bei mir ist, träume ich manchmal, den geliehenen Namen Julian abzulegen und einfach Anne Winehouse zu sein. Wer weiß, ob ich das den Leuten von Savannah zumuten kann, irgendwann an einem anderen Tag.

EPILOG

GEMEINDEBUCH DER MISSION

der Gesellschaft zur Verbreitung der christlichen Botschaft in der Neuen Welt, fünfte ihrer Art, gegründet 1698 in den appalachischen Bergen, im äußersten Nordwesten der Kolonie North Carolina.

Am 25. Februar 1722 verstarb unser Vater und Lehrer Mr. Isaac Eden, der die Mission gegründet und geleitet und bisher das Gemeindebuch geführt hat. Zu seiner Nachfolge wurde Mr. Joseph Burleigh aus Charles Town in South Carolina ernannt, der im April desselben Jahres sein Amt antrat. Er bezog ein neues Stück Land nordöstlich des Gemeindehauses und östlich des Besitzes von Mr. James Waterhouse.

Aus Mangel an Muße und an Arbeitskraft kam das Führen des Gemeindebuchs vorerst zum Erliegen, was kein leichtes Vergehen gegen die Empfehlungen der *Gesellschaft* darstellt. Wir hoffen, dies in den Augen der gelehrten Herren von nun an besser zu machen.

Am 2. April 1722 wurde der Gemeinde ein Kind geboren und auf diesen Namen getauft: Godwill Moore, Sohn von Ronnie und Edwina Moore.

Am 13. September 1722 wurde der Gemeinde ein Kind geboren und auf diesen Namen getauft: Joseph William Burleigh, Sohn von Joseph und Anne Burleigh.

…

Im September und Oktober 1729 suchten Masern die Kinder unserer Gemeinde heim, woran glücklicherweise keines starb. Aber den Tscherokesen starben einige Kinder und Erwachsene, darunter das Mädchen Ama, das in der Gemeinde zur Schule ging.

Im selben Oktober ging Simplicity Moore, Tochter von Ronnie und Edwina Moore, im Wald verloren und wurde nicht mehr gesehen. Haltet mich nicht auf, denn der Herr hat Gnade gegeben zu meiner Reise; lasst mich, dass ich zu meinem Herrn ziehe.

Im Oktober 1729 kam Miss Jelena Cleave zur Gemeinde. Sie fand im Haus des ehrenwerten Mr. Jeremiah Moore Aufnahme und wurde unseren Kindern eine sehr gute Lehrerin. Die Lehrer aber werden strahlen wie des Himmels Glanz, und die, welche zur Gerechtigkeit weisen, werden leuchten wie die Sterne immer und ewiglich.

…

Am 31. Oktober 1731 wurde der Gemeinde ein Kind geboren und auf diesen Namen getauft: Mary Burleigh, Tochter von Joseph und Anne Burleigh.

Am 22. Februar 1732 starb dieses Kind. Nach vielen milden Jahren war es der dritte Kindstod in einem einzigen schweren Winter.

…

Im Juni 1732 kam, entsandt von der gepriesenen *Gesellschaft*, der Prediger Mr. Franziskus Syhre zu uns herauf und belehrte die Gemeinde. Nach drei Tagen nur zog er weiter. Verbirg mich vor der Versammlung der Bösen, vor dem Haufen der Übeltäter, die ihre Zunge schärfen wie ein Schwert, die mit giftigen Worten zielen wie mit Pfeilen.

Am 5. Oktober 1732 übernahm Mrs. Anne Burleigh, Ehefrau des Pfarrers Joseph Burleigh, auf den guten Rat unserer Lehrerin Miss Jelena Cleave das Gemeindebuch.

...

1733 wurde ein Jahr der Prüfung für die Familien Burleigh und Waterhouse. Eine tüchtige Frau ist die Krone ihres Mannes, aber wie Wurmfraß in seinen Knochen ist eine schandbare. Dank des festen Zusammenstehens der Gemeinde – hier ist besonders der Einsatz Mrs. Martha Edens zu erwähnen – und der Güte des Herrn, gepriesen sei Sein Name, meisterten die beiden Gemeindemitglieder die schwere Zeit, die nicht nur den Verlust zweier Ehefrauen, sondern jeweils eines männlichen Kindes brachte.

Im April 1734 überführte die arme fehlgeleitete Mrs. Rebecca Waterhouse sich selbst, Frank Burleigh sowie ein Packpferd zurück in Gemeindebesitz. Auch hierin stand Mrs. Martha Eden der Familie Waterhouse rüstig bei und überwachte die Bußübungen der Mrs. Waterhouse, die erneut zu Gott geführt worden ist, mit demütigem Herzen. Die Gemeinde trauert um den Säugling Laurence Waterhouse, der während der unseligen Irrfahrt verstorben und in der Wildnis begraben ist.

Mrs. Waterhouse bemüht sich redlich, das Zutrauen ihres Mannes und der Gemeinde zurückzugewinnen. Um die gefährliche Beförderung von Lasten, besonders Mehl und Ziegeln, zwischen der Gemeinde und den Nachbarsiedlungen zu erleichtern, lehrt sie ihre verbliebenen Kinder reiten und überwacht mit mütterlicher Strenge den Schießunterricht des Sohnes James. Ebenso große Tüchtigkeit zeigt sie im Weben und Nähen von Kleidung, wobei sie auch die mutterlosen Kinder Vater Burleighs mit milden Gaben bedenkt.

Wenn wir unsere Sünden bekennen, so ist Er treu und gerecht, dass Er uns die Sünden vergibt und reinigt uns von aller Schuld. Wir beten für die arme Mrs. Anne Burleigh, dass auch sie bald ihre Sünden bekennen möge. Unterdessen hat sich Mrs. Martha Eden, deren mannigfaltige Pflichten es kaum erlauben, des Gemeindebuchs angenommen, um es von nun an zur fortlaufenden Belehrung und allgemeinen Nützlichkeit für die Missionare und ihre Frauen und Kinder zu führen.

Außer James Oglethorpe (1696–1785), dem Gründer der Kolonie Georgia, und der Händlerin und Verhandlungsführerin Mary Musgrove alias Coosaponakeesa (ca. 1700–1765) sind alle handelnden Figuren des Romans frei erfunden.

Folgende Textstellen stammen nicht von mir: Das Gedicht *Der Pfad der Tränen* (S. 25) ist eine freie Übersetzung des Songtexts *Cherokee* der Band Europe. In Mr. Toads Studierstube liest Anne Verse aus John Miltons *Verlorenem Paradies* (S. 268), in ihrer Hütte zu Savannah den barocken vollständigen Titel von *Robinson Crusoe* (S. 339). In der neu erbauten Kirche werden Teile von Paul Gerhardts Choral *Ich will dich mit Fleiß bewahren* gesungen (S. 368).

Ich freue mich sehr, dass Ilona Bubeck und Jim Baker nach *Die Irrfahrten der Anne Bonnie* auch meinen zweiten Roman im Querverlag veröffentlichen. Ich danke Katja Schurter fürs Lektorat. Weiterer großer Dank gebührt Carolin Krahl, Constanze Stutz, Katja und Jule Wagner, Marlene Pardeller sowie der Textbesprechungsgruppe für ihre kritische Lektüre und ihr liebevolles Auge auf Anne. Und ich danke Dr. Cornelia Machold, ohne die Kritik und Liebe für mich schwieriger auszuhalten gewesen wären.